N&K

ANDREI MIHAILESCU
GUTER MANN
IM MITTELFELD

Roman

Nagel & Kimche

Der Autor dankt der Fachstelle Kultur des
Kantons Zürich für die Unterstützung durch
einen Werkbeitrag.

Der Verlag dankt

 und

für die freundliche Unterstützung.

I 2 3 4 5   19 18 17 16 15

© 2015 Nagel & Kimche
im Carl Hanser Verlag München
Satz: Satz für Satz. Barbara Reischmann
Druck und Bindung: GGP Media GmbH
ISBN 978-3-312-00669-4
Printed in Germany

In Gedenken an
Gheorghe Arvunescu und
Mihai Racovitza

TEIL I
JULI 1980

1. BUKAREST, ANFANG JULI 1980

Die Bushaltestelle war eingeschweißt in der dickflüssigen Mittagshitze. Die Straße erstreckte sich endlos in beide Richtungen. Fabrikhallen mit rissigen Wänden harrten aus im gleißenden Licht. Es war kein Baum in Sicht.

Die Haltestelle bestand aus einem kleinen Blechschild an einem Betonmast. Auf dem Schild hatten einmal die Nummern der Buslinien gestanden. Jetzt waren sie unter dem Rost nicht zu erkennen. An der Mauer hinter dem Betonmast lehnten fünf Menschen, sie trugen Netztaschen und warteten. Der Schatten, den das Gebäude warf, reichte nur für ihre Köpfe und Schultern.

Etwas weiter am Straßenrand stand ein Dacia-Wrack. Stefan näherte sich und sah einen Straßenköter, der erschöpft unter dem Wagen lag. Stefan beachtete ihn nicht. Er legte sich auf den staubigen Gehsteig in den engen Schatten neben dem verlassenen Wagen.

Die anderen sagten nichts. Sie schauten einzeln kurz zu Stefan hinunter, abschätzig. Er lag auf dem Boden, seine Kleider fleckig, und er wusste, dass er wie ein Landstreicher aussah, dürr und nicht mehr jung. Sie hielten ihn bestimmt für einen Säufer. Für Abschaum. Ihre Meinung war ihm aber nach allem, was er in den letzten Tagen erlebt hatte, einerlei.

Vierzig Minuten vergingen. Die Luft flirrte.

Stefan dachte: Das ist also der Tag meiner Freilassung. Der Gedanke schmeckte bitter und absurd. Ich liege im Dreck neben einem herrenlosen Köter. Ich weiß nicht einmal, wie diese Straße heißt, in der sie mich abgeladen haben. Aber heute Nacht werde ich wieder in meinem Bett schlafen. Später wird sich die andere Angst zurückmelden, die Vorsicht, wem man was sagt. Irgendwann werden sie mich wohl wieder holen. Aber nicht heute.

Vor zwei Wochen war ich ein angesehener Journalist. Ich hielt mich für erfolgreich, beinahe berühmt. Beinahe sicher.

Er schlief halb ein. Der Durst weckte ihn wieder auf.

Als der Bus kam, stieg Stefan als Letzter ein. Er fand noch etwas Kleingeld bei sich, das sie übersehen hatten. Er kaufte bei der schwitzenden Kassiererin eine Kurzstrecken-Fahrkarte, für mehr reichte es nicht. Er war mit dieser Linie noch nie gefahren. Nichts in der Gegend, die er vorbeiziehen sah, kam ihm bekannt vor.

Ich fühle mich noch gar nicht frei, dachte er. Ich muss mir vielleicht Zeit lassen, bis mein Körper die Schmerzen und Erniedrigungen verarbeitet hat. Sie ausgeschieden hat wie Giftstoffe.

Er betrachtete die anderen Fahrgäste. Auch sie wirkten irgendwie vergiftet, obwohl sie in den letzten Tagen bestimmt ihr normales Leben geführt hatten. Wie kurzlebig doch unsere Vorstellung von Glück ist, dachte er. Ihre Alltagssorgen bedrücken diese Menschen nicht weniger als mich die Angst, wieder verhaftet zu werden.

Seine Fahrkarte reichte bis zum Galaţi-Platz, dort stieg Stefan aus.

Diese Gegend war ihm vertrauter. Die bucklig wirkenden Häuser aus der «Zeit davor» lagen wie eingegraben unter massigen Kastanienbäumen. Als der Bus wegtuckerte, gab er die Sicht auf die andere Straßenseite frei, wo sich eine Baustelle befand. Stefan orientierte sich, folgte dann der Batiştei-Straße in Richtung des Boulevards. Dort würde er sicher etwas Wasser finden, vielleicht einen Trinkbrunnen, der funktionierte.

Nach ein paar Schritten blieb er stehen.

2. NÄHER HERAN

Er drehte sich um und näherte sich der Baustelle. Sie lag genau an der Straßenecke und war mit rostigen Blechplatten umzäunt.

Jetzt fiel ihm der Eingang auf: Er stand offen, ohne dass ein Fahrzeug hindurchfuhr. Überhaupt war keine Baumaschine zu hören. Auf den Gerüsten, die den halbfertigen Bau umgaben, sah er niemanden. Hingegen herrschte am Boden reger Betrieb: Arbeiter gingen trotz der Mittagshitze aufgeregt umher und beschimpften sich gegenseitig.

Ungewöhnlich, fand Stefan, konnte aber nicht erkennen, was los war. Er ging langsam zum Eingang. Er konnte die Anspannung fast körperlich spüren. Ein Unfall? Er sah nirgends einen Krankenwagen. Was hatte das zu bedeuten? Er suchte nach einer Erklärung, aber der Durst verklebte seine Gedanken.

Die Arbeiter waren etwa ein Dutzend. Sie stritten heftig und zäh, bewarfen sich mit vulgären Flüchen, aber auf eine gedämpfte Art, als mieden sie, zu laut zu werden. Sie bewegten sich unentschlossen, ein paar Schritte hin, ein paar her. Sie schienen auf etwas zu warten.

Die Werktätigen unseres Vaterlandes in proletarischer Eintracht, dachte Stefan.

In Zeitungen, auf Plakaten, in Kinofilmen: Er sah ständig Bilder von muskulösen und pausenlos begeisterten Arbeitern und Bauern. Ihr Blick war auf ferne Sonnenaufgänge gerichtet. Wann immer möglich, sangen sie von ihrem Glück, von ihrer Dankbarkeit gegenüber der Parteiführung. Sie erfüllten und übertrafen den Fünfjahresplan. Die immer gleichen Bilder tagaus, tagein, hundertfach wiederholt.

Die Arbeiter auf dieser Baustelle wirkten unglücklich und abgestumpft. Er fand sie klein und hässlich, die meisten hatten hervorstehende Bäuche und verfettete Nacken. Ihre Gesichter trugen Spuren jahrelanger Frustration, die sie mit schlechten Zigaretten und Schnaps bekämpft hatten.

In diesem Land, in dem so wenig Unerwartetes passierte, stand diese

Baustelle am helllichten Tage still. Was mag vorgefallen sein? Er roch die Sensation. Welch ein Glück: rechtzeitig am Ort des Geschehens. So wenig braucht es manchmal, und man wird berühmt. Er musste aber sofort handeln. Näher heran, die Arbeiter in ein Gespräch verwickeln. Dann fiel ihm ein, dass er nicht einmal sein Notizbuch dabeihatte. Und in welchem Zustand er sich befand. Er ärgerte sich. Er musste sich jetzt zusammenreißen. Und bald etwas trinken, er konnte kaum noch klar denken.

Die gereizte Ratlosigkeit, die Hässlichkeit, die Propagandabilder. Auf einmal stand die Welt still, und Stefan verstand für einen Augenblick, wie alles zusammenhing: die beschönigten Arbeiter auf den Plakaten, die wirklichen, die er hier sah, auch er selbst, zerschunden und erschöpft, dieses ganze traurige Land. Alles hing zusammen. Er sah es. Dann war es wieder weg.

Stefan kam zu sich. Einige Arbeiter hatten ihn bemerkt und redeten leise über ihn. Ihre Blicke wirkten seltsam.

Stefan hatte aber keine Zeit mehr. «Hey Jungs! *Oameni buni*, ihr guten Menschen. Wo kann ich ein Glas Wasser bekommen? Ich bin seit Stunden unterwegs, habe mich verirrt … ich kann nicht mehr vor Durst. *Haide*, kommt, seid doch so freundlich, habt ihr etwas Wasser?»

3. EIN DIEB

Anghel hatte von Anfang an ein ungutes Gefühl gehabt. Er schaute auf die anderen stämmigen Burschen in seiner Mannschaft. Ihre Gesichter zeigten kein Zögern, keine Sorge. Das beruhigte ihn ein wenig. Der Vorarbeiter Chiţu hätte die heutige Inspektion voraussehen müssen. Sie alle hatten in letzter Zeit gemerkt, wie immer wieder Baumaterial verschwand. Chiţu hatte aber immer gesagt, das sei nichts. Er strahlte dabei eine mürrische Autorität aus, die kein Nachfragen duldete. Was immer mit dem Baumaterial passierte, hatte seine Männer nicht zu interessieren. So.

Anghel hatte schon auf anderen Baustellen erlebt, wie der eine oder andere Arbeiter ein wenig Zement oder Kupferdraht mitgehen ließ. Man erfuhr schnell, ob es ging. Aber diesmal ging es um große Mengen. Anghel gefiel das nicht. Das stank nach Ärger mit der Miliz. Aber was konnte er tun? Er war auf diese Baustelle zugeteilt. Und Chiţu schien zu wissen, was er tat. Ein gerissener Mann, dieser untersetzte, wettergegerbte Chiţu. Das war keiner, den Anghel gegen sich haben wollte. Jetzt aber tat Chiţu so, als ob er immer gewusst hätte, dass die Polenta schließlich explodieren würde.

Heute war sie tatsächlich aufgetaucht, die Genossin vom Projektierungsbüro. Keiner der üblichen Architekten. Ein hohes Parteitier, wie man hörte, verheiratet mit einem noch höheren Genossen. Sie saß seit einer Stunde mit dem Bauleiter – dem alten Voicu – und mit dem jungen geschniegelten Typen vom Amt für Wohnungsbau in der Baracke hinter verschlossenen Türen. Solche Sitzungen fanden nur ausnahmsweise auf der Baustelle statt. Heute, das war selbst Anghel klar, war eine Krisensitzung. Wie konnte man eine Krise lösen, die dadurch entstanden war, dass über Monate hinweg Baumaterial verschwunden war? Einfach nachts abtransportiert? Gar nicht. Da konnte auch der alte Voicu keine Tricks mehr aus dem Ärmel ziehen, etwa Zeug von anderen Baustellen hierherschieben, weiß der Kuckuck was. Er hatte zu lange gewartet, jetzt konnte er nicht mehr sagen, er habe nichts gewusst.

Nun suchten sie bestimmt nach Sündenböcken, davon war Anghel überzeugt.

«Nun suchen sie bestimmt nach Sündenböcken», sagte Chioru, der Einäugige.

«Na bravo», sagte Chiţu abschätzig, den Blick auf die Spitze seines Zigarettenstummels gerichtet.

«Was tun wir jetzt? Genommen haben nicht wir …», sagte Anghel.

«Halt doch endlich die Klappe, du Rindvieh», ereiferte sich Chiţu plötzlich. «Es spielt doch keine Rolle, was Flöhe wie du tun oder nicht tun. Du hättest rechtzeitig mit den richtigen Leuten reden sollen. Jetzt ist es zu spät. Jetzt kannst du dir meinetwegen …»

«Verdammte Scheiße, Chef, es muss doch etwas zu machen sein!», rief der Jüngste von ihnen, Mihuţ. «Die holen noch die Miliz! Wir landen noch im Kittchen!»

«Sagtest du ‹wir›?», fragte Chiţu mit großen Augen.

Mihuţ schluckte leer.

«Sagtest du ‹wir›, *bă labagiule*, du elender Wichser?», fragte Chiţu mit eisig ruhiger Stimme. Dann wartete er. Sie wussten alle nicht, was er meinte, aber keiner wagte, ihm zu antworten.

«Wir sind nicht ‹wir›, du und ich, hast du das verstanden, du Trottel? Ich bin nicht deine Mutter. Ich bin der, der sie vögelt, deine Mutter, ja? Ich muss gar nichts tun! Schon gar nichts, um deinen verdammten Hintern zu retten!»

Anghel sah, wie Chiţu in Fahrt kam. Jetzt würde er Mihuţ so lange anschnauzen, bis dieser die Nerven verlor. Mihuţ hatte bereits einen hochroten Kopf. Und egal, was er tun würde, es würde die Macht von Chiţu bestätigen. Es ging Chiţu offenbar nur darum.

Anghel zündete sich eine Zigarette an. Die Männer schauten gelangweilt weg. Mihuţ zu erniedrigen war nicht hilfreich. Keiner jedoch wagte es, sich Chiţu entgegenzustellen. Chioru näherte sich langsam Anghel. Sie sahen sich an. Chioru hob die Schultern, Anghel tat ihm gleich. Sie drehten sich beide weg von Chiţu. Da sah Anghel den Fremden.

Mitten im leeren Tor der Baustelle stand ein Streuner, ein Säufer mit

Dreitagebart und dreckigen Kleidern. Er stand da in der Sonne und tat nichts. Wie angewurzelt. Er starrte sie nur an.

Da kam Anghel eine Idee. «*Nea Chițule*, ich habe den Dieb gefunden», sagte er leise.

«Was ist los? Was lallst du, Anghel?»

«Schau. Beim Tor.»

Chițu schaute. Er begriff nicht.

«Der hat das Zeug mitgehen lassen», erklärte Anghel.

«Was? Wie kommst du darauf?», ärgerte sich Chițu.

Aber Chioru grinste finster. «Das ist unser Mann.»

«Wir müssen nur alle die gleiche Geschichte erzählen», fuhr Anghel fort. «Wir haben ihn gesehen. Er streunt in der Gegend herum. Immer, wenn der Hurensohn auftaucht, verschwindet etwas in der Nacht darauf. Starrt jetzt aber nicht alle hin. Wir wollen nicht, dass der uns wegrennt.»

Chițus Miene hellte sich auf. «Ich sehe, ihr seid doch nicht auf den Kopf gefallen», gab er anerkennend zu. «Der wird aber nicht freiwillig mitspielen. So einer hat bestimmt schon mit der Miliz zu tun gehabt. Darauf ist er bestimmt nicht noch mal scharf.»

«Spielt keine Rolle», sagte Anghel. «Wir ertappen ihn nämlich gerade beim Stehlen. Wir bearbeiten ihn ein wenig, weil er ein verdammter Dieb ist und wir auf ihn sehr wütend sind. Dann schmeißen wir ihn dem Alten und den Gästen vor die Füße.»

«Bis dann kann er nicht mal mehr ‹Ich war's nicht› sagen», bestätigte Chițu. «Leute, Tempo, wir schlafen nicht ein. Wo bringen wir ihn hin? Dort hinter die Zementsäcke?»

«Dort hört man ihn schreien. Lieber in den Keller», fand Chioru. «Achtung!»

Plötzlich setzte sich der Mann in Bewegung. Er lief aber nicht weg, sondern kam langsam auf sie zu. Er sagte etwas. Wasser. Er wollte Wasser.

Anghel erwachte als Erster aus der Starre. «Sicher, Väterchen. Der einzige Hahn ist dort im Gebäude. Komm mit. Eine Mordshitze, was? Eigentlich dürfen wir keine Passanten hereinlassen, aber wenn du schnell kommst, merkt's keiner. Hier, die Treppen runter.»

Anghel ließ den Mann vorgehen und warf einen kurzen Blick hinter

15

sich. Die anderen drei waren ihm auf den Fersen. Alles lief gut. Verdammter Penner. Wird ihm eine Lehre sein.

Stefan hörte etwas, drehte sich um und verstand nicht, was er sah. Vier Männer standen im unfertigen Raum und blockierten den einzigen Ausgang. Es fiel ihm nichts ein, was er ihnen hätte zurufen können, in den wenigen Sekunden, bevor sie bei ihm waren. Dann fing alles von vorne an.

Wie vor einer Woche in der verlassenen Fabrik gingen Männer mit Fäusten, Tritten und diesmal auch einem Knüppel auf ihn los. Ihre wilde Gier beim Verprügeln eines friedlichen Fremden überraschte ihn nicht mehr. Anders als die Securitate-Agenten schlugen die Bauarbeiter ziellos auf ihn ein. Was ihn aber entsetzte, war, dass sein Körper gleichsam die Kontrolle übernahm, ihn mit Schmerzen blendete, die er sofort und um jeden Preis loswerden wollte, und dass er den Schlägen auszuweichen versuchte, obwohl es kein Ausweichen gab. Er war der dummen, nackten Panik des eigenen Körpers ausgeliefert.

Es dauerte auch diesmal lange, bis die Schläge aufhörten. Stefan lag zusammengekrümmt am Boden.

«Du hältst die Klappe.»

Stefan konnte denjenigen nicht sehen, der gesprochen hatte. Seine Augen waren zu geschwollen, und es war zu dunkel.

«Ich höre einen Ton, und wir holen dich hierher zurück. Und dann bekommst du den Nachtisch, ja? Du Streuner, du Dreckschwein. Auch wenn du wegrennst, wir finden dich.»

Eine tiefe, leicht lispelnde Stimme.

«Bringt ihn hoch.»

Stefan spürte wieder starke Schmerzen, stechende, die ihn stöhnen ließen. Sie müssen mir etwas gebrochen haben, dachte er. Die Männer schleppten ihn eine Weile, er nahm bald die Tageshelle wahr, sie waren also im Freien. Irgendwann ließen sie ihn auf dem Boden liegen. Der Boden war heiß. Die Sonne brannte auf seinen Nacken.

«Hier ist er, Genosse», sagte der Anführer wieder. «Wir haben ihn endlich geschnappt.»

Der Angesprochene kam nicht dazu, etwas zu antworten.

«Du meine Güte, was ist *das*?», fragte stattdessen eine Frauenstimme. Sie klang empört.

Eine Frau hier?, wunderte sich Stefan. Er war kein Kenner der Baubranche, aber so viel wusste er: Niemand würde eine Frau auf eine Baustelle schicken.

«Was habt ihr gedacht, was ihr tut, *măi animale ce sînteți*, ihr Bestien!» Niemand unterbrach sie, auch später nicht. Sie redete immer zu Ende, machte einen Punkt und wartete.

«Wissen Sie, Genossin Stancu», wandte eine dritte Stimme vorsichtig ein, «ich glaube, das könnte der Dieb sein.»

Eine geschliffene Aussprache, kein Arbeiter, dachte Stefan, vielleicht ein Ingenieur.

«Aber natürlich», sagte sie hämisch. «Und der hat ausgerechnet jetzt nochmals vorbeigeschaut. Also habt ihr ihn verprügelt. Weil er eine halbe Tonne Baumaterial gestohlen haben soll, ja? Der hier ganz allein!»

«Genossin, mit Verlaub», sagte der Schläger mit dem Lispeln, «der Genosse Ingenieur hier weiß, was gelaufen ist. Fast wäre es letzte Woche zu einem Unfall ge…»

«Ich bin unterrichtet», unterbrach ihn die Frau. «Wie heißen Sie, und was haben Sie hier für eine Funktion?»

Der Ingenieur versuchte sich wieder einzuschalten, aber auf ein halblautes «Nicht jetzt» von Genossin Stancu verstummte er.

Der Anführer der Schläger zögerte. Als er wieder sprach, klang seine Stimme nach Entschuldigung.

«Ähm, sehen Sie, ich bin Chițu, Vorarbeiter Gerüste. Wir waren einfach wütend, Genossin, also meine Männer waren wütend, weil … wir haben ihn schon zweimal hier gesehen …»

«… dreimal …»

«… ja, dreimal, und es ist ja heiß, wissen Sie, und wir arbeiten hier fürs Vaterland, wie die … die … und wenn ein Unfall passiert, dann … ähm, wer geht für uns in zwei Monaten aufs Feld, ernten?»

«… wir haben sonst, das heißt, unsere Kinder haben sonst nichts zu essen, Genossin …»

«… wir können sie bei uns auf dem Land nicht in die *Alimentara* schicken, wie Sie hier in der Stadt …»

17

Stancu schien genug gehört zu haben. «Als Arbeiter werdet ihr davon Kenntnis haben, dass wir in unserem sozialistischen Staat eine Miliz haben. Damit Straftäter gefangen und ihrer gerechten Strafe zugeführt werden. Nun, und wer ihr vertraut, braucht Diebe nicht eigenhändig zu verhören. Nun, leider gibt es manche – wenige –, die anders denken: etwa, dass die Miliz vielleicht unfähig ist, nicht wahr?»

Stefan hob in Gedanken die Augenbrauen. Der Trick kam ihm bekannt vor. Die Frau drohte nach Art der Parteikader. Misstrauen der Miliz gegenüber? Wollte jemand der Regierung unterstellen, nicht alles Nötige zu tun, um die Kriminalität zu bekämpfen? Das wirkte, es gab einen Moment der Stille.

«Also werden wir jetzt die Miliz rufen», kündigte Genossin Stancu an. «Sie wird untersuchen, was gestohlen wurde und von wem. Wir werden es ab sofort wieder richtig machen auf dieser Baustelle, wie im Lehrbuch, nicht wahr, Genossen?» Kurze Pause, vermutlich Nicken. «Nicht wahr, Genosse Chiţu?»

Leicht verzögert kam ein leises «Ja, Genossin».

«Chiţu!», donnerte nun eine weitere Stimme, tief, heiser, ein älterer Mann. «Du und Dănăilă geht, ihr wisst, wo das Telefon ist, ich will die Miliz in zehn Minuten hier haben. Jetzt reicht's mit dem Zirkus. Marsch!»

Das musste irgendein Chef sein, vielleicht der Baustellenleiter. Er war wohl weniger hochgestellt als Stancu und beeilte sich, ihr zu zeigen, dass er die Lage unter Kontrolle hatte.

«Kopf hoch, Chiţu», sagte Stancu, und es tönte wie ein Befehl, «es kommt die Miliz, nicht die Tataren. Sie kommt und schafft Gerechtigkeit. Das wolltet ihr doch!»

Kurz darauf spürte Stefan, wie er behutsam aufgehoben und gestützt wurde. Es musste ein kräftiger Mann sein, der ihn so mühelos hochziehen konnte. Er führte Stefan an einen schattigen Ort. Dann wurde Stefan kurz untersucht und sein Gesicht gereinigt. Er bekam ein wenig Wasser, aber das Trinken war schmerzhaft. Durch die geschwollenen Lider begann er, wieder ein wenig zu sehen.

«Wie sieht's aus?», fragte Stancu, als sie kurz darauf näher kam. Ihre Stimme tönte nun unaufgeregt und alltäglich. Der hilfsbereite Mann war ihr offenbar vertraut.

«Er ist bei Bewusstsein. Das Gesicht ist halt so, wie Sie es sehen, aber nichts Schlimmes. Die Platzwunden hier am Kopf brauchen natürlich Pflege, sein Knie hingegen sieht nicht gut aus. Außerdem hat er Mühe beim Atmen, vielleicht eine gebrochene Rippe. Ich denke aber nicht, dass er innere Blutungen hat.»

4. WIR VERSCHWINDEN JETZT

Beim Einatmen kam es Stefan vor, als ob sich seine Lungen gegen Messerspitzen dehnten. Er war dermaßen mit seinen Schmerzen beschäftigt – und mit dem unbewussten Impuls, nicht zu schreien –, dass er nicht mehr auf seine Umgebung achtete.

Er war sich nicht sicher, ob seine Rettung von Dauer war. Er wünschte bloß, man würde ihn fortbringen, nach Hause, oder irgendwohin, und ihm Schmerzmittel geben.

«Radu, ich bleibe hier bei ihm», hörte Stefan Stancu sagen. Sie hatte wieder den entschiedenen Ton, wie vorhin mit den Arbeitern. «Geh und ruf einen Rettungswagen. Sie sollen ihn in ein Krankenhaus bringen. Wir können ihn nicht hierlassen. Danach ziehen wir ab.»

«Sofort», antwortete der Mann und entfernte sich.

Stefan sah noch undeutlich. War es wegen der angeschwollenen Lider, oder hatten seine Augen Schaden genommen? Er wollte etwas sagen, aber Stancu redete bereits mit einer weiteren Person. Der Stimme nach zu urteilen, war es der zaghafte Ingenieur, der Stefan als Dieb bezeichnet hatte.

«Ähm … was tun wir jetzt?», fragte der Ingenieur.

«Was ich mache, das siehst du doch!», fuhr Stancu ihn an. «Du tust, was du willst. Ich werde gleich gehen. Ich kann das Auto nicht eine Ewigkeit behalten. Ich schicke den Kerl hier ins Krankenhaus, und dann verschwinden wir.»

«Sie schicken ihn ins Krankenhaus?», fragte der Ingenieur ungläubig.

«Ja, Radu ruft eine Ambulanz. Sobald die hier ist, bin ich weg.»

«Der gehört aber nicht zu uns», sagte der Ingenieur.

«Ich weiß. Und?», fragte Stancu.

«Ich weiß nicht. Liegen lassen. Schauen Sie ihn doch an. Wegen so einem würd ich mir keine Umstände machen.»

«Das ist wohl nicht dein Ernst, Mihnea! Die hier bringen ihn doch um.»

«Genossin Stancu, wie Sie meinen. Sie tun, was Sie wollen, ich misch mich da nicht ein. Übrigens, es ist doch gut gelaufen, was meinen Sie? Ich weiß nicht, ob wir nun etwas bewirkt haben. Soll ich noch bleiben, bis die Miliz kommt? Das sollte ich wohl, nicht? Damit man nicht denkt …»

Stefan verstand nicht, worum es ging. Er fühlte sich zu schwach, um ins Gespräch einzugreifen. Reden würde ihm noch mehr Schmerzen bereiten. Lieber ruhig liegen und zuhören. Der Ingenieur verabschiedete sich. Dann hörte Stefan Schritte.

«Genossin», sagte Radu. «Ein kleines Problem. Sie haben keine freien Krankenwagen. Ich habe natürlich versucht, Druck zu machen, aber da ist anscheinend nichts zu machen.»

«Uff, *ihre Mutter*!», stieß Stancu durch die Zähne hervor. «Die haben aber auch so einen Arbeitseifer … Was meinst du, stecken wir ihn in ein Taxi?»

«Wie Sie sagen, Genossin. Soll ich ein Taxi rufen? Ich weiß aber nicht, wie schnell es da ist. Sie entscheiden.»

«Hm.»

«Die Miliz kommt sowieso», gab Radu zu bedenken. «Die wissen bestimmt, was sie mit Verletzten tun müssen. Die können sich um ihn kümmern.»

Stefan versuchte verzweifelt, bei Bewusstsein zu bleiben. Er war am Ende. Er hatte keine Lust, auf die Miliz zu warten. Sie gingen mit Verdächtigen nicht allzu schonend um.

«Bitte …», fing er an. Es war ein harter Kampf gegen die Messerspitze in seiner Brust. «Nicht die Miliz … Ins Krankenhaus … Bin kein Dieb … Ich kann es beweisen … Bitte … zuerst ins Krankenhaus …»

Stefan hörte, wie Stancu seufzte.

«Radu … Komm, wir nehmen ihn mit.»

«Mit dem Wagen, Genossin?», fragte Radu erstaunt, als ob es sich um den einzigen Wagen im Land handelte.

«Ja, was ist? Was habt ihr alle?», rief Stancu empört. «Ich lasse diesen Mann sicher nicht zurück wie ein Stück Holz. Siehst du nicht, er hat Schmerzen. Wenn die Miliz erst in einer halben Stunde kommt, bis sie dann ermittelt, was von Anfang an gelaufen ist, bis sie in die Zentrale telefonieren, um sich mit dem Vorgesetzten zu beraten, bis sie den Typen hier finden, geht es noch mal eine Stunde! Bis sie ihn ins Krankenhaus bringen, dort muss er nochmals warten ... Mit einem Rippenbruch und weiß der Kuckuck was! Am Ende stirbt er noch! Und dann heißt es, wir sind schuld, weil wir uns ja zuerst um ihn gekümmert haben.»

Stefan hörte überrascht zu. Sie hatte es wohl kaum nötig, mit Radu zu debattieren. Dann fand sie den Befehlston wieder.

«Los, fertig diskutiert, du nimmst ihn mit dem Genossen Ionescu hoch ... Mihnea! Komm mal her! *Haide*, komm jetzt! Ihr nehmt ihn und legt ihn in den Wagen, und wir fahren rasch ins Krankenhaus. Kommt, ich helfe euch auch.»

5. VORZUGSBEHANDLUNG

Stefan lag auf der Rückbank. Der Wagen war keiner der üblichen Dacia, sondern eine ihm unbekannte Marke, rundlich und geräumig. Die harte Federung machte ihm zu schaffen, auch wenn der Fahrer sich sichtlich um eine sanfte Fahrweise bemühte.

«Fahr ins *Colţea*», befahl Stancu dem Chauffeur.

Stefan pflichtete ihr im Stillen bei: Das Notfall-Krankenhaus Colţea lag ganz in der Nähe. Er versuchte sich zu entspannen. Er war gerettet.

Warum tat sie das? Warum sammelte sie ihn auf und brachte ihn mit dem eigenen Dienstwagen ins Krankenhaus? Dies passte weder zu ihrem Rang noch zur Gepflogenheit, sich strikt nur um sich und die eigenen Angelegenheiten zu kümmern.

Wer war diese Genossin Stancu? Immerhin hatte sie einen Wagen mit Chauffeur. Vielleicht Zentralkomitee? Als Redakteur bei einer der größten Tageszeitungen kannte Stefan die Namen vieler Spitzenkader der RKP, der Rumänischen Kommunistischen Partei. *Stancu* sagte ihm jedoch nichts.

Noch eine Kurve, und Stefan wurde wieder durch seine Schmerzen abgelenkt. Wenigstens waren seine Lider inzwischen ein wenig abgeschwollen. Die Vordersitze hatten keine Kopfstützen, liegend konnte er Radus Hinterkopf und das Profil der Stancu sehen. Entweder war sie sehr klein, oder ihr Chauffeur war sehr groß. Wie alt mochte sie sein? Dreißig, fünfunddreißig. Zu jung, um wirklich wichtig zu sein. Der Dienstwagen musste dem Mann oder dem Vater gehören.

Die mittellangen dunklen Haare trug sie hinten zusammengebunden. Der zierliche Hals kontrastierte mit dem breiten Gesicht, dessen hohe Wangenknochen Stefan an wilde Steppenreiter erinnerten.

Stancu drehte den Kopf zu Stefan. «Haben Sie Ihren Ausweis bei sich? Sie werden ihn in der Notaufnahme brauchen.»

Ihre Stimme klang distanziert, aber weniger hart als auf der Baustelle. Ihre Mundwinkel hingen ein wenig herab, und eine ausgeprägte Falte

23

zwischen den Augenbrauen verlieh ihrem Gesicht Entschlossenheit und eine leise Bitterkeit.

Stefan überlegte.

«Ja, sie haben ihn mir zurückgegeben …» Stefan hielt inne. Was konnte er einer Parteikaderfrau erzählen? Doch nicht: Eure Securitate hat mich entführt. «Ich war auf dem Weg nach Hause. Stefan Irimescu, Redakteur bei der *Stimme des Sozialismus*.»

Sie sah ihn prüfend an. Ihre Augen waren sehr dunkel. Traute sie ihm eine Position als Redakteur bei einer solch wichtigen Tageszeitung zu? Stefan bezweifelte es. Als solcher war man zwar nicht mächtig, aber doch eine bekannte Person. Dass sich so jemand auf dem Heimweg in einen Landstreicher verwandelte und sich in eine Prügelei verwickeln ließ …

«Es ist eine längere Geschichte», sagte Stefan leise. Er versuchte durchzuatmen und fuhr fort: «Ich werde Ihnen später alles erzählen.»

«Gut. Raluca Stancu, Architektin. Gleich sind wir im Notfallkrankenhaus. Bleiben Sie möglichst ruhig liegen. Worüber schreiben Sie?»

«Meistens Soziales», sagte Stefan. «Ich rede mit Leuten, mache mir ein Bild von ihrer Arbeit, von ihrem Leben.» Er musste Pausen machen beim Sprechen, aber sie hörte ihm zu. «Wir nennen das *anchetă*, Untersuchung, was die Leute manchmal missverstehen.»

Sie blieb ernst. Sie fand die Anspielung entweder nicht lustig, oder sie verstand sie nicht.

Stefan merkte erst jetzt, was er soeben versucht hatte: eine KP-Spitzenfunktionärin mit einem Wortspiel über Untersuchungsbehörden zum Lachen zu bringen. Ausgerechnet. Er hätte sich ohrfeigen können.

Er schwieg. Er wollte aber ihre Aufmerksamkeit, er hätte ihr gerne noch vieles erzählt. Irgendwie gefiel ihm diese Frau. Dass sie ihm gefährlich werden konnte, machte sie noch interessanter.

Kurz darauf kamen sie an. Stefan stellte sich auf die übliche lange Wartezeit ein. Zu seiner Überraschung wurde er aber schon bald untersucht. Genossin Stancu hatte ihn nicht einfach abgeladen, sondern ihm eine Vorzugsbehandlung verschafft. Ganz ungewöhnlich.

Irgendwann war seine Retterin nicht mehr da, und er nahm kaum noch zur Kenntnis, dass sie sich von ihm nicht verabschiedet hatte. Er war dankbar und erleichtert, in Sicherheit zu sein, aber etwas ließ ihm keine Ruhe. Was genau, das verstand er nicht. Er konnte nicht klar denken. Lag es an seiner Erschöpfung oder an den Schmerzmitteln? Er konnte dieser Frage nicht mehr nachgehen. Seine Gedanken legten sich wie Hunde in einer mondlosen Nacht auf den Boden und bewegten sich nicht mehr.

Am nächsten Tag erfuhr Stefan, dass er einige Rippenbrüche hatte und etwas kompliziert Klingendes am rechten Knie. Dieses steckte in einem Gips. Man würde ihn noch einen oder zwei Tage lang im Krankenhaus behalten. Der Arzt verbot Stefan, im jetzigen Zustand das Bett zu verlassen, und versprach, seine Mutter gelegentlich benachrichtigen zu lassen.

Stefan wollte aber, dass man sie gleich anrief. Seine Mutter, die mit ihm zusammenwohnte, wusste seit über einer Woche nicht, wo er war. Oder sie vermutete es mittlerweile – und machte sich noch mehr Sorgen. Schließlich fügte er sich schweren Herzens. Es wäre zu heikel gewesen, dem Arzt die Dringlichkeit eines Anrufs zu erklären. Es war wohl besser, wenn niemand hier im Krankenhaus erfuhr, dass Stefan Ärger mit «denen» hatte. Mit den Diensten. Die Ärzte würden Angst bekommen. Sie würden ihn dann bestimmt nicht besser behandeln.

Stefan lag mit sieben weiteren Patienten im Zimmer. Zwei von ihnen und die meisten Besucher hatten den Krankenschwestern und dem Arzt Geld oder Zigaretten zugesteckt. Vielleicht sollte auch ich …, dachte Stefan kurz. Er hatte aber kein Geld bei sich. Etwas für später zu versprechen wäre nur peinlich gewesen.

Stefans Mutter wurde tatsächlich benachrichtigt: Sie kam am Nachmittag gegen Ende der Besuchszeit. Ecaterina Irimescu war eine kleinere aufrecht gehende Frau um die Siebzig, die ihre hellgrauen Haare hochgesteckt trug. Ihre Kleidung sah unauffällig, fast bescheiden aus, aber eindeutig städtisch. Man sah ihr an, dass sie früher Anerkennung und Bewunderung genossen hatte.

Sie trat näher und küsste ihren Sohn auf die Wange. «Was hast du wieder angestellt, mein Lieber?»

Stefan hörte das leise Zittern in ihrer Stimme. Dann fasste sie sich und war wieder ganz sie selbst, zurückhaltend und würdevoll. Sie sah sich kurz um. «Wo warst du? Warum hast du nicht …» Sie schaute Stefan an, sah ihm in die Augen und hielt inne. Sie wussten beide, warum er sie nicht benachrichtigt hatte, nachdem er verschwunden war. Sie mussten hier aber diskret sein.

«Ich war auf dem Weg heim», sagte Stefan, «da habe ich auf einer Baustelle nach Wasser gefragt, weil es so heiß war. Sie haben mich wohl verwechselt. Ein paar Arbeiter haben mich verprügelt, dann haben andere eingegriffen und mich hierhergebracht.»

«Ach, Stefan», seufzte Ecaterina. «Du bist immer so unvorsichtig. Du weißt ja, wie dieses Pack sein kann. Sie trinken noch bei der Arbeit, und dann diese Hitze, und plötzlich wissen sie nicht mehr, was sie tun. Warum musst du immer auf *alle* zugehen und dich mit *allen* abgeben?»

«Ich komme morgen oder übermorgen heim», sagte Stefan. «Zu Hause erzähle ich dir alles.»

Stefan drückte ihre zusammengefalteten Hände mit seiner unversehrten Hand.

«Du hast recht», sagte Ecaterina und sah sich nochmals um, «man weiß ja nicht … Um welche Zeit entlassen sie dich? Ich komme dich abholen.»

«Das weiß ich noch nicht. Sobald ich es erfahre, rufe ich dich an.»

Nach einer Pause flüsterte Ecaterina: «Ich freue mich so, dich zu sehen, Stefan. Die letzten zehn Tage waren die Hölle. Ich war überall … Ich wusste nicht mehr …»

«Ich weiß. Bald bin ich zu Hause. Komm, es ist alles gut jetzt.»

Nachdem Ecaterina gegangen war, entspannte sich Stefan und schloss die Augen. Er lag in einem richtigen Bett. Seine Schmerzen waren erträglich. Er war beschützt. Diese Raluca Stancu hatte ihm, einem Unbekannten, all dies ermöglicht. Sie hatte in den Lauf der Dinge energisch eingegriffen und ihn herausgeholt. Sie hatte nicht auf ihre Begleiter gehört, sie hatte anders gehandelt, als üblich und angebracht war. Denn niemand hätte sich gewundert, wenn sie ihn auf der Baustelle gelassen hätte. Er war ein Fall für die Miliz, für den Sanitätsdienst. Wer kommt auf die Idee, sich da einzumischen? Sie wusste damals nicht einmal, ob er nicht wirklich der gesuchte Dieb war. Das hatte sie aber nicht abgehalten. Und sie gehörte ja zu *ihnen*, zu den Mächtigen, Hartherzigen und Verlogenen. Warum hatte sie so gehandelt?

Auf einmal verstand er, die Antwort war in aller Klarheit da: Diese Frau hatte nicht anders können. Sie hatte ein gutes Herz. Diesen Ausdruck hatte er fast vergessen. Er klang altmodisch und ein wenig lächerlich. Man war heutzutage nicht mehr gutherzig. Die Arbeiter auf den Plakaten und in den Chören waren nicht gutherzig. Sie waren stark und heldenhaft. Ihr Blick starrte begeistert in die helle Zukunft des Sozialismus. Wer neben ihnen litt oder fiel, war ein nötiges Opfer für die höhere Sache.

Jetzt erinnerte er sich wieder: gestern vor der Baustelle, als er die Arbeiter betrachtet hatte. Der flüchtige Augenblick, als er begriffen hatte, wie alles zusammenhing: Er war wieder da. Die wirklichen Arbeiter entsprachen der vorgegebenen Propaganda nicht, waren weder dankbar noch heldenhaft. Bis auf diesen kleinen, aber wesentlichen Punkt: wer neben ihnen litt oder fiel. Gehörte der nicht zu ihnen, zur engsten Verwandtschaft, so gab es keinen Grund, ihm beizustehen. Was hätte man davon? Jeder Einzelne handelte so und wurde so behandelt. Die Güte hatte man ihnen ausgetrieben: Zeige deinen Nachbarn an, und du bekommst eine Wohnung in der Hauptstadt, eine Stelle, einen Dacia, einen Kühlschrank, du treuer Sohn des Vaterlandes. Hier, solange du so handelst, hast du deinen Krümel Wohlstand und ein wenig Schutz. Auf Kosten derer, die du ausgeliefert hast oder die einfach schwächer, unwichtiger sind. Etwa ein Streuner, den kann man sogar selbst prügeln, geht in Ordnung, den vermisst niemand.

Aber warum, fragte sich Stefan, haben wir uns so umformen lassen? Weil wir uns allein fühlen und schutzlos. Niemand kann dich schützen, *sie* wissen schon alles über dich. So denken wir. Jeder steht für sich allein, umgeben von lauernden Mitmenschen. Das Ausgeliefertsein weckt Ekel vor sich selbst. Nur die anderen sind noch erbärmlicher und widerlicher als man selbst.

Allein diese Frau schien von all dem unberührt.

6. TOCHTER DER MACHT

Etwas später – Stefan lag halb schlafend –, ging die Tür auf, und Raluca Stancu trat ein.

Die Besuchszeit war vorbei, aber solche Vorschriften galten für jemanden in ihrer Position natürlich nicht. Sie hatte einen harten Ausdruck im Gesicht, der Stefan an ihr Verhalten auf der Baustelle erinnerte. Sie näherte sich mit ruhigen Schritten seinem Bett.

«Sie werden also bald heimgeschickt.» Ihre Stimme klang sachlich.

Stefan überlegte, was er darauf antworten könnte. Jetzt, da sie vor ihm stand, fiel es ihm schwer, seine Dankbarkeit in Worte zu fassen.

«Ich rechne Ihnen hoch an, dass Sie …», fing er an. Die Wendung klang zu steif, aber die anderen im Raum hörten ihnen gespannt zu. «Hätten Sie mich nicht rechtzeitig hierhergebracht, wäre ich nicht so glimpflich davongekommen.»

Genossin Stancu nickte wortlos und sah ihn an.

Stefan war unschlüssig. Einerseits wollte er vor ihr auf der Hut sein, andererseits drängte es ihn, ihr zu erklären, wie sehr ihn ihre Tat bewegt hatte.

Die Vorsicht überwog. Diese Frau war die Einzige, die seine Identität kannte und ihn wegen des Zwischenfalls auf der Baustelle bei der Miliz anzeigen konnte. Seine Anwesenheit dort wenige Stunden nach seiner Freilassung wäre schwer zu erklären. Warum war sie hier?

Sie blickten einander prüfend an.

«Gestern sah Ihr Zustand schlimmer aus», sagte Stancu schließlich. «Sie bluteten, Sie sagten kaum noch etwas, selbst das Atmen schien Ihnen schwerzufallen. Ich konnte Sie ja nicht dort sterben lassen! Übrigens: Wie Sie heute aussehen, sauber und frisch rasiert, fällt es mir leichter zu glauben, dass Sie wirklich Journalist sind.»

Stefan lächelte. «Der Anschein täuscht manchmal», sagte er. «Aber ich kann Ihnen versichern, dass ich wirklich am Ende meiner Kräfte war. Es war mir schon vorher nicht besonders gutgegangen, bevor ich auf der

Baustelle überfallen wurde.» Er bemerkte sofort seinen Fehler. Wollte er wirklich seine Entführung hier erörtern? Er versuchte einen Themenwechsel. «Sind Sie eigentlich vom Bauministerium?»

Genossin Stancu war offenbar zu scharfsinnig für so ein Manöver. Sie ging auf seine Frage nicht ein. Die senkrechte Falte zwischen ihren Augenbrauen vertiefte sich ein wenig. Sie legte ihre Tasche auf Stefans Bett, sah sich um und schob einen Hocker näher. «Wie Sie gestern aussahen», sagte sie, «erklärt wiederum, warum diese Halunken Sie angegriffen haben.» Ihre Stimme tönte weicher. «Hätten Sie so ausgesehen wie jetzt, dann hätten die es nicht gewagt. Aber was haben Sie gesagt? Was war vorher los? Wie sind Sie auf die Baustelle gekommen?»

Stefan überlegte. Wenn sie sich nicht ablenken ließ, dann blieb ihm nur, sie wegzuschicken – und sehr verdächtig zu wirken –, oder ihr mehr zu erzählen.

Sie saß nach vorne gebeugt, Ellbogen auf die Knie gestützt, und sah ihn eindringlich an. «Erzählen Sie. Seien Sie unbesorgt», sagte sie leise, «ich bin von keinem Ministerium.»

Stefan sah sie an. Auf einmal fasste er Vertrauen zu ihr. «Gut. Gehen wir auf den Korridor.»

Er drehte sich vorsichtig, dann stand er auf. Sie stützte ihn, eine Hand unter seinem Arm. Er spürte seine Verletzungen wieder stärker, trotz der Schmerzmittel. Die Ereignisse der letzten Tage hatten seine Wahrnehmung allerdings verändert: Es gab Schmerzen und Schmerzen. Diese hier waren erträglich.

Auf dem Korridor lehnte er sich an die Wand. Er sah Raluca Stancu an. Sie war klein, beinahe zierlich. Sie strahlte eine gelassene Intelligenz aus, was ihn bei einer Genossin aus der Parteispitze überraschte. Alle Frauen aus diesem Kreis, die er bisher gesehen hatte, waren einfach gestrickt und eingebildet gewesen. Und erheblich älter.

Sie trug winzige Ohrringe. Der breite Kiefer ließ ihren leicht asymmetrischen Mund klein und ein wenig schmollend wirken. Die ausgeprägten Augenbrauen gaben ihrem Gesicht eine anziehende Bestimmtheit.

Er fing an, leise zu erzählen: von der Tageszeitung, von seinen jüngsten Recherchen. Sie unterbrach ihn: Hatte er nach der Entlassung aus dem Krankenhaus ein Zuhause, wo er hingehen konnte?

29

Stefan ließ sich nicht aus der Ruhe bringen. Natürlich habe er ein Zuhause. Dorthin sei er auch unterwegs gewesen, als er die Baustelle gesehen habe. Neugier und Durst hätten ihn bewogen, stehen zu bleiben und die Bauarbeiter anzusprechen.

Raluca Stancu hörte ihm aufmerksam zu. Was er erzählte, löste noch mehr Fragen aus. Warum er Chiţu nicht mit dem Presseausweis eingeschüchtert habe, warum er sich nicht gewehrt, gerufen habe, warum er nicht anderswo nach Wasser gefragt habe, ob er Anzeige erstatten wolle. Sie ließ ihn alles ausführlich erklären.

Mit jeder Antwort verlor Stefan mehr von seinem Misstrauen. Es war angenehm, jemanden zu haben, dem er zumindest einen Teil seiner Erlebnisse der letzten Tage erzählen konnte. Ein seltsames Hochgefühl ergriff ihn. Er merkte, dass es ihm guttat, sich ihr anzuvertrauen, sie auf seine Seite zu holen.

Dann fragte sie natürlich, woher er an jenem Tag gekommen und wieso er in einem solch verwahrlosten Zustand gewesen sei.

Stefan zögerte. Dann beugte er sich zu ihr und flüsterte ihr ins Ohr von seiner Entführung, von den Schlägen, sprach das Verbotene aus, nur für sie. Als er fertig war, richtete er sich wieder auf. Gleich merkt sie, dachte er, dass sie sich nicht mit einem Landstreicher unterhalten hat. Sondern mit einem Volksfeind. In aller Öffentlichkeit. Das muss für jeden, der nicht zur allerobersten Geheimdienst- oder Parteispitze gehört, erschreckend sein.

Er wartete gespannt.

Raluca Stancu sah ihn prüfend an, wog etwas ab, ihr Gesicht wirkte konzentriert und verschlossen. Sie blieb.

Stefan konnte es nicht fassen. Hatte diese Frau den Verstand verloren?

Sie strich sich übers Haar und atmete tief durch. Was er denn angestellt habe, dass er verhaftet worden sei.

Da merkte Stefan, wie weit ihre Welten auseinanderlagen. Sie gehörte zu den Leuten, für die es einen nachvollziehbaren Grund für eine Verhaftung durch die Securitate geben musste. Ein Vergehen. Den wollte sie zuerst verstehen, dann kam sein Leidensweg. Keiner, den er kannte, hätte die Frage so gestellt.

Stefan hatte keine Lust, dem nachzugehen. Es gab etwas anderes, was er ihr von Anfang an hatte sagen wollen. Jetzt war der Zeitpunkt, denn näher würden sie sich an diesem Tag nicht mehr kommen.

Er ließ ihre Frage unbeantwortet. Er duzte sie auf einmal und erklärte ihr von seiner Erkenntnis über den vergessenen Wert der Güte. Es wäre niemandem aufgefallen, wenn sie ihn am Tag zuvor nicht gerettet hätte. Man rechnete in diesem Land nicht mehr mit normaler Menschlichkeit. Als Journalist war er mitschuldig daran: Er lebte davon, dass er Pflichterfüllung und Gehorsam als höchste Tugenden pries. Auch er war mit der Zeit innerlich verarmt, ohne es zu merken. Richtig spürte man diese Kälte erst, wenn man selbst in Not geriet. Ihr Handeln hatte ihn wachgerüttelt.

Verstand ihn Raluca? Sie schwieg nachdenklich. Sie schien seinen Dank anzunehmen. Für den Rest musste er ihr noch Zeit lassen.

Vom langen Stehen spürte er wieder Schmerzen. Er fühlte sich zunehmend benebelt. Es war Zeit, Abschied zu nehmen. Es drängte ihn, diese Frau zu umarmen – wie eine Kindheitsfreundin und doch ein wenig anders.

Er tat es natürlich nicht. Dass er ihr stattdessen seine Telefonnummer gab, fand selbst er später unverständlich. Er hätte sie um ihre Nummer bitten sollen. Irgendwie spürte er jedoch, dass eine Frau in ihrer sozialen Stellung, noch dazu mit einem Ehering am Finger, ihm ihre Telefonnummer nicht geben würde. Ohne lang zu überlegen, schrieb er ihr deshalb seine Telefonnummer auf. Es war die erstbeste Idee, ein eiliges, unbeholfenes Signal. Sie nahm den Zettel mit.

Dass sie ihn anrufen würde, damit rechnete Stefan nicht.

TEIL II

SEPTEMBER 1979 – JULI 1980

7. WER NICHT MITMARSCHIERT

BUKAREST, SEPTEMBER 1979   Zehn Monate vor Stefans Begegnung mit Raluca, in einer milden Septembernacht, betrat Ilie Stancu seine Wohnung, bedächtig, wie ein zufriedener König seine Pfalz.

Die stattliche Villa war, so viel wusste er, kurz vor Ausbruch des Kriegs gebaut worden, während des bourgeoisen Regimes der Industriellen und Großgrundbesitzer. Sie stand im Botschaftsviertel, ein solide gebautes Haus, das dem jüngsten Erdbeben mühelos standgehalten hatte.

Dass Ilie die obere Hälfte bewohnen durfte, war ein Zeichen der Anerkennung, die die Partei einem ihrer fähigsten und tatkräftigsten jungen Kader entgegenbrachte. Zu Recht, wie er fand. Seine Privilegien hatte er sich mit seinem unermüdlichen, von revolutionärer Begeisterung für die Ziele der Partei getriebenen Einsatz für eine Kultur der arbeitenden Massen verdient. Mit zweiunddreißig Jahren war er einer der jüngsten Parteisekretäre auf Bezirksebene. Freilich noch nicht in der Hauptstadt, sondern erst im bescheidenen Bezirk Ilfov.

Auf eine lange Arbeitssitzung in der Parteizentrale war wie üblich ein kleiner Umtrunk in der Bar des nahegelegenen Hotels Dorobanți gefolgt. Solche Anlässe schätzte Ilie, Momente der Zusammengehörigkeit, des Einsseins mit ähnlich denkenden Männern, mit Genossen, denen die gesunde proletarische Herkunft wie ihm ins Gesicht geschrieben stand. Nun hatte ihm die frische Luft gutgetan, auf seine Beine war wieder Verlass.

Kaum hatte er das Wohnzimmer betreten, kam Raluca die Treppe herunter und die Hausangestellte Nicoleta aus der Küche, beide mit schläfrigen Augen und schlurfenden Schritten. Nicoleta fragte, ob sie das Essen aufwärmen solle. Er nickte. Es war ihm nicht nach Schlafen zumute. Er nahm die Krawatte ab und setzte sich an den Tisch.

«Geh schlafen, Nicoleta.» Ralucas Stimme tönte müde, aber bestimmt.

«Ja, Genossin. Ich werde nur noch den Eintopf auf den Herd stellen.»

Raluca war auf der Treppe vom Dachgeschoss stehen geblieben. Sie war im achten Monat schwanger.

Ilie betrachtete sie schweigend. An ihren besseren Tagen war sie ein gutgebautes Weib. Deswegen hatte er früher auch schon mal frechen Mitbuhlern die Fresse polieren müssen. Wäre sie nicht schwanger, welch einen herrlichen Abschluss gäbe es für diesen erfolgreichen Tag!

Nicoleta verschwand in ihr Zimmer. Raluca stieg die letzten Stufen vorsichtig herunter und setzte sich ihm gegenüber.

Ilies Hände liebkosten die glatte Oberfläche des massiven alten Esstischs, vielleicht Nussbaum. So genau wusste das wohl nur der frühere Besitzer, sofern er noch am Leben war; bestimmt ein Ausbeuter der Volksmassen, sonst hätte man ihn nach dem Krieg nicht enteignet.

Ilie spürte Ralucas nachdenklichen Blick. «Was ist, was starrst du?», fragte er.

«Es ist ein Uhr nachts», antwortete Raluca mit einer Ruhe, die ihm auf die Nerven ging.

«Es ist Samstag», knurrte Ilie.

«Du hast eine hochschwangere Frau zu Hause, Ilie. Du bist kein junger Bursche mehr, weißt du, ungebunden und sorglos.»

«Sorglos? Ich habe Pflichten», sagte Ilie bestimmt. «Darum komme ich nicht jeden Nachmittag um vier Uhr heim. Ich habe eine Position. Darum wohnen wir hier, und darum hast du eine Köchin und einen Chauffeur und und!»

Raluca beschloss, dass sie das durchziehen musste, trotz ihrer Übelkeit. Sie hatten es zu oft besprochen, aber nie zu Ende. Nicht aus ihrer Sicht. Warum war es so schwer für Ilie, auch nur einen Funken Verständnis für ihre Lage aufzubringen?

«Ilie, dein Kind kann jederzeit kommen. Du bist fast nie da.»

«Nicoleta ist da», antwortete er. Seine Stimme tönte ruhig, aber angestrengt. «Sie weiß, was sie zu tun hat, sie ruft an, wen sie anrufen muss. Ich sehe kein Problem.»

«Eigentlich ist es dir egal», stellte Raluca erstaunt fest. «Oder nicht egal, aber es ist … wie …» Sie suchte nach dem richtigen Ausdruck, und als sie ihn fand, war sie selbst überrascht. «Für dich ist dieses Kind so etwas wie meine Arbeit: meine Schwangerschaft, mein Kind, mein Problem. Dich geht es so wenig an wie, sagen wir … wie irgendwelche Fenster, die an einem meiner Gebäude montiert werden.»

«Du verlangst zu viel.» Ilies Stimme klang so tief und sicher und bodenständig, dass sie für einen Augenblick versucht war, ihm recht zu geben. «Ich bin ein Mann. Soll ich die nächsten Wochen hier rumsitzen und warten? Welcher Mann tut so was?»

Ralucas Entschlossenheit schmolz dahin. Es war wieder so schwierig. Ilie wehrte sich gar nicht gegen ihre Vorwürfe, er belächelte sie nur und führte sie ins Absurde. Wie konnte ihn die bevorstehende Geburt seines ersten Kindes so wenig berühren? Verspürte er kein bisschen das Bedürfnis, mehr Zeit zu Hause zu verbringen? Sie erkannte ihn nicht wieder. Der Ilie, den sie geheiratet hatte, den sie bis vor ein, zwei Jahren gekannt hatte, war nicht so gewesen.

«Nein, du sollst nicht warten», sagte sie. «Du sollst bloß zu normalen Zeiten nach Hause kommen. Das ist alles, was ich von dir erwarte, Ilie. Das müsstest du selbst spüren, als Mann, als werdender Vater. Du aber drehst mir ständig die Worte im Mund herum, du unterstellst …»

«*Femeie*, Frau, was verstehst du nicht?», rief er aus. «Ich verkaufe nicht Briefmarken auf der Post. Ich bin in der vordersten Linie dabei, wenn das Schicksal des Bezirks bestimmt wird! Manchmal das des Landes! Ich werde nicht mittendrin aufstehen und meinem Vorgesetzten sagen: ‹So Genosse, es ist vier Uhr, ich mache jetzt Feierabend! Weil es meiner Frau sonst zu einsam wird!›»

Raluca schwieg, ratlos. Vielleicht fühlte sich Ilie nach Hause zitiert, wie ein Bengel auf dem Spielplatz: Mutti ruft. Gut möglich, aber selbst der wichtigste Mann der Welt muss doch, wenn seine Frau ein Kind erwartet, ihr beistehen wollen? Ilie hatte sich heute noch nicht einmal erkundigt, wie es ihr und dem Baby ging.

Er hatte inzwischen unbeirrt weitergeredet. «… nämlich an vorderster Front! Denk mal *da*rüber nach! Soll unser Kind später nicht auf die besten Schulen und Universitäten dieses Landes gehen? Es wird jede Funktion in der Partei bekommen, die es sich wünscht! Vielleicht wird es mal mit den Großen der Welt am Verhandlungstisch sitzen! Wozu haben wir die Macht in diesem Land an uns gerissen? Kannst du mir das sagen? Wenn wir sie nicht ausüben wollen? Wenn wir zu Hause bleiben wollen und Kekse essen? Wie lange dauert's, bis die Banditen und Reaktionäre zurück sind, was meinst du? Oder die Russen?»

Raluca fand seine Rede nur noch lächerlich. Das alles hatte nichts mehr mit ihrer Forderung zu tun. Sie waren nicht im Krieg, und er sah nicht wie einer aus, der gerade von einem anstrengenden Kampf nach Hause kam. Nach so vielen Jahren des Zusammenlebens hatte sie mehr erwartet als seine billige Rhetorik.

Sie stand langsam auf. Sie ging in die Küche. Hier war es geräumig und kühl. Sie stellte den Herd ab. Sie nahm einen Teller und schöpfte eine Portion Eintopf. Sie dachte an nichts. Sie konzentrierte sich auf das, was sie gerade tat. Das Besteck lag in der obersten Schublade links vom Herd. Sie trug das Besteck und den Teller langsam ins Wohnzimmer.

Ilie saß schweigend da, die Stirn auf die rechte Hand gestützt. Als Raluca näher kam, richtete er sich auf, ohne sie anzusehen. Sie wusste nicht, ob er müde, nachdenklich oder wütend war.

«Ilie», sagte sie und ließ ihren Überdruss hart auf sein Haupt fallen, «du machst, was du willst. Aber dein Kind wird dich hier brauchen.»

Sie stellte den Teller auf den Tisch. «Ich gehe schlafen», fuhr sie fort. «Du machst, was du willst. Ich …»

«Ja, du bist die erste Frau, die ein Kind bekommt», rief Ilie wütend aus. «Großes Drama! Meine Mutter hat auf einer alten Decke unter einem Baum geboren! Sie hat am Morgen geboren, und am Nachmittag war sie wieder auf dem Feld! Du aber kommst ins beste Krankenhaus des Landes und wirst von einem Universitätsprofessor betreut! Und du jammerst noch. Weißt du was? Es wundert mich nicht – bei deiner Familie!»

Das Blut schoss Raluca ins Gesicht. Sie stammte zwar nicht von Bauern oder Arbeitern ab, das stimmte leider, aber Ilie hatte es immer gewusst. Warum hielt er ihr das jetzt vor? Reich waren ihre Leute auch nicht gewesen, keine Ausbeuter, der Vater bloß ein kleiner Beamter und die Mutter Hausfrau. Jetzt spielte Ilie das miese alte Spiel mit dem familiären Hintergrund, als ob sie sich um Aufnahme in seiner Parteiorganisation bewerben würde.

Raluca sagte langsam und deutlich in Ilies Redefluss hinein: «Lass meine Familie aus …»

Das war zu leise. Ilie hörte sie nicht einmal. Er brüllte einfach weiter: «Angeblich Arbeiterklasse – mein Arsch!! Dein Vater war doch nur ein dekadenter kleiner …»

«Mein Vater ist tot!», rief Raluca so laut sie konnte zurück. «Ich verbiete dir …»

Ilie schlug mit der Faust, in der er den Löffel hielt, auf den Tisch. Er schlug mit ganzer Kraft, es gab einen dumpfen Knall. Die Augen standen hervor in seinem geröteten Gesicht. Seine Stimme dröhnte in der ganzen Wohnung.

Sie kam gegen dieses Gebrüll nicht an. Sie kam gegen dieses aufgedunsene Gesicht nicht an, gegen den Speichelschaum in Ilies Mundwinkeln, gegen den eigenen Ekel.

«Du bist der heutigen Zeit einfach nicht gewachsen! Das verwöhnte Fräulein mit der bourgeoisen Erziehung ist verzweifelt! Warum? Weil sie nicht die angemessene Gesellschaft um sich hat! Mit Geigen und Champagner und dem ganzen Pomp!» Er spuckte auf den Boden.

Da spürte Raluca auf einmal, wie sich ihr Kind bewegte. Es war so nah, wie ihr nie wieder jemand sein würde. In ihr. Ihre Augen füllten sich mit Tränen. Genau jetzt, als sie das nicht brauchen konnte. Sie fühlte sich weich und verloren. Sie war allein. Immer würde sie bei solchen Auseinandersetzungen unterliegen. Es würde sich nie etwas ändern.

Das lag nicht an ihr. Sie war eine starke Frau. Ihr Leben war nicht immer einfach gewesen, sie hatte früh ihre Eltern verloren, sie hatte hart arbeiten müssen. Sie hatte etwas erreicht.

Raluca stand auf und ging wortlos zur Treppe. Sie drehte den Kopf. Sie sah Ilie: Er hielt den Löffel immer noch in der Faust wie ein Maurer die Kelle und schaufelte Fleisch- und Kartoffelstücke in sich hinein. Er schien so ruhig, als ob nichts geschehen wäre. Sie sah, dass er sich während des Streits die Schuhe abgestreift hatte.

Sie sagte: «Du riechst übrigens nach Alkohol. Das kommt sicher vom Abwehrkampf gegen die Russen.»

8. DIE SONNE AUF DEM KÜCHENBODEN

Am nächsten Morgen saß Raluca am Küchentisch, die leere Kaffeetasse vor sich, und wickelte den Gürtel ihres Morgenmantels immer wieder um den Zeigefinger. Etwas hatte sich in ihre Ehe eingeschlichen – vor Monaten, vielleicht vor Jahren. Nun war es ihr wirklich bewusst. Dabei hatte alles so gut angefangen. Sie hatte Ilie im Oktober 1965 kennengelernt. Das Erste, was sie damals beeindruckt hatte, war seine Unruhe, sein Drang, etwas zu bewirken, sich zu behaupten.

Sie war noch nicht zwanzig und wünschte sich nichts anderes, als mitgerissen zu werden. Ilie erschien in ihrem Leben nach dem Ende eines Sommers voller Prüfungen. Ihre Mutter, die nach dem frühen Tod des Vaters allein für Raluca gesorgt hatte, war im Juni gestorben. Raluca fühlte sich wochenlang innerlich tot.

Es blieb ihr aber keine Zeit zu trauern. Die Aufnahmeprüfungen an die Bukarester Architekturfakultät standen an. Für jeden Studienplatz hatten sich drei Kandidaten gemeldet. Sie blendete den Tod der Mutter aus. Sie bestand die Prüfungen in einem kalten Rausch, im Zustand eines perfekt funktionierenden Automaten.

Sobald die Ergebnisse bekanntgegeben waren, reiste sie zu ihrem Onkel nach Breaza. Onkel Ovidiu war der jüngere, ruhigere, kräftigere Bruder ihres Vaters. In seinem kleinen gemütlichen Haus konnte sie ihre Selbstbeherrschung ablegen. Sie brach seelisch auseinander. Sie schrie, hungerte, tobte. Raluca wusste auch jetzt, vierzehn Jahre später, nicht, wie sie das schreckliche Erlebnis nennen sollte. Wo sie aufgewachsen war, gab es keine Begriffe dafür.

Als sie sich wieder im Griff hatte, stellte sie fest, dass sie nun nirgends mehr hingehörte. Nicht in die leere Elternwohnung in Tîrgoviște, nicht aufs Land zu Onkel Ovidiu, nicht ins Studentenheim im riesigen Bukarest, wo sie bald einziehen würde und noch niemanden kannte.

Zwei Wochen später lernte sie Ilie kennen. Er kam als Aktivist der Union der Kommunistischen Jugend nach Breaza, um die örtliche Organisation zu verstärken. Raluca merkte, dass Onkel Ovidiu von den UKJ-Leuten nicht viel hielt. Das machte Ilie nur noch interessanter. Er war ein Jahr älter als sie und um Welten selbstbewusster. Ihre Trübsal und Zukunftsangst hatten ein Ende. Bald reisten sie an Wochenenden in sein Dorf: Albeni im Bezirk Gorj.

Sie genoss die Gespräche mit dem knochigen, kräftigen Jungen, der so witzig und so wütend sein konnte. Er erzählte viel. Der Aufstieg seiner Familie, die Festigung der sozialistischen Macht und die Überwindung der Nachkriegsmisere waren für ihn eine einzige große Abenteuerreise. Die Partei war ein mächtiges Schiff, das einmal ihm gehören würde.

Ilie war Teil eines weitverzweigten Familiennetzwerks in Albeni und Umgebung. Es bestand aus Menschen mit gleicher Sichtweise, ähnlichen Frustrationen und Loyalitäten. Sie und nicht die UKJ oder die Kommunistische Partei waren seine geistige Heimat. Er war eins mit diesen Menschen, ging auf in ihren Festen und Kneipengesprächen. Gleichzeitig war er damals auch ein Rebell. Wenn er mit Raluca allein war, konnte er über einige politische Schlüsselfiguren mit beißendem Hohn herziehen. Er hielt diese älteren Genossen für kurzsichtig, ausschließlich darauf bedacht, ihre persönliche Macht zu sichern. Was sie mit der Macht dann bewirken wollten, das wussten sie – zu Ilies Ärger und Spott – eigentlich nicht.

In den vierzehn Jahren mit Ilie hatte sie vieles gelernt. Sie war an seiner Seite zu einem Teil der Parteielite geworden. Sie wusste, dass dies für sie der richtige Weg war. Und für das Volk war es das Beste, dass diese Partei, also ihr Ilie und seine Verbündeten, das Land in die Zukunft führte. Sie hatte es so oft gehört, dass sie es für selbstverständlich hielt.

Darum war ihr vieles, was Ilie am Vorabend vorgebracht hatte, nicht neu: In seiner Arbeit ging es nun mal um Rang und Macht. Wenn er weiterhin erfolgreich sein wollte, dann musste er sich einmischen, Einfluss ausüben, sich sehen lassen. Er durfte nicht ausscheren, wenn die anderen Genossen nach einer Sitzung in eine der besseren Bars gingen. Die Partei war ja in konzentrischen Kreisen aufgebaut. Je weiter ins Innere er vordrang, desto wichtiger wurde das Informelle, die Pflege der Zusammengehörigkeit. Es war für jemanden wie Ilie überlebenswichtig, sich im Dunstkreis der wichtigen Zentralkomitee-Mitglieder zu bewegen, ihre geheimen Methoden und Codes zu lernen.

Diese Spiele wirkten auf Raluca mittlerweile recht verworren. Sie basierten jedoch auf der gleichen Bauernschläue, die schon die Machtkämpfe in den ersten winzigen Zellen der KP bestimmt hatte. Diese Grüppchen hatten aus eigenbrötlerischen Fanatikern, Lebenskünstlern und wütenden jungen Wanderarbeitern mit Allmachtsphantasien bestanden. Manche von ihnen hatten einige Monate in der benachbarten UdSSR verbracht, deren Geheimdienst willige Kandidaten anstandslos in subversiven Methoden ausbildete. Zurück in Rumänien, hatten sie sich den Parteizellen im Untergrund angeschlossen, dort erfolglos Agitation betrieben und sich von einem Kongress der Komintern zum nächsten gegenseitig bekämpft. Während der dreißiger Jahre waren diese Zellen nacheinander aufgeflogen.

Ihre Mitglieder wurden in einem einzigen Gefängnis zusammengepackt. Dort verfeinerte und verhärtete sich ihre Kunst der strengen Organisation und der Intrige. Abgeschirmt von der Außenwelt, richteten sie ihre Energien nach innen, auf immer verworrenere Richtungskämpfe. Misstrauen gehörte zum Alltag: Wer war Links- oder Rechtsabweichler? Wer war ein imperialistischer Spion? Ihre Methoden blieben auch später gleich. Die Verlierer der Machtkämpfe wurden von den Gewinnern getötet und nachträglich als feindliche Agenten definiert – entlarvt von den einzig echten Vertretern der Arbeiterklasse. Ihr Tod war also nicht nur legitim, sondern notwendig. Ein Sieg für die Sache, ein weiterer. Diese Deutung wurde Teil der Parteigeschichte. Und diese war immer wahr.

Ilie hatte die Spielregeln rasch verinnerlicht und sich im Lauf der Jahre als wahres Naturtalent entpuppt. Sie war durchaus stolz auf ihn. Sie wusste hingegen nicht, wie sie ihn davon abhalten konnte, dabei zu einem jener starrköpfigen Machttiere zu mutieren, die er früher verachtet hatte.

Raluca hatte sich über diese Schattenseite seines Aufstiegs bisher wenig Gedanken gemacht. Das rächte sich nun. Ilie hatte gelernt zu führen. Er führte auch sie. Sie waren nicht mehr ebenbürtig.

Immer kräftiger strahlte die Herbstsonne in Ralucas Küche herein und zeichnete Lichtflecken auf den alten, robusten Tisch und auf den weiß-braun gekachelten Boden. Vor Raluca stand ein Teller mit Salamischeiben und Rohschinken. Seit sie schwanger war, verspürte sie eine wilde Gier auf Wurstwaren.

Ja, sie hatte gehofft, das Kind würde ihr Ilie wieder näherbringen. Und das hatte sich zu Beginn ihrer Schwangerschaft auch so angefühlt. Ilie hatte sich gefreut, war stolz gewesen, man gratulierte ihm von allen Seiten. Aber sie sah es nun ein: Sie allein bekam ein Kind.

9. STRAHLENDE ZUKUNFT

BUKAREST, JANUAR 1980 An einem klaren, milden Wintermorgen näherte Stefan sich dem gewaltigen Gebäude der Casa Scînteii. Die Redaktion der *Stimme des Sozialismus*, war, wie alle wichtigen Zeitschriften, dort untergebracht, im Haus des Funkens. Der namensgebende Funke, *Scînteia*, war die landesweite Tageszeitung der RKP.

Das streng wirkende Gebäude ragte hoch über den gleichnamigen weiten Platz. Zehntausende hätten sich darauf versammeln können. Der Verkehr war jedoch so konzipiert, dass der Platz sich nicht als Treffpunkt eignete. Für Fußgänger gab es nur schmale Gehwege am Rand einer länglichen Verkehrsinsel mit einem riesigen Bronze-Lenin in der Mitte.

Stefan betrat kurz vor sieben Uhr das Gebäude, grüßte den Wachmann und unterschrieb im Präsenzbuch. Im Aufzug traf er auf zwei Kolleginnen, die sich angeregt über die Vorteile verschiedener Schwarzmeer-Ferienorte unterhielten. Sie waren deutlich jünger als Stefan, der Ton war vergnügt, sie neckten einander. Sie strahlten die verspielte Energie gesunder Jungtiere aus. Er atmete tief durch: Der Tag fängt gut an. Sie stiegen alle im sechsten Stock aus.

Die Redaktion war auf vier Räume verteilt. Zuerst betrat man einen größeren Raum, in dem die jüngeren, weniger wichtigen Journalisten an schmalen Tischen arbeiteten. Überall ratterten Schreibmaschinen und klingelten Telefone. Aus diesem Raum führten drei weitere Türen. Durch die erste gelangte man in ein kleineres Büro, in dem der harte Kern der Redaktion saß. Das Mobiliar war hier ein wenig solider, und die Mitarbeiter hatten eine Handbreit mehr Raum um den eigenen Tisch. Stefan hatte hier seinen Arbeitsplatz, er war stellvertretender Ressortleiter für Innenpolitik und soziale Fragen.

Die zweite Tür führte ins Büro des Chefredakteurs, Valentin Borza.

Schließlich gab es die Tür zum Büro des für die Zeitung zuständigen Securitate-Angestellten, Nicu Dobre. Wie alle Firmen und Institutionen hatte auch die *Stimme des Sozialismus* ihren Securitate-Beamten, der die Arbeit überwachte. Niemand wusste genau, was das bedeutete, welche Dobres Aufgaben waren, was ihm erlaubt war und was nicht. Es war unklug, danach zu fragen. Glücklicherweise war Genosse Dobre nicht immer da.

So auch heute, wie Stefan vermutete, als er die Bürotür geschlossen sah und die allgemein entspannte Stimmung bemerkte. Er schmunzelte: Wahrlich ein prächtiger Tag.

Als Stefan ins Büro trat, stieß er fast mit Marina Schneider zusammen, der jungen Ressortleiterin Kultur. Sie war eine kleine, flinke, etwas übergewichtige Frau, die ihren ungewöhnlichen Familiennamen der Heirat mit einem Deutschstämmigen verdankte. Ihre fröhliche Natur und offene Art sorgten fast immer für gute Laune in der gesamten Redaktion. Ihre ernsten, meist erheblich älteren Kollegen waren ihr dafür dankbar.

«Willst du auch einen Kaffee?», fragte Marina.

«Ja, wenn …», stammelte Stefan überrascht.

«Du brauchst einen, so wie du aussiehst», unterbrach sie ihn. Sie neckte ihn, er hatte sich noch nie frischer und wacher gefühlt.

Bis ihm eine Antwort einfiel, hatte Marina den Raum schon verlassen, um die Kaffeebestellung in die Administration weiterzuleiten. Die «Mädchen aus der Administration» würden dann den Kaffee kochen und bringen. So bedient zu werden war ein Vorrecht des kleinen Büros.

Stefan zog seinen Mantel aus und hängte ihn an den hölzernen Kleiderständer bei der Tür. Außer ihm waren nur noch Horia Simionescu da, der sich um die Wirtschaft kümmerte, und Ileana Robu, die die internationale Politik betreute. Die anderen vier Tische waren leer. Horia saß vor einem Stapel geöffneter Briefe. Ileana stand neben ihm. Beide schwiegen.

«Morgen. Was habt ihr?», fragte Stefan. Er erhielt keine Antwort. «Sagt ihr nichts mehr, bis der Kaffee kommt?»

Er erntete zwei lange Blicke.

«Komm näher, wenn du so ein Spaßvogel bist», sagte schließlich Ileana. Sie zeigte mit dem Kopf auf die Briefe auf Horias Tisch. «Leserbriefe.»

Ileana Robu war eine ausgetrocknet wirkende Frau mit ungewöhnlich kurzem Haar und großer bifokaler Hornbrille. Sie war die Älteste von ihnen und stand kurz vor der Pensionierung. Sie war eine wichtige Figur in der Partei, Tochter eines *ilegalist*, eines KP-Mitglieds aus der Vorkriegszeit. Man erzählte sich, selbst der Chefredaktor Valentin Borza müsse in ihrer Gegenwart aufpassen, was er sage.

«Leserbriefe?», flüsterte Stefan. «Geöffnet und gelesen von unserem Freund mit den blauen Augen?» Er hätte nicht sagen können, woher dieser Spitzname für Securitate-Leute stammte.

«Vermutlich lässt er einige Briefe verschwinden», sagte Horia. Er hielt ein handgeschriebenes Blatt in der Hand. «Hört zu. Dieser ist aus Oltenița. ‹Hochverehrte Redaktion! Vor vier Wochen habe ich Ihrer Redaktion von dem Gesuch geschrieben, das ich bei der Leitung unserer Fabrik und den Entscheidungsfaktoren der Partei auf lokaler Ebene gestellt hatte, damit sie die Bedingungen für eine breite Diskussion schaffen› … Kurz: Sie wollen einen Kindergarten in der Nähe ihrer Fabrik. Die meisten kommen aus den umliegenden Dörfern, und viele haben niemanden, bei dem sie die Kinder tagsüber lassen können.»

«Mutig von ihnen», fand Stefan. «Und? Haben sie ihren Kindergarten inzwischen bekommen? In vier Wochen? Wenn ja, dann ziehe ich nach Oltenița um.»

Alle lachten. Das halbe Land wollte in Bukarest wohnen. Kein Bukarester würde daran denken, umgekehrt in ein verlorenes Provinznest wie Oltenița zu ziehen.

«Das Problem ist ein anderes», seufzte Ileana beinahe im Flüsterton. «Wir haben von ihnen vor vier Wochen gar keinen Brief bekommen. Auch nicht vor fünf oder vor drei Wochen. Nie. Ich habe nachgesehen.»

«Das meinte ich», brummte Horia leise, «Dobre lässt manche Briefe verschwinden.»

Stefans erster Gedanke: Weshalb sollte Dobre das tun? Natürlich überwachte Dobre das Personal. Er notierte emsig sein Wissen ins *dosar de cadre*, in die Personalakte, die er über jeden Mitarbeiter führte. Die Securitate führte zudem – dessen war sich Stefan beinahe sicher – umfangreichere Akten über die Personen, die sie besonders verdächtigte. Nur schon der Gedanke an diese Geheimakten erfüllte jeden mit einem leisen Grauen. Denn sie konnten selbst nach Jahrzehnten hervorgeholt und verwendet werden, um eine regierungsfeindliche Gesinnung zu belegen. Aber warum sollte Dobre Leserbriefe zurückhalten?

Stefan sah Horia – unter den Arbeitskollegen sein bester Freund – ratlos an. Wenn er Dobre verdächtigte, dann musste das Gründe haben. Horia kannte sich aus, und Stefan bewunderte ihn. Der unscheinbare, übergewichtige Mann war ein perfekter Journalist, ein gerissener Hund, der in einem Satz seine KP-Mitgliedschaft erwähnen und gleichzeitig durchblicken lassen konnte, dass er die offizielle Doktrin nicht ernst nahm. Er spielte mit der verhassten Zensur. Es gab wenig, was einem mehr Respekt verschaffte als das geschickte Täuschen der Zensurbehörde. Horia war zudem Stefans Lehrmeister gewesen: Er hatte ihm alle Tricks beigebracht und die Freude am Journalismus vermittelt.

Stefan hob die Schultern. «Gut, Dobre ist nicht gerade mein bester Kumpel, aber vielleicht hat die Post den Brief einfach verloren. Wird nicht das erste Mal sein.»

«Klar», brummte Horia besorgt. «Nur dass immer diejenigen Briefe verlorengehen, in denen sich jemand über Missstände beklagt. Hingegen die Briefe mit Lob für den großen Häuptling erhalten wir alle.»

Marina kam wieder herein.

Alle vier schwiegen eine Zeitlang und überlegten.

«Das ist natürlich Mist», sagte Marina nachdenklich, «aber ich sehe nicht, was wir tun können. Wir können keine generelle Empfehlung ausgeben: ‹Liebe Leser, schickt uns bitte keine Kritik an den Behörden mehr.›»

«Diese Menschen vertrauen uns», flüsterte Horia. «Sie denken, wir seien wichtige Leute, weit weg in Bukarest, oho!, Bauchnabel der Welt. Sie schreiben uns, beklagen sich, fragen um Rat. Und dann landen ihre Briefe in ihren Akten. Wir wissen das. Vielleicht bekommen manche Ärger deswegen. Ernsthaften Ärger. Mit ‹Wir wissen wem›. Wir dienen eigentlich als eine Art … Fliegenfalle.»

«Ach, du siehst alles zu schwarz, Horia», antwortete Ileana. «Denen tut doch niemand was. Ja, da beklagt sich jemand ein wenig über den lokalen Fabrikdirektor oder den Bürgermeister, das ist doch kein Verbrechen. Solange sie nicht das Regime …»

«Nee, nee, da irrst du dich aber», sagte Horia und streckte einen tabakgelben Zeigefinger in die Höhe. «Protestieren, sich beklagen – das wird alles interpretiert. Ich habe von Leuten gehört, die standen mal in der Schlange für Milch. Da kam ein Milizmann und hat sich natürlich nicht hinten angestellt, sondern ist direkt vorne zur Theke gegangen. Ein paar haben protestiert. Der Milizmann hat sie angeschaut, sich seelenruhig seine Milch geholt und ist gegangen. Zehn Minuten später war er aber zurück, mit Kollegen. Den Rest könnt ihr euch vorstellen. Das nur als Beispiel dafür, dass solche Situationen durchaus Folgen haben können.»

«Und wenn wir die Briefe vor Dobre abfangen?», fragte Stefan. «Wir könnten mit dem Briefträger reden.»

«Und was willst du ihm sagen?», fragte Ileana. «‹Treffen wir uns im Wald, und du gibst mir dort die Briefe!› Täglich? Stefan, bitte.» Sie machte einige Schritte auf ihren Schreibtisch zu, dann drehte sie sich wieder zu den anderen. «Die jetzige Verteilung der Post wurde von Dobre so festgelegt. Wenn ihr euch zwischen ihm und dem Briefträger einschaltet, könnt ihr mehr Ärger bekommen, als die Sache wert ist. Zudem bedenkt: Briefe, die ihr öffnet – Dobre merkt bestimmt, dass sie bereits geöffnet sind.»

Ileana setzte sich an ihren Tisch. Die anderen drei sahen sich an. Sie verstanden das Signal: Das heikle Thema war abgeschlossen. Ileana war die Dienstälteste und eine Kennerin der Gegenseite, der Macht. Warum sie auf die Bremse trat, war offensichtlich. Nicu Dobres Tätigkeit diente der Staatssicherheit. Allein schon darüber zu debattieren, ob sie richtig und angemessen war, galt als Wagnis, als halbe Straftat. Was war dann erst der Gedanke, sie zu umgehen?

Dennoch war Stefan unschlüssig. Die Idee reizte ihn. Anderseits konnte er sich die Umsetzung nicht vorstellen.

Marina zuckte die Schultern und ging zu ihrem Schreibtisch. Stefan legte Horia kurz die Hand auf die Schulter. Horia schaute hoch, machte dann ein Zeichen: «Nachher, nur wir zwei.» Stefan nickte und setzte sich an seinen Tisch.

An der Tür klopfte es laut. Eine junge Frau trat ein mit vier Kaffeetassen auf einem Tablett. Unmittelbar hinter ihr erschien der Chefredakteur Valentin Borza: «Seid ihr die Hälfte der Mannschaft, die arbeitet, oder die Hälfte, die nur so tut? Wo sind die anderen?»

Ileana drehte sich zur Tür. «So einen bösen Chef haben wir, auweia. Komm, zeig uns deine Eckzähne.»

«Rrrr», knurrte Borza. «Stefan, in mein Büro. Ihr anderen da, macht mal ein wenig Journalismus, ja? Passt auf, es gibt diesen Schriftstellerkongress in Sibiu. Ileana, der Staatsbesuch aus Gabun: Er ist zwar abgereist, aber streck die Geschichte noch für zwei Spalten in der nächsten Ausgabe, damit das Ereignis wichtiger wirkt. Für übermorgen schauen wir weiter.»

Stefan griff sich etwas zum Schreiben und eilte in Borzas Büro.

Valentin Borza war ein untersetzter Mann, dessen spritzige Intelligenz alle in der Redaktion bewunderten. Sein Spitzname «Würfelchen» tat dem keinen Abbruch. Stefan wartete, bis Borza den ganzen Weg um den Arbeitstisch zurückgelegt und sich gesetzt hatte. Er atmete schwer. Mit einer Hand legte er sich eine dünne Haarsträhne zurück auf die Glatze. Stefan setzte sich.

«Irimescu, was treibst du da die ganze Zeit?», keuchte Borza mit der Stimme eines sorgengeplagten Vaters auf dem Sterbebett. «Ich schlafe nicht mehr wegen dir.»

«Ich bin eine Schande für die ganze Schule, ich weiß, Genosse Lehrer.»

«Wieso heiratest du nicht endlich? Was ist, stehst du nicht auf Frauen?»

Das wäre unter anderen Umständen eine gefährliche Andeutung gewesen. Homosexualität war ein Zeichen westlicher Dekadenz und strafbar. Hier aber wussten beide, dass Borzas Spruch nur ein Scherz war, ein Vertrauensbeweis.

Stefan schmunzelte und sagte leise: «Chef, unter uns: Ich habe eine leichte Vorliebe für Koalabären.»

«Lach du nur, lach, o Märchenprinz. Stimmt es, dass du noch bei deiner Mutter wohnst? Mit fünfunddreißig?»

«Achtunddreißig. Ja, es ist wahr.»

«Nun, du tust, was du willst. Der Partei willst du nicht beitreten, heiraten willst du auch nicht, ziemlich viele seltsame Charakterzüge. Du bist ein guter Mann, ich würde dir gerne mehr Chancen hier in der Zeitung bieten, aber … Was soll ich ihnen sagen, wenn sie mich fragen: ‹Und was hat er für einen Charakter, der Genosse Irimescu? Wem vertrauen wir da die Aufgabe an, die Massen zu informieren und aufzuklären?›»

«Chef, ich habe verstanden», lenkte Stefan ein. «Ich werde darüber nachdenken. Worüber wolltest du eigentlich mit mir reden?»

«*Stefane*», sagte der Chefredakteur nach einer kurzen Pause, «ich habe eine neue Idee für dich. Weil du hier immer den Oberschlauen spielst. Es wird ein großartiger Artikel, dank mir werden dich alle bewundern. Vielleicht triffst du so auch die Hübsche aus dem Märchen. Aber pass auf, lass das negative Zeug weg. Du erinnerst dich an damals, nicht?»

Vor vier Jahren hatte Stefan einen Artikel über die rumänische Handelsflotte geschrieben. Für einmal hatte er die vorgegebenen Bilder weggelassen – die immer fröhlichen Werktätigen, die unbedingt den Fünfjahresplan zu übertreffen versuchten. Er wollte einen kleinen Schritt über die Grenze des Erlaubten riskieren. Sehen, was geschieht. Der Bericht war durchaus konform geraten, vielleicht etwas melancholisch, zeigte er doch den Alltag von Männern, die zu lange ohne Frauen lebten.

Die Zensurbehörde – die Presseabteilung des Zentralkomitees der RKP – verbot die Veröffentlichung. Mächtige Genossen riefen Borza an, um sich nach diesem jungen Journalisten zu erkundigen, dem offenbar die nötige revolutionäre Begeisterung fehlte. Borza hatte glücklicherweise die Macht, solche Angriffe auf seine Mitarbeiter abzuwehren. So war Stefan mit dem Schrecken davongekommen.

«Ich will diesmal keine Kopfschmerzen», sagte Borza. «Also hör zu, undankbarer Bengel.»

Er wollte eine Reportage über den südlichen Stadtrand, wo die neuen Viertel aus Plattenbauten errichtet wurden: Progresul, Berceni, Ferentari, und über deren Bewohner, die aus ländlichen Gebieten dorthin umgesiedelt wurden. Mehr gab er Stefan nicht vor.

Dieser sah sofort seine Chance: saftiges Thema, freie Hand. Was konnte er mehr verlangen? Borzas Auftrag fühlte sich im Vergleich zu den üblichen Aufgaben an wie ein Geschenk. Der Alte meinte es gut mit ihm. Er versprach, äußerst vorsichtig zu sein.

Nach der Arbeit traf sich Stefan mit Horia auf dem Parkplatz. Sie stiegen in dessen Wagen, einen weißen Dacia 1100. Stefan spürte die Schräglage, sobald Horias Masse den Fahrersitz füllte. Sie fuhren eine Weile Richtung Stadtzentrum und hielten unweit von Horias Wohnblock an, von wo auch Stefan nicht mehr weit bis nach Hause hatte.

«Reden wir hier?», fragte Stefan.

Horia hob die Schultern.

«Nun», sagte Stefan, «was denkst du?»

«Es ist vielleicht eine Dummheit», sagte Horia bloß. Dann schwieg er, den Blick auf das Lenkrad gerichtet.

«Was ist eine Dummheit? Sind wir so weit in diesem Land, dass anderen Leuten zu helfen, sie zu schützen eine Dummheit ist?»

«Du weißt ganz genau, wie weit wir in diesem Land sind», brummte Horia. «Schlaumeier. Willst du deinen Allerwertesten aufs Spiel setzen? Darum geht es nämlich, Stefan. Ileana ist eine … bornierte Fanatikerin, aber ich muss ihr recht geben.»

«Womit?»

«Dobre. Wenn er erfährt, dass du seine Arbeit sabotierst …»

«Ach, Horia», rief Stefan aus, «hör doch mal auf, Mensch! Die schlimme Gefährdung der Republik! Wir unterschlagen bloß zwei, drei unwichtige Leserbriefe im Monat. Selbst wenn sie voll von den schlimmsten … wenn da nur über … du-weißt-wen geflucht wird, so ist das doch keine Gefahr für das Regime! Wenn sie uns erwischen, dann werde ich genauso argumentieren. Siehst du denn nicht? Was Dobre mit den Leserbriefen macht, ist nutzlos und lächerlich. Wir tun nichts weiter, als diesen absurden Teil seiner Arbeit zu … ja, zu stören. Ein wenig. Es soll mir doch jemand mal erklären, wie wir damit das Land in Gefahr bringen!»

«Du bist zu jung, Stefan», seufzte Horia. «Du argumentierst logisch. Es geht aber nicht um Logik. Es geht um Macht. Du denkst, es kann dir nichts passieren. Du irrst dich. Was du vorhast, ist kein Bubenstreich.»

Als ob ich das nicht wüsste, dachte Stefan ungeduldig. Er spürte aber, dass Horia das Bedürfnis hatte, diese Rede zu halten, für sich selbst, vielleicht für später, falls etwas schiefginge. Er zumindest hatte gewarnt.

«Das ist das Schlimme, Horia», seufzte Stefan. «Sie halten uns durch diese Illusion unter Kontrolle, dass jeder, wenn er nur schön brav ist, die Katastrophe vermeiden kann. Die Bestrafung. Wenn sie einen dann doch trifft, dann ist er – ihr Opfer – selber schuld, weil er eine Art … Abmachung mit ihnen verletzt hat. Die Abmachung lautet: Sie lassen uns leben (wenn man das Leben nennen kann), und wir vermeiden alles, was sie ärgern könnte. Nicht die Angst vor ihnen macht uns fertig, Horia. Was uns wirklich im Zaum hält, ist die Angst vor der eigenen späteren Reue. Hätte ich doch nicht. Dann wäre ich noch. Dann könnte mein Bruder noch, meine Mutter. Dabei wusste ich doch. Die Schuld. Der Punkt ist aber: Wir haben mit ihnen keine Abmachung. Sondern sie haben einen Knüppel. Das ist etwas anderes als eine Abmachung. So, jetzt weißt du auch, was ich mit deiner Warnung mache.»

«Du willst es wirklich tun, nicht?», fragte Horia nach einer Weile. «Du willst diese Leserbriefe abfangen.»

Stefan nickte. Er sah auf seine Hände hinab. «Ja, Horia. Natürlich auch, damit die Absender nicht leiden. Ich will nicht, dass jemand leidet, weil er mir vertraut hat, weil er gedacht hat, vielleicht ist dieser Irimescu ein Mensch, dem ich meine Nöte klagen kann. Deswegen auch. Aber in erster Linie will ich es meinetwegen tun. Ich war so lange nicht mehr richtig stolz auf mich. Verstehst du?»

«Stefan, was soll das? Du bist ein guter Junge, du tust keinem etwas zuleide, bemühst dich bei der Arbeit, sorgst für deine alte Mutter. Was willst du noch? Leiden am Kreuz, Martyrium und so? Ich bitte dich!»

«Gut, aber diese Heldentaten sind alles Dinge, die ich genau genommen *nicht* tue. Ich tue niemandem etwas zuleide, ja, ich schreibe keine noch absurdere Propaganda, als ich sowieso muss, ich ziehe nicht weg von meiner Mutter. Ich halte mich großartig zurück. Wenn das mit den Briefen aber klappt … Das wäre dann etwas, was ich bewusst tue, für eine Handvoll Menschen, die ich nicht mal kenne.»

«Kannst du denn nicht mit weniger Risiko eine gute Meinung von dir haben? Kauf doch deiner Mutter einen großen Strauß Blumen.»

Stefan schwieg. Stellte sich Horia dumm? «Wenn ich kein Risiko auf mich nehme, Horia, dann ist es doch wieder so, als ob ich mich an eine Abmachung mit denen halten würde. Es geht mir darum, diese Idee abzuschütteln, aus meinem Kopf zu vertilgen.»

«Das ist aber ein wenig Haarspalterei. Unter dem Strich ist es doch dasselbe: Du kannst mit ihnen nicht kämpfen, und du weißt es.»

«O nein», sagte Stefan. «Es gibt einen gewaltigen Unterschied. Ohne diese fiktive Abmachung bist du frei. Wenn du hingegen denkst, du hättest mit ihnen eine Abmachung, dann sind sie in deinem Kopf. Machst du was, auch wenn sie nichts merken, dann fühlst du dich schuldig. Ihnen gegenüber. Du bist du und sie gleichzeitig. Damit ist jetzt Schluss. Meinetwegen können sie mich heute holen, jetzt auf dem Heimweg. Ich würde mir in die Hosen machen, aber keine Schuld spüren.»

Horia sah ihn schweigend an. Er sah nicht überzeugt aus. «Ich weiß nicht so recht», sagte er mit einem Seufzer. «Zuerst müssen wir Geschäftskorrespondenz von den Leserbriefen unterscheiden. Diese müssten wir dann öffnen und nach dem Durchlesen je nachdem wieder zukleben und Dobre zuspielen, oder sie vernichten. Kleben wir sie wieder zu, merkt er es, weil er genau auf diesem Gebiet ausgebildet ist. Lassen wir sie hingegen alle verschwinden, von heute auf morgen, würde er es ebenfalls riechen.»

«Leserbriefe sind einfach von den anderen zu unterscheiden», sagte Stefan und kratzte sich die Wange. «Die Adresse ist handgeschrieben, die Briefmarke schief geklebt, du weißt schon. Schwierig ist nur, die harmlosen Briefe einen Tag später wieder Dobre unterzujubeln. Ich habe mir noch nicht alle Details überlegt. Der Briefträger bringt ja alles zur Administration. Wir könnten entweder dem Briefträger etwas geben … oder mit den Mädels von der Administration reden, vielleicht will uns eine helfen …»

Horia schüttelte den Kopf. «Du brauchst doch ein Labor, um Briefe so zu öffnen und zuzukleben, dass jemand wie Dobre nichts merkt.»

«Das verlangt etwas Fingerfertigkeit», gab Stefan zu. «Aber ein Labor brauchen wir nicht. Wir nehmen andere Briefumschläge, kritzeln die Adresse der Redaktion drauf, kleben eine benutzte Briefmarke und ergänzen den Poststempel mit einem Farbstift. Dobre schaut sich die Umschläge sicher nicht so genau an. Ihn interessieren doch nur der Inhalt und vielleicht der Absender.»

«Na, dann viel Spaß», seufzte Horia. «Du müsstest deine ganze Freizeit damit verbringen, mit Umschlägen zu hantieren. Es sind auch zu viele Leute beteiligt: der Postträger, die Hilfe aus der Administration. Das gefällt mir nicht, Stefan. Irgendjemand wird dich bestimmt verpetzen.»

Es war – das sah Stefan ein – ein gewagtes Unterfangen. Sie riskierten nicht bloß eine Lohnkürzung, sondern Gefängnis. Auf Marina und Ileana war Verlass. Wenn aber einem der anderen Kollegen etwas auffallen würde, dann wären sie geliefert. Stefan machte sich keine Illusionen. Es würde sich sofort jemand finden, der sich sagen würde: Ich ducke mich die ganze Zeit, halte mich an alle Vorschriften, und auf einmal kommt der Irimescu daher und spielt den Robin Hood. Denkt er, wir sind aus Spaß so vorsichtig? Hält er uns für Feiglinge? Na wart mal, dem zeigen wir's. Stefans Bestrafung würde vielen nur gerecht vorkommen.

Stefan blickte zu Horia, auf sein Doppelkinn und die verschwitzte Stirn. Ein alter Mann, der sich um seine kleine Existenz sorgte. Er war eine Seele von Mensch, aber für so etwas wohl die falsche Besetzung.

«Einverstanden», sagte Horia unvermittelt, ohne Stefan anzuschauen. «Ich werde den Kurier spielen. Alles andere kannst du erledigen, wie du willst.»

Stefan war perplex. Er hatte Horia unrecht getan. Er schämte sich fast, den alten Mann überredet zu haben. Dann überkam ihn die helle Freude, die einen packt, wenn man zu lange Zeit vorsichtig war.

«Ausgezeichnet», lachte Stefan und kämpfte sich aus dem engen Wagen hinaus.

10. **LIDO**

Der Winter wirkt heute müde. Die Dacias und Škodas haben die Schneedecke, die er nachts über die Stadt gelegt hat, zu Matsch gefahren.

Raluca blickt durch die offene Tür zu Ilie hinüber, der im großen Festsaal noch etwas prüft und seine Ungeduld an dem Chefkellner auslässt.

Er hat für das Fest zwei Räume hier im Lido organisiert, ausgerechnet. Das Lido war schon vor dem sozialistischen Zeitalter eins der besten Hotels von Bukarest, ein prunkvolles Gebäude aus der Vorkriegszeit, dem man die Jahre ansieht. Man hält es nicht instand – zu einladend soll es nicht wirken, dafür sieht es doch zu sehr nach Ancien Régime aus.

Den großen Festsaal im Lido mietet man nicht. Er ist für den Durchschnittsbürger nicht zugänglich. Aufrechte Proletarier haben solchen Prunk ohnehin nicht nötig. Diesen Saal organisiert man – wenn man die richtigen Beziehungen und Einfluss hat.

Raluca versteht, dass die Partei eine gewisse Infrastruktur für spezielle Anlässe und ausgewählte Genossen bereithält. Ihr hingegen ist Ilies Wahl ein wenig peinlich. Das Lido passt nicht zur Zusammenkunft einer ländlichen Großfamilie. Ilie hat nicht auf sie gehört. Sein Sohn, sein Erstgeborener! Das war zumindest der Vorwand. Eigentlich, denkt Raluca, geht es Ilie bei diesem Fest um sein Ansehen innerhalb der Sippe. Dutzende von Personen sind eingeladen. Sie kommen aus der Provinz angereist, die meisten aus dem Bezirk Gorj, über zweihundert Kilometer entfernt. Ilie ruft sie alle in die Hauptstadt, ins Zentrum der Macht, zum Fest für seinen Sohn. Weil er das kann. Weil er wichtig genug ist.

Sie kennt Ilies Großfamilie. Die wird ins Lido passen wie die Faust aufs Auge. Ilie hat noch nie Sinn für Stil gehabt, für das, was zusammenpasst, was angebracht ist und was nicht. Er nimmt sich, was in seiner Reichweite liegt. Raluca schmunzelt. Oder vor allem das, was ihm von ein wenig außerhalb seiner Reichweite zulächelt.

Da kommen sie schon, die ersten Gäste. Raluca wirft einen kurzen Blick auf ihren Florin. Der liegt in seinem Kinderwagen. Nicoleta sitzt neben ihm und sorgt dafür, dass er beschäftigt ist. Später werden alle Mütter mit Kleinkindern sich hier im kleineren Raum niederlassen, im großen Saal können dann die Erwachsenen unter sich bleiben. Raluca steht auf und geht hinüber, um die Gäste zu begrüßen. Ilie umarmt gerade seinen Onkel Gheorghe.

Als sich Raluca nähert, macht Tante Geta – Gheorghes Gattin – einige Schritte auf sie zu. Sie ist eine dickliche ältere Frau in einem zu engen waldgrünen Kostüm und reichlich mit schwerem Schmuck behängt. Getas zwei Töchter trippeln eingeschüchtert in ihrem Schlepptau. Alle drei haben, das merkt Raluca, mit ihrem Aussehen gekämpft. Geta strahlt stolz, ihre Töchter sehen besiegt und bestraft aus.

«*Tanti* Geta!», ruft Raluca. «Endlich kommen Licht und Freude in diesen Schuppen! Wie war denn die Reise?» Der alte Raum hallt ein wenig, trotz der schweren Vorhänge.

«Ach, Mädchen, du hast keine Vorstellung, die Füße bringen mich um!»

Raluca beachtet die Klage nicht, lässt sich kurz umarmen, fährt dann ihr Lächeln zurück, reicht den Töchtern die Hand.

«Guten Tag, Tante Raluca», flüstern die jungen Frauen ängstlich. Das gefällt Raluca. Rang ist wichtig, in Ilies Familie ist nichts wichtiger. Die Mädels, eine sechzehn, die andere neunzehn, stecken in zu kleinen Schuhen, die hart und aufgespart aussehen.

«Dann nehmen Sie doch dort Platz. Nicht wahr, Ilie?»

Raluca dreht sich zu Ilie, zeigt mit ausgestrecktem Arm auf den Tisch für Ehrengäste, ganz Frau des Chefs. Der Chef aber lacht sich gerade krumm mit Onkel Gheorghe. Er lacht entspannt zu Ende, dreht sich dann zu ihr. Er hat ihre Frage nicht verstanden.

«Sie sitzen am großen Tisch, nicht wahr?», wiederholt Raluca. Ilie nickt, vage zustimmend. Für Nebensächliches hat er gerade keine Zeit. Onkel Gheorghe – noch ein wenig größer und breiter als Ilie – ist etwas Wichtiges in der Landwirtschaft auf Bezirksebene in Gorj, Raluca weiß nicht genau was. Ilie hat zu diesem Gheorghe – einem jüngeren Bruder seines Vaters – nicht immer ein inniges Verhältnis gehabt. Nun aber, ganz Gastgeber, nimmt er Onkel Gheorghe mit zu einem Tisch weiter hinten, wo eine Sammlung edler Weine wartet. Man kann Gäste nach einer langen Reise doch nicht mit trockenem Hals stehen lassen.

«Wie geht es denn Ionel?», fragt Raluca abwesend, mehr um Tante Getas Klagen einzudämmen als aus aufrichtiger Sorge. «Findet er sich zurecht im Militärdienst?» Ionel ist Getas Sohn, ihr ganzer Stolz. Ein frecher Bengel, gemäß Raluca. Ionel absolviert den Dienst bei den Securitate-Truppen, Geta hält ihn deshalb für leicht überirdisch.

«Ach, weißt du, Raluca», meint Geta vertraulich. «Dort, wo er ist – das bleibt aber unter uns, ja? – gelten ganz andere Maßstäbe, da ist es ganz, ganz streng. Aber er ist ein starker Junge, wie aus Stahl.» Tante Geta wischt sich eine Träne aus dem Augenwinkel, die dicken Finger tragen schwere Schmucklast, der kleine Finger steht gespreizt ab.

Mioara, die ältere Tochter, verdreht diskret die Augen, Raluca hat es gesehen. Sie findet es sympathisch, will dem Mädchen etwas Nettes sagen, kommt aber nicht mehr dazu. Denn schon treten die nächsten Gäste ein. Gleichzeitig eilt ein älterer Hotelangestellter durch eine Seitentür herein und rennt beflissen zu Ilie. Raluca ist mit dem Personal hier bisher sehr zufrieden: Sie wissen, wie man wichtige Genossen behandelt. Etwas unterwürfig zwar, aber das hat sie zu tolerieren gelernt. Besser beflissen als faul.

Ilie ist weiter damit beschäftigt, Onkel Gheorghe zu unterhalten. Raluca muss deshalb aufstehen und die eintreffenden Gäste allein begrüßen. Sie tut es widerwillig, Ilies Verwandte gehören zu einer anderen Welt. Sie fühlt sich herabgesetzt. Ilie hätte eine Empfangsdame organisieren müssen. Raluca hat auch nicht daran gedacht. Jetzt muss sie halt durch. Sie kann sich nicht vorstellen, zu Ilie zu sagen: «Nein, ich mach das nicht.»

Sie entschuldigt sich bei Tante Geta und geht den Gästen entgegen, die nun am Türsteher vorbei eintreten. Die Gesichter der ersten beiden kommen ihr unbekannt vor, nach ihnen kommt Tudor herein, Ilies Vater, es sind bestimmt Freunde, die er mitgebracht hat.

Tudor ist Vizedirektor der zentralen Parteikantine. Das Essen für das heutige Fest stammt von dort und aus den Läden des ZK, des Zentralkomitees der RKP. Einfache Bürger werden dort nicht eingelassen, nicht einmal gewöhnliche Parteimitglieder. Tudor ist der Chef des Clans, er ist der Älteste und hat es in der Hauptstadt ganz weit gebracht. Er hat Umgang mit dem engsten Kern der Macht.

«Guten Morgen, Tudor», sagt Raluca vorsichtig. «Kommen Sie doch rein aus der Kälte! Wie schön, Sie haben Freunde …»

«Ja, das sind …», sagt Tudor rasch und macht eine kurze Handbewegung zu seinen Begleitern, dann überlegt er es sich anders. «Wo ist Ilie? Ach, dort! Ich sehe ihn schon. Läuft alles rund? Das sind Freunde aus dem Handelsministerium. Genossen – meine Schwiegertochter.»

Es geht alles sehr schnell. Tudors Begleiter verneigen sich kurz und murmeln Namen, die Raluca nicht versteht, und schon ist Tudor mit seinem Anhang auf dem Weg zu Ilie. Kein freundliches Wort zu ihr, keine Frage nach dem Baby. Raluca bleibt zurück. Sie fühlt sich zum Personal degradiert. Es ist nicht das erste Mal, dass Tudor sie so behandelt.

Wenigstens ein wenig dankbar könnte er sich zeigen! Jetzt ist sie wütend. Ilie ist Tudors einziger Sohn und mit zweiunddreißig Jahren nicht mehr der Jüngste, da müsste der Alte doch erleichtert sein, dass die männliche Linie nun gesichert ist – dank ihr.

Raluca weiß aber, dass Tudor es vorgezogen hätte, wenn Ilie ein einfaches Mädchen mit politisch gesunden Wurzeln aus Gorj geheiratet und schon früh Kinder gezeugt hätte, wie es sich gehört. Für Tudor war sie von Anfang an suspekt gewesen. Ein Mädchen aus der Stadt, Flausen im Kopf, Studium in Bukarest. Florin bedeutete für Tudor kein Geschenk, sondern Ralucas längst fällige Annäherung an die Normalität.

Raluca schäumt innerlich vor Wut, je mehr sie darüber nachdenkt. Warum können sie nicht für einmal vergessen, dass sie keine aus Albeni oder Umgebung ist, wie sie alle? Ist es wirklich so schlimm, dass sie ein Universitätsdiplom hat und wie eine Bukaresterin tönt? Sie lieben sie nicht, das weiß sie, aber sie könnten ihr wenigstens etwas Achtung entgegenbringen. Raluca weiß inzwischen, wie sie denken. Sie sind einfache Menschen vom Land. Alle, von denen man nicht weiß, wessen Neffen und Enkel sie sind, empfinden sie als fremd. Verlass ist nur aufs eigene Blut, vielleicht noch auf den Nachbarn, mit dem man die Schafe gehütet hat. Auch die wirklich Mächtigen wie Tudor denken so, selbst nach langen Jahren in der Hauptstadt. Das müsste Raluca nicht überraschen. Die ganze Parteispitze stammt ja vom Land, schon seit den Anfängen.

Plötzlich wird es laut um Raluca. Ilies Tante Stela ist eingetroffen samt Mann und Nachwuchs: sieben Erwachsene und vier Kinder. Tante Stela ist beinahe so erfolgreich wie ihre Brüder, Tudor und Gheorghe, nämlich Ehefrau eines Miliz-Obersten. Das wird nicht nur ihr nützlich sein, wenn die Luft mal dick wird. Sie kommt mit von der Kälte geröteten Wangen herein.

. Die Frauen haben – wohl in Gorjs Bezirkshauptstadt Tîrgu Jiu – schreckliche Sachen mit ihren Haaren machen lassen. Schwerer Schmuck auch hier. Raluca mischt sich unter sie, auch Geta mit ihren Töchtern nähert sich, um die Schwägerin zu begrüßen. Doch bald dreht sich das Gespräch um gemeinsame Bekannte aus Albeni oder aus Tîrgu Jiu. Raluca weist auf den kleineren Saal hin, wo die Tische für die Kinder gedeckt sind. Die Kinder wollen Florin sehen, rennen hin. Raluca folgt ihnen. Soll sich Ilie doch selber um die Erwachsenen kümmern.

Im kleineren Saal unter Kindern fühlt sie sich sofort wohler. Hier spielt es keine Rolle, wer woher stammt, wie wichtig er ist und zu welcher Familienlinie er gehört. Raluca kommandiert Nicoleta ein wenig herum, nur um sich wieder als Mittelpunkt und Gastgeberin zu fühlen, weist den Kindern ihre Plätze zu, plaudert mit den Frauen.

Sie setzt sich, nimmt Florin zu sich. Er wird diesen ganzen Zirkus einmal anführen. Er ist der erstgeborene Enkel des Clanchefs. Dieser Gedanke tut Raluca gut: Wenigstens Florin wird kein Fremdkörper sein in einer Gemeinschaft, der er nicht entfliehen kann. Florin wird derjenige sein, der bestimmt, wer dazugehört und wer nicht. Florin füllt einen Raum aus, den früher ihr persönlicher Stolz einnahm.

Der Lärmpegel im großen Saal steigt, Raluca ist froh, dass sie noch diesen kleineren Raum vorgesehen hat. Die Kinder sind noch ruhig, eingeschüchtert, schauen sich die hohe verzierte Decke an, die schweren Vorhänge, den Kronleuchter. Ihre Münder stehen offen, ihre Blicke schnellen hin und her. Wenn sie Zeit hätte, könnte sie ihnen als Architektin viel über den Baustil erzählen, über die Zeit, in der das Lido gebaut wurde.

Wie viele von ihnen sind schon einmal in Bukarest gewesen? Sie wissen nicht, dass das Hotel am Boulevard liegt, zwischen dem Universitätsplatz und dem Römischen Platz. Boulevards wurden erst Ende des neunzehnten Jahrhunderts angelegt. Das Paris der Boulevards und Cafés war damals das leuchtende Beispiel. Etwas später, in den 1920er Jahren, wurde auch das Lido gebaut. Von der Baukunst her war es eine Blütezeit. Aber in der heutigen Parteidoktrin gilt sie als Tiefpunkt bürgerlicher Dekadenz. Das Lido und fast alle umliegenden Gebäude sind damals von reaktionären Kräften, von Klassenfeinden gebaut worden. Ilie erzählt das gern, immer wieder. Stimmt es? Insgeheim zweifelt sie daran.

Sie kennt die ganze Theorie auswendig. Zum Beispiel den Begriff Klassenfeind. Ein Klassenfeind ist eine Person, die zu einer Gruppe gehört, die durch ihre wirtschaftlichen Interessen bestimmt wird. Diese Schicht ist klar definiert wie eine Fußballmannschaft. Weil er dazugehört, kann der Klassenfeind nicht anders als ein Feind sein. Es ist nicht sein persönlicher Entscheid. Alle Armen haben die gleichen Interessen, sie gehören also zusammen. Desgleichen alle Millionäre. Deshalb betrachtete die Parteiführung nach dem Krieg jeden einigermaßen wohlhabenden Menschen, welche Einstellung er auch haben mochte, als Feind. Er musste vernichtet werden. Heute ist das nicht anders. Jeder Protest, jeder Zweifel kann nur von einem Klassenfeind kommen.

So die Theorie, aber Raluca weiß: Es gibt in Rumänien keine Klassenfeinde mehr. Sie wurden inzwischen alle beseitigt. Seltsam, denkt sie, dass wir uns noch über sie Gedanken machen. Die Theorie darf aber nicht geändert werden, denn sie ist unfehlbar, unantastbar. Sie ist eine Stütze. Sie verbindet. Der Hass des Klassenfeinds auf das Proletariat, auf das rumänische Volk, ist eine unumstößliche Tatsache. Wie ein Naturgesetz. Bereits Marx hat es erkannt. Niemand kann etwas dafür oder dagegen. Klassenfeinde gehören entlarvt und vernichtet, das ist der Gang der Geschichte.

Raluca erwacht aus ihren Gedanken. Florin ist unruhig geworden. Sie übergibt ihn Nicoleta, es zieht sie plötzlich wieder unter die Erwachsenen.

«Kommst du zurecht mit ihm?», fragt sie Nicoleta und lächelt Florin zu. «Ich lauf nicht weg, mein Kleiner, bin gleich wieder da.»

Nicoleta nickt. «Gehen Sie nur, Genossin.»

«Er wird bald Hunger haben», sagt Raluca. «Lass mich holen, wenn es so weit ist.»

Ilie steht weiterhin links gegenüber vom Eingang vor dem Getränketisch. Er unterhält sich angeregt mit seinem Vater, mit Onkel Gheorghe und mit einigen weiteren beleibten Männern. Raluca geht hinüber. Ilie hält eine Flasche Wein in der Hand und erzählt um die Wette mit Gheorghe. Sie hört, dass es um Weinbau geht.

Sich darin auszukennen zeichnet den weltgewandten Lebemann aus. Ja, unbewusst wollen diese Männer genau als solche gelten. Sie wollen zu diesem noblen Raum inmitten der Hauptstadt passen, auch wenn nicht sie das Lido gebaut haben, sondern ihre besiegten Feinde. Auch wenn sie als Stützen der Partei der Arbeiter und Bauern stolz zu ihren bäuerlichen Wurzeln stehen müssten. Zu ihren sonnengegerbten Gesichtern und dicken Pranken von Händen. Das tun sie ja ... auch. Nur manchmal möchten sie gleichzeitig noch etwas ganz anderes sein: lebenserfahrene Experten der Genüsse. Als solche anerkannt und bewundert werden, in einem edlen Haus in der Hauptstadt. Das wäre schön.

Ilie erzählt weiter. «Und dann haben wir diese Jungs vom ungarischen Fußballverband in Autos gesteckt und sind mit ihnen zu dieser Kellerei gefahren. Nach einer Stunde haben alle – alle! – unter dem Tisch geschnarcht. Von wegen ihr *Tokaj*. Erzählt mir doch keine Märchen! Unsere *Fetească*, Genossen, die ist halt einmalig auf dieser Welt!»

Alle lachen. Auch Raluca blickt vergnügt in die Runde, langsam wächst sie nun in die Feststimmung hinein, blendet aus, dass sie Ilies Ansprache ein wenig plump findet. Sie freut sich, dass die anderen Männer ihren Ilie lustig finden, auch wenn ihre Anzüge schlecht sitzen und ihre Goldzähne und fette Nacken hier vulgär wirken. Erfolg kittet sie zusammen. Erfolg beweist, dass sie fähige, gewiefte Menschen sind. Sie sind stolz darauf, dass die Stancus an vielen wichtigen Stellen vertreten sind. Sie gehören zusammen, sind sich ähnlich, reden ähnlich, tragen ihre Haare und ihre Krawatten auf ähnliche Art, und das verbindet sie. Sie sind alle übergewichtig, denn das Leben ist schön. Ihre Frauen kochen gut, und die Familie kann sich Übergewicht leisten. Zu Hause im

Dorf sind nur Arme dünn. Und traurig. Ilies Verwandtschaft ist fröhlich und dick.

Das kleine Orchester fängt an zu spielen. Der Saal scheint Raluca nun endlich voll, manche sitzen und knabbern an den kalten Vorspeisen, andere stehen und unterhalten sich. Raluca verspürt Hunger, löst sich von der Gruppe, setzt sich an den Ehrentisch, probiert von den wenigen verbliebenen Appetithäppchen. Ob Ilie noch auf jemanden wartet? Oder kommt ihm einfach nicht in den Sinn, dass er die Gäste zu Tisch bitten muss, damit das Servierpersonal den ersten Gang bringen kann?

Eine neue Gruppe betritt den Saal. Ilie hat sie noch nicht bemerkt, aber Raluca sitzt näher beim Eingang. Sie kennt diese Männer mit missmutigen, schläfrigen Gesichtern nicht. Sie bleiben stehen, lassen ihre Anwesenheit wirken. Ihre dunklen Anzüge sehen ähnlich aus. Um sie herum wird es still. Dafür hört man die Musik deutlicher.

Die Männer entdecken Ilie. Sie bahnen sich einen Weg zu ihm. Sie haben eine gewisse Art, ohne einen Gruß «Machen Sie bitte Platz» zu raunen. Ein großgewachsener dürrer Mann mit Glatze geht vor, die anderen drei folgen ihm. Raluca steht auf, bevor sie merkt, was sie tut. Sie will nichts verpassen. Sie folgt den vier neuen Gästen.

Dabei fällt ihr auf, wie überrascht sich Ilies Verwandte umdrehen, sobald sie von den Neuankömmlingen hören. Im ersten Moment sehen ihre Gesichter aus wie bei einem nicht ganz integren Verwalter, wenn er einen unangekündigten Inspektor erblickt. Ralucas Herz schlägt schneller, sie hegt nun einen Verdacht. Manchmal reicht es wohl, bei einem solchen Fest wie heute die falschen Leute zu irritieren. Leute wie die vier neuen Gäste. Die Geschichte der Partei zeigt es: Hohe Parteikader sind nicht weniger gefährdet als Volksfeinde. Über Leute wie Ștefan Foriș, Lucrețiu Pătrășcanu oder Vasile Luca würde sie nie laut reden, aber sie weiß, wie sie geendet haben: von anderen Kommunisten umgebracht. Sie spürt nun ein kaltes Prickeln in den Gelenken.

Ilie indessen offenbar nicht. Als er den hochgewachsenen Mann erblickt, leuchtet die Freude auf seinem Gesicht noch mehr. Er stellt Flasche und Glas ab und macht zwei Schritte auf den Gast zu. Sie bleiben direkt voreinander stehen, Gheorghe und die anderen starren wie gelähmt die zwei Männer an. Ilie in seinem weißen Hemd, mit der schief-hängenden Krawatte, einige Fingerbreit kleiner, aber massiger, gedrungener im Körperbau, der andere in seinem schwarzen Anzug mit der schwarzen Krawatte, alles von tadelloser Freudlosigkeit. Seine Hautfarbe hat etwas Dunkles, Gegerbtes. Ein weißer Eber und eine schwarze Spinne. Sie umarmen sich.

«Lungu heißt der Mann», flüstert eine Frau hinter Raluca.

Nein, wirklich?, denkt Raluca: der Lange. Später wird sie vielleicht darüber lachen können. Sie dreht sich um.

Stela wehrt flüsternd ab: «Mitică Lungu, mehr weiß ich nicht über ihn.»

Jetzt lächeln sich die zwei Männer an. Das Lächeln von Genosse Lungu wirkt seltsam.

Ja, der Mann ist unheimlich, denkt Raluca. War er auf der Gästeliste? Ilie muss ihn, wenn überhaupt, in letzter Minute eingeladen haben, ohne ihr etwas zu sagen. Sie fühlt sich wieder übergangen. Es ist das Fest ihres Sohnes.

Sie versteht jedoch, wenn auch widerwillig, warum Ilie diesen Lungu eingeladen hat. Erstens würde sie jemanden wie Lungu nicht beleidigen wollen. Zweitens präsentiert Ilie hier seinen mächtigsten Beschützer. Er stellt seine Beziehungen zur nächsthöheren Ebene zur Schau, er zeigt, wo er hinwill. Er zeigt es seinem Vater und seinen Onkeln: Dereinst werde ich noch weiter ins Zentrum der Macht eindringen als eure Generation. Ich werde dorthin gehen, wo eure Angst wohnt. Ich werde mir dort ein großes Haus bauen.

Raluca hört Florin weinen. Sie dreht sich um und eilt in den kleineren Raum.

Dort bleibt sie bis gegen Ende des Fests. Ilie lässt sich nicht blicken. Er ist wohl in seinem Element, denkt Raluca, er lässt sich feiern und beglückwünschen, uns zwei sieht er ja jeden Tag.

Kurz vor neun will sie gerade mit Florin und Nicoleta heim, da kommt Tante Geta herein. Auf ihrem alten breiten Gesicht hängt ein großmütterlich ergriffenes Lächeln, das die goldenen Eckzähne aufschimmern lässt.

Raluca zwingt sich ein freundliches Lächeln ab, sie ist müde und braucht keinen stundenlangen Austausch unter Müttern. Also versucht sie, die Initiative zu ergreifen.

«Tanti Geta!», ruft sie. «Ich dachte, Sie schaffen es nicht mehr bis zu mir hier hinten …»

«*Vaaaai* Raluca, Teuerste», tut Geta verletzt, ihre Stimme übertönt mühelos das Geschrei der Kinderschar, «wie kannst du so etwas sagen! Dass ich nicht komme, das süße Küken, den Jüngsten der Familie zu sehen? Da ist er ja. Die Augen hat er vom Vater, nicht?»

«Ja, er ist ein Schatz», versucht Raluca erneut, das Gespräch zu kürzen. «Und er hat ständig Hunger. Wie wenn …»

«Ständig Hunger», krächzt Geta wieder, «na, sag mal, ni ni ni, haben wir ständig Hunger, ja?» Sie streckt eine mit blauen Adern übersäte Hand zum Bauch Florins. Dieser erschrickt und fängt an zu schreien.

«Wie der Vater, genau wie der Vater!», freut sich Geta. «Auch Ilie, als er klein war: nur Geschrei, nur Proteste. Charakter, nichts zu machen!»

Während Raluca versucht, Florin zu beruhigen, fährt Geta fort: «Der Mann muss so sein, soll seinen Standpunkt klarmachen, sich durchsetzen. Nicht wie die Muttersöhnchen aus der Stadt. Meine Liebe, seit wir nach Tîrgu Jiu umgezogen sind, lacht Gheorghe immer über die Weicheier von Städtern. Er sagt, so was hat er noch nie gesehen. Die Untergebenen tanzen denen auf der Nase herum, hi hi. Und zu Hause die Ehefrauen. Was für eine Welt! Weil, das musst du mir glauben: Wenn die Frau zu Hause die Hosen anhat, ist es auch nicht gut. Ja, wer soll dann die Kinder aufziehen? Was soll die Partei denn machen, wenn keiner mehr Kinder bekommt? Aber du bist ein kluges Mädchen, das habe ich von Anfang an gemerkt, auch wenn du in Bukarest warst und studiert hast, was soll's … aber es hat dich nicht verdorben. Aber erzähl mal der Tanti Geta: Was machst du mit deiner alten Stelle?»

Florin hat sich beruhigt, Raluca hält ihn nun so, dass sie zwischen ihm und der lauten Frau in Grün steht. Sie hat den Schluss verpasst. «Entschuldigen Sie bitte, ich habe nicht gehört, was haben Sie gesagt?»

«Diese Stelle da, die du hattest», wiederholt Geta unbeirrt, «was machst du jetzt damit, da du – ‹Familienmutter› bist?» Geta grinst schelmisch, das Wort soll wohl ein Witz unter Freundinnen sein.

«Es tut mir leid, ich verstehe Ihre Frage nicht», sagt Raluca verwirrt.

«Habt ihr besprochen, was du mit deiner Stelle machst? Was meint Ilie dazu?»

«Ich mache nichts mit meiner Stelle, was soll ich damit machen? Ich arbeite dort, ich bin zufrieden. Was soll Ilie dazu meinen?»

«Ja findet er nicht, dass er dich endlich zu Hause behalten kann? Ihr nagt ja nicht am Hungertuch. Hast du ihn denn nicht gefragt?», drängt Geta immer ungeduldiger.

«Sch-sch», sagt Raluca zu Florin. Nun versteht sie. Sie versucht, die aufsteigende Wut zu unterdrücken. Jede andere Frau, die ihre Gastfreundschaft so missbrauchte, sähe sich umgehend auf ihren Platz verwiesen. Onkel Gheorghes Frau jedoch …

«Tanti Geta, danke der Nachfrage. Es ist momentan kein Thema, dass ich meine Stelle aufgebe.»

«Auweia, Raluca, wie kannst du das so leicht nehmen! Mädchen, red doch mit Ilie. Wo hat man denn so etwas gesehen? Du hast Kinder und arbeitest wie die Frau eines Habenichts. Was werden die Leute sagen? Hast du denn überlegt …»

Raluca hat genug. Sie ist die Mutter des Kindes, um das es heute geht, sie ist die Gastgeberin, sie ist die Frau des Hoffnungsträgers des ganzen verdammten Clans.

«Tanti Geta», sagt sie bestimmt. Sie wird gleich ein paar Dinge klarstellen. Plötzlich fällt ihr aber ein, dass es vielleicht auch reicht, einfach nicht auf das Thema einzugehen. «Sie sorgen sich um mich wie eine Mutter. Übrigens, ich wollte es Ihnen schon lange sagen: Dieses Grün steht Ihnen fabelhaft. Es macht sie sofort zehn Jahre jünger. Ach, und Tanti Geta, haben Sie die Schokolade-Feigen-Torte probiert? Spezialität von Tudors Köchen. Anscheinend machen sie die nur für ausländische Gäste, Präsidenten und Minister. Die Feigen lässt Tudor frisch aus Syrien kommen. Unbedingt ausprobieren. Ich muss wieder los, bevor Florin den ganzen Schuppen zusammenschreit. Aber Sie bleiben noch, nicht wahr? Genießen Sie das Fest.»

11. FERENTARI

Das Abfangen der Leserbriefe erwies sich als unerwartet einfach. Keine raffinierten Täuschungsmanöver waren nötig, nur kleine Schritte, von Horia zu Stefan, aus der Hand in die Schublade des Arbeitstischs, von dort in die Tasche und nach Hause.

Ein Restrisiko blieb natürlich. Am meisten gaben ihm die harmlosen Briefe zu tun, die Nicu Dobre erhalten würde. Stefan musste sie so präparieren, dass sie wie frisch von der Post geliefert aussahen.

Hin und wieder war ein unvorsichtiger Brief dabei, bei dem er dachte: Jetzt rette ich jemandem die Haut. Dann erfüllte ihn eine neuartige Freude.

Es war eine gute Zeit für Stefan. Die Recherche für die Artikelserie über die Randviertel war eine der spannendsten Aufgaben, die er jemals hatte. Es ging natürlich nicht darum, einen wirklichkeitsnahen Bericht zu schreiben. Das Ziel war vielmehr eine vorschriftsmäßig geschönte Darstellung, aus der ein aufmerksamer Leser jedoch realistische Nuancen und Details herauslesen konnte.

Auf jeden Fall musste Stefan gründlich recherchieren. Er besuchte einige der Stadtteile, in denen Arbeitskräfte vom Land angesiedelt worden waren, um auf den riesigen *platforme industriale* der Hauptstadt zu arbeiten. Keiner davon sagte ihm zu. Dann entschied er sich, es auch mit Ferentari zu versuchen, dem Quartier mit dem schlechtesten Ruf. Niemand schrieb über dieses Viertel. Und das machte es interessant. Hier waren Kühnheit, Fingerspitzengefühl und Hartnäckigkeit verlangt. Keine Aufgabe für Anfänger.

Und so stand Stefan eines Morgens kurz nach neun Uhr an einer Straßenecke in Ferentari und spürte jene Mischung von Ungebundenheit und Neugier, die er an der Arbeit «draußen» am meisten liebte.

Das Finden des ersten Kontakts erwies sich als schwierig. Er fuhr mit dem redaktionseigenen Dacia 1300 die Trompetului-Straße entlang, die ganz Ferentari von Ost nach West durchquerte. Er hatte keinen Stadtplan. Stadtpläne wurden in ganz Rumänien weder hergestellt noch verkauft. Er hatte nur ungefähre Richtungsangaben, und auch diese waren aus zweiter Hand. Denn niemand, der bei einer namhaften Zeitung arbeitete, kannte sich in einem solchen Elendsviertel aus. Sein erster Kontakt war eine Witwe namens Ciobanu.

Die Fahrbahn wurde immer unebener, je weiter er ins Herz des Viertels fuhr. Die Straße war in einen blaugrauen Dunst getaucht. Straßenschilder fehlten. Er wusste irgendwann nicht mehr, ob er an zwölf oder an dreizehn Querstraßen vorbeigefahren war. Dann erblickte er einen Friseurladen. Er stellte den Wagen ab und ging hinein, um seine Route zu prüfen. Nach zehn Minuten kam er wieder heraus mit drei neuen, voneinander abweichenden Wegbeschreibungen. Stefan beschloss, den Wagen hier stehenzulassen, und ging zu Fuß weiter. Er sah mehr Invalide, mehr zerlumpte Kinder, die um diese Zeit eigentlich in der Schule hätten sein sollen, mehr zahnlose alte Männer mit Dreitagebart. Er fühlte sich häufig angestarrt. Von irgendwo hörte er einen Hahn krähen. Sollen sie mich doch anstarren, dachte er. Vielleicht halten sie mich für einen Inspektor, der die Strom- oder Wassergebühr einfordern kommt.

Er wollte aber bis zum Einbruch der Dunkelheit wieder in Bukarest sein. Im richtigen Bukarest.

Der Weg war uneben und übersät mit improvisierten Stegen über Gräben, die nach vorzeitig aufgegebenen Bauarbeiten aussahen. Um nicht hineinzustolpern, war es klug, den Boden im Auge zu behalten, statt sich umzusehen. Von den Eingangstüren über die Abfallkörbe bis zu den niedrigen Zäunen, die die wenigen grasbewachsenen Stellen umrahmten, war alles verbogen, beschädigt, verbeult, verkratzt. Auf den Gesichtern der älteren Frauen, die ihm mit Tragtaschen entgegenkamen, strahlte säuerlicher, trotziger Stolz. Ein kränklich aussehender Straßenhund kotete auf dem Gehsteig neben einem Haufen Müll.

Stefan kämpfte gegen das Mitleid und den Abscheu. Er hatte hier einen Auftrag, aber am liebsten hätte er vor solcher Misere kehrtgemacht. So schlimm hatte er sich Ferentari nicht vorgestellt. Wie konnte man Menschen, vor allem Kinder, in einem solchen Elend leben lassen? Wie konnte man von ihm verlangen zu schreiben, diese Menschen seien der Partei dankbar für die ausgezeichneten Lebensbedingungen?

Eine halbe Stunde später stand er vor dem gesuchten Haus. Er atmete erleichtert auf. Jetzt konnte es an die Arbeit gehen. Vor ihm lag das wirkliche Leben. Nicht das verkrampfte und verzerrte Bild aus Zeitungen oder Fernsehen, sondern das echte, unscheinbare Streben von Millionen von Menschen nach Essen, Achtung und ein wenig Freude. Als Ganzes betrachtet, kam ihm dieses Treiben faszinierend und ergreifend vor. Dieses Leben wollte er nun einatmen, sich von ihm durchdringen lassen. Auch wenn er darüber nicht berichten durfte.

Für einige Zeit würde es ihn auch von der Angst ablenken, an die er selten dachte, auch wenn sie ihn nie verließ.

Die Witwe Ciobanu war ihm von Anfang an unsympathisch.

«Sie sollen wissen», sagte sie als Erstes, «wir sind nicht alle Zigeuner hier. Die lassen überall Dreck liegen und machen alles kaputt. Aber was kann man tun? Wir müssen mit ihnen leben.»

Sie saßen in der guten Stube. Diese war klein und überladen mit Möbeln: teils bäuerliches Handwerk, teils wacklig aussehende Massenware – der seltsame Versuch der einheimischen sozialistischen Industrie, in einem Gegenstand verschiedene Stilrichtungen zu vereinbaren.

Das Gespräch verlief einigermaßen flüssig, bis Stefan langsam auf sein Thema kam: wie die neu angesiedelten Quartierbewohner lebten, wie sie ihre Freizeit verbrachten, welche Feste sie feierten.

«Und wie werden hier Hochzeiten gefeiert? Ist es wie auf dem Dorf oder ...»

«Nun, das hängt von den Leuten ab», sagte Ciobanu. «Die einen feiern mehr unter der Hand, mit einem Pfarrer, und dann kommt der zu ihnen nach Hause, aber er schleicht sich fast hinein, könnte man meinen, denn Sie wissen ja, wie es ist. Andere hingegen lassen so was von einem Festessen steigen ...»

«Wo? In einer Blockwohnung? So im siebten Stock?»

«Wo denn sonst? Wenn Sie wüssten! Mit Musik, mit *läutari*, sie lassen die Tür offen, da kommen auch die Nachbarn herein, die Kinder spielen währenddessen im Treppenhaus. Andere feiern im Restaurant, aber wer kann sich das schon leisten, denn wir sind alle arme Leute, wir hier. Möchten Sie einen Schluck *țuică*?»

Auf nichts hatte er gerade weniger Lust, als sich hier mit Selbstgebranntem zu vergiften. Er fuhr einfach fort: «Und wie ist es mit anderen Festen? Ich weiß nicht – Weihnachten, Ostern?»

Plötzlich sah sie ihn mit einem prüfenden Blick an. Sie schwiegen.

«Von welcher Zeitung waren Sie schon wieder?» Ihre Stimme enthielt genug Säure, um kleine Löcher in die Tischplatte zu ätzen.

«Von der *Stimme des Sozialismus*, ich habe Ihnen vorhin den Presseausweis gezeigt», sagte Stefan noch, aber er verstand: Das Interview war zu Ende. Die Frau hatte Angst bekommen. Er hatte sie nach Ostern und Weihnachten gefragt – verpönten religiösen Festen. Und Alkohol abgelehnt. Weil er im Dienst war?

Er sah keine Möglichkeit, Ciobanu von ihrer Angst abzubringen. Wie beweist man, dass man kein Spitzel ist, der für die Securitate kleine Provokationen streut, um die unvorsichtigen Opfer aus der Reserve zu locken? Ganz verboten waren Ostern und Weihnachten nicht. Die Behörden bemühten sich aber, die Feiern zu behindern. Unsozialistischer Aberglaube. Das reichte, damit jemand wie Ciobanu sich fürchtete.

«Sie sind Parteimitglied, nicht?», hörte Stefan die Frau plötzlich fragen.

«Nein, bin ich nicht», sagte er freundlich. «Aber ich weiß, was Sie vermuten. Es ist gut, dass Sie vorsichtig sind.» Er ließ dies kurz wirken. «Ich werde jetzt gehen. Ich habe Sie genug gestört.»

Die Frau schüttelte jedoch den Kopf. Er blieb sitzen. Sie dachte offenbar nach. Dann sah sie ihn wieder an.

«Wenn Sie wissen wollen, wie diese Feste früher waren, auf dem Land …»

Sie schwiegen beide. Sie wollte ihm möglicherweise mehr sagen, aber sie wollte auch, dass er bald ging. Stefan stand langsam auf.

Die Frau erhob sich auch. «Suchen Sie Herrn Sălăjan.» Sie beschrieb ihm den Weg. «Er ist älter. Vielleicht will er mit Ihnen reden.»

Stefan ließ sich seine Überraschung nicht anmerken. «Herr» statt dem vorschriftsmäßigen «Genosse». Hatte sie ihr Vertrauen in Stefan ein Stück weit zurückgewonnen? Oder wollte sie ihm damit etwas zu verstehen geben, über diesen Sălăjan? Stefan konnte es nicht deuten.

12. IN DER VORRATSKAMMER

«Wen suchen Sie?»

Die heisere, aber laute Stimme schreckte Stefan auf. Er stand im Eingang des Gebäudes, in dem laut der Witwe Ciobanu der kompetente Herr Sălăjan wohnte. Stefan hatte die Briefkästen abgesucht, die, in fünf Reihen übereinander angeordnet, fast eine ganze Wand bedeckten. Die Hälfte war mit Gewalt aufgerissen worden, und die kleinen Blechtüren gingen offenbar nicht mehr zu. So ließ sich schwer herausfinden, in welchem der fünf Stockwerke Sălăjan wohnte. Nun drehte er sich um.

Die alte Frau war massig und trug ein dunkelrotes Kopftuch. Sie verströmte einen schweren Geruch nach Knoblauch und Schweiß.

«Sind Sie die Verwalterin?», fragte Stefan.

«WAS?»

«Ob Sie die Verwalterin sind, habe ich gefragt», wiederholte Stefan lauter.

«Wen suchen Sie?»

Ausgezeichnet, dachte Stefan. Ist sie nun schwerhörig, minderbemittelt oder extrem unfreundlich?

«Kennen Sie einen Genossen Sălăjan?»

«WER?»

«Sălăjan! Genosse Sălăjan! Welches Stockwerk?»

Die Frau überlegte eine Weile. Ihr Mund hing halb offen. «Und was wollen Sie von ihm?»

Stefan überlegte kurz, ob er seinen Presseausweis zeigen sollte. Es könnte alles komplizierter machen, außerdem erwies er damit vielleicht Sălăjan einen schlechten Dienst. In einer solchen Nachbarschaft konnte man es dem Mann übelnehmen, dass er mit der Presse, dem Sprachrohr der Macht, verkehrte.

Höchste Zeit also, dieses Gespräch elegant abzukürzen. Er wollte sich ohnehin nicht länger als nötig hier aufhalten. Die Gegend war so widerlich und heruntergekommen, dass es auf die Bewohner gleichsam toxisch wirkte. Das Weib vor ihm sah ja auch irgendwie verseucht aus.

«Nichts, beruhigen Sie sich. Er hat meinen Vater gekannt», log Stefan. «Ich weiß, dass er ein guter Mensch ist. In welchem Stockwerk, sagten Sie, wohnt er?»

«So. Jetzt können wir reden», sagte Sălăjan endlich.

Stefan saß auf einem Schemel in dessen Vorratskammer. Darin war gerade noch Platz für den anderen Schemel, auf den sich Sălăjan setzte. Das Licht einer schwachen Glühbirne warf kantige Schatten auf das frischrasierte, faltige Gesicht des alten Mannes.

Stefan wurde etwas ungeduldig. Statt Leben und Bräuche in einem exotischen Stadtteil zu erkunden, traf er auf immer seltsamere Gestalten. Nun saß er diesem wohl verwirrten Greis gegenüber und zweifelte bereits, ob ihn diese Begegnung weiterbringen würde.

Draußen im engen Vorraum hatte Sălăjan ein kleines Radio auf maximale Lautstärke gedreht, bevor er sich mit Stefan in die Vorratskammer eingeschlossen hatte. Nun plärrte das armselige Ding vor sich hin: Imitationen von Volksliedern, die zum Verwechseln ähnlich klangen. Er vernahm aber Sălăjans Stimme gut, denn dieser hatte eine dünne Matratze von innen an die Tür gelehnt und festgebunden. Sălăjan schien gründlich vorbereitet zu sein.

«In meinem Alter habe ich nichts mehr zu verlieren», sagte er. «Aber je nachdem, was Sie mich fragen wollen, werde ich Ihnen vielleicht Sachen erzählen, die Sie lieber nicht hätten hören wollen. Diese Vorkehrungen sind also mehr zu Ihrem Schutz. Und so, allgemein, damit wir uns entspannen können.»

«Ist es eine gefährliche Gegend hier?», fragte Stefan. «Fühlen Sie sich bedroht?»

«Die Gegend kann nichts dafür. Es ist halt Ferentari. Man muss die Dunkelheit meiden und die kleinen Seitenstraßen. Bin schon ein paarmal vor einem offenen Messer gestanden, bis ich's gelernt habe.»

Zuerst hatte Stefan Sălăjan für eine der üblichen seltsamen Kreaturen dieses Viertels gehalten. Die ärmlich eingerichtete Wohnung stützte diesen Eindruck. Der Alte sprach aber überlegt und hatte eine gepflegte Wortwahl. Er war nüchtern und frisch rasiert, seine Kleidung sauber.

«Die Matratze», fuhr Sălăjan fort, «ist jedoch nicht wegen der kleinen Gauner, sondern … Sie wissen schon, die Securitate, die Mikrophone.»

Stefan stockte der Atem. Was der alte Mann sagte, änderte die Lage vollkommen. Natürlich war auch Stefan bewusst, dass die Wohnung verwanzt sein konnte. Aber den Namen des Geheimdienstes zu erwähnen, war unerhört!

Man umschrieb die Securitate, man flüsterte, aber sie beim Namen zu nennen, beiläufig in einem Gespräch, das tat man einfach nicht. Stefan wusste nicht genau, warum. Es war die undeutliche Angst, dass daraus nichts Gutes kommen konnte. Männer in Zivil, die einen wortlos von der Straße in ein Auto zerrten. Ganze Mannschaften, die in die Wohnung einfielen, wenn man gerade vom Abendessen aufstand. Unauffällige Häuser mit schalldichten Kellern.

Aber so, wie Sălăjan das Wort ausgesprochen hatte, wie einen ganz normalen Namen, wie «Post» oder «Ambulanz», gefiel es Stefan. Diese unbekümmerte Nüchternheit tat etwas Angenehmes mit ihm. Immer noch wollte er rechtzeitig hier wegkommen, jetzt noch mehr als vorhin, aber fünf Minuten würde er noch bleiben.

«Glauben Sie denn», fragte Stefan, «dass Sie in dieser Kammer keine Mikrophone haben?»

«Ja. Ich sperre die Vorratskammer immer ab, wenn ich meine Wohnung verlasse.»

«Und Sie denken … wie soll ich sagen … dass Leute, die in eine abgeschlossene Wohnung eindringen können, es nicht schaffen, in Ihre Vorratskammer reinzukommen?»

Sălăjan lachte. Ein angenehmes, sanftes, in sich gekehrtes Lachen. Sein zerfurchtes Gesicht wirkte milder. «Doch, natürlich können sie das. Junger Herr, ich bin alt, aber nicht senil. Ich habe mein System, um festzustellen, ob jemand in diese Vorratskammer eingedrungen ist. Abgesehen davon: Sie werden wohl etwas ins Telefon einbauen oder unter dem Esstisch, dort halt, wo der Mensch häufig sitzt und redet. Auf dem Balkon vielleicht, sofern man einen hat, aber nicht in der Vorratskammer. Aber sagen Sie, warum sind Sie ausgerechnet zu mir gekommen?»

«Ich bin Journalist und arbeite an einer Artikelfolge über die neuen Einwohner der Randquartiere. Ich habe vorhin mit einer Frau Ciobanu gesprochen, die mir gesagt hat, dass Sie mehr darüber wissen, wie die Leute hier leben, denken, feiern … Ich will verstehen, wie sich Leute vom Land hier eingelebt haben, in diesen Wohnblock-Siedlungen. Hier können sie schließlich nicht mehr einfach vor das Hoftor gehen und warten, dass eine redselige Nachbarin die Gasse runterkommt.»

Sălăjan sagte eine Weile nichts. Von ihm ging eine merkwürdige Autorität aus: nicht die mürrische Überheblichkeit der Parteikader, aber auch nicht die schüchterne, zerfahrene Freundlichkeit vieler Männer, die Stefan kannte. Er wirkte wie ein alter Kapitän, der auf seinem Schiff steht, das er bis ins letzte Detail kennt. Nichts kann ihn überraschen, nichts ist gut oder schlecht, es gibt ihn, seine Mannschaft, das Meer und sonst wenig Grund zur Aufregung.

«Bevor ich Ihnen antworte», sagte er nach einer Weile, «ist es besser, wenn Sie erfahren, mit wem Sie reden. Als Journalist werden Sie das sowieso wissen wollen. Im Übrigen glaube ich nicht, dass Sie unser Gespräch für Ihren Artikel werden verwenden können.»

Stefan verstand nicht, was der Mann sagen wollte. Etwas kam ihm aber seltsam vor. Wie Sălăjan sprach, wirkte es fast so, als ob er sich innerlich auf ein solches Gespräch vorbereitet hätte. Das konnte aber nicht sein, denn Stefans Besuch war unangekündigt.

«Lassen Sie das nur meine Sorge sein», sagte Stefan. «Ich habe Erfahrung, ich spüre schon, was ich verwenden kann und was nicht. Unsere Leser wissen nichts über die Leute, die in den letzten zwanzig Jahren hier zugezogen sind. Ich werde ihnen ein Gesicht geben, eine Stimme, ich …»

«Ich heiße Bogdan Sălăjan und war Pfarrer in Zărneşti. Ich habe vierzehn Jahre im Gefängnis gesessen, weil ich angeblich Partisanen unterstützt habe, den Widerstand in den Bergen. Sie haben mich neunzehnhunderteinundfünfzig verhaftet.»

Stefan stockte der Atem. Das durfte – nicht – gesagt – werden. Er durfte es nicht hören. Er machte sich allein schon durch das Gespräch mit diesem Mann strafbar. Über den bewaffneten Widerstand zu reden, der sich in verschiedenen Landesteilen jahrelang gegen die kommunistische Macht gewehrt hatte, war äußerst gefährlich. Die offizielle Doktrin legte fest, dass das gesamte rumänische Volk sich über die Machtergreifung durch die Kommunisten gefreut hatte. Wenn schon, durfte nur von einzelnen «Banditen» gesprochen werden.

«Ich bin dreiundsiebzig Jahre alt. Meine Frau starb, als ich noch im Gefängnis war.»

Im Vorraum setzte ein neues Lied ein, mit diffuser, aber lauter Unterstützung von Klarinette, Akkordeon und Cembalo.

«Sie wurde auch verhört. Ihre Nieren sind dabei kaputtgegangen. Sie starb ein Jahr nach ihrer Freilassung. Eine Pflegerin hat mir später erzählt, im Krankenhaus wollte man für sie, eine Volksfeindin, nicht viel tun.»

Eine süßliche Männerstimme schwelgte aus dem Radio in zuckriger Ekstase, die Worte waren nicht zu verstehen. In der Vorratskammer wurde es kühler. Es roch nach Kräutern und Waschmittel. Die Stimme des ehemaligen Pfarrers klang eindringlich und warm.

«Die fünfziger Jahre waren schon eine harte, traurige Zeit … für … viele. Aber ich weiß nicht, ob es für unser Land schlimmer war, verglichen mit dem, was jetzt passiert.»

Säläjan richtete sich auf. «Heute ziehen Parteiaktivisten durch die Dörfer und locken die Jungen, locken junge Familien mit Kindern. Und diese – einfache Leute – kommen in die Stadt, lassen sich zusammenpferchen in Wohnblöcken wie diesen, schlecht gebaut, schlecht isoliert, mit winzigen Zimmern, die Hälfte der Türen geht nicht zu, der Schimmel ist nach sechs Monaten da. Einmal hier, kennen sie niemanden mehr, sie sind ganz allein. Die Kinder haben keine Wiesen mehr, um zu spielen, die Großeltern können sie nicht mehr zum Friedhof mitnehmen, zur Kirche, an die Orte, wo ihre Vorfahren gelebt haben. Sie erzählen den Kindern nicht mehr vom Wald, in dem im Winter die *iele*, die Schneesturmgeister, wüten. Die Kinder wachsen nicht mehr mit den Dorfbräuchen auf. Sie wachsen auf mit dem Pionierhalstuch, zwischen den Wohnblöcken, in Treppenhäusern, sie laufen mit den streunenden Hunden zwischen den Pfützen und den verrosteten Armierungsresten von der letzten Baustelle herum. Die Alten haben niemanden mehr, den sie besuchen können, im Winter stehen sie den ganzen Tag Schlange für Lebensmittel oder sitzen vor dem Fernseher.

1962 wurde das Ende der Überführung des landwirtschaftlich nutzbaren Bodens in Staatsbesitz verkündet: die Kollektivierung der Landwirtschaft. Überlegen Sie. Vierzehn Jahre lang haben die Kommunisten gekämpft, um den rumänischen Bauern zu zerstören, ihm den Boden wegzunehmen, die Bauernwürde. Aber es ist ihnen nur zur Hälfte gelungen. Das Dorf, die Bräuche sind geblieben. Die Bauern wussten, wer früher wo Land besaß, und warteten. Damit hatte die Parteiführung nicht gerechnet. Was hat sie sich dann gesagt? Lasst uns etwas anderes versuchen. Wir nehmen ihnen die Kinder weg, wir stecken sie in Fabriken, in Wohnblöcke, machen Arbeiter aus ihnen. Dann werden die Jungen zurück in die Dörfer gehen, auf Besuch, mit Dacias, mit Radios. Sie werden erzählen, dass sie jetzt einen Fernseher haben, Telefon.

Die Alten aber haben heute nichts mehr, nachdem sie ein Leben lang geschuftet haben. Das Land wurde ihnen weggenommen, Tiere dürfen sie keine halten. Sie sind nicht mehr diejenigen, die den Reichtum weiterreichen, das Eigentum und mit ihm die Weisheit, die Sitten, die Rezepte, das bäuerliche Wissen. Sie sind wandelnde Tote. Landesweit. Das ist das große Verbrechen.

Diese Entwurzelung, dieser Riss zwischen den Generationen ist kein Planungsfehler, er ist Absicht. Er gründet in der kranken Vorstellung, dass die Partei eine neue Gesellschaft aufbaut. Von der alten darf nichts übrig bleiben. Nichts soll diese neue Gemeinschaft der gleichgeschalteten Werktätigen stören, landesweit, homogen und linientreu. Aber Sie kennen ja diese Theorie, Sie und Ihre Kollegen verbreiten sie täglich. Sie verkünden Ergebnisse sogar dann, wenn sie nicht eingetreten sind. Soviel zur Verbrüderung aller Werktätigen unter der Führung der Partei: Die ist natürlich reine Phantasie. In Wirklichkeit passiert das, was Sie überall in diesen Randvierteln sehen: Alle misstrauen allen. Im Dorf kannte der Bauer alle, war mit ihnen aufgewachsen. Er konnte ihnen vertrauen. Hier gibt es nichts, was ihn mit dem Nachbarn verbindet.

Nun zurück zu Ihrer Frage. Festtage und Bräuche. Schauen Sie, ich bin Pfarrer, genauer, Expfarrer, denn sie haben mich rausgeschmissen. Ob die Menschen hier noch Ostern und Weihnachten feiern oder nicht –

für mich mag das eine wichtige Frage sein. Aber aus einer gewissen Distanz betrachtet ist dieser Umstand belanglos. Der Bauernkalender besteht nämlich nicht nur aus einer Handvoll christlicher Feste. Nein, jeder Tag hat eine Bedeutung. Es gibt Tage für die Erinnerung und solche für fröhliches Feiern, Tage, um Eingemachtes und Sauerkraut einzulegen, um auf den Markt zu gehen oder zu den Gräbern der Alten. All diese Tage haben ihre Heiligen, ihre Geschichte, sie bieten die Möglichkeit, um etwas zu bitten, etwa um Vergebung für die Sünden, um Gesundheit für die Kinder oder die Gebärfähigkeit der Frauen. Für die Bauern gibt es keine Trennung zwischen Glauben, Leben und dem Wandel der Natur. Alles ist eins. Nachdem die Parteiführung den Bauern all dies weggenommen und ihnen einen Fernseher in die Wohnung gestellt hat – was für eine Bedeutung kann es noch haben, ob diese Menschen Ostern und Weihnachten feiern dürfen?» Sălăjan verstummte.

Was der frühere Pfarrer erzählte, war für Stefans Auftrag vollkommen unbrauchbar. Eigentlich gab es keinen Grund mehr zu bleiben. Aber er spürte, dass Sălăjan um diese aussterbende Lebensart trauerte, und er empfand Mitgefühl. Er wollte ihm irgendwie helfen. Gleichzeitig war er auch wütend auf ihn. Was hatte Stefan ihm getan, dass dieser ihn mit Behauptungen konfrontierte, die in der vorgeschriebenen Denkart als heimtückisch und staatsgefährdend galten? Konnte Stefan diese Gegebenheiten etwa ändern? Trotzdem war er auch dankbar. Denn Sălăjan hatte ihm, einem beliebigen Unbekannten, in einem Ausmaß vertraut, das schlicht atemberaubend war. Er fühlte sich beschenkt und geehrt.

Sălăjan sah ihn wohlwollend an, wartete, bis Stefan wieder zuhörte. Dann fuhr er fort: «Die Menschen hier versuchen nach ihrer Ankunft, das eine oder andere beizubehalten, was sie von zu Hause kennen. Manchen gelingt das, anderen nicht. Sie bauen zum Beispiel auf der Grünfläche vor dem Block Gemüse an, aber andere kommen nachts und stehlen es, oder die Hunde fressen es weg. Mit der Zeit merkt der frischgebackene Städter den Unterschied zu seinem Dorf. Er ist nun allein auf sich gestellt an einem Ort, an dem es keine Regeln mehr gibt, weil sich nicht mehr alle untereinander kennen. So hat er sich das schöne Leben in der Hauptstadt nicht vorgestellt. Er wird wütend, die Wut bleibt, das Misstrauen, die Feindschaft. Mir ist auch keiner beigestanden, sagt er sich. Er lebt umgeben von Menschen, die auch so empfinden.

Für diese Leute gibt es mit der Zeit keinen Nachbarn, keinen Trost mehr. Keinen Gott. Ihr Leben aber geht weiter: Sie besuchen ein Fußballspiel, sie trinken einen zu viel, ihre Kinder wollen dies und jenes. Alles vermischt sich. Die Heimatlosigkeit nistet sich ein, wird zu einer Lebensart. Eine Schicht entsteht, die keine ländliche und keine städtische Identität hat. Diejenigen, die diese Bevölkerungsgruppe haben entstehen lassen … ich glaube, sie sehen darin nur Arbeitskräfte. Die Partei stellt sich vor, eine neue Klasse von Werktätigen, von getreuen Untertanen aufzubauen. Die Ideologie wird die Partei aber nicht schützen, wenn Hunderttausende, die kein Gesetz und keine Loyalität kennen, sich aufbäumen. Es wird der Partei noch leidtun. Sie, junger Herr, werden das noch erleben. Jetzt muss ich Sie aber bitten, mich zu entschuldigen.»

Sălăjan stand auf. Er wirkte nun wie ein alter, erschöpfter Mann. Er machte die Tür frei, und sie verließen die enge Kammer.

Als sie wieder im Vorraum waren, wo das Radio weiterlief, sah sich Stefan kurz um. Die Wohnung bestand aus einem einzigen Zimmer, das karg wie eine Mönchszelle aussah. Ein Bett, ein Stuhl, ein kleiner Schrank. Eine Nische mit einem Waschbecken. Stefan drehte sich zu Sălăjan, um ihn zu fragen, ob er die Toilette benutzen dürfe, und sah, wie dieser, auf einmal bleich geworden, zu Boden fiel.

Stefan erschrak. Mit großer Anstrengung hob er den alten Mann auf und schleppte ihn zum Bett. Er stürzte zum Waschbecken und füllte das einzige Glas mit Wasser. Er eilte zurück, wusste aber nicht, wie er einem bewusstlosen Mann zu trinken geben sollte.

Stefan suchte fieberhaft nach einem Telefon, fand aber keins. Dann machte er die Wohnungstür auf und klopfte an die nächste Tür. Nach einer endlosen Zeit wurde einen Spaltbreit aufgetan. Zwei Frauen – eine ältere und hinter ihr eine jüngere – blickten ihn misstrauisch an. Stefan erzählte ihnen, dass ihr Nachbar Sălăjan dringend einen Arzt brauche.

Als sie dies hörten, zeigten sich die Frauen zu Stefans Überraschung sofort bereit zu helfen. Sie wirkten aufrichtig besorgt. Die junge Frau rannte die Treppen hinunter auf der Suche nach einem Telefon. Die Ältere eilte in Sălăjans Wohnung und mühte sich, ihn in eine seitliche Lage zu rollen.

Stefan wusste nicht, wie er helfen könnte. Ohne zu überlegen kehrte er zunächst in die Vorratskammer zurück, um zu prüfen, ob nichts verdächtig aussah. Dann merkte er, wie absurd das war. Konnte das dort Gesagte rot leuchtend in der Luft hängen? Er ging ins Wohnzimmer zurück. Sălăjan kam langsam wieder zu Bewusstsein. Die ältere Nachbarin sagte zu Stefan: «Gehen Sie.»

Es fiel ihm nichts anderes ein, als sich zu fügen.

Auf dem Weg nach draußen versuchte Stefan, seine Gefühle zu ordnen – ohne merklichen Erfolg. Die Angst vor Sălăjans gefährlichen Schilderungen, der Schrecken über den überraschenden Zusammenbruch des Pfarrers, das Mitleid mit ihm, der wachsende Ekel vor dieser Gegend und die Dankbarkeit für die unverhoffte Hilfe der Nachbarinnen wechselten sich rasch ab. Als er aus dem Gebäude trat, zitterten seine Hände.

Er sah sich um. Hier alt, allein und krank zu sein – welch eine grauenhafte Vorstellung! Wie oft hatte Sălăjan wohl schon das Bewusstsein verloren? Die Behörden hatten ihm, davon war Stefan nun überzeugt, absichtlich eine Wohnung in dieser Gegend zugewiesen, in der Krankenwagen, ja selbst die Miliz bestimmt erst nach einer Ewigkeit eintrafen. In einer üblen Gegend, in der sie damit rechneten, dass ihm niemand helfen würde. Aber er hatte überlebt. Wie hatte dieser leidgeprüfte Mann es geschafft, sich hier einzuleben? Wie viel Empathie und Menschenkenntnis waren dafür nötig? Er hatte sich sogar den Respekt dieser entwurzelten Menschen erworben. Sie schützten ihn und halfen ihm. Unvorstellbar, aber Sălăjan hatte sich fähig gezeigt, selbst hier zu überleben, zu verstehen, zu helfen. Er hatte gewonnen.

Eine tiefe Traurigkeit überkam Stefan. Wozu bekämpfte die Partei diesen alten Mann? Wie dumm und sinnlos, sich nach dreißig Jahren an einem Greis zu rächen. Dabei hatten sie ihn bereits jahrelang eingesperrt und seine Frau zu Tode gefoltert. War ihnen das nicht genug?

Sălăjan hatte einen Weg gefunden, mit ihm frei zu reden. Hatte er auf jemanden wie Stefan gewartet? Er war jedenfalls bereit gewesen. Um seine vielleicht letzte Botschaft an die Nachwelt zu übermitteln, bevor er ging? Der Gedanke schickte einen kalten Schauer über Stefans Rücken.

Die Worte des alten Mannes fühlten sich an wie ein geheimer Schatz, den Stefan nun zu beschützen hatte, den er nun verbotenerweise mit sich trug, aus diesem Loch hinaus in die Welt.

Er suchte seinen Weg zurück zur Kreuzung, an der er den Wagen geparkt hatte.

Einiges aus Sălăjans Ausführungen war Stefan natürlich nicht neu. Dass man für die riesigen Betriebe, die am Rande Bukarests und weiterer Städte gebaut wurden, Arbeitskräfte vom Lande kommen ließ, darüber hatte er schon selbst berichtet. Umso besser für die, hatte man ihm gesagt, und er hatte die Nachrichten über die «glorreiche Errungenschaft» sorglos weitergereicht.

Sălăjan hatte ihm heute das damit verbundene Elend vor Augen geführt. Auf den ersten Blick ein vermeidbarer Fehler einer selbstgerechten Staatsführung. Aber handelte es sich tatsächlich um Unvermögen? Oder war es zynisches Machtkalkül? Versprach man sich von diesen Menschen, die für Arbeit, Wohnung, Nahrung auf die Partei angewiesen waren, eine neue, ergebene Machtbasis? Ein Gegengewicht zu den alteingesessenen Bukarestern, die zu selbständig dachten?

Nach fünfzehn Jahren Berufserfahrung wusste Stefan, auch wenn es ihm schwerfiel, es sich einzugestehen, dass er nicht die Wahrheit schrieb. So waren halt die Vorschriften. Die Urheber des Zerstörungswerks erwarteten von ihm die nachträgliche Darstellung ihrer Kampagne als riesige Wohltat.

Nun wurde ihm aber zum ersten Mal bewusst, dass seine Lügen kein unschuldiges Handwerk waren, sondern Bestandteile einer Kampagne, die ein Ziel hatte. Er fühlte sich angewidert und ratlos.

Stefan fand den Wagen und fuhr zurück in die Redaktion. Es war schon später Nachmittag. Seine Kollegen machten sich bereit für den Feierabend. Sie sahen müde und hungrig aus. Er spürte, dass sie keine Lust hatten, sich seine Erlebnisse anzuhören. Die Aussicht, zur Hauptverkehrszeit halb Bukarest in überfüllten Bussen und Straßenbahnen zu durchqueren, verhärtete ihre Gesichter.

«Hat dir diese Ciobanu helfen können?», fragte Ileana Robu später, als sie die Letzten im Redaktionsbüro waren.

«Sie weniger», antwortete Stefan etwas erstaunt. Es war üblich, dass die Kollegen voneinander wussten, wo sie gerade waren und woran sie arbeiteten. Die Namen der Kontaktpersonen waren auch nicht geheim. Es überraschte jedoch Stefan, dass Ileana, die an anderen Themen arbeitete, sich den Namen Ciobanu gemerkt hatte. «Aber sie hat mich an jemanden verwiesen, der das Viertel seit längerer Zeit kennt. Ein alter Mann. Interessanter Kerl.»

«Muss sicher schwierig sein, in Ferentari jemanden zu finden, der seit mehr als zehn Jahren dort wohnt und nicht in einem Zelt aufgewachsen ist.»

Stefan sah Ileana an. Er hätte nicht sagen können, wie sie ihre abschätzige Anspielung auf die vielen Zigeuner in Ferentari meinte. Er lächelte ihr nichtssagend zu.

«Ja, vielleicht», sagte er. «Dieser Mann, Sălăjan, hat mir ziemlich Eindruck gemacht. Er wohnt ganz allein in einem dieser neuen, aber schon recht schäbigen vierstöckigen Blöcke. Es geht ihm gesundheitlich nicht so gut. Er klappte am Schluss zusammen.»

«Ach Stefan, jeder Rentner in diesem Land wird dir über seine Gesundheit klagen.»

Stefan verstand ihre Reaktion nicht. Wollte sie nun etwas über seinen Arbeitstag erfahren oder nicht? «Nein, Ileana, nicht das hat mir Eindruck gemacht. Er macht sich Gedanken über alles, über diese Umsiedlung, über die Art, wie die Kinder aufwachsen, er …» Stefan wusste nicht, wie viel er Ileana erzählen durfte. Er zögerte. «Er wohnt in einem Loch, natürlich, aber er sorgt sich um … die Leute, um seine ganze Nachbarschaft. Er hat zudem eine enorme Ausstrahlung, man möchte ihm ständig zuhören, wie so einem richtig netten, weisen Großvater, wie … Ich glaube, ich hätte gern so einen Vater gehabt.»

«Der ist dir ja richtig ans Herz gewachsen!», lachte Ileana, wie über ein kleines Laster. Sie drehte sich nochmals in der Tür um, die, wie Stefan sah, offen gestanden hatte.

«Stefan, du sollst keine Ersatzväter finden», sagte sie. «Es geht in unserem Beruf um etwas anderes. Die Leser brauchen von uns Informationen über den Aufbau des Sozialismus in unserem Land. Die bekommst du am ehesten von Genossen, die an diesem Aufbau beteiligt sind: Arbeiter,

Parteiaktivisten. Die kommen einem nicht mit rührenden Märchen und ihrer brüchigen Gesundheit.»

«Das ist zynisch, Ileana. Dieser Mann hat mir eine Menge brauchbarer Informationen gegeben, gerade weil er sich um die Menschen in seiner Umgebung sorgt. Er war mal Pfarrer. Man mag über Religion denken, wie man will, aber in diesem Beruf hat man immer Verständnis für die Sorgen der Menschen gebraucht.»

«Wie bitte?», fragte Ileana spöttisch. «Du hast einen Popen interviewt? Wirklich? Um über die Arbeiterklasse zu schreiben?»

Stefan antwortete nicht.

Ileana blieb einen Augenblick stehen, dann sagte sie: «Na dann, bis morgen!»

Stefan nickte. Eine Viertelstunde später verließ auch er den Raum. Als er das große Büro durchquerte, sah er, dass die Tür zu Dobres Büro offen stand. Er war noch da. Stefan fragte sich, ob er das Gespräch mitbekommen hatte.

13. ECATERINA UND DER KLASSENKAMPF

Als Stefan nach Hause kam, war es schon dunkel. In der kleinen Wohnung brannte nur die Stehlampe im Zimmer seiner Mutter. Es war kühl wie in einem Grab: Aus den Wänden drang die Kälte des Winters.

Ecaterina Irimescu las in ihrem großen Sessel, der das Zimmer noch enger erscheinen ließ. Als sie Stefan hörte, schaute sie auf.

«Bin wieder da, Mutter», sagte Stefan.

Ecaterina Irimescu stammte aus einer Familie, die vor dem Regimewechsel im ganzen Land bekannt und respektiert war. Ihre Vorfahren, die Câmpineanu, hatten sich bereits im 19. Jahrhundert beim Aufbau des modernen Rumänien einen Namen gemacht. Sie war nicht in Wohlstand, aber in dieser allgemeinen Anerkennung aufgewachsen, die sie geerbt hatte und derer sie sich würdig zu zeigen hatte. In diesen Familien kannte man einander. Sie erzählte Stefan oft von deren Schicksal, das nach dem Regimewechsel meist ein bitteres war. Der neuen Macht waren die Pfeiler der alten Ordnung nicht genehm. Wer überlebt hatte, dem blieb nicht viel mehr als ein einsames Altern und das versteckte Wissen, wie es früher gewesen war.

Ecaterina legte das Buch beiseite und stand auf. Sie faltete die Decke, die sie über die Beine gelegt hatte, zusammen und legte sie auf das Bett.

Stefan war bereits in die Küche gegangen und packte die Einkäufe aus. Die Küche war gerade so groß, dass eine Person sich zwischen Herd und dem engen Tisch bis zum Fenster und zurück bewegen konnte. Ein alter russischer Kühlschrank surrte hinter der Tür.

Stefan versorgte die Einkaufstasche, öffnete eine Bierflasche und ging ins Wohnzimmer. Er setzte sich an den kleinen Esstisch, mit dem Rücken zum langen Sofa, das ihm nachts als Bett diente. Vor ihm nahm ein hohes, übervolles Bücherregal die ganze Wand ein.

Stefan nahm einen Schluck und ließ sich von Gedanken wegtragen.

Eine Weile später setzte sich Ecaterina ihm gegenüber. Er bemerkte sie nicht.

«Ist etwas passiert, Stefan?»

Er schüttelte sich in die Gegenwart zurück. «Ich hatte einen bewegten Tag. Ich musste einen alten Mann interviewen. Er wohnt in Ferentari. Das allein war schon seltsam.»

«O Gott! Ausgerechnet in Ferentari?»

Stefan nickte. «Ich kam aber nicht dazu, ihm Fragen zu stellen. Er hat mich in eine enge Kammer geführt und mir dort eine Stunde lang erzählt. Er war früher Pfarrer und ist kurz nach dem Krieg mit … dem Regime in Konflikt geraten. Das hat er mir unverblümt eröffnet! Ich war baff. Eigentlich wollte ich bloß mehr über die Nachbarschaft erfahren.»

«Seltsam. Wenn er nur kein Provokateur ist. Hast du ihn nicht unterbrochen?»

«Nein, es kam so unerwartet … und er schien vertrauenswürdig.»

Stefan erzählte, was er erfahren hatte. Er versuchte zuerst, Sălăjans Bericht neutral wiederzugeben. Mit der Zeit kamen aber immer mehr Gefühle hoch.

«Diese Menschen hatten dort in ihren Dörfern eine eigene Kultur! Eine ganze, über Jahrtausende gewachsene Lebensweise mit … ihren Wertvorstellungen und Geheimnissen!»

«War das neu für dich?», fragte Ecaterina erstaunt.

«Was die Umsiedlung alles bewirkt hat, das war mir nicht bewusst. Es kommt aber noch dicker, pass auf. Laut Sălăjan waren die Folgen dieser Umsiedlung von der Parteiführung beabsichtigt. Das soll zu einem bewussten Plan gehören, diese traditionelle Kultur zu vernichten, um sie durch die Lebensweise und die Vorstellungen zu ersetzen, die die Parteiführung für richtig hält. Warum das? Weil die Bauern sich anscheinend – das habe ich ebenfalls nicht gewusst – massiv und hartnäckig der Überführung der Landwirtschaft in Kollektivbesitz widersetzt haben. Das Ziel muss also gewesen sein, aus den Kindern der Gegner Anhänger zu machen, die alles dem Regime verdanken.»

«Das könnte sein. Warum machst du dir solche Gedanken darüber? Viel kann man dagegen eh nicht ausrichten, wenn die Partei das so haben will.»

«Weil ich das so nicht gewusst habe. Es gehört zu meinem Beruf, Mutter, diese Maßnahmen zu loben. Für mich macht es einen großen

Unterschied, ob sie gut gemeint sind und meinetwegen gewisse Nachteile verursachen oder ob sie zu einer Art kulturellem Krieg gehören.»

«Ach, Krieg! Du weißt nicht, was Krieg ist! Dein Bekannter übertreibt, was die gegenwärtige Umsiedlung betrifft. Sie ist bei allen bedauerlichen Aspekten nichts im Vergleich zu den Greueltaten, die gleich nach dem Krieg und bis in die späten fünfziger Jahre verübt wurden. Wer heute in die Stadt zieht, kommt ja freiwillig. Damals aber geschah alles mit äußerster Brutalität. Wer sich widersetzte, wurde erschossen. Und die Familie deportiert.»

Stefan sah Ecaterina erstaunt an. Gab es mehr, was sie und Vater ihm verschwiegen hatten? In den späten Fünfzigern war er ein Jugendlicher gewesen. In der Schule hatte es geheißen, im Land werde der Sozialismus aufgebaut und alle Werktätigen freuten sich darüber. Ganz hatte er das nicht geglaubt, aber doch ein gutes Stück. Von seinen Eltern hatte er bloß vorsichtige Andeutungen gehört: dass diese Geschichte so nicht stimmte. Aber das Thema schien ihnen nicht zu behagen, also hatte er damals auch nicht nachgehakt.

Widerstand, Deportation – ungewöhnliche, verstörende Begriffe, die er zum ersten Mal hörte. Hier in Rumänien?

«Was ist mit dieser Kollektivierung des Bodens? Haben sich die Bauern tatsächlich widersetzt?»

«Natürlich haben sie das», sagte Ecaterina leise. Sie schien die Wörter von weit weg herzuschleppen, von einem Ort, an den sie sich ungern begab. «Zu Tausenden. Viele von ihnen hatten ihre Parzellen erst kurz nach dem Ersten Weltkrieg bei der großen Landreform bekommen. Sie hatten gerade Zeit gehabt, ihre Höfe aufzubauen. Zwanzig oder fünfundzwanzig Jahre. Diese Höfe waren ihr Leben, das wollten sie natürlich nicht mehr hergeben.»

«Uns wurde in der Schule gesagt, nur Einzelne hätten sich widersetzt: die wenigen, die ganz viel Boden besaßen.»

«Nein, Stefan. Ganze Dörfer, ganze Bezirke. Es gab Aufstände. Die Regierung schickte Truppen des Innenministeriums, schlug sie nieder. Es gab dabei Tausende von Toten, andere wurden in Todeslager gesperrt oder in karge Gegenden verbannt.»

Stefan schwieg. Ein geheimer Bauernkrieg hatte gewütet, und er war ahnungslos in die Schule gegangen und hatte vorschriftsmäßige Aufsätze über den kommenden Sieg des Sozialismus geschrieben. Die guten Noten hatte er stolz seinen Eltern gezeigt.

«Moment, das kann nicht sein. Die Kollektivierung diente doch allen, nicht? Sie mussten ihren Besitz nicht verschenken, bloß mit anderen zusammenlegen. Klingt vernünftig. Wer kommt darauf, sein Leben zu riskieren, um sich einer solchen Maßnahme zu widersetzen?»

«Stefan, es gibt kein Recht auf Privatbesitz ohne das Recht, über diesen Besitz zu bestimmen. Du kannst den Hof und die Tiere eines anderen nicht einfach beschlagnahmen, weil du eine bessere Idee zu haben meinst, was man damit tun könnte. Das ist doch Raub. Ob und wie gut deine Idee ist, spielt gar keine Rolle.»

«Aber dann verstehe ich nicht, warum man sie dazu zwingen wollte. Warum nicht mit denjenigen Bauern anfangen, die freiwillig mitmachen wollten? Dann hätten mit der Zeit alle anderen auch gemerkt, dass es sich lohnt. Was versprachen sich die Kommunisten von diesem Zwang? Was hatten sie für einen Nutzen davon?»

«Keinen. Verblendung», sagte Ecaterina. «Der springende Punkt ist dieser: Die Kommunisten begreifen grundsätzlich nicht, was sie zerstören. Es gehört zum Wesen ihres Vorgehens, dass sie die Gegenstände ihres Hasses nicht zu verstehen versuchen. Alles, was nicht dem Marxismus-Leninismus entspricht, vor allem, was alt und traditionell ist, alles Bestehende, muss weichen. Aber das weißt du ja schon.»

«Ich kenne den Teil, den du und Vater mir erzählt habt. Aber erst jetzt erzählst du von Blutvergießen, von Todeslagern.»

«Du warst damals zu klein, du hättest dich in der Schule verplappert. Das wäre für uns alle gefährlich gewesen.»

«Gab es damals niemand in ihren Reihen, in der Parteispitze, der gegensteuern konnte? So kann man doch niemanden von der eigenen Sache überzeugen!»

«Wohl kaum, Stefan. Auch die obersten Sekretäre – Ana Pauker, Dej – mussten sich gegenüber Stalin beweisen. Eine solche Partei funktioniert nicht pragmatisch. Du hast ja selbst mit Spitzen der Partei zu tun. Was meinst du, ist es rationales Prüfen und Abwägen, was ihr Handeln bestimmt?»

«Nein, sie bekommen doch ihre Anweisungen von oben …»

«Genau, und allgemein richten sie sich nach der Ideologie. Das sind Reinheitsideale, absolute Werte, denen sie nacheifern. Diese sind es, die im internen Wettbewerb zählen. Darum kommt nicht derjenige weiter, der aus rationalen Überlegungen heraus handelt, sondern der mit dem glühendsten ‹revolutionären Eifer›.»

«Hm, revolutionärer Eifer», wiederholte Stefan nachdenklich. «Was du erzählst, fühlt sich genauso an wie Sălăjans Bericht. Schwer zu fassen. Und ich schäme mich. Wenn ich es fertigbrächte, euch nicht zu glauben, müsste ich mich nicht so schämen.»

«Du kannst nichts dafür. Du warst damals nur ein Kind.»

«Ja, aber heute? Meine Arbeit ist, wenn man das ganz ehrlich betrachtet, doch nur noch ekelhaft. Ich lasse mich bezahlen, um die Zerstörung einer ganzen Kultur zu verherrlichen.»

«Du bist zu streng mit dir. Du machst eine Arbeit, die dir Freude bereitet. Du unterhältst die Menschen bloß, selber zerstörst du nichts.»

«Ich weiß nicht», sagte Stefan leise. «Ich weiß nicht, was ich tun soll. Ich kann das, was mir Sălăjan erzählt hat, nicht publizieren. Wenn ich aber so tue, als hätte ich alles nur geträumt oder als wäre er verrückt, ein Greis mit einer absurden Geschichte … Ich glaube nicht, dass ich das kann.»

«Versuch nichts Verrücktes, Stefan», sagte Ecaterina. «Die Folgen wären für uns schlimm, und du würdest nichts ändern. Es ist doch schon viel wert, dass du darüber nachdenkst. Manchmal muss man warten können. Was kannst du tun? Dieses Regime hört uns nicht zu, es beherrscht uns. Es gibt keine Möglichkeit, sich mit ihm zu arrangieren oder es sanft zu beeinflussen. Sie sind verblendete Tölpel. Sie treffen falsche Entscheidungen und lassen sich loben und feiern. Das ist nun mal so, in diesem Land.»

14. EINE UNPASSENDE FRAU

Zwei Wochen nach dem großen Fest im Hotel Lido fühlte sich Raluca immer noch ausgebrannt. Dabei war alles prächtig abgelaufen. Sagte Ilie.

Es war ein trüber Sonntagmorgen, noch ganz früh. Draußen lag der Nebel so dicht, dass die Baumkronen auf der anderen Straßenseite kaum erkennbar waren. Raluca hatte es sich in einem Sessel im Wohnzimmer gemütlich gemacht und genoss die Ruhe. Ilie schlief noch. Nicoleta war auf einem Spaziergang mit Florin.

Raluca ahnte, woher diese anhaltende Erschöpfung kam. Sie hatte mit Ilie keinen offenen Streit. Er behandelte sie aber wie ein störrisches Mädchen. Obwohl er längst wusste, wie sie dachte. Das konnte so nicht weitergehen. Doch sie wollte nicht die sein, die einen Streit vom Zaun brach. Zumal Ilie sie überfahren würde. Er war nicht der Mann, der abwog oder einlenkte. Sie wusste nicht weiter. Sie schämte sich, mit anderen darüber zu reden. Sie hatte niemanden mehr, den sie mit solch intimen Fragen hätte behelligen können. Dafür war sie schon zu lange die mächtige Genossin Stancu, die keine Hilfe brauchte.

Es gab nur eine einzige Person, der sie sich anvertrauen konnte. Er hatte sie schon in einem noch schlimmeren Zustand erlebt. Sie wählte die Nummer ihres Onkels Ovidiu in Breaza.

«*Da?*»

Kaum hörte sie die Stimme von Ovidiu Ciubotaru, sah sie schon das kleine Haus vor sich, den alten Kirschbaum, das Tor aus Holzplanken. Sie spürte den Geruch von Gartenerde im Frühling.

«Nenea Ovidiu, Raluca hier.»

«Mädchen, was treibst du denn so?»

Nach dem Tod ihres Vaters hatte sie oft gedacht, Onkel Ovidiu hätte bestimmt einen ausgezeichneten Vaterersatz abgegeben: immer heiter und schelmisch aufgelegt, und doch mit genügend gelassener Autorität, damit sie sich bei ihm sicher fühlte. Eine trügerische Sicherheit, das war ihr bewusst, aber eine kostbare. Onkel Ovidiu beschäftigte sich fast nie damit, was ihm passieren könnte, falls «die» mal alles ausgraben würden, was sie über ihn wussten. Darin unterschied er sich von den meisten anderen Menschen, die sie kannte.

«Jetzt ruhe ich mich erst mal aus», sagte Raluca schmunzelnd. «Habe gerade einen Sohn geboren, das habe ich getrieben.»

«Ja, stimmt! Gute Idee. Ich habe die Karte bekommen, danke. Und? Genug Ärmchen und Beinchen?»

«Genug. Wie geht's dem Kirschbaum?»

«Er vermisst dich.»

Für einen Augenblick dachte Raluca, sie würde dem Knoten im Hals nachgeben. Sie wurde in letzter Zeit wenig vermisst. «Ich werde kommen, ich warte nur, bis Florin ein wenig größer wird.»

«Was ist das für ein Name, Florin? War das deine Idee?», fragte Ovidiu mit einem hörbaren Lächeln. Sie verstand die Stichelei. Ovidiu nahm die Einteilung in soziale Schichten ernst. Sie gab ihm teilweise recht: Bauern hatten nicht nur einen anderen Beruf als Beamten oder Architekten, sondern sie waren beinahe ein anderes Volk. Sie bevorzugten andere Vornamen. Ovidiu war Gymnasiallehrer, sein Bruder – Ralucas Vater – hatte in der mittelgroßen Stadt Tîrgoviște eine Poststelle geleitet. Nun hatte sie einen Sohn mit Ilie, einem Bauernsohn. ‹Florin› war zwar kein besonders ländlicher Vorname, aber auch kein richtig städtischer.

«Ich hatte nichts dagegen, Onkel. Er heißt auch noch Virgil, wie Vater.»

«Also doch. Ich dachte schon, du hättest deine Wurzeln vergessen.»

«Ich habe Schlimmeres abgewendet, weißt du?», fügte Raluca spitzbübisch hinzu. Sie spürte heute keinerlei Bedürfnis, Ilies Welt in Schutz zu nehmen.

«Oh, das kann ich mir vorstellen. Dumitru?»

«Wurde vorgeschlagen. Und Ion und Nicolae und Gheorghe, sogar Pavel.»

«Pavel? *Oh, là, là!*», lachte Ovidiu. «Fast ein wenig exotisch, mit einem Hauch altslawischer Pietät. Kirchlich getauft habt ihr ihn aber nicht, oder?»

Raluca schmunzelte über Ovidius Bemerkung. Dem Bauern, für den er Ilie hielt, hätte die Tradition heilig sein müssen. Natürlich wusste Ovidiu, dass Ilie als hohes Parteimitglied alles Religiöse abzulehnen hatte.

«Ilie hat ein großes Fest organisiert», sagte Raluca. «Habe ich es dir nicht erzählt? Vor zwei Wochen. Er hat den großen Festsaal im Hotel Lido gemietet, stell dir vor.»

«Wie soll ich mir denn derartige Pracht vorstellen können?», witzelte Ovidiu. «Von hier aus, aus dem bescheidenen Breaza.»

«Genau. Es sind all seine Verwandten aus Gorj gekommen, verschiedene herausgeputzte Tanten. Du hast etwas verpasst. Du hättest sehen sollen, wie sie sich bemühten, sich gegenseitig zu beeindrucken und zu überbieten. Wer hat den mächtigeren Mann, die besseren Beziehungen, die unglaublicheren Kinder? Und ich war das schwarze Schaf in der Mitte, die Außerirdische. Von meinen Freunden habe ich niemanden eingeladen.»

«Du hast aber trotzdem Hof gehalten, ja?», fragte Ovidiu. «Bist du jetzt die Dorfkönigin von Albeni?»

«Königin *seiner Mutter*!», fluchte Raluca. Sie sah sich für einen Augenblick selbst, allein inmitten der Gäste. «Ich musste eine Art Empfangsdame spielen. Die Leute redeten vielleicht eine Minute mit mir, dann eilten sie weiter zu ihren Bekannten. Mit einer Ausnahme. Eine Tante von Ilie, die mich gründlich über die Ehe belehrt hat.»

«Das heißt?»

«Nun, was ich halt wissen muss über das Leben einer Mutter, ich ahnungsloses Geschöpf. Laut den Bräuchen aus dem landwirtschaftlich geprägten Teil des Bezirks Gorj. Es war peinlich, aber was konnte ich ihr denn sagen? Der Teufel soll sie alle holen, diese … Ich habe früher gehofft, dass eine Zeit kommen würde, in der sie mich akzeptieren und aufhören, mich zu bearbeiten. Dass mich sein Vater nicht mehr wie die Garderobendame behandelt. Aber von wegen!»

«Tut mir leid, Onkels Liebling», sagte Ovidiu.

Raluca wusste nicht, ob er das zärtlich oder ironisch meinte. Irgendwie tönte es aber lustig, also lachte sie.

«Weißt du noch», fuhr er fort, «als ich dich vor Ilie gewarnt habe? Du dachtest wohl, dass ich etwas gegen ihn habe, weil er ein Bauernsohn ist oder weil er in der KP ist. Nein. Ich habe nichts gegen Bauern. Sie bei sich zu Hause, ich hier, jeder kümmert sich um seinen Kram, ausgezeichnet. Lächerlich ist erst der Anspruch derer, die in der Partei aufgestiegen sind. Nach außen sind sie linientreue Parteimitglieder und bauen eine neue, egalitäre Gesellschaft. Darum verdammen sie alles, was Tradition und kulturelles Erbe ist. Gleichzeitig wollen sie in dieser Gesellschaft eine Art neuen Adel bilden. Wie im Mittelalter: Jede Familie platziert ihre Sprösslinge möglichst in der Nähe des Hofs. Wenn es ihnen gelingt, dann kriegen sie sich nicht mehr ein vor Stolz. Sie wären gern eine neue Elite, wie früher die anderen. Nur dass frühere Eliten eine gewisse Kompetenz hatten, neue Ideen ins Land brachten, Technik, Kunst. Ilies Leute hingegen wollen und können das nicht. Denn wer mehr als vier Jahre Volksschule hat, bekommt keinen wichtigen Posten, da er kein Proletarier ist.»

Raluca widersprach ihm nicht. Sie konnte Ovidius Vorwürfe im Grunde nachvollziehen. Und heute brauchte sie seinen Trost und sein Verständnis.

«Onkel, sonst magst du recht haben. Ilie wollte aber, als ich ihn kennengelernt habe, wirklich Gutes tun. Halt so, wie er das damals verstand. Er liebte mich, erzählte mir alles. Ich glaube nicht, dass er diese Sachen so gut verstand wie du jetzt, aber er war ehrlich. Er respektierte mich und vertraute mir. Er verachtete machthungrige Tölpel genau wie du.»

«Liebe macht bekanntlich blind, Raluca. Ein wenig zumindest. Ich will dir etwas über junge Männer erzählen. Ilie ist nicht der erste Mann, der in jungen Jahren ein Rebell ist und später ein Teil des Systems. Und ich denke nicht, dass er sich ändern wird. Das ist die Folge, wenn man einen Parteiaktivisten und Bauernsohn heiratet. Du tust, was er denkt, dass man tut. Du bist sein Weib. So sind sie. Mit Gesprächen wirst du nichts erreichen. Hier in Breaza erlebe ich jeden Tag, wie Paarprobleme gelöst werden. Mărioara macht dem Ion eine Szene, Ion betrinkt sich, verhaut sie, dann ist Ruhe.»

Sie schwiegen. Raluca atmete tief aus. «Ach Onkel. Ich weiß nicht, was ich falsch mache. Es funktioniert einfach nichts mehr, was ich versuche. Er hat sich verändert.»

Ovidiu schwieg eine Weile, dann sagte er: «Lass uns das doch in aller

Ruhe bereden. Bei einem kühlen Bier und ein paar *mititei*. Pack deinen Bengel ein und komm her!»

Später saß Raluca noch eine Zeitlang in ihrem Sessel mit der Hand auf dem Telefonhörer. Ovidiu hatte ihr Lösungen und Erklärungen geboten. Aber was sie brauchte, war etwas anderes, sie wollte die Vergangenheit zurück. Sie wollte die über alles geliebte Frau jenes jungen, ihr leicht fremden, irgendwie wilden Mannes sein. Seine engste Vertraute. Damals hatte sie immer wieder einen Weg gefunden, diesen Mann zu überraschen und im Zaum zu halten, wenn er übermütig wurde. Sie wusste, wie sehr er sie brauchte, ihre Weiblichkeit, ihren schnelleren Intellekt. Aber ihre alten Tricks funktionierten nicht mehr. Es gelang ihr nicht mehr, Ilies Selbstherrlichkeit zu bändigen. Denn jetzt nährte sich diese aus seiner Position. Darauf hatte Raluca keinen Einfluss.

15. WACHSAMKEIT

BUKAREST, MÄRZ 1980 Wochen waren vergangen, seit Borza Stefan den neuen Auftrag erteilt hatte, und Stefan kam mit seinem Artikel einfach nicht weiter. Das bisher gesammelte Material gab nicht viel her. Die Witwe Ciobanu schien ihm zu sehr in Bukarest verwurzelt, zu städtisch für das Thema; vom Interview mit Bogdan Sălăjan konnte er nichts verwenden. Für weitere Recherchen hatte er keine Zeit mehr, der Auftrag war überfällig.

Stefan konnte sich keine Artikelserie mehr vorstellen. Die betrübliche Wirklichkeit, die er in Ferentari kennengelernt hatte, verfolgte ihn. Sie geschönt zu beschreiben wäre früher ein Leichtes gewesen. Es gelang ihm aber nicht mehr. Mit der Zensur im Hinterkopf versuchte er immer wieder, beim Schreiben einen Mittelweg zu finden, aber das Ergebnis ekelte ihn an. Mit jedem neuen Entwurf fühlte er sich erbärmlicher, ein ängstlicher, sich um jeden Millimeter Berufsfreiheit bemühender Lakai.

Anfang März fasste er sich ein Herz und brachte Borza von der ursprünglichen Idee einer Serie ab, zugunsten eines einmaligen Beitrags. Er schrieb daraufhin seinen Text und schickte ihn vorschriftsgemäß der Pressedirektion des Zentralkomitees der KP. Er rechnete nicht mit Einwänden. Es kam aber vor, dass deren Mitglieder selbst am harmlosesten Bericht etwas auszusetzen fanden. Manchmal verstanden sie den Text nicht richtig. Damit musste man rechnen. Es waren schließlich hohe Parteimitglieder, Genossen mit gesunder sozialer Herkunft, keine Intellektuelle. Ein Ablehnungsbescheid kam meistens in der ersten Woche nach dem Einreichen. Eine Begründung gab es nicht. Es lag am Autor, seinen Text zu überprüfen. Verging die Wartezeit ohne Nachricht, dann durfte der Artikel gedruckt werden. Verantwortlich blieb jedoch weiterhin der Autor.

Nach zwei Wochen ohne Rückmeldung von der Pressedirektion wurde Stefans Artikel für die Samstagsausgabe vom 22. März vorgesehen.

Der Gedanke an Sălăjan war damit jedoch nicht aus seinem Kopf. Er hätte ihn gerne wiedergesehen. Aber er wusste nicht so recht, was er dem alten Mann sagen wollte. Die Zeit verging, und er fand die Idee eines erneuten Abstechers nach Ferentari immer weniger angebracht.

Stefans Nachdenklichkeit fiel auf. Er, der gewiefte, straßenkluge, gelegentlich auch oberflächliche Beobachter, saß manchmal einfach nur da und hing seinen Gedanken nach. Seine Verantwortung und seine Ohnmacht ließen ihm keine Ruhe. Seiner Wut auf sich selbst entkam er nicht mehr wie früher mit einigen Flaschen Bier und dem bitteren rumänischen Humor.

Eines Morgens, als er am Scînteii-Platz aus dem Bus stieg, blieb er stehen und sah sich verwundert die Menschen an, die an ihm vorbeieilten. Da sah er einen älteren Mann mit sauertöpfischer Miene, einem zu kleinen Hut und einer alten, verformten Aktentasche. Er ging gemächlich zu einem winzigen Zeitungskiosk neben der Busstation. Der Mann kaufte sich eine Zeitung und schritt weiter mit der finsteren Feierlichkeit eines sorgengeplagten Ministers. Seine Bewegungen schienen so routiniert, als ob er seit vielen Jahren die gleiche Zeitung hier gekauft hätte. Stefan wusste nicht gleich, warum ihm ausgerechnet dieser Mann auffiel.

Erst während er an der einsamen Lenin-Statue vorbei zur Casa Scînteii ging, verstand er allmählich. Der Mann mit dem kleinen Hut verkörperte das, wozu dieses Land die Menschen umformte. Es normierte und reduzierte ihr Leben. Es gab ihnen vor, was richtige Proletarier zu wünschen hatten. Und das war nicht viel. Es erzog sie dazu, jede unbewilligte Initiative, jeden spontanen Wunsch und jede Eigenart als abwegig zu betrachten. Regelmäßigkeit und Wiederholung zu suchen. Sich einzuordnen, sich zu begnügen. Eine Heimat darin zu finden, täglich am selben Ort die gleiche Zeitung zu kaufen.

Später in der Redaktion setzte er sich nachdenklich an seine Arbeit. Die Reaktion seiner Kollegen ließ nicht auf sich warten.

«Schaut den Stefan an, der ist wieder weit weg mit seinen Gedanken», hörte er den Ressortchef Sport sagen.

«Es muss ein schweres Problem sein», warf Marina ein. «Da kann es sich nur um ein Mädchen handeln.»

Stefan hatte früher solche Witze genossen. Er stand gerne im Zentrum der Aufmerksamkeit. Heute nicht.

«Ja, ich denke nach», sagte er mürrisch. «Es fällt in diesem Büro offenbar auf, wenn jemand mal kurz nachdenkt, bevor er schreibt.»

Plötzlich trat Valentin Borza in den Raum. Er grüßte nicht, sagte nur: «Stefan, in mein Büro.»

Alle sahen Stefan an. Etwas stimmte nicht.

Er eilte ins Büro seines Vorgesetzten.

Valentin Borza setzte sich an seinen Schreibtisch. Auf dem einzigen anderen Stuhl saß Nicu Dobre. Der Zigarettenrauch war zum Schneiden. Beide schwiegen, ohne Stefan anzusehen. Stefan schloss die Tür hinter sich. Er versuchte sich zu beruhigen. Warum war Dobre da? Der Leserbriefe wegen? Oder … Was, wenn Sălăjans Vorratskammer doch verwanzt war? Stefans Herz klopfte so sehr, dass er befürchtete, seine Stimme würde zittern, als er sagte: «Guten Tag. Ich höre.»

«Nein, wir hören Ihnen zu», sagte Dobre mit seiner näselnden Stimme und der übergenauen Aussprache. Sein Rumänisch tönte wie eine perfekt eingeübte Fremdsprache.

«Worum geht es?», fragte Stefan in Borzas Richtung mit der neutralsten Stimme, die er aufbringen konnte.

Dobre schickte einen entnervten Blick zu Borza.

Stefan sah es, beherrschte aber seinen Zorn. Was wurde hier gespielt? Wieso musste er als Einziger stehen?

Borza lehnte sich in seinem Sessel zurück und legte die Hände in den Nacken. «Stefan, Stefan», sagte er bedächtig. «Was habe ich gesagt? Wegen dir hole ich mir noch eine Herzattacke.»

«Chef, ehrlich, ich … ich weiß nicht, was das Problem ist. Um was geht's? Wenn ich einen Fehler gemacht habe, bitte ich um Entschuldigung, aber sag mir wenigstens, um was es geht.»

«Ferentari beißt dich in den Hintern, darum geht's!»

Nur das nicht, dachte Stefan. Dieser verdammte Trottel von Sălăjan! Aber er war zu klug, um dessen Namen als Erster zu nennen. Er stellte sich lieber dumm: «Mein Artikel wurde doch der Pressedirektion vorgelegt! Sie haben ihn vorschriftsmäßig vor der Veröffentlichung …»

«So», schnitt ihm Dobre das Wort ab, «ist jetzt die Pressedirektion schuld, Genosse Irimescu? Wo haben Sie überhaupt diese Einstellung her? Wer …»

«Stefan», schaltete sich Borza ein, und er tönte in seinem väterlichen Ärger auch beschwichtigend, «du bist in den Hammer gelaufen. Glaubst du wirklich, dass die von der Pressedirektion jedes einzelne Wort lesen, das jeder Journalist in diesem Land schreibt? *Du* musst in erster Linie aufpassen, was du schreibst.»

Sălăjan war also nicht das Thema. Stefan atmete aus. Es ging um etwas in seinem Artikel. Dann verstand er Dobres Anwesenheit nicht. Seit wann hatte dieser über redaktionelle Fragen zu urteilen?

«Chef, ich begreife nicht. Wir haben das Thema doch zusammen ausgewählt. Ich bin hingegangen, ich habe mit den Leuten geredet, ich habe geschrieben, was ich verstanden habe. Wie immer. Zeigen Sie mir, was an meinem Text nicht in Ordnung ist!»

«Ach, lass doch diese Tricks, Irimescu!», sagte Dobre in einem amüsiert-kumpelhaften Ton. «Müssen wir dir erzählen, was du geschrieben hast? Heißt das, du hast dir gar keine Gedanken gemacht, was du schreibst? Wo warst du, am Meer?»

Stefan unterdrückte die heftige Wut, die er angesichts dieser Unverschämtheit spürte. Er hatte alle Vorschriften eingehalten. Was mischte sich Dobre ein? Verdammter Kriecher! Stefan versuchte angestrengt zu verstehen. Wie konnte ein Text, den die Pressedirektion genehmigt hatte, später die Securitate stören? Ging das überhaupt? Stefan war sicher, in seinem Beitrag keine gewagten Aussagen gemacht zu haben. Sein Artikel enthielt auch ausreichend Lob für die Partei.

«Schau her», sagte schließlich Borza und zeigte auf die Zeitungsausgabe, die Stefans Artikel enthielt. Zwei Abschnitte waren rot markiert.

Im Ersten berichtete Stefan von dem Gespräch mit der Witwe Ciobanu. «Die fröhliche pensionierte Arbeiterin trug einen schönbestickten und sicherlich warmen *cojoc*, eine traditionelle Weste aus Schafsfell. Vor ihr auf dem Tisch stand ein Bild ihres verstorbenen Ehemanns mit dem ‹Held-der-Arbeit›-Stern auf der Brust.»

Plötzlich verstand Stefan. Das Interview hatte Mitte Februar in einer Wohnung stattgefunden. Jemand musste die Weste als versteckten Vorwurf mangelnder Heizungswärme verstanden haben. Was bin ich für ein Idiot!, dachte er. Kritik an den zuständigen Behörden, gut versteckt in einem harmlosen Artikel. Vielleicht um die Bevölkerung aufzuwiegeln – so gesehen fiel das tatsächlich in Dobres Kompetenzbereich. Zumal die Heizung von Winter zu Winter mehr gedrosselt wurde.

Im zweiten markierten Abschnitt ging es um Hunde und deren Wert für Kinder und Alte. Stefan hatte beim Verfassen sogar versucht, die Hund-Mensch-Freundschaft als Tradition des rumänischen Dorflebens darzustellen. Er hatte viele «jahrhundertealt», «unverwüstlich» und «ur-rumänisch» eingestreut, was sich immer gut machte.

Er dachte zurück an Ferentari. Die Hunde waren in Wirklichkeit abgemagerte, räudige, halb verwilderte Dinger gewesen. Er hatte sich gewundert, dass die Kinder mit ihnen spielen durften. Er hätte sie gar nicht erwähnen müssen. Er hatte aber angenommen, dass Hunde zu dem Rest Wirklichkeit gehörten, den er – wenn auch ordentlich geschönt – noch vermitteln durfte. Er verstand nicht, wo das Problem lag. Stefan sah Borza fragend an.

Dieser antwortete ihm mit einem mitleidigen Blick. «Letzten Herbst», erklärte Borza mit übertriebener Geduld. «Du erinnerst dich offenbar nicht mehr. Hygiene-Maßnahmen im ganzen Sektor 5: Ratten, Mücken, Müllhaufen, streunende Hunde, all dies von der Sektorverwaltung erfolgreich beseitigt. Großes Lob seitens der Parteiführung. Ausführliche Berichterstattung überall. Jetzt aber kommt Irimescu und schreibt, dass jeder Bengel und jeder Greis sein Hündchen hat. Verstehst du? Diese Hunde gibt es offiziell nicht mehr. Dein restliches Gesülze wirkt wie reinster Spott.»

«Ist es der Bürgermeister des Sektors 5, der verärgert ist? Geht es darum?», stammelte Stefan. Er sah kurz zu Dobre. Das war nicht gut. Ein Sektor-Bürgermeister, der sich verspottet fühlte, das konnte unangenehm werden. Das konnte ihn etwas kosten.

«Streunende Köter und keine Heizung in seinem Sektor?», sagte Borza. «Nein, er ist überhaupt nicht verärgert. Auch nicht sein Schwiegervater, Emil Bobu.»

Stefan war sprachlos. Emil Bobu war der Sekretär für organisatorische Probleme des ZK, Mitglied des Politbüros, einer der zehn mächtigsten

Männer im Land. Das war ihm tatsächlich entgangen. Er geriet in Panik, wollte etwas sagen.

Dobre war schneller. «Genosse Borza», fing er mit dem abgehobenen Ton eines alten Professors an. «Wir haben vor uns eine Einstellung, die zumindest von konsequenter Verachtung gegenüber den staatlichen Behörden auf Sektorebene zeugt. Zumindest, sage ich. Ich spüre nämlich beim Genossen Irimescu ein regelrechtes Muster verleumderischer Hinterlist, eine tiefsitzende Unzufriedenheit mit der Art, wie die Partei sich für das Wohl des arbeitenden Volks einsetzt. Ich bin genauso bestürzt wie Sie, Genosse Borza. Umso mehr, als ich erfahre, dass es sich nicht um das erste … Vorkommnis handelt. Ich verstehe nicht, wie jemand, dem die Partei die besten Bedingungen bietet, einen qualitativ hochstehenden, revolutionären Journalismus zu betreiben, sich derart heimtückisch gegen die Hand wenden kann, die ihn ernährt. Es übersteigt meine …»

«Genosse Dobre, Sie sind ein Dichter», versuchte Stefan einzuwenden. «Sie erfinden hier ausgeklügelte Intrigen, die ohne weiteres eines …»

«Da haben wir's wieder! Häme und Belustigung gegenüber den Vertretern staatlicher Institutionen …»

»… kommen Sie, Genosse, ich scherzte nur. Ich habe mich über niemanden lustig gemacht. Ich habe Kinder mit süßen Hunden spielen sehen, und das habe ich auch geschrieben. Ich habe eine alte Frau mit einer schönen Lammfellweste gesehen, und genau das habe ich …»

Dobre schickte sich an, etwas zu entgegnen. Aber Borza schlug mit überraschender Heftigkeit beide Hände auf die Tischplatte. Stefan und der Securitate-Mann erstarrten.

Stefan kochte vor Wut. Die Art, wie dieser Dobre sein an sich schon heikles Missgeschick noch aufzubauschen versuchte, war kriminell. Das alles war doch absurd, sie mussten ihm doch zuhören, ihm verdammt noch mal glauben!

Da donnerte Borza: «In meiner Redaktion ist ein bedauerlicher Fehler passiert. Wir haben keinen Grund, dahinter böse Absicht zu vermuten. Genosse Irimescu hat verstanden, was er falsch gemacht hat. Er wird sich entschuldigen, und zusammen mit ihm die ganze Redaktion. Wir werden uns bei den betroffenen Behörden entschuldigen. Damit ist das Kapitel geschlossen.» Borza stand auf, ging zum Fenster und öffnete es.

Kalte, nach Erde riechende Frühlingsluft strömte ins Zimmer. Er blieb mit dem Rücken zu den anderen stehen.

Stefan war immer noch erschrocken und wütend, aber nun auch ein wenig erleichtert. Er wusste noch nicht, ob er sich, wie Borza angekündigt hatte, entschuldigen wollte, und in welcher Form. Fürs Erste wollte er einfach diesen Raum verlassen. Er hatte Mühe, Dobre gegenüber nicht ausfällig zu werden. Er wollte alles vermeiden, was die Diskussion wieder entfachen konnte. Er ging zur Tür. Als er dabei war, den Raum zu verlassen, hörte er Dobres näselnde Stimme. Er drehte sich um.

«Genosse Borza, Wachsamkeit!», sagte Dobre eindringlich. «Ich empfehle schärfste Wachsamkeit. Sie bekleiden eine verantwortungsvolle Position. Sie sind ein erfahrener Genosse. Feindselige Elemente laufen nicht mit einem großen Schild auf dem Rücken herum. Ich werde Genosse Irimescu im Auge behalten. Ich will ab sofort alle seine Artikel haben, auch diejenigen, die die Zensurbehörde genehmigt hat. Alles, was er schreibt, bevor es veröffentlicht wird. Betrachten Sie das als Hilfe, die ich Ihnen gewähre, damit solche Fehler nicht mehr passieren.»

«Das liegt nicht in Ihrer Kompetenz», antwortete Borza bestimmt. Er stand immer noch mit dem Rücken zu ihnen, hatte nur den Kopf ganz leicht gedreht. «Ich habe die Angelegenheit geschlossen. Wir werden uns bei den betroffenen Genossen entschuldigen. Wenn es Ihnen so nicht passt, dann gehen Sie doch zur Pressedirektion.»

«Oh, das werde ich bestimmt tun», sagte Dobre und lächelte säuerlich, «glauben Sie mir. Und diesen Vorfall auch meinen Vorgesetzten melden.» Dobre erhob sich und huschte an Stefan vorbei aus dem Raum.

Stefan glaubte nicht richtig gehört zu haben. Wagte es Dobre, einem landesweit bekannten journalistischen Urgestein wie Valentin Borza zu drohen? Er schaute zu seinem Chef. Dieser stand weiterhin am Fenster und blickte auf das Dach des gegenüberliegenden Gebäudeflügels und auf die Baumkronen dahinter.

16. DIE JAGD UND DIE EINSAMKEIT

BUKAREST, APRIL 1980 Stefan brauchte eine Weile, um diese Auseinandersetzung zu verarbeiten. Dobres Anschuldigungen waren lächerlich. Und doch hatten sie eine innere Logik. Sie passten zu vertrauten Mustern der Klassenkampffiktion: «Entlarvung des feindseligen Elements in unserer Mitte.» Er hatte solche Floskeln schon tausendmal gelesen und gehört. Er hatte sich daran gewöhnt, dass sie nichts bedeuteten, nie falsch waren, auch nie widerlegt werden konnten. Man führte damit sinnfreie Angriffe auf andere. Jetzt war er die Zielscheibe.

Wie beweist man das Fehlen einer feindseligen Einstellung? Er konnte diesen Angriff schwer parieren. Er brauchte Schutz. Borza hatte zwar Dobres Anschuldigungen einen Riegel vorgeschoben. Er ging allerdings in den darauffolgenden Tagen auf Distanz zu Stefan. Er mied ihn und grüßte nur kurz und förmlich.

Glaubte Borza ernsthaft, dass Stefan eine Schuld traf? Stefan war so verunsichert, dass er nicht wagte, diese Frage seinem Chef zu stellen. Als er es nicht mehr ertrug, wandte er sich an Horia. Dieser kannte die Branche, Borza, die Machtverhältnisse und die ungeschriebenen Regeln besser als Stefan. Sie trafen sich nach der Arbeit beim Eingang des nahegelegenen Herăstrău-Parks.

Der Weg entlang dem Seeufer war menschenleer.

Stefan erzählte, was er in Borzas Büro erlebt hatte. «Ich weiß nicht, was auf mich zukommt. Borza behandelt mich seither wie einen Fremden. Vielleicht spielt er Dobre bloß etwas vor. Ich würde es verstehen.»

«Gut möglich», sagte Horia. «Vielleicht versucht er, dich zu beschützen und gleichzeitig nach außen gut auszusehen. Sozusagen über der Sache stehend.»

Horia blieb stehen. Offenbar war ihm Stefans aufgeregte Gangart zu schnell. «Stefan, Borza ist ein gerissener Hund», sagte er, sobald er Atem geschöpft hatte. «Er hat phantastische Kontakte.»

«Dann aber», sagte Stefan, «müsste er Dobre gegenüber doch viel

99

selbstbewusster auftreten! Er benimmt sich seltsam. Ich weiß nicht, ob er versucht, mich zu beschützen oder loszuwerden.»

«Stefan, du machst dir zu viel Gedanken. Dafür weißt du zu wenig. Falls er dich irgendwie schützen kann, dann wird er es tun. Er kann gar nicht anders. Wenn er die Anschuldigungen gegen dich nicht entschärft, dann sieht er selber auch nicht gut aus. Verstehst du? Warum er dir so lange vertraut hat, wird man fragen.»

Vom graugrünen See her wehte ein kalter Wind.

Stefan kamen auf einmal die Leserbriefe in den Sinn. «Da wir schon beim Thema sind», sagte er, «wäre es nicht klug, die Sache mit den Briefen vorerst abzubrechen?»

«Aber natürlich!», sagte Horia. «Das ist bestimmt das Vernünftigste im Moment. Ich bin sogar froh drum. Ich habe es eh nur wegen dir getan.»

Stefan schaute ihn erleichtert an. In den Augen seines Freundes war er also nicht halb so feige, wie er sich fühlte. «Danke, Horia», erwiderte er. «Ich weiß, dass es dich Überwindung gekostet hat.»

«Versteh mich nicht falsch. Den Sinn dahinter verstehe ich hundertprozentig. Aber in meinem Alter, mein junger Freund, hat man immer weniger Lust, für irgendwelche Unbekannten alles aufs Spiel zu setzen.»

«Ich verstehe dich», sagte Stefan, «aber ich bin auch traurig, aufhören zu müssen. Gerade weil es Unbekannte waren, die wir beschützt haben. Es war etwas … Besonderes. Heutzutage rührt niemand mehr einen Finger für einen Fremden. Ich frage mich, ob das bei uns immer so war. Etwas, was unserer Volksseele innewohnt? Oder sind wir so geworden? Jeder allein, jeder fürchtet sich vor dem anderen. Unterstellt ihm dies und jenes. Wenn man den Nachbarn dann leiden sieht, denkt man: Soll der nur, mir ist auch nie geholfen worden. So breitet sich das aus. Und für eine richtige Denunziation winkt sogar eine Belohnung.»

Stefan sah Horia an, aber dieser schwieg.

«Ich hoffe nur», sagte Stefan, «dass dieser Spuk mit Dobre vorbeigeht. Ich habe keine Lust, nochmals von vorn anzufangen. Ich bin nicht mehr zwanzig.»

«Gründe doch deine eigene Zeitung!», sagte Horia strahlend.

Stefan lachte. Den Scherz hatte er nicht kommen sehen. Einzelpersonen durften natürlich gar nichts gründen, dies oblag der Partei oder staatlichen Institutionen.

«Richtig», sagte er. «Die Idee hätte von mir sein können. Nein, wenn das hier den Bach runtergeht, wenn sie mich aus politischen Gründen feuern, dann wird mich niemand mehr als Journalisten einstellen, in Bukarest zumindest. Irgendwo in der tiefsten Provinz, vielleicht. Es würde mich auch nicht umbringen.»

«Bist du sicher? Würde dir Bukarest nicht fehlen? Gibt's keine Freundin, die dich vermissen würde, wenn du …»

Horias Stimme tönte auf einmal warm, fast brüderlich. Stefan war überrascht. «Freundin» war unüblich. Der Begriff klang seltsam unaufgeregt und ehrlich. Männer in Stefans Alter hatten entweder Ehefrauen oder – anrüchig, aber bewundernswert – Abenteuer. Horia traute ihm also eine tiefe Liebesbeziehung zu, eine geheime, wünschte ihm vielleicht eine.

Stefan suchte nach den richtigen Worten. «Ich weiß, was die Leute denken. Nein, ich habe keine Geliebte. Ich hatte mal eine ziemlich herbe Enttäuschung. Nachher fehlte mir das Grundvertrauen. Frauen gegenüber, verstehst du? Egal, was du tust, die Frau wird sich für den Mächtigeren oder zumindest Reicheren entscheiden. Abgesehen davon: alleinstehende Frauen in meinem Alter …» Seine Miene sagte alles.

Nach diesem Gespräch fühlte sich Stefan besser. Dann erinnerte er sich, dass er auf dem Heimweg noch in einen Lebensmittelladen sollte, der sich in der Nähe seiner Wohnung befand. Seine Stimmung sank wieder.

Eigentlich konnte er froh sein: Er gehörte zu den wenigen, die selten gewordene Lebensmittel wie Butter oder Speiseöl kaufen durften, ohne stundenlang anzustehen. Das ging nur dank Beziehungen. Er war als Journalist gut darin, natürlich. Aber es blieb ein Bittgang.

Er kannte das Personal im Laden. Er gab ihnen manchmal freie Eintrittskarten für Konzerte oder fürs Theater, die er Marina Schneider abkaufte. Sonst hatte Stefan wenig, was sich als Tauschmittel eignete. Der Gedanke daran machte ihn rasend. Trotz seiner Stellung in einer landesweiten Tageszeitung musste er sich um Tauschmittel Sorgen machen! Für Nahrung! Weil man für Geld allein nichts bekam.

Das war nicht nur in Lebensmittelläden so. Verkäufer, Beamte, Handwerker, Angestellte des Gesundheitswesens hielten Waren und Dienstleistungen von Jahr zu Jahr immer mehr zurück, wenn sie nebst dem offiziellen Preis nicht auch noch etwas für sich erhielten. Der reine Kaufpreis ging ja nicht an sie, sondern an den Staat.

Stefan sah sich im Laden um. Es roch nach Essig und Waschmittel. In den Regalen standen nicht mehr als zwei Dutzend unterschiedliche Artikel, aber von jedem viele Exemplare, schön verteilt, damit die Regale nicht leer aussahen. An den Wänden hingen vergilbte Plakate von Lebensmitteln, die es nicht mehr zu kaufen gab: frisches Obst, allerlei Sorten Käse und Fleisch.

Die Kunden waren hauptsächlich vor zwei Theken versammelt. Hinter der einen, gleich rechts vom Eingang, wurde Brot verkauft. Die Verkäuferin trug einen weißen Kittel und bediente lustlos und träge. Eine weitere Frau rollte genauso missmutig die Brote in großen Gestellen herein.

Vor der Vitrine mit Fleisch stand eine dichte Menschentraube. Mehrere Kunden redeten gleichzeitig gereizt aufeinander ein, auf den Verkäufer, oder einfach vor sich hin. Der Verkäufer ließ sich nicht beirren, bediente gemächlich und ignorierte königlich alle Proteste und Schmeicheleien. An einer Wand neben der Fleischabteilung befand sich eine verschlossene Tür ohne Griff.

Stefans Kontaktperson war nicht zu sehen. Er näherte sich der Fleischtheke. Er war zum Glück größer als die meisten Kunden. Er winkte dem Verkäufer. Dieser nickte kurz und rief, ohne das Bedienen zu unterbrechen, über die Schulter: «Stela, für dich!»

Stefan bedankte sich mit einem kurzen Nicken und einem Lächeln. Er ging zur grifflosen Tür. Diese ging auf, und eine stämmige, verschwitzte Frau im üblichen weißen Kittel versperrte ihm den Weg.

«Frau Stela, wie geht es denn?», rief Stefan und rang sich ein Lächeln ab. Als Stammkunde musste man ein wenig den alten Freund spielen. Aber nicht zu viel, sonst wirkte es unterwürfig. Das schadete den Verhandlungen. «Die Erkältung scheint auf jeden Fall vorbei zu sein.»

«Eh», antwortete die Frau mürrisch, «Sie wissen doch, wie das ist, wenn man immer in den Kühlraum muss und wieder raus. Aber die Erkältungen kommen und gehen. Bis es nicht mehr geht.» Sie machte eine resignierte Handbewegung.

«Ach, kommen Sie, eine junge Frau wie Sie sollte nicht an solche Sachen denken. Wie geht es dem Mann?»

«Herr Stefan, was soll ich Ihnen sagen. Es ist besser, er hat das Trinken aufgegeben …»

«Das ist aber eine tolle Neuigkeit! Was sagte ich Ihnen das letzte Mal? Alles wendet sich zum Besseren. Nur nicht gleich dann, wenn wir wollen. Ein wenig Geduld braucht es immer.»

«Tja, schauen wir, wie lange es diesmal hält. Ich habe Ihr Päckchen, aber Sie müssen zum Hintereingang, hier sind zu viel Leute.» Sie drehte sich um, ohne Stefans Antwort abzuwarten, und verschwand. Hinter ihr fiel die Tür zu.

Stefan stellte sein Lächeln ab. Es war ihm zuwider, dieses Anbiedern. Diese Stela wusste ja, dass ‹ihre› Kunden nur vorgaben, sie nett zu finden. Was sie genoss, war nicht deren Zuneigung, sondern die Macht, die sie als einfache Lebensmittelverkäuferin hatte – selbst über einen wichtigen Journalisten.

Stefan verließ den Laden, ging um die Ecke und betrat einen Gang zwischen der *Alimentara* und dem nächsten Gebäude. Ein darin geparkter Lieferwagen ließ ihm gerade noch genug Raum, um hindurchzuschlüpfen. Der Gang mündete in einen kleinen Hinterhof. Er sah sich um. Der Hinterhof wirkte wie ein Schacht, umringt von mehrstöckigen Gebäuden. Dort musste er einige Minuten warten.

Schließlich öffnete Stela eine Tür und blieb auf der Schwelle stehen. Stefan näherte sich und nahm die große Papiertüte entgegen. Sie war eiskalt. Beim Händeschütteln ließ er einige Geldscheine in der Hand der Frau zurück. Karten hatte er diesmal keine. Das Geld entsprach ungefähr dem doppelten Wert der Waren. Stela zählte es nicht, Stefan schaute nicht in die Tüte. Das Vertrauen war nicht echt, aber wichtig.

«Es wird immer schwieriger mit all diesen Kontrollen», seufzte Stela, den Blick in eine unmögliche Ferne gerichtet. «Jetzt kontrollieren sie auch die Kontrolleure. Selbst mein Chef hat Angst. Er bewacht uns auf Schritt und Tritt. Ich kann immer weniger etwas tun, ohne dass er es mitbekommt.»

Stefan verstand. Stela war mit dem Tauschkurs unzufrieden. Andere Spezialkunden gaben ihr mehr. Ob das stimmte, konnte er nicht wissen. Verdammt, warum musste er sich zum Feierabend mit solchem Kram beschäftigen?

«Seien Sie unbesorgt», sagte er. «Ich werde nicht undankbar sein. In zwei Wochen kommt der ‹Staatliche Zirkus› wieder. Ihre Kinder werden sich freuen. Sie werden beste Plätze haben. Einen schönen Tag und alles Gute.»

«Ihnen auch alles Gute, Herr Stefan.»

«Ihr Mann schafft das, Frau Stela, hören Sie auf mich. Die Liebe ist stärker als die *ţuica*», sagte Stefan und lächelte. Die verschwitzte Stela errötete, prustete los und verschwand kichernd in den Laden.

Nachdem er sich weit genug entfernt hatte, prüfte er den Inhalt der Tüte. Wie vereinbart waren darin zwei Halbliterflaschen Speiseöl, jede in Packpapier gewickelt, ein halbes Kilo Schafskäse und ein Stück Butter. Ein kleiner Schatz. Er war stolz: Selbst hatte er sich diesen Kontakt geschaffen, einige weitere noch dazu. Er war ein mit allen Wassern gewaschener Kenner der Straße, das wusste er, ein routinierter Jäger.

Für eine Weile fühlte er sich nicht mehr ohnmächtig und gefährdet.

17. IMMERHIN EIN ANFANG

Zwei Wochen später sitzt Nicu Dobre in einem kleinen schlichten Zimmer in der Zentrale. Ihm gegenüber sitzt sein Vorgesetzter, Major Grigoraş. Die Tischplatte zwischen ihnen ist hellbraun, eine Farbe, die Dobre gefällt, sie wirkt irgendwie korrekt.

Sein Chef mag ihn nicht, das weiß er. Aber er hat ausgezeichnete, handfeste Ergebnisse.

Das Gespräch verlief bisher ungünstig. Grigoraş ließ sich von der brisanten Geschichte mit den Leserbriefen, die in der Redaktion der *Stimme des Sozialismus* unterschlagen wurden, nicht beeindrucken. Dabei hat Dobre alles getan, sogar den Arbeitsplatz des Hauptverdächtigen durchsucht. Das Ergebnis liegt vor ihnen. Irimescu, dieses zweifelhafte Element, weiß noch gar nicht, dass seine Sabotageaktion aufgeflogen ist. Sie könnten ihn umgehend verhaften.

Daraus wird aber vorerst nichts. Grigoraş findet das Vergehen belanglos. Dobre ist nicht überrascht, sein Chef ist nicht wie er, es fehlt ihm das Feuer, der Sinn für die Mission. Er interessiert sich nur fürs Weiterkommen, für die Geschäfte, Import-Export, Erpressung, weiß der Geier.

Dobre beschließt, die Leserbriefsache vorläufig ruhen zu lassen. Er hat noch ein Ass im Ärmel.

«Diesen Irimescu», sagt er, «beobachte ich übrigens noch in einer weiteren Sache. Er hat einen Zeitungsartikel verfasst, der auf hinterlistige Art das Vertrauen der Bevölkerung in die lokalen Behörden untergräbt. Die Verleumdung war ganz fein hineingestreut, selbst die Pressedirektion hat den reaktionären Unterton übersehen. Ich hingegen …»

«Aber, Dobre», unterbricht ihn Grigoraş verärgert, «warum hast du nicht *damit* angefangen? *Das* ist relevante Information! Einen Zeitungsartikel lesen Tausende. Stattdessen verbreitest du dich über diese schwachsinnigen Briefe.»

«Ja, Chef, das ist mir jetzt auch klar. Die Behörde übrigens, die Irimescu anzuschwärzen versucht – die Verwaltung des Sektors 5 – wird vom

Schwiegersohn von Emil Bobu geleitet. Sie entscheiden, ob diese Information wichtig ist. Mich würde aber wundern, wenn Irimescu dies nicht gewusst hätte.»

«Eine gezielte Aktion gegen ein Regierungsmitglied?», wundert sich Grigoraș. «Das ist ungewöhnlich. Wer steuert wohl diesen Irimescu? Und was haben sie gegen Emil Bobu?»

Jetzt hat Dobre seinen Vorgesetzten, wo er ihn haben wollte. Eifrig setzt er nach: «Ausgezeichnete Frage, Chef. Das mit den Leserbriefen könnte für uns ein guter Vorwand sein: Wir könnten das Zielobjekt mal hierherbringen und ihn bearbeiten. Es wäre immerhin ein Anfang. Bis er merkt, was uns wirklich interessiert …»

Aber jetzt passiert es wieder: Er ist zu schnell für Grigoraș. Dieser verzieht angewidert das Gesicht. Vorpreschen ist nicht seine Sache. Er seufzt, er hat viele Sorgen, er ist ein wichtiger Mann. Er steht auf. «Das zu entscheiden, Dobre, ist nicht deine Sache. *Ich* sage, wann du was unternehmen sollst.»

«Es kann aber ein guter Ansatz sein, Genosse Major. Richtig genutzt.» In seiner Stimme ist die Verzweiflung gut hörbar.

«Richtig genutzt!», Grigoraș lacht abschätzig. «Also gut, meinetwegen. Ich will in einer Woche einen neuen Bericht», sagt er und verlässt den Besprechungsraum.

Besser als nichts, denkt Dobre. Aber er hat nicht mehr viel Zeit. Er muss handeln, rasch und energisch. Er sammelt die Briefe wieder ein.

Draußen auf der Straße hört man Schüler vorbeigehen und scherzen. Ihre Stimmen erinnern Dobre an das Geblöke von Ziegen.

18. AUSFLUG

SINAIA, PRAHOVA-TAL, JUNI 1980 Sie würden die Strecke von Bukarest nach Sinaia in unter zwei Stunden schaffen. Der Verkehr war deutlich flüssiger als an einem Sonntag, dem einzigen arbeitsfreien Tag der Woche. Genau deshalb hatte Raluca einen Samstag gewählt. Dieser Ausflug war ihre Idee.

Ilie schwieg. Der alte Wagen fuhr gemächlich durch die saftig grüne, ab Cîmpina hügelige Gegend den Fluss Prahova entlang. Radu und Nicoleta auf den Vordersitzen schwiegen ebenfalls. Radu gehörte zu den stillen Chauffeuren.

Frische Luft, gutes Essen, dachte Raluca, etwas Zeit zu … Nun, zu schweigen, später vielleicht zu reden, das war wohl, was sie und Ilie brauchten. Ovidiu lag falsch, wenn er dachte, ihre Ehe sei nicht zu retten, er war halt nie verheiratet gewesen, er kannte das nicht.

Sie aber tat, was sie konnte, und sie hoffte. So war sie aufgewachsen. In der Kleinstadt ihrer Kindheit tat man, was man konnte. Man plante in kleinen Schritten. Die ganz Verwegenen zogen nach Bukarest. Für die meisten jedoch hieß es: früh heiraten, eine Ausbildung machen, Kinder kriegen, eine Wohnung kaufen, ein Auto. Geduldig warten, bis man etwas durfte, bis das Geld da war. Nützliche Kontakte aufbauen, sie geschickt einsetzen. Die Familiengeschichten ähnelten einander.

So betrachtet, erschienen ihr die Unstimmigkeiten mit Ilie ein überschaubares Problem. Er war bloß verunsichert. Er suchte vielleicht seine Rolle. Sie würde ihm helfen, würde mehr Zeit mit ihm verbringen. Bis er diese Phase überwand. Sie könnte sogar Ilies Kollegen aus der Parteizentrale kennenlernen, herausfinden, wie sie ihn beeinflussten. Sie nahm sich vor, sie einmal einzuladen – mit ihren Frauen. Die Idee gefiel ihr.

Außerdem war sie eine hübsche und leidenschaftliche Frau. Ilie war vielleicht nicht mehr verliebt, aber er war ein Mann aus Fleisch und Blut. Sie wusste schon, wie das lief.

Florin lag in ihrem Arm und sah gespannt hinaus.

Sie fühlte sich stolz und stark. Sie nahm ihre Familie mit auf einen Ausflug. Sie handelte.

Wenig später fuhren sie in Sinaia ein, dem alten Ferienort in den Karpaten, der um den früheren Sommersitz der rumänischen Könige herum entstanden war. Die kurvenreiche Straße führte den Berghang entlang. Der dichte, wildgewachsene Wald wirkte wegen des bedeckten Himmels finster.

Etwas außerhalb des Ortes stand das Hotel, von dessen Restaurant Ilie geschwärmt hatte. Der Direktor kam heraus, kaum waren sie aus dem Wagen gestiegen, und begrüßte sie.

«Genosse Stancu, welche Freude!», rief der beleibte Mann. «Und erst noch mit Familie – welche Ehre! Gestatten Sie!» Er beugte sich vor und küsste Raluca die Hand. «Kommen Sie nur herein, ich habe meine Leute angewiesen, Ihnen jeden Wunsch zu erfüllen. Wenn irgendwas nicht nach Ihrem Geschmack sein sollte, lassen Sie mich bitte sofort rufen. Ich verschaffe es Ihnen, selbst wenn ich es aus Bukarest kommen lassen muss.»

«Nach dem, was ich über Ihren Weinkeller gehört habe», lächelte Ilie gnädig, «wird es aber eher umgekehrt sein – dass die Bukarester Restaurants bei Ihnen anfragen müssen.»

«Oh, alles Übertreibungen, Genosse Stancu, Sie sind zu freundlich. Willkommen in unserem bescheidenen Berghaus. Zum Restaurant geht's hier entlang. Ich habe Ihnen unser schönstes Séparée reservieren lassen. Wenn Sie die Freundlichkeit haben wollen …»

Das Innere des Restaurants war eine etwas angestrengte Mischung aus holzgetäfelter Berghütte und dem, was man sich im sozialistischen Rumänien der siebziger Jahre unter einem Luxusrestaurant vorstellte. Luxus hatte in einem Arbeiter- und Bauernstaat keine Berechtigung mehr, Rumänien war jedoch ein Land der Genießer geblieben. Der Luxus musste jedoch der Position der Genossen angemessen sein und eine gewisse verstaubte Zurückhaltung aufweisen.

Raluca gefiel das Séparée. Ein kleines Fenster blickte auf einen bewaldeten Hang. Ilie, sie und Florin waren unter sich, Radu und Nicoleta würden im großen Speisesaal essen. Ein älterer, kränklich aussehender Kellner kam sofort herbei und fing an, mit der üblichen Unterwürfigkeit die Bestellung aufzunehmen. Sein Ich-weiß-genau-wie-ich-Sie-glücklich-machen-kann-Tonfall irritierte Raluca. Zum Glück übernahm Ilie die Verhandlungen.

Als sie wieder allein waren, nutzte Raluca die Gelegenheit, um Florin die Brust zu geben.

«Findest du ihn süß?», fragte sie. «Spielst du dann mit ihm, wenn er größer ist?»

«Natürlich», sagte Ilie in fragendem Ton.

Raluca ließ sich davon nicht irritieren. «Ilie, ich denke, unsere Wünsche sind doch gar nicht so unterschiedlich. Ich will ja auch, dass wir eine glückliche Familie sind. Wir müssen uns nur Zeit lassen, einen Mittelweg zu finden.»

«So, so», fand Ilie. Seine Stimme tönte aber weich, friedlich. Er betrachtete Florin. Sie schwiegen. Florin schlief kurz darauf ein.

Zwei Kellner brachten die Vorspeise und die Getränke. Raluca und Ilie stießen an und begannen zu essen. Raluca sah ihm beim Essen lange zu. Schau mich an, dachte sie, schau mich doch einmal an.

Ilie verschlang den gemischten Salat weiter, der wirklich ausgezeichnet war.

«Jemand vom ZK ist gestern in die Bezirkszentrale gekommen», sagte er anschließend, «um uns zu bearbeiten.» Er machte eine kurze Pause, wie um ihr Zeit zu lassen, die Wichtigkeit des Ereignisses zu begreifen. «Viele verstehen die Parteilinie anscheinend nicht, nämlich dass wir den Gürtel enger schnallen müssen. Stell dir das einmal vor.»

Nicht das schon wieder, dachte Raluca. Auf Politik konnte sie im Augenblick vollkommen verzichten.

«Natürlich», fuhr Ilie fort, «gehören solche Genossen bestraft, wenn sie nicht mitziehen. Der Generalsekretär will, wie du weißt, die Auslandsschulden zurückzahlen. Und das ist eine Menge Geld.»

«Ilie …», unterbrach Raluca gereizt.

Ilie beachtete sie nicht. «Nun gibt es Genossen, die denken, es müssen immer nur die anderen sparen. Aber ich mache mir keine Sorgen. Das haben wir jedes Mal erlebt, wenn es neue Richtlinien gab. Es müssen nur ein paar Köpfe rollen, dann läuft alles wieder wie geschmiert.»

Raluca hörte nicht mehr zu. Sie wollte Zeit mit ihrem Mann verbringen, nicht dieses linientreue Geschwätz hören. Sie wollte, dass er ihr Interesse bemerkte. Aber er reagierte nicht auf sie. Seine Propaganda war ihm offenbar wichtiger – oder vertrauter.

Plötzlich hatte sie Lust, seine Rede zu sabotieren.

«Du weißt aber, wie das läuft», sagte sie. «Wer jetzt besonders heftig spart, sieht bei der nächsten Runde schlecht aus. Kann zum Beispiel den Plan nicht erfüllen. Man kann nicht beides gleichzeitig: den Plan übertreffen und sparen. Irgendwo ...»

«Wer so denkt», fuhr Ilie dazwischen, «hat eine wunderbare Entschuldigung, nie etwas zu tun. Unser System funktioniert aber nur, wenn alle der Parteiführung folgen. Der Auftrag des Genossen ist klar. Wem das nicht Antrieb genug ist, den braucht die Partei nicht.»

Raluca wusste natürlich, welchen Genossen Ilie meinte, es war der übliche Sprachgebrauch.

Eigentlich hatte sie ihm das Thema vermiesen wollen, aber je mehr sie es versuchte, desto spannender wurde das Gespräch für ihn. Sie konnte aber auch nicht aufhören. Sie war in diesem Spiel gefangen. Es dürstete sie danach, Ilies Gewissheiten zu erschüttern.

«Musst du denn auch sparen?», fragte sie mit einem ironischen Unterton. Ilies Ressort war Kultur und Propaganda. Dort wurde nie gespart, das wussten sie beide.

Er ließ sich aber nicht beirren. «Reformen stehen und fallen mit der Dynamik. Wir unterstützen mit der Propaganda die Dynamik, motivieren die Massen. Du sparst an der Dynamik, und die ganze Sache versandet. Dann hast du nur beim Propaganda-Aufwand ein wenig gespart: ein oder zwei Festivals weniger, ein paar Kulturhäuser geschlossen – Brosamen. Nein, im Gegenteil. Mehr Propaganda. So lauten auch die Anweisungen von oben. Vor allem das Festival ‹Cîntarea României› soll unterstützt werden, wir sollen schauen, dass Păunescu volle Säle hat, dass die Infrastruktur stimmt.»

«Păunescu, der Dichter?», fragte Raluca angewidert. «Der in Ungnade gefallen war? Dieser aufgeblasene ...»

«Der ist aber wieder stark im Kommen», fiel ihr Ilie energisch ins Wort.

Raluca schwieg. Solange jemand die Gunst der Parteispitze genoss, stand auch Ilie mit Überzeugung hinter ihm. Ein in Ungnade Gefallener hatte prompt auch Ilie nie richtig gefallen. Wann waren seine Sympathien so wendig geworden?

«Er hat die richtigen Freunde», fuhr Ilie fort, «die haben ihn wieder hochgehievt und ihm dieses patriotische Festival ermöglicht. Das gefällt den höheren Genossen enorm und mir eigentlich auch. Persönlich finde ich den Mann abscheulich, du weißt nie, wo er steht, aber er macht im Augenblick eine hervorragende Arbeit. Mobilisiert uns die Jugend. Hervorragende Arbeit.»

Die Kellner brachten die Suppe. Raluca hatte keinen Hunger mehr. Wie verblendet konnte Ilie sein? Sie arbeitete nicht in einer Parteizentrale, ihre Kollegen waren gewöhnliche Bürger. Sie wusste, wie sie dachten. Auf patriotische Festivals hatte keiner Lust. Păunescu war ein erbärmlicher Hofnarr, den alle insgeheim verabscheuten und der nicht mal sich selbst überzeugte. Sein Festival erfreute nur die Parteiführung.

Es war Zeit, dass sie Ilie wieder auf den Boden holte. Und sie hatte dafür ein gutes konkretes Beispiel. «Der Parteisekretär im Projektierungsinstitut hat wegen des Sparens auch Ärger bekommen: mit unserem Bewilligungsausschuss. Du weißt schon, das sind die erfahrensten Architekten und Ingenieure. Sie bewilligen die Projekte, bevor sie zum Auftraggeber gehen. Ich bin neu auch in diesem Ausschuss. Der Parteisekretär des Instituts ist ein gewisser Mihaiu, ich weiß nicht, ob du ihn kennst. Er wollte unbedingt Einsparungen um mindestens zwanzig Prozent bei den Materialkosten für Neubauten erreichen. Wir vom Ausschuss waren dagegen. Wie soll das gehen? Die gleiche Wohnfläche mit zwanzig Prozent weniger Armierungseisen bereitstellen? Einige haben versucht, Mihaiu dies zu erklären. Er ist ja kein Fachmann. Er blieb aber stur. Das ist dann eskaliert, und manche Mitglieder des Ausschusses haben gedroht, sie würden mit seinem Chef reden. Das hat es noch nie …»

«Lass mich raten», sagte Ilie angespannt. «Mihaiu hat darüber nur gelacht.»

Raluca blieb sprachlos. Wollte Ilie diesen Idioten in Schutz nehmen? Das konnte doch nicht wahr sein. «Sozusagen …», sagte sie zögerlich. «Das war seltsam. Es braucht ja einiges, bevor jemand dem Parteisekretär widerspricht. Und jetzt der gesamte Bewilligungsausschuss! Das sind bittere Konkurrenten, weißt du, die schenken sich sonst nichts. Aber jetzt haben sie ihre Angst und ihren Ehrgeiz überwunden. Sie haben zwei Stunden lang versucht, Mihaiu zu erklären, was man in einer Erdbebenregion wie Bukarest beachten muss. Zahlen, Beispiele, alles. Warum Gebäude bei Erdbeben einstürzen, und wie man dem vorbeugen kann. Mihaiu hat uns mit rhetorischen Tricks abgewimmelt. Er war nicht mal verlegen, hat nicht mal … Weißt du, Ilie, wenn er auch nur ganz leise hätte durchblicken lassen, dass er unseren Standpunkt versteht. Aber er: nein und nein.»

«Es wundert mich, dass du so redest», sagte Ilie mit eiskalter Stimme. Er schaute sie ernst an.

«Wie bitte?»

«Mihaiu ist einer der Unseren.»

«Wie meinst … was hat das damit …?»

«Einer der Unseren!» Ilie hob den rechten Zeigefinger in die Luft. «*Wir* bestimmen, wo es langgeht. Nicht die verwöhnten Muttersöhnchen von der Uni.»

Raluca sah ihn an. Sie verstand ihn nicht. Eigentlich hatte sie eine leise Ahnung, was er meinte. Das konnte aber nicht sein.

«Wenn die Parteileitung oder der Generalsekretär die Situation landesweit betrachtet und beschließt, dass gespart werden muss, dann wird das umgesetzt. Das ist der Wille der Partei. Die Partei ist das Volk, die arbeitenden Massen. Nicht eine Handvoll verwöhnter Bukarester Architekten, die … na ja, ich will nicht bei jedem wissen, was seine Eltern früher waren. Dem Willen der Partei wird gefolgt. Das ist die Diktatur des Proletariats. Du solltest das wissen. Du gehörst zu uns.»

«Ilie, es geht um Menschenleben. Beim nächsten Erdbeben gibt es ein paar hundert Tote mehr, wenn wir zu sehr am Baumaterial sparen. So einfach ist das. Es geht nicht um Loyalität und Klassenkampf.»

Ilie klopfte nervös mit den Fingern auf den Tisch. Er sagte nichts. Es war Raluca nicht klar, ob er überlegte, mit der eigenen Wut kämpfte oder nach einem Weg suchte, das Thema zu wechseln. Er streute energisch noch etwas Salz in die verbliebene Suppe und löffelte sie aus. Dann lehnte er sich zurück.

Ein Kellner kam. Ilie vertiefte sich in die Weinkarte. Ohne Raluca anzusehen, sagte er: «Du arbeitest zu viel. Das gibt dir diesen harten Ton.»

Der Kellner wartete.

Harter Ton? Das brauchte sie nicht ernst zu nehmen. Raluca seufzte tief. Am besten ließ sie ihn nörgeln, bis ihm die Lust verging. Sie schwieg, bis Ilie bestellt und der Kellner sich entfernt hatte.

«Du hast recht», sagte sie dann. «Vielleicht liegt es am Thema. Wir sind hier, um uns zu entspannen. Nicht um über Berufliches zu reden. Entschuldige. Schmeckt dir das Essen?»

Ilie nickte stumm. Aus dem großen Saal hörte man durch die geschlossene Tür undeutliches Stimmengewirr. Es klang nach einer größeren Gesellschaft.

«Ich meine nicht heute», sagte Ilie. «Du arbeitest generell zu viel und ohne einen wirklichen Nutzen. Architekturbüro! Das ist doch etwas für alte Jungfern und Leute mit ungesunden sozialen Wurzeln. Nicht für die Ehefrau eines Parteisekretärs oder eines Mitglieds des ZK. Das gehört sich nicht, und es ist auch unnatürlich. Ich kann dir jederzeit eine Kaderposition in der Partei besorgen. Oder eine Stelle als Vizedirektorin irgendwo, wo man dich respektiert und dir gehorcht.» Dann sagte er immer lauter: «Oder meinetwegen bleib zu Hause und kümmere dich um deine Familie. Du gehörst sicher nicht auf eine Baustelle, beim Scherzen mit Bauarbeitern.»

Gut, dachte Raluca, dann wird halt nichts aus dem harmonischen Ausflug. Ist mir auch recht. Besser, es kommt alles raus, und wir können nachher normal reden. Aber wieso spricht er nun so laut? Will er mich übertönen oder das Gejohle aus dem Nebenraum? «Was genau stört dich, Ilie?», fragte sie geduldig. «Ich bin sehr selten auf Baustellen. Ich mache keine Bauführung, dafür haben wir Spezialisten.»

«Irgendwann wird man erwachsen, Frau. Man hat eine Position, eine Familie, nützliche Beziehungen. Man baut sich ein Leben auf, *un rost*. Man ist jemand. Das kommt von selbst, normale Menschen spüren, wenn die Zeit gekommen ist. Das war schon immer so.»

Ilie war während des letzten Satzes aufgestanden. Als er die Tür öffnete, merkte Raluca, wie laut die Gäste in dem großen Esssaal waren.

Sie versuchten gerade zu singen, es war aber mehr ein Gebrüll. Nur Männer. Sie sangen nicht auf Rumänisch, Raluca erkannte die Sprache nicht.

Ilie ging hinüber und schloss die Tür hinter sich.

Ein paar Minuten später kam er zurück. Sie kannte den Ausdruck auf seinem Gesicht. Diese grimmige Entschlossenheit hatte sie früher erregt. Früher war er jünger gewesen, seine Grimmigkeit hatte anders gewirkt, lebensfroher, saftiger, und er war dünner und …

«So», knurrte er. «Sportdelegation aus Polen. Sie haben scheinbar irgendwas zu feiern.»

Raluca lächelte abwesend.

Er setzte sich wieder. «Zurück zu dir. Ich will, dass du bald lernst, wie die Ehefrau eines wichtigen Parteikaders zu denken. Jede andere Frau würde mir für die Möglichkeiten, die ich dir biete, auf den Knien danken.»

Raluca bemerkte, während er weiterredete, wie er bei jedem Satz seine linke Hand, die Hand auf ihrer Seite, auf den Tisch fallen ließ, jedes Mal ein wenig schwerer.

«Entweder Führungsposition oder Familie, aber hör auf, die hochnäsige Intellektuelle zu spielen. Ich gehöre der Führung einer Arbeiter- und Bauernpartei an. Ich brauche keine dekadente Künstlerin als Frau! Du bist nicht mehr achtzehn! Ich will meinen Freunden nicht ständig dein Verhalten erklären müssen! Meine Familie wundert sich schon lange über dich!»

Er schlug nun regelrecht auf den Tisch. Aus dem Nebenraum war kein Gesang mehr zu hören. Der Direktor musste den polnischen Gästen ins Gewissen geredet haben, wohl auf Ilies Aufforderung hin. Seine Wut nahm deswegen aber nicht ab, sondern baute sich in dieser Stille noch mehr auf, wie eine Flutwelle. «… Ich habe es satt, unter den Genossen derjenige mit der seltsamen Frau zu sein!»

Jetzt hatte Raluca genug.

«Ach was, seltsame Frau!», rief sie aus. «Wovon redest du, Ilie? Gehört es nicht mehr zur Parteilinie, dass Frauen Bauprojekte erstellen?»

«Jetzt bist du Expertin für die Parteilinie, ja?», rief Ilie zurück. «Soll ich dir sagen, wo die Parteilinie liegt? *Ich* bin nämlich Bezirksparteisekretär, *ich* kann dich aufklären. Nicht umgekehrt. Und dein Problem hat nichts mit der Parteilinie zu tun, sondern mit deiner Herkunft. Du bist einfach nicht Arbeiterklasse. Du …»

«Ach, lass doch das …», sagte Raluca verächtlich.

«… hast nie auf dem Feld oder an der Werkbank gearbeitet! Du verstehst die Arbeitermassen nicht, dir ist die Volksseele fremd! Der Kern der sozialistischen Gesellschaft liegt in der Volksseele, Frau, sie sind eins. Immer schon haben unsere Vorfahren für die Freiheit und gegen die herrschenden, ausbeuterischen Klassen gekämpft. Und da haben die Frauen auch mitgekämpft. Und zwar so, wie es ihrer Natur und ihrer Rolle entspricht. Darum sagt die Partei den Frauen: ‹Gebärt Kinder! So viele wie möglich!› Die Familie ist der Kern der sozialistischen Gesellschaft. Nicht unzufriedene Architekten und sonstige Intellektuelle in ihren geheizten Büros! Abgesehen davon hat das Land genug Architekten auch ohne dich. Wenn du in einem Bauernhaus aufgewachsen wärst, dann hätte man dir schon als Kind die Flausen ausgetrieben!»

Raluca ließ ihn reden. Das hatte sie alles schon hundertmal gehört und gelesen – die Seele des Volkes, Arbeiter und Bauern, der Aufbau der sozialistischen Gesellschaft. Es wirkte grotesk hier im Séparée, beim exquisiten Mittagessen.

Sie wartete, bis er innehielt. Jetzt kam sie an die Reihe. Sie war nicht mehr wütend, nur etwas traurig. Sie legte ihre Hand auf seinen Arm. Vielleicht hilft nur ausharren, dachte sie, geduldig abwarten, bis Ilie sich damit abfindet, dass sie sich nicht ändern wird. «Ilie, ich bin, wie ich bin», sagte sie leise und langsam, ohne ihn direkt anzusehen. «Gerade du weißt, wie viel ich in diesen Beruf investiert habe. Früher warst du stolz darauf, das hast du mir mal gesagt. Ich habe aber gehört, was du gesagt hast. Ich verstehe deinen Wunsch. Wir müssen versuchen, einen Mittelweg zu finden. Ich will nicht mit dir streiten. Es ist ein schöner Ort hier, lass uns den Tag genießen.» Raluca fühlte unter der Hand seinen angespannten Arm, als ob er ihn auf den Tisch gedrückt halten müsste. Sie sah Ilie an.

Er wirkte überrascht und unschlüssig. Den Kopf halb zu ihr gedreht, blickte er starr auf ihren leeren Teller.

«Warum bleiben wir nachher nicht hier?», fuhr Raluca mit sanfter

Stimme fort. «Wir schicken Florin mit Nicoleta zurück nach Bukarest und bleiben über Nacht hier, nur du und ich.» Sie lächelte schelmisch. Sie neigte ein wenig den Kopf, um besser in sein Blickfeld zu kommen.

Dann passierte alles gleichzeitig. Ilie sah sie an, irgendwie prüfend, abwägend. Eine solche Einladung hatte auf ihn immer gewirkt. Jetzt aber erkannte Raluca in seinen Augen das Ausbleiben der Vorfreude, der Lust. An seiner Wut von vorhin lag das nicht, die war verflogen. Ihr Vorschlag ließ ihn bloß kalt. Das schien ihn selbst zu überraschen. Er starrte sie ratlos an.

Sein Zögern traf Raluca unvorbereitet. Sie hatte schon immer gewusst, dass sie eine schöne Frau war. Sie empfand deswegen einen milden Stolz. Sie war wie eine aus dem Märchen, *o mîndră* – der Ausdruck vereint Schönheit und Stolz, es bezeichnet eine Eigenschaft und gleichzeitig ein Wesen. Ein märchenhaftes. Auf ihre Wirkung war immer Verlass gewesen. Bis jetzt.

Die Tür ging auf. Ein Hüne von Mann, athletisch, in einer sportlichen Jacke, blieb auf der Schwelle stehen und sagte etwas. Fremdsprachen waren nicht Ralucas Stärke. Sie verstand kein Wort. Er hielt eine Flasche und zwei Gläser in der Hand und wies mit einem Handzeichen auf seine Freunde im großen Saal. Florin wachte auf und fing an zu weinen. Der Mann lächelte und sprach fröhlich weiter, versuchte sich verständlich zu machen, während Ilie langsam aufstand, konzentriert wie ein schwerer Löwe auf der Pirsch, sein Gesicht versteinert.

Ilie gehörte zu den wenigen Gästen, die der Direktor bei der Ankunft persönlich empfing. Er hatte einen abgetrennten Raum für sich und seine Familie organisiert, was in diesem Restaurant nur jemandem in seiner Position zustand. Nun trampelte im unpassendsten und peinlichsten Augenblick irgendein besoffener Tölpel herein.

Der Raum war klein. Mit einem Schritt war Ilie bei der Tür. Blitzartig stieß er sie mit dem Fuß gegen den Mann, der immer noch auf der Schwelle stand. Gläser und Flasche flogen an die Wand. Ilie drehte sich, packte einen der schweren Stühle und schlug mit aller Kraft auf den Eindringling ein, verbissen, immer wieder.

Kurz darauf stürzten einige Begleiter des Angegriffenen herein, dazu Radu und zwei Kellner, und trennten die Männer. Hasserfüllt schaute der Sportler aus dem blutüberströmten Gesicht auf Ilie, der wie von Sinnen schrie, er werde ihn umbringen, man solle ihn loslassen, er werde den Hurensohn zu Brei schlagen.

Dann beruhigte er sich.

Raluca starrte alle ungläubig an. Dann hörte sie auf zu schreien.

19. BORZAS ANGEBOT

BUKAREST, JUNI 1980   Einige Tage später holte Valentin Borza Stefan zu sich ins Büro. Er versicherte sich, dass die Tür geschlossen war, dann lächelte er kopfschüttelnd: «Wo hast du mich nur reingelotst, Junge! Du hast keinen Begriff davon, woran du vorbeigeschrammt bist, an welcher Gefahr! Du meine Güte … *In fine*, lassen wir das. Es ist vorbei.»

Stefan verstand nicht. Seit Nicu Dobres Angriff vier Wochen zuvor hatte Borza keine drei Sätze mehr mit ihm gewechselt.

«Aber hör mal», fuhr Borza fort, «dass du dich auch ausgerechnet mit Bobus Familie anlegst. Emil Bobu, die rechte Hand des Genossen! Das gibt's doch nicht! Bist du denn ein Kind? Gut, du hast nicht gewusst, dass der Bürgermeister des Sektors, in dem sich Ferentari befindet, Bobus Schwiegersohn ist. Kann passieren. Jetzt ist es vorbei, aber drei Wochen lang habe ich kein Auge zugetan. Stefan, ich habe dir das Leben gerettet. Du sollst es wissen: Diesmal – ich übertreibe nicht – das *Leben* habe ich dir gerettet. Wen habe ich nicht angefleht! Welche Hintern habe ich nicht geküsst für dich! Mein eigener Sohn, hörst du? Wärst du mein eigener Sohn, ich hätte nicht mehr für dich tun können!»

Stefan war sprachlos. Zu unerwartet kam Borzas Ausbruch. Zudem sprach er mit gedämpfter Stimme. Stefan hatte Borza noch nie flüstern hören. Schon gar nicht im eigenen Büro bei geschlossener Tür. Wozu die Vorstellung?

«Chef, ich danke dir von ganzem Herzen», fing er zögerlich an. «Auch für die Szene mit Dobre hier. Ich rechne dir das hoch an, ehrlich. Aber … an sich, außer Pech – ich habe nämlich monumentales Pech gehabt – sehe ich echt nicht …» Stefan breitete die Arme aus, wie um seine Arglosigkeit zu unterstreichen.

«Du siehst nicht, du siehst nicht. Egal. Das Leben ist kein Kindergarten, Mensch. Es kommt niemand zu dir und verhandelt, bis ihr herausgefunden habt, ob es deine Schuld war oder nicht. Das hat doch früher die

Kirche gesagt, dass man irgendwann den gerechten Lohn bekommt. Wer glaubt das heute noch?»

Borza seufzte tief. «*Du* musst schauen, dass dir nichts zustößt, dass du geschützt bist, wie die Tiere im Wald. Kapiert? Du versteckst dich, du duckst dich, du wartest im Gebüsch, bis die Gefahr vorbeigezogen ist. Wo war ich stehengeblieben?»

«Du hast mir das Leben gerettet», sagte Stefan. Etwas gefiel ihm nicht an Borzas Ausführungen, ein kleines Detail, das er noch nicht durchschaute.

«Genau, das hab ich. Fürs Erste wenigstens.» Borza versuchte, seinen Arm brüderlich um Stefans Schulter zu legen, dieser war aber zu groß. Borza hielt stattdessen seinen Oberarm fest. Mit der anderen Hand machte er beschwichtigende Gesten. «Hör mir gut zu. Jemand, den ich kenne, ist bereit, dir zu helfen. Er ist sehr hochgestellt. So hoch, dass selbst ich ihn nur in ganz speziellen Situationen anzufragen wage. Er kennt die Bobus, redet mit ihnen auf Augenhöhe. Mehr musst du nicht wissen. Wenn er für dich ein gutes Wort einlegt, dann ist die Sache erledigt, und auch Dobre kann dann nicht mehr dumm tun.»

«Moment», sagte Stefan. «Ich verstehe nicht. Steckt Dobre mit den Bobus unter einer Decke? Oder haben sie Dobre angestachelt? Auf mich angesetzt?»

«Ach was!», sagte Borza erheitert. «Dobre ist nur ein armseliger Trittbrettfahrer. Der Bürgermeister und sein Schwiegervater sind dein wahres Problem. Stefan, wenn Emil Bobu will, dann steckst du morgen im schlimmsten Gefängnis dieses Landes. Zurück zu meinem Bekannten. Er ist bereit, sich für dich einzusetzen. Aber er kennt dich nicht. Darum will er ein Zeichen sehen, bevor er mit den Bobus redet. Ein Zeichen von dir, dass du verstanden hast und dass du mit dem Unsinn aufhörst. Es wird eine Sitzung geben. Er wird jemanden schicken, der zuschaut. Du übst Selbstkritik. Dabei darfst du die Sache so darstellen, wie du willst: Du hast nicht gewusst, was du schreibst, du bereust, du wirst von nun an wachsam sein. Eine Viertelstunde, dann bist du aus dem Schneider, und tschüss!» Borza warf dem Publikum eine Kusshand zu.

Stefan schwieg verdutzt. Was war das für eine seltsame Sitzung? Selbstkritik? Stefan hatte nur eine vage Vorstellung, was das bedeutete. Es musste sich um eine Art öffentliches Ritual handeln, in dem er das Vergehen, das man ihm vorwarf, auf sich nahm und Reue vorspielte. Das klang aber nicht nach einer vielversprechenden Idee. Er war nicht bereit, eine nicht vorhandene Schuld zuzugeben, um damit Milde zu erkaufen. Er hatte das nicht nötig. Er war ja unschuldig. In diesem Punkt waren er und Borza sich doch einig. Oder etwa nicht?

Zudem wirkte Borza auffallend eindringlich. Warum bemühte er sich dermaßen, wenn seine Lösung angeblich so vorteilhaft war?

«Du tust, wie du willst», sagte Borza, die dicken Händchen vor der Brust gespreizt, die Fläche nach außen. «Wenn du nicht willst, für mich geht's in Ordnung. Aber wenn ich später einen direkten Befehl bekomme, dich zu feuern, dann habe ich keine Wahl. Verstehst du? Auch mein Rücken ist nur so breit. Dobre würde sich übrigens freuen, wenn du dich weigern würdest. Er kann dann behaupten, dass er immer schon recht hatte, was dich betrifft. Feindseliges Element und so. Weißt du, was ich glaube? Ich glaube, jetzt sitzt er gerade an seinem Arbeitstisch und kaut auf seinen Fingernägeln aus Angst, du entwischst ihm noch.»

Stefan fühlte sich überrumpelt. Aber konnte er es sich leisten, das Hilfsangebot seines einzigen einflussreichen Verbündeten abzulehnen?

«Wer käme alles zu dieser Sitzung?», fragte er.

«Alle Parteigenossen aus der Zeitungsbelegschaft, dann dieser Gesandte, und vielleicht bringt er noch Leute mit, ich weiß nicht.»

«Das heißt, auch alle aus der Redaktion, Horia, Marina, Ileana, alle?»

«Ja, natürlich … Was …? Schämst du dich vor ihnen?», fragte Borza, als ob es eine absurde Idee wäre.

Stefan wurde plötzlich bewusst, wie wenig Borza sich in ihn einfühlen konnte. Obwohl sie sich seit mehr als einem Jahrzehnt kannten. Seine Scheu, sich öffentlich zu demütigen, schien Borza nicht der Rede wert. Und in diesem Mann hatte er früher einen väterlichen Freund gesehen, einen Mentor.

«Mich schämen?», sagte Stefan kalt. «Kommt drauf an. Diese Selbstkritik, was muss sie enthalten?»

«Nun, du hast einen Fehler gemacht», sagte Borza ein wenig ungeduldig, «und es tut dir leid, und es wird nicht mehr vorkommen.» Er schien zu merken, wie gereizt er klang, und fuhr milder fort: «Wenn du willst, zeigst du mir vorher einen Entwurf, und ich sage dir, was ich denke.»

«Ich habe einen Fehler gemacht, und es tut mir leid, und es wird nicht mehr vorkommen?», fragte Stefan mit deutlichem Zweifel in der Stimme.

«Mensch, es ist reines Theater, kapierst du das nicht? Du bist in die Scheiße getreten, jetzt sagst du dein kleines Gedicht und gehst nach Hause. Es muss keinen höheren Sinn haben. Es muss nur deine Haut retten.»

«Du hast recht. Ich überlege es mir», sagte Stefan trocken.

Das tat er auch. Borzas Hilfsangebot wirkte wie eine Falle, nicht wie eine Rettung. Was würden seine Kollegen über ihn denken, wenn er sich so behandeln ließ? Damit würde er eingestehen, dass er erpressbar war. Natürlich war das jeder in diesem Land. Aber nicht jeder geriet in die entsprechende Lage. Die Securitate hatte bestimmte Opfer, auf die sie immer wieder zugriff. Mit der Selbstkritik würde Stefan auf sich zeigen – seht her, ich bin erpresst worden! Es wird jederzeit wieder funktionieren. Alles, was ich über euch weiß, wird in Zukunft auch Dobre erfahren. Seine Kollegen würden ihn fortan meiden. Eine endlose Strafe.

Erst die Heimfahrt zwang ihn, seine Gedanken auf die unmittelbare Gegenwart zu richten. Im Feierabendverkehr verpasste er den ersten Bus, der mit hängenden Menschentrauben in den Türen wegfuhr. Als der nächste Bus kam, rannte Stefan sofort hin, packte den Türrahmen, ließ nicht mehr los, bis alle Aussteigenden sich aus dem Fahrzeug gekämpft hatten, und ließ sich dann von der Menge hineindrücken. Andere Passagiere pressten sich verschwitzt von allen Seiten an ihn.

Stefan sah sich ihre Gesichter an. Sie hielten das Gedränge und die Hitze grimmig und still aus. Der absurde alte Mann mit dem kleinen Hut fiel ihm ein. Auch hier sah jeder aus, als ob er tapfer ein Leben voller wichtiger und schwerer Pflichten führen würde. Wenn nur nicht die anderen Passagiere wären, die zu viel Platz einnahmen, den Ausstieg versperrten, einem auf den Fuß traten, stanken oder auch noch Gepäck dabeihatten.

Der kleinliche Unmut über das Verhalten der Nachbarn beschäftigte sie, so dass sie sich nicht über das Verkehrssystem empören mussten, das ihnen aufgezwungen wurde. Das gemeinsame Leiden verband sie nicht. Sie hatten verinnerlicht, worauf sie ihre Wut noch richten durften: auf die anderen.

20. DIE BESIEGTEN

Als Stefan später erschöpft die Wohnung betrat, fand er Ecaterina in der Küche. Sie sah ihn an und lächelte.

Ihre leise, vornehme Heiterkeit. Lebte nicht auch sie in dieser frustrierten, verbissenen, staubigen Stadt, die sich endlos in alle Richtungen dehnte?

«Warum siehst du mich so an?», fragte sie sanft.

«Du bist so seltsam fröhlich. In dieser unerfreulichen Zeit.»

«Hm, keinen besonderen Grund», lächelte Ecaterina. «Machst du dich lustig über meine gute Laune? Das erinnert mich an deinen Vater. Gute Laune beunruhigte ihn, besonders am Ende.»

«Während des Kriegs?»

«Nein, später. Als er merkte, dass wir nie mehr so leben würden wie vor dem Krieg.»

«Meinst du eure Buchhandlung?»

Sie seufzte. «Die Buchhandlung war ein Teil davon. Wir haben dir vieles nicht erzählt, als du jünger warst, und nachdem er starb, fand ich nie den richtigen Zeitpunkt. Aurel war vor dem Krieg ein engagierter Sozialdemokrat. Er schrieb viel in linken Zeitungen. Das war ihm wichtiger als die Buchhandlung. Während des Kriegs haben zuerst der König und dann Antonescu das politische Leben stark eingeschränkt. Das hat Aurel nicht entmutigt. Er verkehrte weiterhin mit Titel-Petrescu und anderen Spitzen der Sozialdemokratischen Partei. Aber als die Kommunisten nach dem Krieg alle anderen Parteien entweder zerschlugen oder absorbierten, da merkte er, dass es aus war, und ich meine nicht nur sein politisches Engagement. Unsere Buchhandlung wurde verstaatlicht. Wir hatten Angst, verhaftet zu werden, denn wir galten als ehemalige Ausbeuter. Immerhin gehörte er zu denjenigen, die mit öffentlicher Selbstkritik davonkamen. So musste er nicht ins Lager. Er erhielt die Buchhalterstelle zugeteilt, die du kennst: in der gleichen Buchhandlung, die man in ‹Maxim Gorki› umbenannt hatte. Ab da verlor er jeden Sinn für Heiterkeit.»

Stefan erinnerte sich an den gebrochenen, in sich gekehrten Mann. Er war dreizehn, als sein Vater eines Tages ging und nicht mehr zurückkam. Aurel Irimescu starb bei einem Zugunfall, auf einer unübersichtlichen Gleisstrecke, fünf Kilometer von der nächsten Ortschaft entfernt. Wo er nachts nichts zu suchen hatte.

«Dann war sein … Ende eine Folge dieser Selbstkritik, glaubst du?», fragte Stefan. «Ich kann es mir nicht vorstellen, andere haben die gleiche Behandlung über sich ergehen lassen müssen.»

«Bei ihm war es aber so. Es hat ihn geknickt. Viele andere auch. Vor allem solche, die vor dem Krieg erfolgreich waren.»

«Sprichst du nur von Männern? Meinst du, Frauen gingen anders mit solchen Prüfungen um? Dich hat es ja offenbar nicht gebrochen.»

«Ja, es ist heute schwer zu verstehen», meinte Ecaterina mit einem leisen Lächeln, «warum Männer eher zugrunde gingen als Frauen, auch wenn sie das Gleiche erlebten. Ich denke, Männer verloren eher den inneren Halt. Das liegt vielleicht daran, dass geduldiges Durchhalten für sie schwieriger war. Jemand wie Aurel war in einer Zeit aufgewachsen, in der ein Mann sich verwirklichte, sich Anerkennung erwarb, sich eine soziale Stellung aufbaute. Das war, was man von Männern erwartete, und das erwarteten Männer vom Leben. Für Frauen genügte es aus Sicht der Gesellschaft vollkommen, eine gute Partie zu machen. Nach dem Regimewechsel bekam man vieles nur noch von oben, von den Behörden zugewiesen, oder gar nicht. Die Arbeit, die Wohnungen, die Lebensmittelmarken. Was man sagen durfte. Diese Fremdbestimmung, die wir heute als unvermeidlich akzeptieren, war damals neu. Für Männer war das kaum zu ertragen. Darum leisteten sie Widerstand und wurden getötet, oder sie gingen innerlich zugrunde oder wurden zynisch und verlogen. Für uns Frauen war die Umstellung nicht so radikal. Wir konnten uns in der neuen Lage besser zurechtfinden. Wir haben einander auch mehr geholfen.»

Stefan dachte eine Weile nach. «Du hast Vater geliebt», sagte er schließlich. «Deshalb beurteilst du ihn milder als ich. Für mich ist er kein Vorbild. Er hat einfach schlappgemacht. Zu Hause, nicht im Lager. Du aber hast deinen Stolz bewahrt, die Selbstachtung. Mir scheint, du warst einfach stärker als er. Darum habe ich meine Überzeugungen von dir übernommen. Darum kooperiere ich mit *ihnen* nur so weit, wie es wirklich nicht anders geht. Ich helfe ihnen nicht, ich denunziere nicht. Und darum, wenn ich eine solche Selbstkritik über mich ergehen lassen müsste …» Er zögerte. «… ich würde es nicht tun. Meine Arbeit widert mich an, aber gut, ich mache sie trotzdem. Ich bemühe mich, *du-weißt-wen* nicht zu provozieren. Aber weiter komme ich ihnen nicht entgegen.»

Das war nun entschieden. Er wusste, wie er Borza antworten würde. Er entspannte sich.

Ecaterina schwieg, noch in Gedanken vertieft.

Im Zimmer war es dunkel geworden. Stefan stand auf, schaltete die Lampe an. Er fühlte sich leicht. Es zog ihn hinaus an die frische Luft. Er ging in die Küche, nahm den Abfalleimer, brachte ihn hinaus und leerte ihn in der Tonne, die vor dem Haus stand. Er blieb stehen. Er wollte noch nicht in die Wohnung zurück. Er ließ den Eimer stehen und machte ein paar Schritte auf der Straße. Der Sommerabend war voller winziger Geräusche und allerlei Gerüche: Jasmin, geröstete Peperoni, Benzin, Staub. Seine Stadt. Er atmete tief und blieb mit verschränkten Armen stehen. Er sah in den Nachthimmel.

Als er einige Zeit später wieder die Wohnung betrat, sagte Ecaterina:

«Eine Dame hat für dich heute Nachmittag angerufen, bevor du kamst. Ich habe das vor lauter Erzählen vergessen. Eine Frau Ciobanu, glaube ich. Der Stimme nach eine ältere Frau. Sie hat gesagt, sie versucht es wieder. Sie wollte keine Nummer hinterlassen.»

«Ciobanu?», wiederholte Stefan. Dann fiel sie ihm wieder ein, die Witwe Ciobanu aus Ferentari.

«Gibt es ein Problem?», fragte Ecaterina.

«Nicht unbedingt», sagte Stefan. «Bin nur etwas überrascht. Sie ist eine Bekannte dieses alten Pfarrers aus Ferentari, von dem ich dir mal erzählt habe. Dass sie sich nach vier Monaten wieder meldet …»

Das Telefon klingelte. Es war erneut die Witwe Ciobanu. Der ehemalige Pfarrer Bogdan Sălăjan war tot.

Anwohner hatten ihn vor ein paar Tagen auf der Straße unweit seiner Wohnung gefunden. Erschlagen. Kaum am Tatort angekommen, wusste die Miliz schon, wer die Täter waren. Jugendliche Randalierer, *huligani*.

Ciobanu hatte daraufhin nächtliche Anrufe bekommen. Man würde ihr das Gleiche antun, wenn sie weiter Lügen verbreite. Sie hatte Angst. Sie bat Stefan, sie nie mehr aufzusuchen, und wünschte ihm Gesundheit.

21. DER EINFALLSREICHE INGENIEUR IONESCU

BUKAREST, JUNI 1980   Wenn im Leben etwas Wichtiges überraschend und für immer verlorengeht, reagieren Menschen auf zwei mögliche Arten.

Die einen fangen an, nach den Ursachen zu fragen. Sie gehen die Ereignisse gedanklich zurück, fahnden nach Fehlern, suchen die Täuschungen, die naiven Annahmen.

Die anderen arbeiten ohne Unterbrechung weiter mit der neuen, leereren Wirklichkeit. Sie verstecken ihre Trauer oder geben sich ihr hin in kleinen Schritten. Sie bleiben aber in ihren Alltag eingebunden.

Raluca gehörte zu den Letzteren. Sie versteckte die Enttäuschung und versuchte sich mit der neuen Wirklichkeit zu arrangieren. Was in Sinaia geschehen war, war geschehen. Was hätte sie zu Ilie sagen sollen? Und was hätte es gebracht?

Schließlich merkte sie, dass es um sie ging, nicht um Ilie. Sie hatte es nötig, darüber zu reden. Aber sie wusste nicht, womit sie beginnen sollte. So vieles war seit dem Ausflug anders. Aber was war wichtig? Der Mann aus Polen? Nein, er tat ihr schon leid, aber sein Schicksal, ja die Schlägerei an sich berührte sie nicht so sehr. Die Entdeckung, wozu Ilie fähig war, wog schwerer. Er hätte den Konflikt auch ohne Gewalt lösen können. Der Direktor des Restaurants hätte ihm jeden Wunsch erfüllt. Deshalb hatte sie nichts Schlimmes befürchtet, als der ungebetene Gast eintrat und sie Ilie vom Tisch aufstehen sah. Augenblicke später hatte er aber die Kontrolle verloren. Diesen Anblick, diese Verwandlung würde sie nicht vergessen. Ahnungslos hatte sie mit einem solchen Mann gelebt und ein Kind gezeugt. Mit einem charakterschwachen Rüpel, anders konnte sie ihn nicht nennen. Sie schämte sich.

Aber es gab noch etwas. Sie brütete darüber den Sonntag über und den Montag während der Arbeit. Schließlich erkannte sie, was ihr am Herzen lag. Die eine Frage, die sie Ilie stellen musste. Wenn sie darauf eine gute Antwort erhielt, dann war noch nicht alles verloren.

Ilie kam wie üblich gegen neun Uhr heim. Er schien trotz des langen Tages hellwach, auf eine kalte, wachsame Art. Das passte ihr. Er ließ sich von Nicoleta das Abendessen bringen. Raluca setzte sich zu ihm.

«Ilie, ich möchte dich etwas fragen. Wegen des Vorfalls in Sinaia.»

Es folgte eine kurze Stille.

«Der Mistkerl hat es verdient», brummte Ilie.

«Ilie, das ist in Ordnung. Man hätte das bestimmt auch anders lösen können, aber was soll's. Meinetwegen Männersache, geht mich nichts an. Etwas anderes wollte ich dich fragen: etwas, was du vor der Sache mit dem Polen gesagt hast.»

«Gut. Ich höre zu.»

«Findest du mich schön, Ilie?»

«Natürlich finde ich dich schön. Du bist ja meine Frau», lachte Ilie. Er fand die Frage offenbar nicht besonders klug.

«Wie meinst du das?»

Ilie sah sie erstaunt an. Dann fand er wieder Boden unter den Füßen. «Was ist genau das Problem, Frau?»

«Wenn wir nicht verheiratet wären, würdest du mich immer noch schön finden? Wenn du mich einfach so auf der Straße sehen würdest.»

«Möglich. Aber ich würde vor allem meine Frau schön finden.»

«So?», sagte Raluca nachdenklich, mehr zu sich selbst. Sie sah auf ihre Hände. Sie überhörte, was Ilie als Nächstes sagte, aber sie registrierte das schalkhafte Lächeln in seiner Stimme. Sie blickte zu ihm. Er grinste tatsächlich. Aus irgendeinem Grund brachte sie das auf.

«Gut», sagte Raluca, «während des Essens habe ich dir gesagt … Ich bot dir an, dass wir dort bleiben, über Nacht. Erinnerst du dich? Nur wir zwei.»

«Ja, aber dann …»

«Du wolltest es nicht.»

«Was? Du musst das falsch …»

«Gib dir keine Mühe, Ilie, eine Frau spürt das. Lassen wir das. Jetzt kommt meine Frage.»

«Aber wart mal …», begann Ilie mit gekränktem Ton.

«Nein, jetzt hör zu. Die Frage lautet: Du willst ja, dass ich entweder eine Parteifunktion übernehme oder zu Hause bleibe. Willst du das, weil du mich liebst oder weil sich das für deine Karriere besser macht?»

«Wo ist der Unterschied? Beides gehört zusammen.»

Die Antwort hatte Raluca nicht erwartet. Sie wusste nicht, was sie erwartet hatte. Vielleicht ein «Natürlich weil ich dich liebe». Aber nein.

Das tat zu sehr weh. Sie versuchte die aufsteigende Enttäuschung auszutreten, wie einen Zigarettenstummel. Welchen Sinn hatte es noch, weiterzubohren? Raluca biss sich auf die Lippe.

Für Ilie gehörte beides zusammen. Seine Art, sie zu lieben, hatte offenbar die ganze Zeit so funktioniert. Das war die Antwort auf alle Misstöne und Auseinandersetzungen der letzten Monate.

Mit einem Mal verstand sie ihn besser als je zuvor. Er hatte sie für eine Funktion ausgewählt. Es war ihm nie um ihre einzigartige Person gegangen, um ihre Anteilnahme, ihren Humor, ihre Klugheit, sondern um den auszufüllenden Platz der Gattin. Was er von ihr erwartete und wie er über sie dachte und vor allem, was er fühlte, folgte daraus. Sie hatte Pflichten, und es gab eine gebührende Art, zu sein. Was genau dazugehörte, stammte nicht einmal von ihm selbst, er hatte es, ohne zu überlegen, von seiner Familie und seinen Parteifreunden übernommen. Aus den Vorstellungen dieser Menschen bezog er seine Identität. Ohne sie hätte er nicht gewusst, wie er Ilie Stancu sein sollte.

Das ist bestimmt in allen Familien so, versuchte sich Raluca verzweifelt einzureden. Alle Paare haben doch ihre Krisen. Dann lebt man einfach weiter zusammen, was soll man sonst tun? Einander fremd. Das Kind ist ja da, ihm zuliebe.

Raluca sah auf ihre Hände, die in ihrem Schoß lagen. Sie wirkten kraftlos und fremd. Sie bewegte sie.

«Dann sehen wir uns morgen», sagte sie mit einem leisen Seufzer. Sie stand auf.

«Ja, gute Nacht», sagte Ilie, als ob sie einen vernünftigen Vorschlag gemacht hätte, und biss in ein Brötchen.

Vielleicht ist es besser so, sagte sich Raluca am nächsten Morgen. Um sechs Uhr vierzig machte sie sich wie immer auf den Weg zur Arbeit. Das Wetter war schön, sie ging zu Fuß. Die Welt würde wegen einer gescheiterten Ehe mehr nicht untergehen. War gescheitert der richtige Begriff? Egal. Einfach weitergehen. War sie nicht auch bewundernswert, wie sie tapfer und ohne Rücksicht auf ihr Privatleben voranschritt? Ganz die musterhafte Werktätige. Sie war fast angekommen.

Das Institut, Proiect Bucureşti, belegte ein neueres, siebenstöckiges Gebäude in einer ruhigen Seitenstraße. Das Erdgeschoss war ungewöhnlich hoch. Zum Eingang führte eine nüchterne Treppe aus Zement. Die gläsernen Türen wirkten futuristisch, daneben hing das Schild mit den Namen des Instituts und des übergeordneten Ministeriums.

Sie liebte dieses Gebäude: klar und modern. Zweckmäßige Technologie, die den Menschen befreit. Oft, wenn sie sich morgens näherte, spürte Raluca einen leisen, trotzigen Stolz. Es war wie ein Versprechen. Sie betrat ein Raumschiff. Eins von vielen, die dieses düstere Land aus dem Elend ziehen würden. All diese guten, kompetenten Leute, die sie jeden Tag sah, stiegen mit ihr in das Raumschiff. Das konnte nicht schiefgehen. Dritter Stock, zweite Tür links: Dort stand ihr Zeichentisch, ihr Platz in der großen Flugmaschine. Sie trat ein. Man grüßte, beklagte sich scherzhaft, kochte Ersatzkaffee, ließ den Arbeitstag anlaufen.

Zehn Minuten später wurde sie ans Telefon gerufen.

«Genossin Stancu? Guten Tag, Ionescu Mihnea am Telefon. Sie haben ein Projekt bei uns, Galaţi-Straße Ecke Batiştei.»

Raluca erinnerte sich. Sie hatte das Projekt neun Monate zuvor fertiggestellt: ein fünfstöckiges Wohngebäude. Es befand sich im Bau. Es stimmte daher nicht, dass sie ein Projekt ‹hatte›. Ihr Teil der Arbeit war abgeschlossen.

Sie erinnerte sich auch an diesen Mihnea Ionescu, der den Auftraggeber vertrat – in diesem Fall die staatliche Wohnbauorganisation OCLPP. Sie hatten ganz am Anfang die Baustelle zusammen besucht. Ein schüchterner junger Mann, etwas überfordert.

«Genossin Stancu», hörte sie Ionescu sagen, «wir haben ein Problem, ich wollte Sie fragen … vielleicht können Sie mir helfen.» Er klang verlegen.

«Geht es um die Pläne? Haben Sie Änderungen?»

«Nicht direkt, nein. Keine Änderungen, die Pläne sind einwandfrei. Sie haben dort solide Arbeit geleistet. Eher ein Problem mit der Baustelle. Genauer mit den vorgesehenen Materialmengen. Ein Teil der Gerüste, der Schalung, eigentlich alles, was Holz ist, reicht kaum aus.»

Nicht wieder Baumaterial, dachte Raluca. Die einen wollen sparen, bis die Häuser in sich zusammenfallen, die anderen verlangen doppelte Mengen.

«Was soll das bedeuten?», fragte sie. «Die Berechnungen wurden von allen Beteiligten geprüft und abgenommen. Es sind die üblichen Mengen bei einem Wohnblock dieses Typs.»

«Ja, Sie haben recht. Ich habe zudem die Lieferungen geprüft, dort scheint auch alles zu stimmen. Ich habe den Eindruck, ich weiß nicht, wie ich es sagen soll … Es wird gestohlen, *doamnă*. Viel. Es muss eine Abmachung unter den Arbeitern geben. Verstehen Sie?»

«*Genosse* Ionescu», sie betonte die korrekte Anrede, «nein, ich verstehe nicht im Detail. Wer stiehlt, woher wissen Sie es, was für eine Abmachung?»

«Ja, entschuldigen Sie, ich meinte: Genossin. Es ist nur ein Verdacht. Die Vorarbeiter sagen, sie hätten nichts gesehen, praktisch niemand weiß etwas. Aber es ist klar, dass Holz verschwindet. Manche behaupten, das Holz sei modrig geworden und sie hätten die Holzplatten weggeworfen. Zudem soll kürzlich ein kleines Feuer ausgebrochen sein, bei dem der Rest angeblich verbrannte. Mit bloß der Hälfte der Holzplatten für die Schalung können wir den Plan aber nicht einhalten, es wird dann Herbst, und der Beton trocknet nicht mehr.»

Das alles lag nicht in Ralucas Verantwortung. Ihr Projekt war längst vom Auftraggeber abgenommen worden. Zudem war Diebstahl Sache der Bauführung. Aber etwas an Mihnea Ionescu, seine knabenhafte Ratlosigkeit, seine Verlegenheit, erweichte sie. Dieses Gefühl tat ihr gerade jetzt gut.

«Was kann ich tun, Ihrer Meinung nach?», fragte sie trocken. Sie wollte es dem Burschen nicht zu leicht machen. «Warum rufen Sie nicht die Miliz an?»

«Daran habe ich auch gedacht, Genossin», antwortete Ionescu zögerlich. «Wie soll ich sagen? Mein Vorgesetzter ist dagegen. Der Hochbau-Trust Nr. 3, der die Bauführung macht, könnte das als Angriff auffassen. Es bestehen … langjährige Beziehungen zu diesem Hochbau-Trust. Das geht nicht.» Ionescu hielt inne, aber Raluca spürte, dass er noch nicht fertig war. «Ich habe mir überlegt», fuhr er fort, «seien Sie mir bitte nicht böse ... Ich mache nur einen Vorschlag. Vielleicht, wenn wir zusammen auf die Baustelle gehen, Sie und ich, und Sie machen ein wenig Druck auf die Leute dort, mit der Partei, mit dem Aufbau des Sozialismus ...» Die Aufzählung wirkte beinahe ironisch, Ionescu merkte es selbst: «Ich spreche in vollem Ernst, glauben Sie bitte nicht, dass ich das belächle ... Vielleicht macht das den Betroffenen Eindruck, und sie hören auf. Sie sind ja die Frau von Genosse Stancu, von dem wir alle wissen, wer er ist.»

Das ist mir aber ein ganz Heller, der Ionescu, dachte Raluca. Wenn der wüsste, wie es um meinen Einfluss auf den Genossen Stancu steht ... Aber ihr schmeichelte das naive Vertrauen des jungen Ingenieurs. Ihr Beistand war ihm wertvoll, er sah zu ihr auf, nicht nur, weil sie die erfahrenere Fachfrau war, sondern weil sie Macht hatte. Sie beschloss, ihm zu helfen.

«Genosse Ionescu, ich will Ihnen unverblümt antworten. Was Sie vorschlagen, scheint mir in dieser Form naiv. Jeder Vorarbeiter wird merken, was wir spielen. Wenn Sie es trotzdem so versuchen wollen, werde ich Sie unterstützen. Aber ...»

Sie sprach es warnend aus und ließ es kurz wirken.

«Ich danke Ihnen tausendmal, Genossin Stancu», hörte sie Ionescu ausrufen.

Der Mann war geistig wie ein Sechzehnjähriger!

«‹Aber›, habe ich gesagt. Wir gehen erst dann hin, wenn ich es sage. Und es ist das erste und letzte Mal. Wenn etwas schiefgeht, tragen Sie die volle Verantwortung, verstehen Sie mich? Die ganze Verantwortung. Ich will Ihr Wort darauf.»

«Sie haben mein Ehrenwort und meine aufrichtige Dankbarkeit», sagte Ionescu schnell. «Dann erwarte ich Ihren Anruf, sobald Sie denken, dass wir hingehen können. Sie wissen nicht, wie viel mir das bedeutet. Diese Baustelle ... Ich raube Ihnen jetzt keine Zeit mehr. Dann warte ich, ähm, wie gesagt. Ich wünsche noch eine angenehme Woche und nochmals ...»

Raluca legte auf. Ionescus Idee konnte nur dann funktionieren, wenn sie ihm bei der Umsetzung gründlich unter die Arme griff. Ihr Auftritt würde vollkommen überzeugend sein müssen. Unerwartet und bedroh-lich. Das könnte dazu führen, dass die geheimen Abmachungen, die die-sen organisierten Diebstahl ermöglichten, zerbrachen. Jeder Beteiligte würde versuchen, rechtzeitig seine Haut zu retten.

Raluca spürte, dass das sogar Spaß machen könnte. Ilie hatte gesagt, er schäme sich ihretwegen. Aber nun war sie für jemanden die gute Fee und würde mit ihren Zauberkräften dem tapferen – na ja, in diesem Fall eher unbeholfenen – Schneiderlein helfen. Der kriegte sich jetzt schon nicht mehr ein vor Dankbarkeit.

Eine Fee, ja, allerdings keine fröhliche Fee, eher eine traurige. Eine, die vor einem hoffnungslosen Scherbenhaufen stand. Sie wusste nicht, wie ihr Leben weitergehen würde. Sie war eine Fee, die selbst eine gute Fee brauchte.

Sie riss sich aus ihren Gedanken los. Sie war bei der Arbeit. Sie rich-tete sich auf und ging zu ihrem Zeichentisch zurück.

22. BLUTVERGIESSEN

BUKAREST, ENDE JUNI 1980 Unter Journalisten galten Grübler nicht viel.
Der ideale Journalist war ein verwegener Mann, ein Spieler, mit allen
Wassern gewaschen. Er dachte schnell und schrieb noch schneller. Mit
der Zensur spielte er Katz und Maus.

Stefan lebte wie kein Zweiter auf der Redaktion diesem Idealbild
nach. Selbst der gelegentliche Ärger mit der Zensurbehörde passte zu
seinem Ruf und zu seinem Bild von sich selbst. Auch er hatte sich freilich an die Festlegung zu halten, dass die Presse ein Werkzeug der Partei
war. Ihre Aufgabe bestand nicht darin zu informieren, sondern die Bevölkerung für Maßnahmen und Aufgaben zu begeistern, die die Partei
beschlossen hatte. Dafür waren die vorgegebenen Wendungen der offiziellen Sprache zu verwenden: «Die dankbaren Massen», «Vereint in
glühender Entschlossenheit auf dem Weg des Sozialismus», «Den glorreichen Aufforderungen des Generalsekretärs folgend», «Helden der
Arbeit».

Stefan beherrschte die Kunst, diese Formeln geringfügig, aber vielsagend zu ändern. Damit konnte er die Aussage eines Berichts nicht in sein
Gegenteil verkehren. Er ließ aber durchblicken, dass ihn diese ganze Propaganda genauso wenig überzeugte wie den Leser.

Die Zensurbehörde bestand aus hohen Parteifunktionären mit gerin-
gen Sprachkenntnissen. Sie übersahen oft diese Zeichen. Stefans treue
Leser fanden sie hingegen – das hatte er zur Genüge erfahren –, und sie
lachten heimlich mit. Manche kauften die *Stimme des Sozialismus* wegen
Irimescus Artikeln. Vielleicht hielten sie ihn für einen Helden. Er sah
sich als eine Art *haiduc*, als edlen Räuber: immer unterwegs, bestens vertraut mit dem Dickicht der Wirklichkeit und hin und wieder, vom
Schreibtisch aus, zu sprachlichen Blitzüberfällen bereit. Zumindest hatte
er sich so gesehen – bis er Bogdan Sălăjan traf.

Fast auf den Tag vier Monate waren seitdem vergangen. Jetzt, mitten
in der Nacht, saß Stefan im Dunkeln auf der Bettkante und konnte den

Gedanken nicht loslassen: Der alte Mann war tot. Von Unbekannten erschlagen. Nach allem, was er über Sălăjans Leben in Ferentari wusste, erschien ihm dieser Tod von einer rätselhaften Größe.

Sălăjan hatte ihm gezeigt, wie seine Arbeit tatsächlich wirkte. Und was hatte der edle Räuber daraufhin unternommen? Er war weiterhin zur Arbeit gegangen, trotz allem.

Stefans Finger pflügten in der Dunkelheit durch seine Haare.

Es tat weh, auch wenn er nicht sah, was er anders hätte machen können. Jeder Akt des Widerstands war chancenlos. Selbst so etwas Harmloses wie das Abfangen der Leserbriefe hatte er aufgeben müssen. Schon beim ersten Einschüchterungsversuch eines untergeordneten Wachhunds wie Dobre.

Stefan richtete sich auf. Gut, ich war feige und unterwürfig. Aber sein Tod ist etwas anderes. *Ich* habe ihn nicht umgebracht. Oder? Bruchstückhafte Erinnerungen kamen in ihm hoch: Bilder, halbe Sätze, in wilder Unordnung. Allmählich fingen die Teile an, zueinanderzupassen. Er hatte nach dem Interview Ileana von Sălăjan erzählt. Die Tür zu Dobres Büro war an jenem Abend offen gewesen. Er hatte alles hören können, was Stefan erzählte. Natürlich hatte Dobre Sălăjan daraufhin überprüft. Und die Securitate wusste schon genug über den alten Mann: verurteilter Volksfeind, ehemaliger Unterstützer von Partisanen.

Also doch, Stefan, du warst es. Ohne dein Geschwätz wäre Sălăjan noch am Leben.

Aber nicht doch! Warum hätte Dobre ausgerechnet einen Mord anordnen sollen? Nein, das ist bloß das Ergebnis meiner Müdigkeit. Ich muss schlafen. Ich werde mir etwas Friedliches vorstellen, eine Lichtung im Wald, Sonnenlicht durch Äste.

Stefan legte sich wieder hin. Der Schlaf kam nicht. Der Mord fing an, Sinn zu ergeben. Er musste die Vorgeschichte beachten. Dobre hatte zuerst den Versuch unternommen, sich zu profilieren, indem er Stefans Missgeschick mit dem Bürgermeister des Sektors 5 ausnutzte. Er brauchte jemanden, den er als feindseliges Element entlarven konnte. Stefan war als Einziger in der Redaktion kein Parteimitglied – das perfekte Opfer.

Borza hatte aber nicht mitgemacht, er hatte Stefan beschützt. Das muss Dobre zur Weißglut gebracht haben. Er wird sich gewünscht haben, an Stefan Rache nehmen zu können – und ihn gleichzeitig seine Macht spüren zu lassen.

Aber warum dann Sălăjan und nicht Ecaterina oder Stefan selbst? Nun, das lag auf der Hand: Die Securitate hatte Sălăjan, anders als sie beide, schon lange im Visier. Da die Behörden ihm eine Wohnung in einem gefährlichen Viertel zugewiesen hatten, war ein solches Ende längst vorbereitet. Sălăjan war ein billiges Opfer, ein Abgeschriebener.

Nun fügte sich alles zusammen. Stefan wälzte sich noch eine Weile im Bett, während der Mondschein langsam über die Buchrücken im Regal gegenüber glitt. Kurz vor Morgengrauen schlief er ein.

Als er wieder aufwachte, warteten die Schatten von Sălăjan und Dobre auf ihn wie aufmerksame Hunde. Der Alltag stand bevor, eine unerträgliche Normalität. Zurück zur Arbeit, Genosse Irimescu, dachte er bitter. Hopp hopp, der nächste Redaktionstermin wartet auf Sie, der nächste Artikel. Dobres Stimme: Kein Grund, etwas persönlich zu nehmen, Genosse Irimescu. Sie haben die Warnung verstanden, jetzt reihen Sie sich wieder ein. Das Kollektiv der Redaktion zählt auf Sie.

Mutter deiner Mutter von einem Drecksack!

Stefan aß eine Brezel, verabschiedete sich von Ecaterina und verließ die Wohnung. Ihm war nicht recht bewusst, was er tat. Kurze Anfälle von Hunger und Kälte plagten ihn während der Busfahrt. Hatte er schon gefrühstückt? Wie konnte er noch arbeiten gehen? Einem System dienen, das sich von Mördern beschützen ließ?

Aber was konnte er anderes tun? Er hatte eine Arbeitsstelle wie jeder. Morgens geht man arbeiten, warum heute nicht?

Er stieg aus dem Bus, betrat das riesige Gebäude, nahm den Aufzug. Bald stand er vor der Tür zur Redaktion.

Er betrat das größere Büro, blieb stehen. Er blickte verwirrt um sich. Überall lauter hoffnungsvolle Anfänger, die ihn, den stellvertretenden Ressortleiter, für wichtig hielten. Warum sahen ihn alle so erstaunt an? Dort hinter der nächsten Tür stand sein Arbeitstisch. Und hinter der anderen Tür saß Sălăjans mutmaßlicher Mörder.

Dobre brauchte keine Angst zu haben. Niemand würde ihn je belangen. Er, Stefan, musste indessen über die Wohltaten derselben Partei schreiben, die Dobre beschäftigte und schützte. Er war nicht sicher, ob er noch dazu imstande war.

Aber was konnte er sonst tun? Umkehren und die Redaktion für immer verlassen? Hier im Großraumbüro konnte er nicht ewig stehen. Er rieb sich die Augen und merkte: Er war nicht nur ratlos, er hatte Angst. Angst davor, sich für immer vor sich selbst schämen zu müssen. Denn später, das begriff er plötzlich, würde er sich daran erinnern: Wie er heute mit dem ersten nach Sălăjans Tod geschriebenen Satz etwas für immer verraten hatte. Er konnte nicht genau benennen, was. Jedenfalls etwas Wichtiges.

Stefan sah sich nochmals um. Sein Blick fiel auf die Tür zu Dobres Büro. Richtig, *das* würde vielleicht helfen: Dobre zur Rede stellen, ihm ins Gesicht sagen, was er, Stefan, über Sălăjans Tod vermutete. Das würde ihm den Ekel nehmen, und er würde danach wieder arbeiten können.

Blödsinn! Bin ich denn wahnsinnig? Den Jungs mit den blauen Augen kommt niemand frech daher! Die nehmen mich sonst auseinander. Die kennen sich aus. Aber was soll ich nun tun? Ich gehe bloß mal bis zur Tür. Ganz langsam. Vielleicht fällt mir auf dem Weg etwas ein.

Stefan ging zu Dobres Tür und klopfte. Nichts passierte. Er wartete eine Weile, blickte um sich, klopfte dann nochmals. Die Tür ging auch diesmal nicht auf, aber auf einmal hörte er Dobres Stimme, allerdings von hinten:

«Wollten Sie mit mir … sprechen?» Die Pause vor dem letzten Wort war kurz, aber vielsagend.

Stefan drehte sich um. Er starrte den kleineren Mann an, der unbemerkt hinter ihm aufgetaucht war, schaute in seine kalten Augen, sah das böse Glitzern. Niemand klopfte ohne Not an die Tür des Securitate-Verantwortlichen. Dobre genoss offenbar den Augenblick. «Hat meine kleine Warnung Eindruck gemacht?», schienen seine Augen zu fragen. «Kriechst du nun zu mir? Willst du schön Frieden schließen mit mir, du Wurm?»

«Möchten Sie mir etwas berichten?», doppelte Dobre nach.

Seine zweite Frage war für ein größeres Publikum gewesen. Jetzt, wo er Stefan in seiner Macht wusste, konnte er offenbar dem Vergnügen nicht widerstehen, ihn vor allen Kollegen als Spitzel hinzustellen.

Da wurde es auf einmal weiß in Stefans Kopf, und es verließ ihn alle Furcht. Eine seltsame, erlösende Freude durchfloss ihn.

Er bückte sich plötzlich mit Wucht und ließ seine Stirn auf Dobres Nasenbein landen.

Stefan wurde am selben Tag verhaftet. Als er auf dem Heimweg aus dem Bus stieg, sah er zwei Männer in schwarzen Lederjacken und zwei in Milizuniform, die in Sichtweite warteten. Als sie ihn erkannten, näherten sie sich. Stefan verstand. Der eine sagte: «Guten Tag. Kommen Sie mit.»

Die Männer machten einen wachen, aber gelassenen Eindruck: Sein Widerstand wäre für sie bloß Routine. Stefan hatte nicht vor, Widerstand zu leisten. Selbst wenn er ihnen entwischt wäre: Wo hätte er untertauchen sollen?

Sie führten ihn zu einem kleinen Lieferwagen. Einer der Männer öffnete die Hintertür. Stefans Herz schlug heftig. Er war wacher als je zuvor. Seine Angst fühlte sich anders an als sonst. Es war nicht mehr die diffuse Furcht vor lauernder Gefahr. Was er immer befürchtet hatte, passierte gerade. Er war fast erleichtert, auch wenn er wusste, dass ihm einiges bevorstand.

Die Decke des Lieferwagens war niedrig, Stefan bückte sich, wurde von hinten gestoßen, stolperte, fiel auf die Knie, dann auf den Bauch. Die Männer stürzten sich auf ihn – schwere, trainierte Männer –, pressten ihn auf den harten Boden. «Liegen bleiben!», hörte er eine tiefe Stimme. Sie verpassten ihm Handschellen. Das Metall drückte kalt und kantig auf seine Handgelenke. Einer der vier stieg vorne ein, die anderen hinten auf den seitlichen Bänken. Wie Handwerker am Morgen auf dem Weg zur Arbeit. Der Wagen fuhr an. Einer der Männer behielt einen Fuß auf Stefans Schulter.

Die Fahrt zog sich hin. Wir sind wohl außerhalb der Stadt, dachte Stefan. Eine neuartige Angst sickerte in seine Knochen. Die Ebene um Bukarest ist flach, endlos, dünn besiedelt. Sie würden ihn nicht mal begraben müssen.

«Und der andere!», sagte einer der Milizmänner heiter.

Jemand lachte kurz, antwortete dann lustlos: «Qualitätsware!» Es tönte sarkastisch.

Stefan verstand nichts: Wohl die Fortsetzung eines Gesprächs, das sie schon auf dem Hinweg angefangen hatten. In Gedanken waren diese Typen woanders, bei Geschäften, die nachher auf sie warteten. Nachdem sie ihn erledigt hätten.

War das eine offizielle Verhaftung? Stefan wusste nicht, wie eine richtige Verhaftung ablief. Er hatte einem Securitate-Mitarbeiter die Nase gebrochen. Einem Unantastbaren. Vielleicht erwartete ihn daher eine inoffizielle Abrechnung. Sie würden ihn nicht in eine gewöhnliche Gefängniszelle stecken. Sonst wären sie längst angekommen.

Einer der Männer durchwühlte wortlos Stefans Jacken- und Hosentaschen, steckte alles ein, nahm ihm dann auch die Uhr ab.

Sie entfernen alles, wodurch meine Leiche identifiziert werden könnte, dachte Stefan.

Eine Weile später verlangsamte der Wagen, drehte, blieb stehen, fuhr vorsichtig rückwärts. Die Türen wurden aufgerissen, Stefan wurde hochgezerrt und hinausgeworfen. Er sah es kommen, landete trotzdem hart, schlug mit dem Kopf auf. Er befand sich in einer verlassenen Fabrik- oder Lagerhalle. Er versuchte, sich aufzurichten.

Die beiden Männer in Lederjacken zerrten Stefan hoch und stießen ihn zu einer Schiebetür und in einen dunklen Raum.

«In die Garage mit dir, du Wrack, damit wir dich reparieren», sagte der eine Mann. Sie sahen sich ähnlich, wie Brüder. Sie waren nicht athletisch, nur breit gebaut, mit kurzen Nacken und dicken Unterarmen.

«Was wollt ihr von mir?», rief ihnen Stefan zu. «Ich erzähle euch, was ihr wollt … Ich wollte ihn nicht verletzen! Ehrenwort! Ich bin nur ausgerutscht. Ich habe ihn nicht angegriffen!»

«Natürlich. Du wirst dich hier nur etwas ausruhen», sagte der andere Schläger ernst. Unter anderen Umständen hätte ihm Stefan fast geglaubt. Aber sie befestigten seine Handschellen an etwas hinter seinem Rücken, vielleicht einer Kette, und zogen sie hoch. Er versuchte, sich mit dem Gesicht zur Tür zu drehen.

«Nicht drehen! Regel Nummer eins: Du bleibst so, wie wir dich hinstellen. Entspann dich, du hast noch alle Finger und alle Zehen. Beruhige dich, genieße es. Schön dunkel und ruhig hier, nicht?» Stefan hörte das höhnische Grinsen. «Es hört dich niemand schreien. Wollen wir's versuchen? Nur mal rasch probieren?»

Der Schlag traf Stefan mit überraschender Wucht, er hatte das Gefühl, sie hätten ihm etwas aus der Bauchhöhle herausgerissen. Schreien konnte er nicht. Er bekam keine Luft.

Stefan verlor den letzten Rest von Mut. Jetzt hätte er es lieber gehabt, er wäre auf einem Milizposten offiziell befragt worden. Dafür gibt es doch Gesetze! Was passiert hier? Das darf nicht wahr sein! Ich bin in der verdammten Sozialistischen Republik Rumänien im zwanzigsten Jahrhundert!

«Du glaubst doch nicht, dass du einen Prozess bekommst, wenn du einen von uns angreifst. Nicht wahr? Hast du schon mal auf deiner Scheißredaktion von etwas Ähnlichem gehört? Glaubst du, wir gehen zum nächsten Milizposten und füllen eine Anzeige aus?»

Beide Männer fingen an, herzhaft zu lachen. Sie hatten es nicht eilig.

«Es war ein Missverständnis!», schrie Stefan. «Ich werde den Genossen Dobre um Verzeihung bitten! Ich … Es tut mir leid, das war nicht ich!»

Die Männer reagierten nicht. Sie lachten einfach zu Ende.

«Hab ich dich etwas gefragt?», sagte einer von ihnen. Er packte Stefans Nacken und drückte kräftig nach unten. Es kam Stefan vor, als ob sich etwas mit langen Zähnen in seinen Schultern festgebissen hätte. «Nein, du Rindvieh. Das war dein letzter erbärmlicher Fehler auf dieser Welt. Schau dir dieses Loch gut an. Es ist das Letzte, was du je sehen wirst. Versuch keinen lächerlichen Mist, beiß dir die Zunge nicht ab, wir kennen uns aus. Du stirbst erst dann, wenn wir es dir erlauben.»

Er ließ Stefans Nacken los und machte ein paar Schritte zur Tür. Gingen sie schon weg? Der Schmerz in den Schultern ließ ein wenig nach.

«Mit dem?», fragte der eine Mann.

«Ja, das sollte reichen», sagte der andere. Stefan sah zu, wie sie ihm die Knöchel mit einem Stück Draht zusammenbanden. Dann verließen sie den Raum und schoben die Tür zu.

Stunden vergingen. Stefans Schultern und Rücken schmerzten, er fand keine erträgliche Stellung mehr. Er fing an zu schreien. Keine Reaktion. Er war erschöpft. Würden sie ihn einfach hängen lassen, bis er verdurstete? Wie lange konnte das dauern?

Eine Ewigkeit später hörte er einen Wagen. Mehrere Menschen stiegen aus. Sie kamen näher. Sie schoben die schwere Metalltür auf. Dann sah Stefan nichts mehr. Gleißendes Licht durchflutete alles. Er spürte, wie seine Handschellen von der Kette gelöst wurden. Dass er auf den Boden fallen durfte, war eine unermessliche Gnade.

Die Scheinwerfer des Wagens strahlten in den fensterlosen Raum. Männer standen überall, im Raum, davor, auf beiden Seiten des Wagens. Es waren mindestens sechs, vielleicht zehn.

«Na, du Drecksack, wie gefällt es dir bei uns? Vielleicht willst du auch uns zeigen, wie groß und stark du bist!», sagte eine neue Stimme.

Die Schläge kamen plötzlich. Stefan hatte sie erwartet, trotzdem erschrak sein Körper und wand sich, wollte ausweichen, flüchten. Es dauerte eine ganze Weile an. Stefans Körper schien trotz der brachialen Gewalt nicht gewillt, seinen Geist zu entlassen. Panische Verzweiflung umschloss ihn. Er wollte sich retten, wollte es diesen Männern recht machen, aber sie stellten keine Fragen, wollten nichts von ihm wissen, interessierten sich nicht für seine Bitten und Beschwörungen. Ihre Aufmerksamkeit war ganz auf ihr Handeln gerichtet. Nur *über* ihn redeten sie hin und wieder: mal im Spott, mal wie über ein lebloses Material, das sich verhielt, wie sie es erwarteten. Sie wiesen einander darauf hin, dass er an dieser oder jener Stelle blutete, woraufhin sie woanders hinschlugen. Manchmal machten sie auch genau dort weiter, wie um bestimmte Teile seines Körpers gründlich zu zerstören.

Nach einer Weile ließen sie ihn einfach liegen. Es brauchte eine Ewigkeit, bis er merkte, dass sie gegangen waren. Es herrschte wieder vollkommene Dunkelheit. Dann erinnerte er sich, dass sie ein Stück Brot und eine Schüssel mit Wasser auf dem Boden liegen gelassen hatten. Später robbte er tastend hin und her und fand schließlich beides.

23. VERMISST

BUKAREST, GLEICHER TAG ENDE JUNI 1980   Ecaterina Irimescu wusste, dass ihr Sohn sie anrufen würde, falls er sich verspätete. Das hatten sie so vereinbart.

Als der Abend später wurde und Stefan nicht kam, öffnete sie die großen Fenster im Wohnzimmer. Sie schaute in die staubig warme Juninacht. Sie schickte ihre Sorge in die Dunkelheit, wie einen Suchhund. Die Nacht antwortete mit dem monotonen Klappern, Jaulen und Zirpen der Großstadt.

Insgeheim wusste sie, was geschehen war. Davor waren sie ja ständig auf der Hut. Nein, bestimmt ist es etwas anderes, sagte sich Ecaterina. Sie versuchte zu beten, aber für einmal half ihr das nicht.

Stefan war in den letzten Monaten so nachdenklich gewesen. Dieser Alte in Ferentari hatte ihm zugesetzt. Nun war er gestorben. War Stefan vielleicht dorthin zurückgekehrt? Eine schlechte Gegend, sie hatte schon schlimme Sachen gehört. Zigeuner mit Messern, heimtückisch und brutal. Lag Stefan nun hinter einer Abfallmulde mit einem Messer im Rücken? Oder war es kein Zigeuner gewesen? Hatte Stefan vielleicht Feinde oder Schulden?

Oder war es dennoch so, dass … *sie* ihn geschnappt hatten? Bitte nur das nicht.

Es war aber denkbar. Es war Zeit, jemanden um Rat zu fragen, aber wen?

Am frühen Morgen rief sie in der Redaktion an. Man stellte sie sofort zu Valentin Borza durch. Borza wusste nicht, wo Stefan war. Sie spürte allerdings weder Überraschung noch Besorgnis bei ihm. Das machte sie stutzig. Es gelang ihr nicht, etwas Brauchbares in Erfahrung zu bringen. Borza riet bloß zu Geduld und empfahl ihr, am nächsten Tag die Miliz einzuschalten.

Ecaterina wartete bis zum frühen Nachmittag. Kein Lebenszeichen von Stefan. Sie musste etwas tun. Bukarest war endlos groß. Die bloße

Vorstellung, die Krankenhäuser abzuklappern, machte sie schwindlig. Die Nachbarn wollte sie nicht in die Sache hineinziehen, sie wollte den späteren Tratsch nicht ertragen müssen.

Ecaterina war ein stolzer und zugleich schüchterner Mensch. Sie war in einer guten Familie aufgewachsen, in der solche Probleme Männersache waren. Etwas stimmte nicht, wenn eine Frau sich damit abmühen musste. Etwas war nicht in Ordnung mit einer Familie, wenn die alte Mutter ihren Sohn in der ganzen Stadt suchen muss.

Als sie das Warten nicht mehr aushielt, packte sie ihre elegantere Tasche und ging zur nächsten Milizwache, um das Verschwinden ihres Sohns zu melden.

Die Wache befand sich im Erdgeschoss eines größeren Baus. Die Metalltür hatte ein kleines vergittertes Fenster. Das Glas klirrte, wenn man die Tür öffnete. Dann stand man in einer engen Ecke. Die Tür knallte wieder zu. Die Ecke war vom Rest des Raums durch eine Holzwand getrennt, die bis zur hohen Decke reichte. In diese Holzwand waren zwei kleine Fenster eingelassen, in Kopfhöhe eines Sitzenden. Dahinter standen je ein kleiner Tisch und ein Stuhl. In der Mitte jedes Fensters gab es eine handflächengroße Öffnung, die sich von der anderen Seite mit einem Schiebefenster schließen ließ. Eins der Schiebefenster stand offen.

An den Tischen war niemand.

Ecaterina überlegte, was zu tun sei. Sie rief einmal, zweimal einen Gruß durch die kleine Öffnung. Sie hörte Schritte, aber niemand kam. Sie versuchte es nochmals und klopfte dabei mit dem Ring an die Glasfläche.

«Wenn Sie das Fenster zerschlagen, dann bezahlen Sie es», informierte sie die gelassene Stimme eines unsichtbaren Mannes. «Haben Sie doch ein wenig Geduld.»

Es verging noch eine Minute, dann kam ein beleibter Mann in Milizuniform und setzte sich behäbig auf den Stuhl. Er grüßte nicht und sah Ecaterina nicht an. «Ja.»

«Es geht um meinen Sohn. Wir wohnen zusammen, und er ist seit gestern nicht heimgekommen … Etwa um fünf kommt er immer nach Hause.»

«Ausweis.»

Ecaterina überlegte kurz. «Meinen Sie meinen oder den meines Sohns?»

Der Milizmann seufzte enttäuscht. «Ihren natürlich. Ihr Sohn ist ja verschwunden, oder?»

Ecaterina brauchte lange, um ihren Ausweis in der ungewohnten Handtasche zu finden. Dann reichte sie ihn durch die Öffnung. Der Beamte untersuchte ihn sorgfältig. Dann seufzte er noch tiefer. «Wie alt ist Ihr Sohn?»

«Siebenunddreißig. Er ist unverheiratet und wohnt bei mir.»

Der Milizmann fing an, bedeutungsvoll zu nicken. Er nickte eine ganze Weile, dann sagte er: «Er ist sicher bei einer Frau. Unverheiratete Männer haben manchmal Liebschaften, wissen Sie. Und manchmal erzählen sie Mami nichts davon.»

Was Ecaterina zunehmend Mühe machte, war die geringe Höhe der Öffnung. Sie musste sich bücken. Ihr Rücken spannte unangenehm. «Zur Arbeit ist er auch nicht erschienen.»

«Das ist zwar nicht die feine Art, aber auch das passiert.» Der Beamte gab den Ausweis zurück und schwieg.

«Sie können also nichts tun?»

Jetzt schaute er Ecaterina an. Er war nicht zufrieden mit ihr. «Sie glauben doch nicht, dass wir allen Kerlen nachlaufen, die mal eine Nacht bei ihrer Hübschen schlafen, oder? Es gibt Raub, es gibt Mord, es gibt … allerlei! *Dafür* ist die Miliz da, Genossin!»

«Das ist sicher richtig, aber … Wann können Sie etwas tun, nach wie vielen Tagen? Nach einer Woche? Zwei? Es kann doch nicht sein, dass Menschen in diesem Land spurlos verschwinden, oder?»

«Wir wissen schon, wann wir einzuschreiten haben, ja? Kommen Sie in drei, vier Tagen, dann setzen wir eine Vermisstenanzeige auf.»

Ecaterina sah ihren Sohn blutend und halbtot am Rand einer Autobahn liegen. In drei, vier Tagen, wenn die Miliz sich endlich um die Sache kümmern wollte, würde er tot sein. Ihr einziges Kind.

Diese neue Zeit – Gott, vergib mir. Früher hätte kein Mensch eine besorgte Mutter so behandelt.

Sie bedankte sich und verließ den Milizposten.

Sie wollte noch etwas zu Fuß gehen, denn es war ihr schwer ums

Herz. Sie sagte still ein Vaterunser, langsam, ließ jedes Wort wirken. Ihr Weg führte sie durch Straßen, die sie aus früherer Zeit gut kannte, mit vielen Häusern aus der Vorkriegszeit. Die alten Bäume, die verspielten, efeubewachsenen Fassaden beruhigten sie.

In einem solchen Haus war sie aufgewachsen, in einem solchen Haus hatte sie Stefans Vater kennengelernt. Nach dem Krieg wurden alle Häuser verstaatlicht, in den besseren hohe Parteikader untergebracht. Seither fühlte sie, wie die frühere Welt, in der Eleganz, Geist und Anstand noch etwas zählten, mit jedem Tag an Boden verlor, zerrann. Der neue, aufgezwungene Zeitgeist machte sich breit: plump, würdelos und verlogen.

Ecaterina blieb stehen. Sie stellte sich vor: in einem solchen alten Haus, in einer versteckten Ecke unter dem Dach eine Blase der Zeitlosigkeit. Unbeachtet von allen, vielleicht auf der Hofseite, hinter einem dieser Balkone mit schwungvoll gebogenen Brüstungen. Männer und Frauen in der eleganten Kleidung jener Zeit: die ursprünglichen Bewohner, nicht verhaftet und getötet, Opfer von blindem Klassenhass, sondern noch da, ohne eine Ahnung von der heutigen Außenwelt. Sie würden vielleicht gerade ein geistreiches Gespräch führen oder bei Kaffee und Cognac scherzen. Jemand würde sich am Klavier versuchen. Sie wären auf charmante Art füreinander da. Entspannt in einer vertrauten, grundsätzlich anständigen Welt.

Ecaterina ging weiter. Diese Träumereien machten sie nur traurig. Sie musste sich aufraffen. Sie war nicht daran schuld, dass die heutige Zeit war, wie sie war. Sie musste sie nur überstehen.

Stefan litt unter dem Durst und den Schmerzen. Er kämpfte darum, nicht die Hoffnung zu verlieren. Er versuchte, nicht daran zu denken, wie lange sie ihn hierbehalten und was sie mit seinem Körper alles anstellen könnten.

Die Schläger kamen mehrmals wieder. Manchmal waren es neue Gesichter. Manche rissen ihn zu Boden und schlugen dort auf ihn ein, andere hängten ihn wieder hoch. Sie hatten immer noch kein Interesse an irgendetwas, was er hätte sagen können. Nach einer Weile stank er in einem auch für ihn quälenden Ausmaß.

Tage vergingen, dessen war sich Stefan sicher, aber waren es schon

Wochen? Er konnte nicht mehr. Sein Körper konnte nicht mehr. Die Verzweiflung war eine naheliegende Möglichkeit. Er bettelte die Schläger an. Es nützte nichts.

Seine Wut auf Dobre hatte sich in den Hintergrund zurückgezogen, er spürte sie kaum noch. Warum hatte er so dumm, so unendlich kindisch und dumm reagiert? Săläjan hatte er damit nicht wieder lebendig gemacht.

Wie ein Depp hatte er zugeschlagen. Und jetzt war er am Ende.

Am Morgen nach Ecaterinas Besuch auf dem Milizwachposten klingelte es an ihrer Wohnungstür. Es war eine schüchterne junge Frau, mit dunkelblonden, auffallend fettigen Haaren. Sie machte einen einfachen, fast zurückgebliebenen Eindruck. Sie stellte sich nicht vor.

Ecaterina lud sie ein hereinzukommen, doch sie wollte nicht. Sie wirkte besorgt oder ängstlich. Sie blieb in der Tür stehen und sah sich immer wieder um. Sie hatte Mühe zu reden, jedes Wort schien Frucht einer umständlichen gedanklichen Arbeit. Ecaterina solle nicht mehr auf die Milizwache gehen. Es würde nichts bringen. Und ihr Sohn sei bei *denen*, sie wisse schon. Ja, und sie solle nicht mehr herumfragen. Das sei nicht gut. Man könnte es falsch – die Frau rang mit dem Wort – in-tre-per-tieren. Sobald sie die Nachricht aufgesagt hatte, war sie sichtlich erleichtert.

Ecaterina überlegte, wer wohl diese verwahrloste Frau mit der auswendig gelernten Botschaft zu ihr geschickt hatte. Die Milizwache? Die Securitate?

Ecaterina gab ihr ein Stück Brot, über das sich die Frau kindisch freute. Ecaterina seufzte: Wer sie auch geschickt haben mochte, hatte ihr nicht einmal zu essen gegeben. Etwas warmes Wasser und ein Stück Seife wären auch nicht verkehrt gewesen. Was für Menschen, gütiger Gott, was für Zeiten!

Die Frau drehte sich um und verschwand wortlos im Treppenhaus.

Irgendwann wurden Stefan die Handschellen abgenommen. Er nahm inzwischen nur noch undeutlich wahr, was um ihn herum geschah. Die Welt war nur so groß wie sein Körper und enthielt nichts Wichtiges mehr. Der Gedanke, dass sie ihn nun umbringen würden, kam und fiel wieder ab.

Ein Wasserstrahl weckte ihn auf. Er war stark und eiskalt. Stefan schützte sich, so gut es ging. Sie stellten das Wasser ab. Die Männer, es waren drei, kamen näher und begutachteten ihn. Sie ließen wieder ein wenig Essen zurück. Er kaute vorsichtig, ein Eckzahn fühlte sich locker an. Als sie zurückkamen, waren Stefans Kleider wieder einigermaßen trocken. Sie gaben ihm andere Hosen. Er zog sich um. Sie waren ihm zu kurz, stanken aber weniger als die eigenen.

Kaum war er fertig, packten sie ihn an den Armen und zerrten ihn hinaus, stießen ihn in einen Lieferwagen. Ohne nachzudenken, legte er sich auf den Boden, mit dem Gesicht nach unten, wie auf der Herfahrt.

Jetzt bringen sie mich in den Wald und knallen mich ab, dachte Stefan. Die Vorstellung machte ihm keine Angst mehr. Im Gegenteil: Der Gedanke, in einer friedlichen Lichtung im Wald zu ruhen, inmitten von Farnen, emsigen Käfern und Vogelgezwitscher und nie mehr Schmerz zu empfinden, brachte ihm Erleichterung.

Wo sie anhielten, war aber kein Wald. Er wurde aus dem Wagen gezogen. Er sah blinzelnd um sich. Er befand sich in einer Stadt, vermutlich in Bukarest. Er kannte die Straße nicht, die Gebäude links und rechts sahen nach Lager- oder Fabrikhallen aus.

«Werde endlich vernünftig.» Stefan erkannte den Securitate-Mann, der ihn verhaftet hatte. Er redete wie zu einem Kind. Dabei sah er Stefan nicht an. «Sonst gibt's das nächste Mal ordentlich was auf die Rübe. Jetzt haben wir nur Bekanntschaft gemacht. Verschwinde!» Er warf Stefans Brieftasche, seine Ausweise und den Schlüsselbund auf den staubbedeckten Gehsteig. Stefans Uhr führte er ans Ohr, dann steckte er sie in die eigene Hosentasche. Er stieg zurück in den Lieferwagen und fuhr davon.

Stefan spürte Schmerzen in den Schultern, den Handgelenken und den Rippen. Er stank, war unrasiert und verklebt.

Es war still hier am Ende der Welt. Der Sommertag war trocken und glühend heiß. Stefan sah sich suchend nach einem Flecken Schatten um, nach einem Baum, einem Dach. Es gab nichts. Es musste ungefähr Mittag sein. Die Straße erstreckte sich endlos in beide Richtungen. Kein Mensch war zu sehen. Stefan ging weiter. Kinofilme mit herumirren-

147

den Cowboys in der mexikanischen Wüste kamen ihm in den Sinn. Nach einer Weile sah er in weiter Ferne eine Bushaltestelle. Er ging näher. Ein halbes Dutzend Menschen wartete mürrisch, wer weiß, wie lange schon. Er fragte sie nach dem nächsten Bus. Er erhielt widersprüchliche Antworten aus angeekelten Gesichtern. Er hatte keine Kraft mehr. Schatten gab es nur an der Wand, wo die anderen warteten, aber er hätte stehen müssen.

Ein paar Schritte weiter sah er das Wrack eines ehemals roten Dacia. Der Schatten, den es warf, war schmal. Stefan dachte an seine Mutter, die berühmte Vorfahren hatte, Bürgermeister, Minister – Menschen, die einiges für dieses Land geleistet hatten. Er selbst war ein wichtiger Journalist. Er stand in der prallen Sonne, erschöpft und zerschunden. So war dieses Land zu denen, die ihm dienten.

Das alles war unerträglich bitter und gleichzeitig so absurd, dass er beinahe lachte. Er tat daraufhin das Einzige, was perfekt dazu passte. Er legte sich auf den Boden, in den fingerdicken Staub, halb unter dem verrosteten Rumpf. Etwas bewegte sich unter dem Wagen und knurrte warnend. Ja, dachte Stefan, wie ein Straßenköter, wie ein Stück Dreck. So wollt ihr mich, das ist alles, was ich noch sein darf.

Ein Bus, dessen Ziel Stefan unbekannt war, kam schließlich. Er stand auf, klopfte sich ab und stieg ein.

«Bis ins Zentrum», sagte er auf gut Glück zur Fahrkartenverkäuferin und legte einige Münzen in ihre Schale.

Sie protestierte schroff: «Was für ein Zentrum, Genosse? Wir fahren nicht ins Zentrum!»

«Wo fahren Sie denn hin?», fragte Stefan ruhig.

«Das ist die Linie Zweihundertsiebenundzwanzig», antwortete die Frau empört. «Sie steigen ein und wissen nicht, wo der Bus hinfährt? Steigen Sie am Galați-Platz aus, ist beinahe Zentrum. Fünfundsechzig *bani*.»

Er zahlte und machte einige Schritte nach vorn. Hinter ihm begann die Kartenverkäuferin, sich mit einer Passagierin über sein Unwissen lustig zu machen. Er sah aus dem Fenster. Die Stadt wirkte fremd, sie hatte sich in den Tagen seiner Gefangenschaft von ihm entfernt.

Er stieg am Galați-Platz aus, der eigentlich bloß eine breitere Kreuzung war. Er machte einige unsichere Schritte und blieb stehen. Die trockene, staubige Hitze sog die Lebenskraft aus seinem Körper, dörrte ihn aus. Er hatte seit dem Morgen nichts mehr getrunken. Er stützte sich an einer Hauswand ab.

Er blickte um sich. Schräg gegenüber stand ein Bürogebäude, auf der anderen Straßenseite sah er eine Baustelle. Kein Brunnen in Sicht. Aber er wusste nun, wo er war. Er musste der Batiştei-Straße bis zum Boulevard folgen. Entlang dem Boulevard gab es Trinkbrunnen. Vielleicht noch zehn Minuten zu Fuß.

Er warf einen letzten Blick auf den menschenleeren Platz. Da merkte er, dass mit der Baustelle etwas nicht stimmte. Der Eingang stand offen, aber kein Fahrzeug war zu sehen. Er sah einige Arbeiter, aber keiner schien zu arbeiten, und es war keine Baumaschine zu hören. Sie standen einfach in der sengenden Hitze herum und warteten. Einige stritten, aber in gedämpftem Ton, als ob sie Angst hätten, gehört zu werden.

Was es auch sein mochte, Stefan hatte Durst, und er ging näher, um nach Wasser fragen.

24. BUKAREST, ANFANG JULI 1980

Am Morgen jenes Tages, ungefähr um die Zeit, als Stefan in der verlassenen Fabrikhalle mit kaltem Wasser traktiert wurde, hielt Ralucas Wagen an einer Kreuzung im Zentrum Bukarests.

Mihnea Ionescu stand pünktlich am vereinbarten Ort. Raluca nahm es zufrieden zur Kenntnis. Sie ließ ihn einsteigen – natürlich vorne neben Radu.

Raluca hatte einen Plan. Ihre Anwesenheit allein würde kaum etwas ausrichten. Es wäre zwecklos, sich vor die Arbeiter hinzustellen und zu sagen: «Hallo, ich bin die Frau des großen Häuptlings, klaut nicht mehr, sonst gibt's Ärger.» Sie hatte einen anderen Plan, aber für den Anfang sollte zunächst einmal der junge Ingenieur zeigen, was er draufhatte.

Den jungen Mann würde sie ab jetzt duzen, er würde sie siezen. Auch Ilie markierte Überlegenheit auf diese Weise. «Wie willst du das angehen?»

«Wir müssen einen Weg finden, Voicu zu motivieren ...», sagte Ionescu.

«Den Bauleiter?»

«Ja, den Alten mit dem sauren Gesicht. Führt sich wie ein Sklaventreiber auf, aber eigentlich will er nur eine ruhige Kugel schieben, bis er pensioniert wird. Und das heißt für ihn, dass grundsätzlich immer andere schuld sind.»

«Dann wird's mit dem wohl schwierig werden. Ist er sich bewusst, dass das Problem auch ihn betrifft?»

«Ich denke schon, aber er gibt es nicht zu. Für ihn sind entweder die berechneten Mengen falsch, oder der Lieferant hat ihn übers Ohr gehauen.»

«Aber nicht die Arbeiter, nicht wahr?», fragte Raluca. «Wie steht er zu den Arbeitern?»

«Er nimmt sie in Schutz. Er kann inzwischen nicht anders. Das Problem mit dem Baumaterial hat sich über eine zu lange Zeit entwickelt, und er hat zu lange nicht reagiert. Gleich sind wir da. Genossin Stancu, lassen Sie mich doch zuerst versuchen, ihn umzustimmen, ihn ins Boot zu holen. Ich bin der nette Junge, Sie die böse …» Ionescu lächelte ein wenig unsicher.

«Ja, gut, ich hab verstanden», sagte Raluca und konnte ein Lächeln nicht unterdrücken. Das war kein Plan, das war nur eine Rollenverteilung, aber gut, sie wollte ihn einen Versuch machen lassen.

«Radu», sagte sie, «das Areal ist zu eng zum Parken. Wir steigen beim Eingang zur Baustelle aus. Parke irgendwo und komm nach. Diese Aktentasche bringst du bitte mit, gibst sie mir aber erst, wenn ich sie verlange.»

Sie stiegen aus und machten sich auf die Suche nach dem Bauleiter. Voicu wartete vor dem Eingang zur Baustellenbaracke. Er war nicht groß, aber breit und machte einen aggressiven Eindruck. Nach einer knappen Begrüßung betraten sie die enge Baracke, gefolgt von drei Vorarbeitern. Sie setzten sich um den Tisch.

Es war kurz nach zehn Uhr und schon drückend heiß. Die Tür und die kleinen Fenster standen offen.

Ionescu stellte alle Anwesenden vor. Ein förmlicher Verhandlungsstart machte immer Eindruck. Sie setzte eine mürrische Miene auf und grüßte möglichst knapp.

Kurz darauf betrat auch Radu die Baracke und stellte sich mit verschränkten Armen hinter Raluca. Sie merkte, dass die Vorarbeiter sie besorgt anstarrten. Eine Frau auf einer Baustelle musste ihnen schon ungewöhnlich vorkommen. Aber eine Frau mit einem Leibwächter? Das sahen sie bestimmt zum ersten Mal. Raluca konnte sich vorstellen, was sie darüber dachten: Sie musste mächtiger sein, als sie geahnt hatten, sie war eine akute Bedrohung.

Ionescu erkundigte sich zunächst nach dem Stand der Arbeit, nahm ein paar Probleme auf, die er beim letzten Besuch festgestellt hatte. Auf Raluca wirkte er mürrisch und angespannt. Er machte es richtig, versuchte bei den anderen ein diffuses Schuldgefühl zu erzeugen. Aber es fehlte ihm die Überzeugung, die Aggressivität. Ilie hatte beides immer genügend aufbringen können, mehr als genügend. Gerade deshalb fand sie Ionescus Bemühungen jedoch auch rührend. Sie wollte ihm jetzt wirklich helfen.

Ionescu hatte richtig vorausgesehen. Voicu versuchte, die Situation zu verharmlosen. Er weigerte sich entschieden, ohne Beweise von einem Diebstahl, von einer Straftat zu sprechen. Raluca ließ ihn reden und schaute ihn streng an, seufzte missbilligend und schüttelte ein paarmal den Kopf. Voicu ließ sich dadurch jedoch nicht aus der Fassung bringen.

Ionescu gab weiterhin sein Bestes. Er erinnerte daran, dass alle Seiten die Materialmengen seinerzeit geprüft und schriftlich abgenommen hatten. Der Wohnblock sei mit dem noch vorhandenen Material nicht mehr in der abgemachten Zeit zu bauen. Da müsse man doch der Wirklichkeit ins Auge sehen und sich besonnen über das weitere Vorgehen beraten. Er kam nicht an.

Das überraschte Raluca nicht. Jetzt war sie an der Reihe. Sie drehte sich zu Radu und hob die Hand. Voicu und Ionescu stritten immer noch. Radu öffnete die Tasche und gab ihr die Pläne. Raluca breitete sie auf dem Tisch aus. Reflexhaft räumte man alles andere aus dem Weg.

Ihr Platz auf dem Tisch war nun größer als derjenige der anderen. Sie sagte nichts. Sie stand auf und machte gemächlich einige Schritte zur offenen Tür. Nun stand sie auf der Schwelle. Sie betrachtete schweigend die Baustelle. Die Mittagssonne versengte das Areal und die umliegende Stadt. Arbeiter saßen in einigem Abstand um die Baracke herum und unterhielten sich. Sie sahen besorgt und wütend aus. Niemand auf den Gerüsten, die Maschinen standen still. Von weiter hinten hörte sie laute Stimmen, vielleicht ein Streit. Sie achtete nicht darauf.

Als sich Raluca umdrehte, hielten alle Männer inne. Sie stand solide auf beiden Füßen, die Hände hinter dem Rücken wie eine strenge Lehrerin.

Sie hatte bei Ilie gelernt, wie man droht. Wie man eine bedrohliche Situation heraufbeschwört. Man braucht ein wenig Geduld, man muss die Angst schrittweise schüren. Die richtigen Worte und Wendungen benutzen. Den anderen eine Welt öffnen, in der mächtige Behörden nur darauf warteten, Jagd auf sie zu machen, eine gerechte, unerbittliche Jagd. Sie wusste, dass niemand von den Anwesenden ihre wirkliche Macht einschätzen konnte.

«Die Sache stinkt ärger, als ihr denkt, Genossen», sagte sie mit ruhiger, fast leiser Stimme. «Wir sitzen alle hier am Tisch und tun so, als ob wir nicht wüssten, was los ist. Ist es nicht so?», fragte sie. «Ist es nicht so, Genosse Voicu?»

Voicu suchte, fand im Augenblick jedoch keine geeignete Antwort.

«Sie schweigen, Sie wissen nicht. Das habe ich verstanden. Sie wissen nicht, dass Sie nicht genug Schalungsbretter fürs Betongießen haben, obwohl Sie fünfzehn Prozent mehr geliefert bekommen haben als für einen solchen Wohnblock üblich. Woher sollen Sie es auch wissen? Dem Genossen Ionescu nehmen Sie ja nichts ab, wer weiß, wem Sie glauben?», sagte Raluca, hob die Schultern und machte eine kurze Pause.

Die Vorarbeiter wechselten beunruhigte Blicke.

Sie fuhr fort, bevor sie damit fertig waren. «Diese Baustelle hier – ich darf es Ihnen eigentlich nicht verraten, es bleibt unter uns – befindet sich unter dem wachsamen Auge einiger sehr hochgestellten Genossen von der Finanzkontrolle. *Ich* weiß das, weil … nun, Sie verstehen. Darum glaube ich, dass die Sache ärger stinkt, als Sie denken», sagte Raluca mit einer Miene trauriger Einsicht. Dann wandte sie sich an Voicu. «Wissen Ihre Männer immer noch nicht, wie die Schalungsbretter verschwunden sind?»

Voicu empörte sich: «Ich weiß nicht, was Sie hier … Sie *landen* hier und machen so einen Skandal!»

Für Raluca war sein Wutausbruch ein gutes Zeichen. Sie ließ ihn kurz toben, starrte indessen alle anderen Männer der Reihe nach an. Dann sagte sie mit ruhiger, aber fester Stimme: «So werden Sie auch den Inspektoren der Finanzkontrolle antworten, ja?»

«Ah! Sie wieder mit Ihrer Finanzkontrolle!», schrie Voicu. Dann wusste er offenbar nicht weiter.

«Die Wahrheit ist, Genossin», meinte ein Vorarbeiter namens Mureşan, «dieses Viertel wimmelt von Dieben. Ganz übel. Sie schleichen sich nachts auf die Baustelle und …»

Die anderen Vorarbeiter übertrafen sich nun gegenseitig mit Erklärungsversuchen aus immer wilderen Überfällen von Einbrechern und Dieben mit immer raffinierteren Methoden. Gesehen hatten sie allerdings keinen.

Raluca ließ sie reden, bis der Erste versuchte, das Thema zu wechseln. Dann rief sie:

«Seid ihr alle übergeschnappt? Wollt ihr einen Prozess wegen Sabotage? Wollt ihr hängen?»

In der Baracke wurde es still. Jeder wusste, wovon Raluca sprach. Das Strafgesetzbuch enthielt einen Abschnitt, der gewöhnliche Vergehen behandelte, sofern sie mit einer staatsfeindlichen Absicht verübt wurden. Ein Diebstahl wurde viel strenger bestraft, falls man dahinter die Absicht sah, die nationale Wirtschaft zu schädigen.

Raluca fuhr fort, nun wieder mit ruhiger Stimme: «Alles geht gut, Genossen, bis es nicht mehr gutgeht. Der Genosse Generalsekretär hat das Einsparen von Baumaterial zu einer patriotischen Aufgabe für jedermann erklärt. Lesen Sie seine Rede in *Scînteia*. Eine patriotische Aufgabe. Es ist übrigens nur eine Frage von wenigen Tagen, vielleicht einer Woche. Dann haben Sie die Finanzkontrolle hier. Und was auch vorgefallen ist, sie wird etwas finden. Jedes fehlende Schalungsbrett werden sie als Sabotageakt auslegen. Mich betrifft es nicht mehr, die Pläne sind abgenommen. Genosse Mureşan, wie lange bekommt man für Untergrabung der nationalen Wirtschaft?»

«Ach, kommen Sie, Genossin, nehmen Sie das doch bitte nicht so …», fing der völlig überrumpelte Mureşan an.

Raluca jubelte insgeheim: Bisher hatte sie alles richtig gemacht. Sie war in einem Rausch. Sie sah alles, hörte alles, begriff alles schneller als alle anderen hier. Jetzt musste sie dafür sorgen, dass die Schuldgefühle auf diejenigen übertragen wurden, die auch noch am Diebstahl beteiligt waren und draußen warteten.

«Oh, ich bezweifle», sagte sie mit aufgesetzter Heiterkeit, «dass man die Finanzkontrolle mit einem bloßen ‹Kommen Sie, Genossin› erweichen kann. Wir sprechen hier von schweren Verbrechen, von Gefängnisstrafen in der Größenordnung von zehn, zwanzig Jahren. Das heißt konkret, Sie haben Ihr allerletztes Neujahrsfest mit der Familie hinter sich. Genosse Mureşan, seit wir hier sind, stehen Ihre Leute herum und starren die Baracke an. Haben Sie ihnen freigegeben?»

Mureşan sprang auf. «Auf keinen Fall, Genossin! Jetzt zeige ich es denen aber. Unverschämte Bande von … Kaum dreht man ihnen den Rücken …» Er stürzte aus dem Raum. Das war genau, was Raluca wollte. Einer der Vorarbeiter sollte ihre Drohungen den Arbeitern überbringen.

Am liebsten so wie jetzt, nur einer: So dürfte die Botschaft durchs Weitererzählen immer unheilvoller werden. Die einzelnen Mannschaften würden sich gegenseitig beschuldigen und anfeinden. Mit etwas Glück würde das ausreichen, um die Diebstähle für eine Weile aufhören zu lassen.

Raluca drehte sich wieder zu Voicu. Es war Zeit, den würdevollen Abgang einzuleiten.

«Ich gehe jetzt kurz nach draußen», sagte sie. «Sie können sich mit Ihren Männern besprechen. Sie haben ein Problem. Es fehlt Ihnen eine Menge Baumaterial. Mehr bekommen Sie nicht. Ob es Diebstahl war oder etwas anderes, interessiert mich nicht. Den Wohnblock bauen Sie. Sie wollen die Miliz rufen, dann rufen Sie die Miliz. Nicht, dann halt nicht.»

Raluca trat in die blendende Sonne vor dem Schuppen. Was auch passierte, sie würde als Nächstes in den Wagen steigen und abfahren. Ionescu konnte sich nicht beklagen, er hatte mehr Unterstützung bekommen, als er sich erhoffen konnte.

Sie bemerkte die sich nähernden Arbeiter erst, als diese beinahe vor ihr standen. Es waren vier staubige, grimmige Gestalten, die eine fünfte schleppten, einen blutenden, offenbar misshandelten Mann. Raluca starrte sie entsetzt an. Sie konnte nicht glauben, was sie sah. Eine Abrechnung, etwa infolge ihres Auftritts? Das ging ihr zu schnell. Sie rief Ionescu. Der kam sofort aus der Baracke, gefolgt von den anderen.

«Hier, Genossen», sagte einer der vier Arbeiter, ein kleiner, kräftiger Mann um die dreißig. «Wir haben den Dieb endlich geschnappt.» Dass er lispelte, passte schlecht zu seiner grimmigen Erscheinung.

Ionescu öffnete den Mund, sagte jedoch nichts.

«Du meine Güte, was ist denn *das*?», fragte Raluca entsetzt.

Der kleine Arbeiter drehte sich zu ihr. In seinem Blick mischten sich Erstaunen und aufkochende Aggression. Es war offensichtlich, was er davon hielt, wenn sein Auftritt hier, vor seinen Männern, hinterfragt wurde, und erst noch von einer Frau.

Plötzlich sah Raluca Ilie vor sich, den neuen Ilie, der sich über sie, über ihre Arbeit ärgerte, der zuschlug. Er und dieser Idiot hier: Wer gab ihnen das Recht, ihr vorzuschreiben, was sie zu tun und zu lassen hatte? Und dazu diese Aggressivität, die sie für männlich hielten! Aber die lispelnde Missgeburt vor ihr war nicht Ilie. Sondern einer, der sich die vollkommen falsche Gegnerin ausgesucht hatte. Ihre Wut kam in Fahrt wie eine Lawine. Sie bemühte sich, ihre Stimme ruhig zu halten. «Was habt ihr euch dabei gedacht?», sagte sie bestimmt, ohne den Blick von dem blutigen Gesicht des Mannes abzuwenden. «*Animale ce sînteţi*, ihr Bestien!»

Voicu, Mureşan, weitere Männer waren näher gekommen und bildeten zu ihren Seiten einen Halbkreis. Die fünf anderen standen isoliert in der Mitte. Das gab ihr Kraft. Der kleine Arbeiter – er war nicht größer als sie – hatte sich vor ihr aufgebaut, die geballten Fäuste in die Hüften gestemmt. Raluca spürte, wie gern er sie tätlich angegriffen hätte. Das machte sie noch wütender. Ihrem Zorn durfte sie aber nicht nachgeben. Sie hatte bessere Waffen. Sie musste bloß die Initiative behalten. Aber wie?

Es fiel ihr nichts ein. Das Opfer lenkte sie zu sehr ab. Er trug keine Arbeitskleidung. Also doch ein Dieb, ein Streuner?

Mihnea Ionescu sagte plötzlich hinter ihr: «Wissen Sie, Genossin Stancu, ich glaube, das könnte der Dieb sein, wissen Sie noch?»

Raluca blickte ihn fassungslos an. Begriff dieser beschränkte Grünschnabel nicht, um was es hier ging? Dass sie nicht einfach zur Tagesordnung zurückkehren und ihre Sitzung fortführen konnten? Aber um Ionescus Dämlichkeit konnte sie sich später kümmern. Im Augenblick hatte sie ein Hühnchen mit den Männern vor ihr zu rupfen. «Ach, der Dieb, natürlich», sagte sie hämisch. «Wie praktisch, dass er rechtzeitig vorbeigeschaut hat. Also habt ihr ihn verprügelt, weil er neulich eine halbe Tonne Baumaterial gestohlen hat, ja? Ganz allein. Hat's bestimmt unter die Jacke geschoben und ist rausgelaufen. Jetzt verstehe ich!»

Der kleine Arbeiter zuckte zusammen. Er atmete heftig und knurrte mit vor Wut erstickter Stimme:

«Genossin, mit Verlaub, der Genosse Ingenieur hier weiß, was gelaufen ist. Fast wäre es letzte Woche zu einem Unfall gekommen ...»

Nein, dachte Raluca, du gerissener Schrat versuchst auch noch, mit deiner Tat zu punkten. Sie schnitt ihm das Wort ab.

«Ich bin unterrichtet», sagte sie laut und schroff. «Wie heißen Sie, und was haben Sie hier für eine Funktion?»

Ihre Stimme funktionierte. Sie war nun wieder die Frau des hohen Parteikaders. Sie wusste, wer sie war. Nun war Zeit, die ganze Sache hier zu …

Auf einmal versuchte Ionescu wieder etwas zu sagen, die Wogen zu glätten. Sie hatte aber genug. Sie zischte in seine Richtung: «Nicht jetzt!»

«Ähm, sehen Sie», sagte der Arbeiter, nun etwas unsicher, «ich bin Chiţu. Vorarbeiter Gerüste.»

Raluca zog die Brauen zusammen. Wenn er Vorarbeiter war, wieso war er der Besprechung ferngeblieben? Voicu hatte gewusst, dass Chiţu nicht kommen würde, sonst hätte er ihn rufen lassen. Vertraute ihm Voicu nicht? Oder wollte Chiţu nicht dabei sein? Hätte er auf Tauchstation bleiben sollen, bis der hohe Besuch vorbei war? Oder hatte er seinen Auftritt so geplant?

«Wir waren einfach wütend, Genossin», fuhr der Mann fort, nun ganz der aufrichtig empörte Werktätige: «Also meine Männer waren wütend … weil, wir haben ihn schon zweimal hier gesehen …»

»… dreimal …» Seine Männer wachten langsam aus der Starre auf.

Verdammtes Pack, dachte Raluca, die geben wohl nie auf. Was wollen die noch diskutieren? Mit einem Schwerverletzten vor den Füßen! Egal, sie hatte nicht vor, ihnen die Zeit dafür zu lassen.

Chiţus Leute klagten weiter. »… ja, dreimal, und es ist ja heiß, wissen Sie, und wir arbeiten hier fürs Vaterland wie die … die … und wenn ein Unfall passiert, dann … ähm, wer geht für uns in zwei Monaten aufs Feld ernten?»

»… wir haben sonst, das heißt, unsere Kinder haben sonst nichts zu essen, Genossin …»

»… wir können sie nicht in die *Alimentara* schicken wie Sie in der Stadt!»

Raluca zögerte. Es ging um hungrige Kinder, um Sorge. Sie wusste nicht, ob sie weiter zuhören wollte oder mit Ionescu langsam aufbrechen oder … die Miliz rufen? Es gab ja einen Schwerverletzten. Sie blickte zu Chiţu. Sie sah in seinen Augen die Angst schwinden, seine Leute standen ihm bei. Verlogene Bande, jetzt wäre sie fast auf ihren billigen Trick reingefallen!

Etwas Eiskaltes keimte in ihrer Brust.

«Als Arbeiter werdet ihr davon Kenntnis haben», sagte Raluca bestimmt, während sie in die Weite blickte, «dass wir in unserem sozialistischen Staat eine Miliz haben. Nun, und wer ihr vertraut, braucht Diebe nicht eigenhändig zu verhören mit … was sind das? … Eisenstangen. Natürlich, manche denken anders, denken, vielleicht ist die Miliz unfähig, nicht wahr?»

Sie sah, dass Chiṭu und seine Männer sofort verstanden. Sie war mächtig genug, um die Situation so zu deuten. Am Schluss würde Chiṭu als Verleumder der Miliz, der Staatsorgane, ja beinahe als Staatsfeind dastehen. Er und seine Männer zogen sich mit gesenktem Blick zurück.

Radu hatte die allgemeine Aufregung genutzt und sich dem verletzten Mann genähert. Er beugte sich über ihn, dann hob er ihn behutsam hoch, einer der Arbeiter half ihm beim Tragen. Sie brachten den blutverschmierten Mann in den Schatten eines Baums und legten ihn ab.

Als Raluca zu ihnen trat und den Unbekannten betrachtete, kamen ihr Zweifel, ob er wirklich ein Streuner war. Seine Kleidung war bescheiden, teilweise zerrissen und verdreckt, aber sie passte, bis auf die zu kurzen Hosen. Seine Hände sahen zu gepflegt aus. Aber er stank. Zumindest die letzten Tage hatte er auf der Straße verbracht. Ob er wirklich mit dem gestohlenen Baumaterial zu tun hatte? Radu sagte ihr etwas über den Zustand des Verletzten, aber sie nahm es nicht richtig wahr. Zu viele Eindrücke kämpften um ihre Aufmerksamkeit. Sie hatte es eilig, hier wegzukommen, bevor die Lage ihr noch mehr entglitt.

Der Verletzte machte die Lage allerdings komplizierter. Sie konnte ihn nicht bei Voicu und seinen Männern zurücklassen. Sie wollte aber auf keinen Fall abwarten, bis die Miliz kam. Sie konnte sich vorstellen, wie die Miliz mit einem solch verwahrlosten Kerl umging. Und es war auch für sie keine gute Lösung. Wenn Ilie von dem Zwischenfall erfuhr, wenn sie auf einmal Termine bei der Miliz und der Staatsanwaltschaft hätte, dann wäre das Wasser auf seine Mühle.

Sie schickte Radu nach einem Krankenwagen. Nach einer Ewigkeit kam er zurück: Es gab keinen verfügbaren. Sie hatte nicht die Geduld, sich mit den Gründen dafür auseinanderzusetzen. Es musste schneller gehen. Auf einmal kam ihr in den Sinn, dass es dem Mann jeden Moment schlechter gehen könnte. Innere Blutungen, Hirnschlag, weiß der

Teufel. Sie war schließlich keine Ärztin. Starb der Mann, solange sie sich um ihn kümmerte, konnte dies bis zu Ilies Ohren dringen.

Sie sah keinen anderen Ausweg, als den Verletzten mitzunehmen und ihn auf dem Heimweg im Krankenhaus abzuliefern. Das war ungewöhnlich, aber je schneller sie ihn dort loswerden konnte, desto besser.

Erst als es zu spät war, dachte sie daran, dass der Verletzte bestimmt Flecken auf dem Rücksitz des Wolga hinterlassen würde. Ilie würde bestimmt ausrasten. Warum läuft es immer so, wenn man jemandem helfen möchte? Am Ende wird man dafür gestraft.

Der Verletzte litt offenbar, machte aber keinen wehleidigen Eindruck, im Gegenteil. Er stöhnte bloß. Er wirkte seltsam gefasst: keine Empörung, kein Schrecken. Hatte er mit einem Überfall gerechnet? Vielleicht war er Gewalt gewohnt, vom Leben auf der Straße. Oder lag es eher daran, dass er seine Angreifer kannte?

Als sie ihn auf der Fahrt danach fragte, gab er sich als Journalist aus. Sie hielt das für gelogen. Es machte aber nichts. Er würde wohl seine Gründe haben.

Raluca war das Warten nicht gewohnt. Im Krankenhaus angekommen, ließ sie sich direkt beim Chefarzt melden.

Dieser bestand darauf, den Patienten, den Genossin Stancu mitgebracht hatte, persönlich zu untersuchen. Sie hatte nichts anderes erwartet. Sie war dem Chefarzt vom Rang her dermaßen überlegen, dass er die seltene Gelegenheit, ihr einen Gefallen zu erweisen, einfach ergreifen musste.

Sie nahm dieses Zeichen seiner Hochachtung bereitwillig an. Sie merkte zu spät, dass sie sich damit um die Möglichkeit gebracht hatte, rasch wieder aufzubrechen.

Der Chefarzt begleitete Raluca in sein Büro und befahl seiner Sekretärin, einen Kaffee für die geschätzte Genossin zu bereiten. Erst danach ging er, um sich um Irimescu zu kümmern.

Zehn Minuten später kehrte er zurück, und Raluca musste sich seinen Bericht anhören. Sie verließ das Krankenhaus im Eilschritt.

Neben dem Wagen blieb sie stehen und sah auf die Uhr. Es war fast vier. Sie atmete tief durch. Jetzt hatte es keinen Sinn mehr, ins Institut zu fahren. Sie hatte sich verschätzt. Ihr Vorgesetzter würde am nächsten

Morgen eine Erklärung erwarten. Sie fürchtete keine Konsequenzen. Es wurde ihr jedoch wieder bewusst, wie wenig es ihr gelungen war, die Ereignisse zu lenken. Das war ärgerlich. Sie war leichtsinnig gewesen.

Wenigstens hatte sie Ionescu geholfen. Das war gut. Sie stieg in den Wagen. Radu fuhr los.

Irimescu. Laut dem Chefarzt wies er Verletzungen am ganzen Körper auf, die nicht von heute stammten. Seltsam für einen Journalisten, dachte Raluca. Sollte sie ihn doch der Miliz melden? Sie entschied sich dagegen. Sie wollte bei Radu nicht den Eindruck erwecken, sie hätten einem Kriminellen geholfen. Außerdem machte Irimescu eine schwere Zeit durch, der arme Teufel. Wenn er – was immer er verbrochen hatte – zuerst medizinische Hilfe erhielt, dann war das in Ordnung. Wir sind doch alle Menschen. Die Miliz würde ihn schon finden.

Sie warf einen Blick auf den Rücksitz. Sie wies Radu an, ihn zu reinigen, sobald sie ankämen.

Irimescu war ein seltsamer, seltener Name. Einfach zu finden, falls sie seine Identität prüfen wollte. Ein Anruf bei der *Stimme des Sozialismus* würde genügen – für sie. Gab es dort keinen, der so hieß, konnte sie die Sache getrost vergessen. Dann hatte sie einfach einem armen Kerl die Haut gerettet.

TEIL III

JULI 1980 – MAI 1982

25. WEISSES LICHT

BUKAREST, JULI 1980 Die Geschehnisse des Vortags ließen Raluca keine Ruhe. In Irimescus Geschichte passte vieles nicht zusammen. Aber sie war auch nicht überzeugt, dass er log. Vielleicht gab es für alle Unstimmigkeiten vernünftige Erklärungen. Hatte er womöglich für die Miliz verdeckt ermittelt, als Streuner verkleidet, um den Diebstahl zu klären? Dann war er nicht zwielichtig, sondern ein sehr mutiger Mann.

Diese Fragen beschäftigten sie so sehr, dass sie sich am Zeichentisch nicht auf ihr Projekt konzentrieren konnte. Sie sah auf ihre Zeichnung, die Seitenansicht eines mehrstöckigen Wohnhauses. Ihr gefielen die messerscharfen Linien, die Regelmäßigkeit der Formen. Um sie herum das Raumschiff. Die Arbeit gab ihr sonst Kraft und Zuversicht. Aber heute reichte das nicht …

So konnte es nicht weitergehen. Es gab nur eine Lösung: mehr über Irimescu herauszufinden und diesen Abschnitt abzuschließen. Am einfachsten ging das, wenn sie ihn im Krankenhaus befragte, solange er noch dort war.

Sie verließ das Institut eine halbe Stunde vor Dienstschluss und fuhr mit einem Taxi ins Colțea-Krankenhaus. Als sie dort ankam, traf sie am Empfang auf dieselbe Angestellte wie am Vortag. Raluca durfte den Personalaufzug benutzen und stand Minuten später im richtigen Zimmer.

«Lange bleiben Sie also nicht mehr hier», sagte sie, ohne den verdutzten Irimescu zu begrüßen. Sie erkannte ihn nur knapp wieder. Er sah nun mehr wie ein Bukarester im Pyjama aus und weniger wie jemand aus einem Film über mittelalterliche Bauernaufstände. Ein paar Blümchen standen auf seinem Nachttisch in einem Joghurtglas.

Nachdem er sich von der ersten Überraschung erholt hatte, schlug Irimescu vor, dass sie zum Reden auf den Korridor gingen. Mit seinen Verletzungen fand sie das zuerst keine gute Idee. Sie war jedoch nicht da, um den Mann zu bemuttern, sondern um ihn zu befragen.

Er humpelte aus dem Raum, gestützt auf ihre Schulter. Sie war überrascht, wie leicht er war, trotz seiner Körperlänge. Raluca war einen Meter sechzig groß, und sie reichte ihm nicht ganz bis zur Schulter. Er fällt wohl etwas auf, dachte sie, im allgemeinen Straßenbild sozusagen.

Als sie draußen waren, wusste Raluca nicht so recht, wie sie anfangen sollte. «Es freut mich, dass es Ihnen bessergeht. Jetzt sehen Sie nicht mehr wie ein Streuner aus. Wohin werden Sie nachher gehen? Wo wohnen Sie?»

Irimescus Gesicht verfinsterte sich, und er schaute ihr kurz in die Augen, dann fixierte er einen Punkt auf dem Boden, als ob er angestrengt etwas berechnete. Auf einmal sagte er: «Schauen Sie. Man schreibt Artikel nicht, indem man an einem Tisch sitzt und etwas erfindet oder eine Nachricht von *Rompress* ausschmückt. Das gibt es auch, aber es ist nicht die Regel. Journalismus ist etwas anderes. Man muss bei den Leuten sein. Man muss sich mitten in den Fluss des Lebens stellen.»

Raluca nickte überrascht. Sie verstand nicht, worauf er hinauswollte, und war nicht gewohnt, dass man ihre Fragen überhörte. Sie ließ ihn aber fortfahren.

«Ich sah mir das Treiben bei Ihnen auf der Baustelle an. Ich beobachte alles sehr genau, wenn ich durch die Stadt gehe. Nennen wir's professionelle Neugier. Die Arbeiter stritten heftig, und ich verstand nicht, warum. Jetzt weiß ich mehr, Sie waren da, es ging um Diebstahl, die Arbeiter waren außer sich. Aber damals wusste ich all das nicht. Ich sah das offene Tor, auf der Straße war niemand. Es war heiß, es war Mittag, ich hatte enormen Durst und war erschöpft.»

«Ich verstehe nicht ganz», sagte Raluca trocken. «Warum haben Sie nicht Ihren Presseausweis gezeigt, als Sie die Arbeiter angesprochen haben? Stimmt es, was dieser Chiţu behauptet hat? Waren Sie schon mal in der Nähe der Baustelle?»

Irimescus Lächeln kam ihr irgendwie nachsichtig vor.

«Genossin Stancu, ich merke, dass ich Ihnen die Situation nicht richtig erklärt habe. Das ist nicht ganz einfach für mich. Es gibt eine Vorgeschichte. Man hat mir verboten, sie zu erzählen. Ihnen jedoch bin ich nach dem gestrigen Tag einiges schuldig, zumindest die Wahrheit. Ich werde Ihnen also etwas sagen, aber es muss unbedingt unter uns bleiben. Kommen Sie näher.»

Was war denn das?, dachte Raluca gereizt. Diese theatralische Geheimnistuerei. Hatte sie einen drittklassigen Charmeur gerettet? Sie sah Irimescu warnend an.

Das schien ihn nicht zu stören. Er schaute vielsagend links und rechts den Korridor hinunter. Dann beugte er sich vorsichtig zu ihr und flüsterte: «Wie gesagt: Was ich Ihnen nun erzähle, bringt mich und sogar Sie in Gefahr. Aber Sie sind bestimmt etwas Hohes in der Partei, vielleicht sogar im ZK. Ich nehme an, Sie sind geschützt. Oder vielleicht sind Sie sogar von der Securitate? *Die* … haben mich eine Woche lang … gefangen gehalten. Ich bin gestern freigekommen.»

Raluca erstarrte. Er hatte Securitate gesagt. Das war etwas anderes. Ihr Herz pochte. Sie hätte es lieber gehabt, wenn Irimescu ihr gestanden hätte, er sei der Dieb, sogar der Kopf einer Einbrecherbande. Das hier war eine üblere Sache. Sie war zwar als Ilies Frau vor spontanen Aktionen der Securitate geschützt. Sie gehörte ja zu denen, für deren Schutz die Securitate überhaupt aufgebaut worden war. Aber wenn sie eins und eins zusammenzählte, dann hatte sie einen Staatsfeind ins Krankenhaus gebracht. In aller Öffentlichkeit und erst noch mit Ilies Auto! Nun stand sie diesem Mann gegenüber, wieder für alle sichtbar, und unterhielt sich mit ihm im Flüsterton.

Sie hätte sich auf der Stelle verabschieden müssen. Aber sie blieb.

Wer war dieser Mann? Der mutmaßliche Volksfeind sah sie an und wartete.

Raluca erwiderte seinen Blick eine Weile, dann fragte sie: «Sie hatten großen Durst, Sie waren unvorsichtig, ich verstehe. Aber wie haben Sie es geschafft, von den Arbeitern so zugerichtet zu werden?»

«Das weiß ich auch nicht. Ich ging auf sie zu und fragte nach Wasser. Sie packten mich, zerrten mich in einen Keller und … Sie wissen schon.»

Raluca strich sich mit der Hand übers Haar. Wieso war sie eigentlich noch da? Was wollte sie noch von ihm? Es war gefährlich oder zumindest unklug, dieses Gespräch fortzuführen. «Sie werden Anzeige erstatten, richtig? Gegen Chiţu.»

«Ich weiß es noch nicht», murmelte Irimescu. «Jetzt will ich nur nach Hause und ein paar Tage Ruhe haben. Aber was werden Sie unternehmen? Die Miliz wird Sie wohl fragen, wen Sie so eilig weggebracht haben.»

«Was meinen Sie mit ‹unternehmen›?», fragte Raluca. «Glauben Sie, dass ich Sie anzeige? Ich habe Besseres zu tun. Sie haben sich ja nichts vorzuwerfen … zumindest, was die Baustelle betrifft. Aber falls mich die Miliz aufsucht und fragt, dann werde ich natürlich nicht lügen.»

Irimescu schwieg.

Raluca schaute den Korridor entlang. Die Fenster waren weiß gestrichen. Sie verteilten das starke Licht der Sommersonne, tauchten alles in eine gleichmäßige Helligkeit. Wände und Menschen wirkten unwirklich, wie aus einem Traum.

Irimescu sah sie mit seinen hellen, etwas traurigen Augen aufmerksam an. Seine hagere Gestalt wirkte zerbrechlich.

«Ich hatte Glück», fuhr er mit einem freundlichen Lächeln fort, «dass Sie eingegriffen haben. Leute wie Sie sind in dieser Stadt selten geworden.»

«Schon gut», sagte Raluca. «Es schien mir in dem Moment das Naheliegende.»

«Ach, lassen Sie die Bescheidenheit. Ohne Sie wäre ich vielleicht tot.» Er blickte nachdenklich zu Boden.

«Oder gar nicht verprügelt», wandte sie ein. «Vielleicht war das als Botschaft für mich gedacht. Ein Versuch, proletarische Wachsamkeit zu demonstrieren. Wer weiß?» Raluca lächelte flüchtig. «Ich verstehe die Logik der Leute nicht, die Sie überfallen haben. Das funktioniert vielleicht bei denen auf dem Land so, wenn sie dem Dorftrottel etwas in die Schuhe schieben wollen. Aber hier?»

«Vielleicht war es einfach nur ein sehr dummer Plan. Ich kann mir vorstellen, dass sie in Eile waren und ihnen nichts Besseres einfiel.»

Er sah sie wieder aufmerksam an, sie fühlte sich regelrecht studiert, als sei sie ein rätselhafter Mechanismus. Plötzlich verstand sie: Sie gefiel Irimescu. Sie täuschte sich nur selten in diesen Sachen. Mädchen, dachte sie, jetzt musst du aber gehen. Was willst du noch wissen? Du kannst ihn doch nicht direkt fragen, ob er ein Staatsfeind ist.

«Die Verletzungen an Ihrer Hand und Ihren Rippen», sagte sie, «stammen nicht von der Baustelle. Ich habe mit dem Arzt gesprochen. Sie sind älter. Ich nehme an, sie stammen von …», sie blickte den Korridor hinab, aber es befand sich niemand in der Nähe, «von dort, wo Sie vorher waren? Wie kam es eigentlich dazu? Haben Sie etwas angestellt? Haben Sie etwas Schlechtes über die Partei geschrieben?»

Irimescu überlegte ziemlich lang, wie Raluca vorkam, er schien etwas abzuwägen. Dann sah er sie an und sagte: «Es ist eine Geschichte, die ich dir gerne erzählen will, Raluca, aber nicht hier. Du bist ein feiner Mensch, und ich danke dir dafür, dass du mich hierhergebracht hast. Es ist das erste Mal seit langem, dass jemand, den ich nicht kenne, dem ich nichts bedeute, gut zu mir war. Gut im Sinn von mitfühlend und großzügig. Verstehst du? Diesen Begriff verwenden wir nicht mehr heutzutage. Ich hatte ihn fast vergessen. Und ich kenne mich aus mit Wörtern, ich arbeite damit. Vieles, woran wir im Alltag leiden, kommt daher, dass wir diese Begriffe aufgegeben haben: Milde, Erbarmen, Güte, Reue, Großmut. Darum duze ich dich jetzt, denn ohne dich wäre ich weder hier, sauber und ärztlich versorgt, noch um diese Erkenntnis reicher. Manchmal sucht man jahrelang nach einer Antwort, aber man macht jedes Mal den gleichen Fehler, weil man nicht versteht, wie alles zusammenhängt. Wird einem aber die Einsicht geschenkt, dann ist das ein großartiger und seltener Augenblick. Solche Geschenke muss man feierlich und dankbar empfangen. Ich duze dich aus dieser Feierlichkeit heraus. Ich wünsche, ich könnte dir etwas zurückgeben, dir so etwas sagen können wie: ‹Wenn du jemals etwas brauchst …› Nur, was sollst du von einem Journalisten schon brauchen. Einen Artikel? Ich weiß nicht, ob wir uns wiedersehen werden. Wir verkehren nicht in denselben Kreisen. Schade. Meine Rede war ziemlich wirr, nicht?»

«Ist … ähm … schon gut», sagte Raluca verwirrt. Dieser Irimescu schaffte es, die Absurdität der Situation noch zu steigern. Wieso erzählte er ihr das alles? Was hatte sie, Raluca, mit der Sehnsucht nach Wörtern zu tun? Seine Dankbarkeit verstand sie, aber was er nachher sagte, weniger. Es klang nach bourgeoiser Romantik, Ilie hätte nie so zu ihr gesprochen, aber es stimmte vielleicht, und jedenfalls fühlte es sich gut an.

«Warum sagen Sie mir das alles?», fragte sie unsicher. «Es stört mich nicht, dass Sie mir ein gutes Herz zuschreiben, aber Sie tönen plötzlich so … philosophisch. Machen Sie sich keine Sorgen, Ihre Verletzungen sind nicht lebensbedrohlich.»

Irimescu nickte ein paarmal und lächelte. «Ich weiß, diese Gedanken sind … ungewöhnlich. Vielleicht kommen sie einem, nachdem man dem Tod in die Augen gesehen hat. Dann vernimmt man die Wirklichkeit genauer. Aber für andere klingt man seltsam.» Irimescu hielt kurz inne.

Raluca wusste nicht, ob sie etwas antworten sollte.

«Ich wollte dich nicht verunsichern», fuhr er fort. «Ich hoffe, wir werden einmal Zeit haben, damit ich dir alles genauer erklären kann. Ich müsste etwas ausholen, und das kann ich hier nicht. Es würde mich freuen, dich wiederzusehen. Dann erkläre ich dir gern auch, warum ich dort war, wo ich war. Du weißt schon.»

Jetzt verkrampfte sich Raluca. Sie wiedersehen? War dieser Mann noch bei Trost? Hatte Ärger mit den Behörden, und was tat er? Versuchte ein Rendezvous mit der Frau eines Parteisekretärs. «Ich weiß nicht», sagte sie und zeigte mit der Hand von sich zu ihm und zurück, «ob ich Sie richtig … oder ob Sie mich richtig …»

Irimescu nickte wieder mehrmals, während er sprach: «Ich weiß, auch das ist sehr ungewöhnlich. Aber du scheinst mir mutig zu sein und eine gute Intuition zu haben. Du hast bestimmt schon gemerkt, dass ich auf dich neugierig bin. Deshalb, weil du anders bist als die meisten Menschen in … deinen Kreisen. Ich habe mit vielen geredet, und ich verstehe nicht, wie du in diese Gruppe passt, wie sie dich überhaupt akzeptieren. Schau, ich muss mich wieder hinlegen. Ich schreibe dir meine Telefonnummer auf. Es verpflichtet dich zu nichts.»

Raluca war unschlüssig. Irimescu ging zu weit, aber sie fand sein Verhalten, so sehr sie auch darauf achtete, nicht unanständig. Eher war es ungeschickt und seltsam. Es musste ihm doch klar sein, dass sie ihn nicht anrufen würde. Anderseits war sie der Idee, ihn wiederzusehen, auch nicht vollkommen abgeneigt.

Irimescu streckte eine Hand aus. Die Bewegung war so überraschend, dass sie schon in ihrer Tasche suchte, bevor ihr bewusst wurde, was sie tat. Sie gab ihm einen Kugelschreiber und ein Stück Papier, das sie mit einer schnellen Bewegung aus ihrem Notizblock riss. Während er schrieb, schob Raluca ihre Verwirrung beiseite. Es war Zeit zu gehen, alles andere konnte warten.

Sie nahm Kugelschreiber und Papier wieder an sich, versorgte beides entschlossen in der Tasche. Dann sagte sie mit einer neutralen Stimme: «Ich werde …» – Sie? Dich? Sollte sie ihn auch duzen? – «… anrufen, um zu schauen, wie es … geht.»

Weiter konnte sie sich im Moment nicht wagen. Sie drehte sich um und ging.

Als sie das Krankenhaus verließ, stand die Sonne bereits so tief, dass ihr Licht sich einen Weg durch die ganze Staubglocke bahnen musste, die über der Stadt lag. Ihre Strahlen legten sich altersmilde und vergilbt auf die Baumkronen und Hauswände. Raluca machte sich gedankenverloren auf den Heimweg. Aus offenen Fenstern und Kneipentüren ertönte die Berichterstattung über die rumänischen Turnerinnen, die an den Olympischen Spielen in Moskau mit den favorisierten Russinnen um die Goldmedaille rangen. «Unsere Mädchen … Hundertstel Noten … heldenhafte Hingabe … augenfällige Überlegenheit.»

‹Unsere Mädchen› waren Raluca egal. Es war nun wirklich Zeit, die Sache mit der Baustelle abzuschließen. Sie hatte getan, was sie konnte. Sie hatte ihr Versprechen gegenüber Mihnea Ionescu gehalten.

Was Irimescu betraf: Wenn er sich so für sie interessierte, wie er behauptete, dann musste er sich halt nach ihr erkundigen, das war schließlich sein Beruf. So viele Raluca Stancus gab es in der Baubranche nicht. Dann würde sie vielleicht seine ganze Geschichte hören wollen.

26. RÜCKKEHR

Einige Tage nach seiner Rückkehr aus dem Krankenhaus rief Stefan in der Redaktion an. Laut Horia war Nicu Dobre nach dem Zwischenfall nicht mehr zur Arbeit erschienen. Sonst hatte sich wenig geändert. Borza hatte Stefans Abwesenheit nicht kommentiert. Die Kollegen hatten sich gehütet, Fragen zu stellen. Stefan versprach vorbeizukommen, sobald sein Knie es zuließ. Sie stellten hilflose Mutmaßungen an, ob er seine Stelle nach dem Zwischenfall würde behalten können, danach wussten beide Männer nicht mehr, was sie sagen sollten.

«Ich mache mir Sorgen, Junge», sagte Horia schließlich. «Du solltest wirklich versuchen, diese Sache zu entschärfen. Zeig ihnen, dass … du kein böser Junge bist, ich weiß nicht, rede mit Borza, er soll dich in die Partei aufnehmen. Du hast dich mit schlimmen Burschen angelegt, Stefan. Ich habe von Leuten gehört, die haben sie beim Übertreten der Grenze oder mit ein wenig Westgeld erwischt. Irgendwann durften diese Leute wieder heim zu Frau und Kind. Aber es waren nicht mehr dieselben. Zum Skelett abgemagert und geistig erloschen. Hör auf mich, Stefan, schließ Frieden mit diesen Typen.» Horia seufzte, was wie ein Vorwurf tönte.

Stefan kannte diese Geschichten. Er dankte und verabschiedete sich. Dann stand er auf und humpelte zur Tür von Ecaterinas Zimmer.

Sie saß in ihrem Sessel beim Fenster und las die Zeitung. Das kleine Radio mühte sich mit einer Opernarie, die Stefan nicht kannte. Ecaterina stand auf und stellte es ab. Mit der Zeitung in der Hand kam sie ins Wohnzimmer.

«Ich fange mal an zu kochen», sagte sie und streckte Stefan die Zeitung entgegen. «Und? Hast du schon mit deinem Chef gesprochen?»

«Noch nicht. Erst mit Horia. Damit ich vorbereitet bin, wenn ich Borza anrufe.»

«Das ist gut so. Es ist wichtig zu zeigen, dass du wieder da bist und dir an der Stelle etwas liegt. Dann wird auch dein Chef sich eher für dich einsetzen.»

Stefan antwortete nicht. Er hatte die vielen Ratschläge langsam satt. Ecaterina und Horia behandelten ihn wie ein Kind. Er war doch kein Trottel! Er war ein Opfer! Niemand sprach ihn darauf an, niemand fragte ihn, ob er wütend war, ob er von Rache träumte. Er fühlte sich alleingelassen.

Eine Woche später ging er wieder zur Arbeit. Auf dem Weg ins Büro wurde er immer unruhiger. Wie würden ihn seine Kollegen empfangen?

Als er die Redaktion betrat, hörten, wie er befürchtet hatte, die Gespräche auf. Alle Blicke richteten sich auf ihn. Sie wirkten ängstlich. Er bemühte sich, möglichst unverfänglich aufzutreten. Ängstlichkeit und Feindseligkeit liegen manchmal nahe beieinander.

Der Chefredakteur saß an seinem Schreibtisch. Er sah Stefan einen Augenblick schweigend an. Sein Gesicht wirkte wütend und besorgt. Er schlug einen Ordner auf, sah schließlich wieder zu Stefan hoch. Er wies mit dem Kinn zum Besucherstuhl. Er betrachtete das erste Blatt in seinem Ordner, seufzte tief und nickte ein paarmal.

«Guten Morgen, Chef», sagte Stefan leise, nachdem er sich gesetzt hatte. «Seien Sie ehrlich und direkt. Wie sieht's aus?»

«Ehrlich und direkt gefällt mir. So sieht es aus: Du machst deine Selbstkritik, oder du reichst deine Kündigung ein. Tut mir leid, Junge.» Borza hob kurz die Schultern, als ob jemand anderes gesprochen hätte und er selbst nicht anders könnte, als sich damit abzufinden.

Stefan sah auf seine Knie und nickte.

«Du bist ein guter Journalist», sagte Borza. «Aber du verprügelst Staatsbeamte in meiner Redaktion, da habe ich kein Verständnis mehr. Du hattest nicht genug Probleme, was?»

«Ich weiß», fing Stefan an. «Ich konnte nicht anders. Er hat mir … eine Quelle umgebracht. Diesen Alten in Ferentari. Nur um es mir zu zeigen. Ich bin sicher, Dobre war's. Nur weil er mich seit der Bobu-Sache hasst, du erinnerst dich. Er hat sicher Leute geschickt, um den Alten umzubringen. Wer tut so was?»

Borza hob eine Augenbraue. Stefan verstand. Er konnte diesbezüglich nicht mit Borzas Verständnis rechnen. Das überraschte ihn nicht.

«Stefan, ich bin nicht dein Klassenlehrer. Mit der Selbstkritik – das Angebot steht noch, du darfst von Glück reden – kannst du versuchen, deine Lage etwas zu verbessern. Mein Bekannter würde sich vielleicht dafür einsetzen, dass man dir auch wegen Dobre verzeiht, fürs Erste. Weigerst du dich, muss ich dich entlassen.»

Stefan nickte. Was Borza sagte, lag sogar am günstigeren Ende seiner Erwartungen. Die Situation war heute eine andere als vor vier Wochen: Die Selbstkritik erschien ihm nicht mehr als ein absurder, willkürlicher Angriff auf seine persönliche Würde, den er mit etwas Mut von sich weisen konnte. Er war inzwischen tief gesunken. Er kam als verzweifelter Bittsteller zu Borza. Die Selbstkritik war heute ein kleiner Preis dafür, dass er seine Stellung in der Redaktion zurückbekam.

«Ich werde an dieser Selbstkritiksitzung teilnehmen», sagte Stefan entschlossen. «Je schneller ich sie hinter mich bringe, desto besser. Wie läuft so was? Was muss ich tun?»

Borza erklärte ihm das Verfahren. Er würde mit seinen Kontakten reden und den Anlass organisieren. Dann schickte er ihn an die Arbeit. Das Leben ging weiter.

Der träge, drückend heiße Sommer schritt langsam voran. Der Nationalfeiertag am 23. August verursachte wie immer mehr Arbeit. Die Zeitung hatte zwei Tage lang mehr Seiten als sonst, sämtliche Reden des Generalsekretärs wurden abgedruckt, führende Vertreter aus Kultur und Sport lobten die Partei, das Proletariat, den Generalsekretär, seine Frau, die Staats- und Parteiführung. Für Stefan gab es in dieser Zeit wenig Kreatives zu tun.

Mitte September fuhr Ecaterina für einige Wochen zu ihrer Schwester in den Norden des Landes. Stefan begleitete sie zum Nordbahnhof.

Zurück in der Wohnung, machte er das Licht an. In allen Ecken lag Einsamkeit. War sie immer schon da gewesen? Sie wurde ihm jedenfalls erst jetzt bewusst. Er rief Horia an. Horia nahm nicht ab. Sonst kannte er niemanden, mit dem er reden wollte.

Außer Raluca, natürlich. Sie würde ihn verstehen. Sie war vielleicht der einzige Mensch, der alles verstehen würde. Sie wäre nach dem Mord an Sălăjan auch ausgerastet. Sie war wie er, wach und ein wenig eigensinnig.

Er dachte zurück an das letzte Mal, als er sie gesehen hatte. Selbstbewusst wie eine Königin, ihre Haare pechschwarz in der weißen Welt des

Krankenhauses. Inmitten der bleichen Gesichter der Patienten und des gelangweilten Personals hatte sie eine dunkle Lebendigkeit ausgestrahlt, der nichts widerstehen konnte.

Sie gehörte zwar zur Parteispitze, das hatte er sich inzwischen in der Redaktion bestätigen lassen. Ihr Mann, Ilie Stancu, Parteisekretär im Bezirk Ilfov, war Horia und Ileana Robu ein Begriff. Raluca war also Teil einer Schicht von verlogenen Schmarotzern, die zu bedienen ihn anekelte. Aber das machte ihr Verhalten für ihn noch wundersamer.

Er musste bald herausfinden, wo sie arbeitete. Die von ihrem mächtigen Mann ausgehende Gefahr war ihm bewusst, er sah aber keinen Bezug zu sich, zu seinen Gefühlen. Er wollte sie sehen, sie besser kennenlernen, später vielleicht mehr. Das würde sich von selbst ergeben. Er war im Recht, darum würde alles gut werden. Daran hegte er keinen Zweifel.

27. WO BLEIBT DIE MUSIK?

BUKAREST, OKTOBER 1980   Vier Wochen später – drei Monate nach dem Zwischenfall auf der Baustelle – stieg Raluca an einem Samstagabend zu Ilie in den alten Wolga. Ilie trug zu seinem dunkelgrauen Anzug eine blaue Krawatte, die zu ihrem Abendkleid passte. Sie hatte ihre teuersten Ohrringe ausgewählt. Von Ilie wehte ein Hauch ungarischen Kölnischwassers zu ihr.

Eigentlich hätten sie den Wagen nicht gebraucht. Der Stadtteil Primăverii war keinen Kilometer von ihrer Wohnung entfernt. In Primăverii wohnte der innere Kreis der Macht: der Ceaușescu-Clan und die mit ihm befreundeten Familien, die höheren Genossen aus dem Exekutiven Politbüro des ZK. Hier, wenn auch am Rand, wohnte auch der frischgebackene Bürgermeister Bukarests, Vasile Găinușă. Seinem Rang nach gehörte er zwar nicht hierher. Man machte jedoch eine Ausnahme für den Verwalter der Hauptstadt, dem Zentrum aller Macht.

Vasile Găinușă feierte seinen fünfzigsten Geburtstag. Raluca kannte den Mann nicht, aber sie freute sich auf das Fest. Sie hatte die Sinaia-Episode innerlich abgelegt. Offenbar machte Ilie einfach eine schwierige Phase durch. Das gibt es im Lauf einer Ehe. Das Leben ändert sich, man passt sich an, man sucht seinen Platz. Sie selbst hatte Mihnea Ionescu geholfen, Irimescu gerettet – sie war durchaus imstande, das Leben anderer zu beeinflussen.

Dieser Abend war die perfekte Gelegenheit, neue Kontakte zu Ilies Welt zu knüpfen. Sicher, sie fühlte sich unter höheren Parteikadern nicht so entspannt wie mit ihren Kollegen im Institut. Aber es war ja auch nicht nötig, mit allen Gästen enge Freundschaft zu schließen. Es würde reichen, wenn sie drei, vier von Ilies näheren Vertrauten kennenlernte. Ein guter Anfang, um wieder seine engste Beraterin und Stütze zu werden.

Sie stiegen am Eingangstor aus und näherten sich dem stattlichen Bau durch einen gepflegten Vorgarten. Das Innere der Villa war spartanisch eingerichtet. Offenbar hielt der Gastgeber es für weise, das stolze Äußere durch proletarische Genügsamkeit abzumildern.

Găinușă und seine Frau begrüßten Raluca und Ilie mit bodenständiger Fröhlichkeit, aber knapp, wie es dem für Primăverii-Verhältnisse bescheidenen Rang der Stancus entsprach. Aus einem Nebenraum tönte volkstümlich angehauchte Tanzmusik. Das Haus war bereits voller Gäste. Raluca erkannte niemanden. Ilie hielt immer wieder bei einem Grüppchen an, spielte freudige Überraschung, erkundigte sich nach Details, die ihn als Vertrauten auszeichneten, streute Komplimente, stellte seine Frau vor. Die Reaktionen auf die Erwähnung ihrer beruflichen Tätigkeit reichten von mildem Desinteresse bis zu knapp versteckter Verachtung. Raluca nahm es hin. Hier war jeder mindestens Sekretär eines größeren Betriebs.

Ilie war in seinem Element. Raluca bemühte sich eine Weile redlich. Aber bald ermüdeten sie der eigentümliche Humor der Gäste und die Anspielungen, die sie nicht verstand. Alle anderen hatten gemeinsame Bekannte, waren bei Ereignissen dabei gewesen, von denen sie nichts wusste. Sie versuchte sich zu merken, was sie nicht verstand, um Ilie später danach zu fragen.

Das Fest zog sich in die Länge. Nach dem üppigen Essen verschwand Ilie mit einem Bekannten in den Garten. Raluca blieb mit drei anderen Frauen an einem kleinen Tisch. Als sich diese Gruppe später auflöste, sah Raluca sich um. Es war kurz vor Mitternacht. Ein Großteil der Gäste war bereits gegangen. Sie machte sich auf die Suche nach Ilie.

Sie fand ihn in dem zum Tanzsaal umfunktionierten Wohnzimmer. Eine Band aus älteren Musikern in schwarzen Anzügen spielte gerade einen sehr langsamen Walzer. Nur noch ein Paar tanzte. Ilie saß in einem Sessel und hörte einem Mann zu. Um diesen versammelt sah Raluca die Gastgeber, eine jüngere, blonde Frau in einem kurzen dunkelroten Kleid und einige Männer, die sie nicht kannte. Sie näherte sich der Gruppe. Ilie sah sie, lächelte und machte ihr ein Zeichen. Sie verstand es zuerst nicht.

«Komm, setz dich doch!», rief Ilie. Sie sah keinen freien Stuhl. Er zeigte auf seine Knie und grinste übers ganze Gesicht. Sie war zuletzt vor vielleicht zehn Jahren auf seinen Knien gesessen, und da waren sie allein

175

gewesen. Selbst das blonde Mädchen saß neben dem redenden Mann auf einem eigenen Stuhl. Ilies Einladung war ein ungewöhnlicher Scherz, aber Raluca machte sich nichts daraus. Sie schickte ihm ein «Das hättest du wohl gern, du Schelm»-Lächeln zu, schüttelte den Kopf und setzte sich halb auf die Armlehne seines Sessels.

Ilie warf ihr einen beleidigten Blick zu.

Hatte er seine Einladung etwa ernst gemeint? Sie ignorierte ihn.

Der Mann erzählte weiter von einer Begegnung mit in Paris lebenden Rumänen. Sein Thema war die vollkommene Lächerlichkeit dieser Leute. Das wunderte Raluca nicht. Paris galt in Führungskreisen als Hochburg der aus dem Land geflüchteten Volksverräter und Regimegegner.

Sie hatte diesen Mann doch schon einmal gesehen … Genau: am Fest zur Geburt Florins. Er hieß Lungu. Er war damals später gekommen als die anderen Gäste. Ilie hatte ihn wie einen Bruder umarmt. Ilies Verwandte hatten ihn aber ängstlich angesehen. Wenn selbst Leute wie Tudor oder Onkel Gheorghe ihn fürchteten, dann gehörte Lungu entweder zur engsten Securitate-Spitze oder zur internen Parteiaufsicht, zur *comisia de cadre* des KP. Sie betrachtete ihn nun aufmerksam: dünn, die Glatze von schwarzen Haaren umringt, schwarzer Schnurrbart, ein dunkler, fast gelblicher Teint. Sein Gesicht war zu einem Lächeln gefroren, das irgendwie schüchtern wirkte, als ob er überrascht und froh sei, dass ihm überhaupt jemand zuhörte. Raluca war dieser Lungu auf Anhieb nicht geheuer. Es war genau die Art Mann, dem Ilie in seinem blinden Ehrgeiz alles glauben würde.

«Mitică Lungu», sagte Ilie und zeigte auf den hageren Mann, «einer meiner besten Freunde, praktisch ein Bruder. Nicht, Mitică? Du bist mein Bruder.» Ilie stand auf, ging zu Lungu und gab ihm einen dicken Kuss auf die Wange.

Das war kindisch und unpassend, fand Raluca. Verärgert versuchte sie abzuschätzen, wie angetrunken er war. Die andere Erklärung lautete, dass Ilie sich wie in der Dorfkneipe in Albeni fühlte.

Lungu sah Ilie, dann Raluca an. Er fixierte sie mit dem kalten Blick eines Reptils. Er begrüßte sie nicht, er zeigte weder Neugier noch Bewunderung, er teilte ihr nichts mit, er starrte sie nur an. Wie um von

Anfang an seine Macht zu behaupten. Dann schenkte er Ilie aus einer Flasche ein, die er in der Hand gehalten hatte, stieß ihn sanft zurück in seinen Sessel und erzählte unbeirrt dort weiter, wo er stehengeblieben war.

Die Geschichte war endlos, die Zuhörer lachten ein wenig künstlich, nur Ilie war ehrlich entzückt. Raluca hörte nur halb zu. Die rumänische Gemeinde in Paris war ihr vollkommen egal. Weitere Gäste verabschiedeten sich, die Musikanten packten ihre Instrumente zusammen. Raluca sah auf ihre Uhr: zehn Minuten nach eins.

«Was ist denn *das* hier?», rief plötzlich eine männliche Stimme hinter Raluca. «Soll das ein Fest sein, ihr Schlafmützen?»

Der Ruf war so laut, dass sie zusammenzuckte. Sie stand reflexartig auf und drehte sich um. Ein schlanker mittelgroßer Mann, Anfang bis Mitte zwanzig, taumelte ins Wohnzimmer. Er war auffallend modisch gekleidet und trug Koteletten. Er stützte sich auf eine junge, sehr hübsche schwarzhaarige Frau in einem weißen Kleidchen, die in ihren hohen Schuhen auch nicht viel trittsicherer wirkte als er.

«Ihr Leichen! Wo ist die Musik, *mǎ*? Was ist das für ein Wichserfest ohne Musik!», bellte der Mann weiter. Raluca schaute fragend zu Ilie. Zu ihrer Überraschung sah sie ihn verlegen und bestürzt auf den neuen Gast starren. Er wusste offenbar, wer der Mann war. Die Gastgeber waren bleich und wie erstarrt. Jemand, der es sich leisten konnte, sie in ihrem Heim zu beschimpfen, war erschienen, und sie konnten ihn nicht wegschicken.

«Welch eine Überraschung, Gavrilǎ, mein Lieber!», rief Lungu und stand auf. Raluca dämmerte es. Es gab wohl nur einen Gavrilǎ, der nach einem solchen Auftritt den finsteren Lungu nicht fürchten musste. Der junge Mann musste der Neffe des Generalsekretärs sein, von diesem wie ein Lieblingssohn geschätzt. Hinter vorgehaltener Hand wurde er sogar als künftiger Nachfolger gehandelt. Gavrilǎ Ceaușescu war aber kein gewöhnliches Mitglied der allmächtigen Familie. Rund um seine Exzesse, seine Aggressivität gab es seit Jahren finstere Gerüchte. Die Liste seiner Übertretungen der proletarischen Moral war lang: ausschweifende Gelage, Schlägereien, Vergewaltigungen, und wer sich ihm entgegenstellte, so hieß es, der hatte sich erst recht Ärger eingebrockt.

Nun stand dieser Mann im Raum, sturzbetrunken und, wie es aussah, mit einer bösen Wut im Bauch. Das war nicht gut. Raluca sah Ilie an, sie musste ihn unbedingt dazu bringen, sofort aufzubrechen. Die Lage war gefährlich. Jedes Zögern konnte böse Folgen haben. Ilie saß mit blankem Gesicht und halboffenem Mund da und starrte Lungu und Ceauşescu an. Wie konnte sie ihn in Bewegung setzen? Raluca fand etwas Halt in der Feststellung, dass sie die zweitälteste Frau im Raum und unauffällig gekleidet war.

Lungu umarmte Gavrilă Ceauşescu. Hinter dessen Rücken machte er in Richtung von Găinuşă mit der Hand eine drehende Bewegung. Găinuşă nickte und verschwand.

«Gavrilă, wie gut, dass du vorbeischaust», sagte Lungu strahlend. «Aber was ist denn los, ich sehe, du hast noch kein Glas.» Lungu drehte sich mit gespielter Empörung um: «Gebt doch dem Mann etwas zu trinken, ihr Armseligen, denn er hat einen langen Weg hinter sich!»

Geschickt lotste er Ceauşescu zu einem Sessel, in dem dieser versank und wie vom Blitz getroffen vor sich hin starrte. Seine Begleiterin ließ sich vor seinen Füßen auf den Boden fallen und streifte die Schuhe ab. Dann lehnte sie mit einem tiefen Seufzer den Kopf an seine Knie.

Gerade als Raluca Ilie ansprechen wollte, stand dieser auf und näherte sich Lungu. Zusammen zogen sie sich in eine Ecke zurück. Raluca wollte nicht allein in der Nähe der neuen Gäste bleiben und folgte ihnen. Sie hörte, wie Ilie leise auf Lungu einredete.

«Was nun, Mitică?»

«Bleib ruhig, es ist gut», raunte Lungu.

«Mitică, was soll gut sein, Bruder?», flüsterte Ilie ängstlich. «Er will Musik! Woher Musik? Der *taraf*, die Musikantengruppe, ist schon abgezogen, fertig, wir wollten auch gerade gehen …»

«Halt die Klappe! Wenn ich doch sage, es ist gut!»

Dann drehte sich Lungu zu zwei von Găinuşăs Angestellten, die die Szene besorgt betrachteten und auf Befehle warteten. «*Băi*, geht die Musikanlage holen», rief er, «aber zack-zack, in fünf Minuten haben wir Musik!» Dann wieder zu Ilie, leise: «Was soll das heißen, du gehst?»

«Komm, es ist spät, wir haben ein kleines Kind zu Hause …»

«Bist du auf den Kopf gefallen, Ilie?», knurrte Lungu. Ralucas Herz schlug schneller. Das war ein anderer, bedrohlicher Lungu. «Wie wird das aussehen, wenn du plötzlich gehst, kaum ist er gekommen? Kleinkinder sind dein Problem jetzt? Bleib ruhig, ich kümmere mich ja. Alles ist gut!»

Ilie, keineswegs beruhigt, schaute zu Raluca und brachte, nur mit den Augenbrauen, seine Ohnmacht zum Ausdruck.

«Olga, sorge dafür, dass mehr Flaschen kommen», befahl Lungu der blonden Frau und wies auf die halbleere Whiskyflasche in seiner Hand. Dann nahm er von einem Nebentisch zwei saubere Gläser, schenkte ein und näherte sich dem halb dösenden Paar. In diesem Augenblick eilte Găinușă mit seinen zwei Angestellten ins Wohnzimmer. Zu dritt schleppten sie einen Plattenspieler und zwei Lautsprecher herein. Găinușă kam schwitzend und strahlend auf Lungu zu, während seine Männer die Anlage aufstellten.

Lungu war jedoch beschäftigt. Langsam bückte er sich über Ceaușescu und seine Begleiterin und verkündete schüchtern lächelnd: «Für die besten Freunde nur der allerbeste Whisky!»

Beide starrten ihn verwirrt an. Sie hatten offenbar vergessen, wo sie waren.

Lungu tat plötzlich überrascht. «Mimi, welche *Freude*!», sagte er langsam zur schwarzhaarigen Frau. «Ich hab dich vorhin gar nicht erkannt! Das ist aber eine *aus*gezeichnete Idee, heute einen besonderen Freund mitzubringen!»

Die junge Frau schien Lungu nun ebenfalls zu erkennen. Raluca glaubte, etwas in ihren Augen zu sehen, flüchtig, etwas wie Schrecken. Dann fing sich Mimi wieder, nahm das Whiskyglas entgegen und lächelte ihn müde an.

Dieser drehte sein naives Lächeln zu Ceaușescu. «Gavrilă, komm, lass uns feiern. Lass uns mal richtig gründlich feiern, wie man bei uns feiert!»

Ceaușescu trank den Whisky in einem Schluck. Olga kam mit vier Flaschen herein. Sie sah müde und abwesend aus. Wie zu ihren Ehren dröhnte nun die Stimme von Elvis aus den Lautsprechern: Hound dog. Olga zeigte Lungu die Flaschen. Dieser nickte. Sie stellte sie auf den Tisch.

Raluca stellte sich vor, eine Handvoll Studenten würde es wagen, nachts laut amerikanische Musik zu spielen und sich mit westlichem Schnaps zu betrinken. Umgehend würden sie alle den Studienplatz verlieren und hätten eine Anklage wegen reaktionären Gebarens und Rowdytums zu befürchten. Natürlich hätten sie gar keinen Whisky kaufen können.

Zu ihrer Überraschung gelang es Ceauşescu, aus dem Sessel aufzustehen.

«Kommt, ihr Elenden, tanzen», lallte er lauthals. «Kommt, Mädchen, was sitzt ihr rum? Faule Säcke seid ihr alle!»

Das war gar nicht gut. Raluca spürte, in welche Richtung das jetzt ging. Es gab keinen Ausweg, weder für sie noch für die Gastgeber. Deren Zuhause war soeben von Gavrilă zum Schauplatz beliebiger Ausschweifungen degradiert worden.

Mimi arbeitete sich ebenfalls auf ihre langen Beine hoch, merkte dann, dass sie barfuß war, und bückte sich, um die Schuhe anzuziehen. Ceauşescu knallte ihr die Hand auf den Hintern und gab eine Art Wolfsgeheul von sich.

Mimi stolperte. «Was soll das, du Bl…», fing sie an, fasste sich aber sofort.

Ceauşescu merkte es nicht mal. «Wieso ziehst du die Schuhe an, he?», sagte er. «Hab ich dir gesagt, du sollst deine beschissenen Schuhe anziehen? Steig auf den Tisch dort. Tanz auf dem Tisch. Kommt, Mädeeeeeels! Was ist denn das für ein Fest ohne Mädchen, die auf dem Tisch tanzen? Ja-haaa. Was ist das hier, Altersheim oder was? Hopp, auch du da», rief er zu Olga.

Olga warf einen kurzen Blick zu Lungu, dieser nickte kurz. Sie streifte die Schuhe ab.

Das Ehepaar Găinuşă blickte erschrocken auf das Geschehen, wie auf das hereinbrechende Ende der Menschheit. In ihrer wie in Ralucas Welt tanzten junge Frauen nicht auf Tischen, und niemand klatschte ihnen auf den Hintern.

Lungu schenkte Ceauşescu nochmals ein und prostete ihm zu. Raluca verstand in der dröhnenden Musik nicht, was sie redeten. Es schien ihr, dass Lungu den jungen Ceauşescu wieder sanft in einen Sessel drücken wollte. Sie verabscheute zwar Lungu. Sie konnte aber nicht umhin, die Gelassenheit und das teuflische Geschick dieses Mannes zu bewundern. Es war fast zwei Uhr nachts, sie waren in einem fremden Haus, und Ceaușescu konnte sie alle jederzeit aus einer Laune heraus ins schlimmste Gefängnis des Landes stecken. Und doch machte Lungu alles richtig. Er hatte hinter seinem irritierenden Lächeln offenbar einen Plan und setzte ihn besonnen um.

Ilie kam auf Raluca zu.

«Ilie, gehen wir. Es ist zwei Uhr», flüsterte Raluca.

«Geht nicht», sagte Ilie.

«Wegen Lungu? Ilie, wir sind nicht Gastgeber, wir sind Gäste. Wir gehen und fertig. Wo ist das Problem?»

«Beruhige dich. Man geht nicht so. Komm, tanzen wir.»

Raluca war sprachlos. Lungu mochte zwar Ilies Mentor sein, aber sie, Raluca, war seine Frau. Wie konnte Ilie ihre dringliche Bitte zu gehen einfach ausschlagen? Gab es einen geheimen Grund, sie hier festzuhalten? Wusste Ilie etwas, was er ihr nicht sagen wollte?

Sie fingen an zu tanzen, Ilie drehte sich mit dem Rücken zu Ceaușescu und hielt sie hinter seinem massigen Körper versteckt. Versuchte er, sie so zu beschützen? Das kam Raluca hilflos und lächerlich vor. Sie war mitgekommen, um ihm heute Abend zur Seite zu stehen, aber jetzt hatte sie genug.

«Ich gehe», sagte Raluca. «Ich kann nicht mehr. Du kannst bleiben. Wo ist Radu, in der Küche?»

«Sei kein Huhn», knurrte Ilie. «Hast du nicht zugehört? Ich habe gesagt, wir bleiben. Wir lassen Freunde nicht im Stich. Wir müssen jetzt vorsichtig sein.»

Dieser Ton! Raluca stand kurz davor, ihn anzuschreien und hinauszulaufen. Aber sie sah sich um, sah die Gastgeber, ihre Angestellten, Olga und Mimi. Alle spielten schweigend und mit angespannter Miene die Rolle, die ihnen plötzlich zugefallen war. Nur Lungu und Ceaușescu schienen das Ganze noch für ein Fest zu halten. Alle anderen fügten sich. Raluca ließ sich von dieser allgemeinen Unterwerfung anstecken.

Auf Elvis folgte Tom Jones. Die zwei jungen Frauen tanzten auf dem

Tisch. Beide waren auffallende Schönheiten. Olga bewegte sich kaum und schielte immer wieder zu Lungu.

Plötzlich war Ceaușescu wieder auf den Beinen. Er kam auf Ilie und Raluca zu. «Was macht ihr denn hier allein in eurer Ecke, ihr *Separatisten*? Ich bin Gavrilă, und wer seid ihr? He? Wie?»

In Gavrilăs Mund wirkte der alberne Scherz leicht bedrohlich: Ihr spielt nicht mit, und ich habe es gesehen.

«Ilie, Raluca», wiederholte Ceaușescu. Er drehte sich zu den anderen. «Wir duzen uns jetzt alle. Kommt her, kommt her. Kommt tanzen. Jetzt, Raluca, tanzt du mit mir, komm. Ilie, wähl dir auch ein Mädchen, schau, nimm die Olga dort. Olga, komm runter. Lasst uns tanzen, Leute, ist das denn kein Fest?»

Ceaușescu war einen knappen Kopf größer als Raluca. Er konnte sich kaum auf den Beinen halten. Seine Schritte hatten mit keinem bekannten Tanz zu tun und noch weniger mit dem Takt des gerade laufenden Lieds. Er hielt Raluca eng umschlungen. Sie hatte das Gefühl, keine Luft mehr zu bekommen. Was riskierte sie, wenn sie ihn, den Neffen des Generalsekretärs, auf eine vernünftige Distanz schob? Sie wusste es nicht. Möglicherweise alles. Alles, was sie sich an schlimmen Strafen für sich und ihre Familie vorstellen konnte. Ilie könnte sie nicht beschützen, er würde mit ins Verderben gerissen. Lungu würde sich von ihm lossagen. Sie würde ihre ganze Familie zugrunde richten. Sie war übermüdet. Die Musik hörte nicht auf, es folgte ein französisches Lied, in dem sich ein Mann und eine Frau etwas zuflüsterten, was sie nicht verstand, aber schlüpfrig klang.

«Raluca, hat dir schon jemand gesagt, wie schön du bist?», lallte Ceaușescu.

Sie warf Ilie einen hilfesuchenden Blick zu. Aber er sah sie nicht, er schien sich mit Lungu zu beraten.

«Du bist sogar schöner als diese zwei Schlampen hier, hundertmal schöner …»

«Genosse, ich bitte Sie», sagte sie abwehrend.

Ceaușescu beachtete sie nicht.

Raluca machte Ilie ein verzweifeltes Handzeichen.

Lungu sagte etwas zu Ilie, worauf dieser kurz überlegte. Er schaute schnell zu Raluca, bemerkte ihren Hilferuf jedoch nicht. Wie war das möglich?

Ceaușescus Hände rieben ihren Rücken und rutschten jedes Mal ein wenig tiefer.

«Du glaubst nicht, wie einsam ich bin unter all diesen billigen Schlampen und verlogenen Parasiten, wie sehr mir eine richtige, eine natürliche Frau fehlt …»

«Nicht, ich bin eine anständige verheiratete Frau, Genosse!»

Das machte ihm keinerlei Eindruck. Sie versuchte, ihn sanft wegzuschieben, aber er ließ es nicht zu. Ein Knieschlag in die Hoden des Lieblingsneffen des Generalsekretärs? Er stank nach Schweiß. Seine Hände lagen nun eindeutig zu tief. Sie schaute erneut zu Ilie. Was sie sah, raubte ihr den letzten Rest Kraft. Er schien sich mit der Situation abgefunden zu haben. Er tanzte mit Mimi, dem Mädchen in Weiß, und unterhielt sich fröhlich mit ihr. Er schien zufrieden.

«Ilie!», rief sie. Er hörte sie nicht. Sie spürte Ceaușescus Hände auf ihrem Hintern. Jetzt war es genug, Gefahr hin oder her. Sie drehte und schob sich zur Seite, versuchte, nach Ilie zu rufen, aber alles, was herauskam, war ihr Mageninhalt. Ceaușescu ließ sie los, stolperte und fiel rückwärts über die Armlehne in einen Sessel. Raluca sank auf die Knie und übergab sich weiter. Das Letzte, woran sie sich später erinnerte, war, dass Sanda Găinușă ihr half aufzustehen, ihr gut zuredete und sie ins Badezimmer führte. Sanda, nicht Ilie.

Raluca weinte während der ganzen Rückfahrt. Sie weinte zu Hause weiter. Sie schloss sich ins Badezimmer ein und duschte eine Stunde lang. Das Viertel, in dem sie wohnten, war eins der wenigen, in denen es noch rund um die Uhr warmes Wasser gab.

Sie fand Ilie im Schlafzimmer. Er trug noch den Anzug und schien nicht müde. Neben ihm stand auf dem Fenstersims eine angebrochene Flasche Sekt vom Fest.

Raluca sagte nichts.

«Es gibt noch einen Schluck für dich», sagte Ilie munter.

Raluca sah ihn ungläubig an.

«Haben wir etwas zu feiern?», fragte sie.

«Ach, komm schon», sagte Ilie, stellte sein Glas ab und kam langsam näher. Er lächelte sie an. «Es wird schon wieder. War doch eine gute Party, bloß der Schluss ist in die Hosen gegangen.»

Raluca machte den Mund auf, ihr fiel jedoch im Moment nichts ein. Sie war zu müde, um zu reagieren. Ilies Jacke roch nach Zigarettenrauch, sein Atem ebenfalls, und nach Alkohol.

Raluca spürte, wie sich unter ihrer Benebelung etwas regte: Ekel. Und Wut. Ihr drehte sich der Kopf. «Geh duschen», sagte sie und wandte sich ab. Auf dem Nachttisch leuchtete ihre Lampe schützend über dem Wasserglas und einem kleinen Porzellanhund.

Ilie seufzte genervt. Er drehte sie zu sich. Er versuchte, ihr in die Augen zu schauen. Seine untere Gesichtshälfte sah feucht und aufgedunsen aus. «Gut. Hör zu», sagte er langsam. «Ich wusste nicht, dass er kommen würde. Auch Miticǎ wusste es nicht. Ich habe das Fest nicht organisiert. Wenn er da ist, dann muss man halt das Beste daraus machen. Man kann doch …»

«Was ist ‹das Beste› für dich?», fragte Raluca. Ihre Wut hatte sich zusammengeballt, das fühlte sich gut an. Sie stand unbeweglich und gerade vor ihm.

Sie schwiegen beide eine Weile.

«Schau», sagte Ilie ernst, geduldig, «dieser Abend war enorm wichtig. Du musst langsam lernen, solche Chancen zu erkennen. Ich kann dir nicht mehr dazu sagen, aber wir sind jetzt bei Gavrilǎ Ceauşescu angesagt. Er hat uns anscheinend sehr nett gefunden. Er hat ein wenig übertrieben, er weiß es. Er wird …»

«Er hat mir an den Hintern gefasst, Ilie!», rief Raluca. «Ist das jetzt gut oder schlecht für dich?»

Sie hielt den Bademantel fest um ihren Körper gewickelt. Ein paar nasskalte Haarsträhnen klebten ihr im Gesicht.

«Du bist müde», sagte Ilie, «du denkst nicht klar. Raluca, hör zu. Dieser Mann ist die Zukunft des Landes. Und wir haben ihn jetzt auf unserer Seite. Überleg dir das mal. Meinetwegen hat er dich ein wenig angefasst. Wir leben im zwanzigsten Jahrhundert, Raluca. Meine Güte, was für ein Drama! Als du achtzehn warst, bist du auch auf Tanzfeste gegangen. Wie waren die Jungs dort, als es spät wurde? Das passiert allen Mädchen, die keine Vogelscheuchen sind, das weißt du doch, Frau. Wovon reden wir eigentlich? Das ist überall auf der Welt so. Männer trinken ein wenig und werden gegen Schluss halt etwas anhänglich. Du bist eine erwachsene …»

«Und damals kamst du dann und hast dem anhänglichen Burschen einen kräftigen Kinnhaken verpasst! Weil wir zusammengehörten! Ilie, damals hast du dich nicht umgedreht und einfach mit dem nächstbesten Flittchen geflirtet! Während irgendein Kerl mich belästigte! Im selben Raum, vor deiner Nase! Wann hättest du jetzt reagiert? Sag mir das! Was hätte dieses Drecksschw… nein, entschuldige, die ‹Zukunft des Landes› mit mir noch anstellen sollen, bis du dich wie ein Mann benommen hättest?»

Ein Muskel in Ralucas linkem Knie zitterte. Sie setzte sich auf die Bettkante.

Ilie blieb vor ihr stehen. Er sah nicht so aus, als ob er sich besonders schämte. «Ich gehe jetzt duschen», sagte er gemächlich, ein wenig enttäuscht, fast väterlich. Seine Stimme kam von weit oben, wie von der Deckenlampe. «Wir streiten sonst nur. Dabei sieht das alles morgen vielleicht anders aus.»

«Ilie, ich möchte … ich will heute Nacht allein schlafen.»

«Was?»

«Gehst du ins Wohnzimmer, oder gehe ich zu Florin?»

Ilie überlegte kurz. «Also gut, meinetwegen. Ich gehe. Das ist aber eine Ausnahme.»

Raluca senkte den Kopf. Es war aussichtslos.

185

28. ZEIT ZU FALLEN

POIANA BRAŞOV, OKTOBER 1980 Am darauffolgenden Wochenende nahm sie Florin und fuhr für einige Tage nach Poiana Braşov.

Wie erwartet, bestand Ilie nicht darauf mitzukommen. Sie hatte ihn enttäuscht. Sie hatte die Chancen, die sich aus Găinuşăs Fest ergaben, nicht erkannt. Einmal mehr. Ilie zeigte sich jetzt nicht mal mehr wütend.

Poiana Braşov war im Winter ein beliebter Ferienort, ein Treffpunkt auch der höheren Genossen. Aber außerhalb der Saison war es ein Ort der Leere. Rings um den kaltnassen Ortskern erhob sich die stumme Teilnahmslosigkeit des Waldes. Dahinter zeigten sich hin und wieder durch Löcher in der Wolkendecke Bergspitzen, noch älter und feindlicher als der Wald.

Das war Raluca recht. Sie brauchte keine Ablenkung. Nur so konnte sie die Scham ertragen. Scham ist wie ein Riss. Sie trennt einen von der Sonnenseite des Lebens, wo die anderen unbekümmert leben. Man ist an einem anderen Ort, wo man die eigene Erniedrigung betrachten kann, solange man will.

Sie war Ilie nichts wert. Ihre Demütigung durch den jungen Ceauşescu hatte in ihrem Mann nichts ausgelöst, nicht den Impuls, ihr beizustehen, noch das Bedürfnis, sie nachher zu trösten. War nicht sie daran schuld? Sie hatte sich ihm schon lange widerspenstig gezeigt.

Sie fühlte sich schwach, klein, unmündig. Wie ein Kind, das nicht weiß, was es wert ist, das seinen Wert in den Augen der Eltern sucht. Sie hätte wütend sein, an Trennung denken müssen. Aber sie fühlte sich nicht erwachsen genug, um sich mit einem solch einschneidenden Schritt zu befassen. Dass Ilie nicht darauf bestanden hatte mitzukommen, dass er nicht mehr mit ihr stritt, bestätigte ihre Bedeutungslosigkeit. Geh nur, wohin du willst.

Sie sah die wenigen Einheimischen im Ferienort und dachte, sie könnte doch gleich bleiben. Die Stelle in Bukarest aufgeben, hier als Kellnerin oder Putzfrau arbeiten, aus Ilies Leben verschwinden, samt dem

Kind, das ihn nicht interessierte. Es war vielleicht Zeit, Abschied zu nehmen von der mächtigen Genossin Stancu, von Köchin und Chauffeur. Zeit zu fallen. Wer würde sie schon vermissen?

Sie kehrte nach Bukarest zurück, genauso bedrückt, wie sie gegangen war.

Eines Tages Anfang November verließ Raluca gerade das Institut, als plötzlich Stefan Irimescu vor ihr stand.

«Ich wollte dich nicht erschrecken», sagte er. «Ich habe irgendwann gemerkt, dass du mich nicht ...» Er formte mit der Hand einen Telefonhörer. Dann lächelte er, räusperte sich, sah kurz weg. «Es ist kalt. Du hast noch einen langen Weg bis Primăverii. Ich dachte, vielleicht wärmen wir uns an einer Tasse Tee und Kuchen, bevor wir heimgehen.»

Stefan konnte nicht wissen, dass sie nicht in Primăverii wohnte. Er überschätzte wohl Ilies Rang. Oder vielleicht war es ein Scherz.

«Danke», sagte Raluca. «Netter Gedanke, aber ich habe es eilig.»

Sie konnte sich so schnell nicht entscheiden. Sie hoffte, ihn nicht allzu sehr enttäuscht zu haben.

Stefan schaute in beide Richtungen die Straße entlang. «Ich sehe deinen berühmten Wagen nicht. Breschnew wollte ihn zurückhaben, wie? Ich begleite dich dann zur Bushaltestelle, wenn's recht ist.»

Die Haltestelle war nicht weit. Stefan erzählte, was er in der Nähe des Instituts vorgehabt hatte: Er wollte einen Regisseur aufsuchen, um ihn zu interviewen.

Aus irgendeinem Grund stand Raluca mit ihm plötzlich vor dem Eingang zum Ioanid-Garten, der nicht direkt auf dem Weg zur Haltestelle lag. Sie folgte ihm aber in die Anlage. Sie erzählte von Theater und Bühnenbau, er hatte von beidem offenbar keine Ahnung. Sie drehten eine Runde um den trockengelegten Teich, dann noch eine. Stefan wirkte so anders als im Krankenhaus: ein großer, freundlicher Mann, verschmitztes Lächeln, geschickt aussehende Hände. Nur seinen Hals fand sie zu lang und zu dünn. Er hatte etwas von einem großen mageren Pferd. Mit wachen Instinkten, selbstbewusst, aber zahm trotz seiner Größe. Anhänglich.

Sie suchte ein gemeinsames Thema, erzählte jetzt über die Studentenzeit. Die Erinnerungen daran und an jemanden, der ihr aufmerksam zuhörte, das fühlte sich angenehm an. Er merkte schnell, wie sehr sie das brauchte. Oder vielleicht behandelte er Frauen immer so. Darum, und weil er direkt und ohne Scheu danach fragte, gab sie ihm ihre Telefonnummer.

Stefan rief natürlich alle paar Tage an. Er wollte sie wiedersehen. Sie wusste zuerst nicht, ob sie einem Treffen zusagen wollte, oder was sie grundsätzlich mit ihm vorhatte. Aber schließlich willigte sie ein.

Und so ging sie eines Abends über die nasskalten Straßen Bukarests auf der Suche nach dem Kaffeehaus, in dem sie sich verabredet hatten. Das ganze Stadtzentrum wimmelte von Menschen auf der Suche nach dem Nötigen für die kommenden Festtage: Lebensmittel, Tannenbäume, Geschenke.

Es war kurz vor fünf Uhr. Die Busse und Straßenbahnen waren um diese Zeit überfüllt. Die Menschen – gehetzt, müde, entnervt vom langen Warten in der Kälte auf unregelmäßig fahrende Busse – schubsten einander ohne jeden Rest von Anstand, kämpften wild für ein wenig Platz in einem Fahrzeug, das dann mit offenen Türen losfuhr, aus denen Menschentrauben hingen. Sie kannte das, sie hatte keine Lust, sich diese Marter anzutun. Sie legte die Strecke vom Institut bis zum Kaffeehaus zu Fuß zurück.

Es hieß Cofetăria Silvia, und als Raluca es fand, war sie mit Stefans Wahl einverstanden: ein unscheinbares Quartierlokal wie viele andere, gesichtslos und ein wenig schäbig. Beruhigend. Eins der großen Kaffeehäuser am Boulevard wäre zu pompös und gleichzeitig zu riskant gewesen. Dort kreuzten oft Ilies Parteifreunde auf.

Sie kam zu spät. Stefan war natürlich schon da. Er stand auf, als er sie sah. Das fand sie ungewöhnlich und ein wenig rührend. Sie schmunzelte. Er drückte kurz und kräftig ihre Hand. Er schien wieder in seinem Element zu sein, wusste, was er tat, und es machte ihm offenbar Spaß. Er war ein Mann, der sich in der Öffentlichkeit wohl fühlte.

«Was für eine Stadt von Verrückten, nicht?», sagte Stefan, als sie sich gesetzt hatten.

«Ja, ich weiß nicht, was sie alle gestochen hat», seufzte sie, während sie die Handschuhe abstreifte. «Es ist ja erst Anfang Dezember. Sie haben noch drei Wochen Zeit! Auf dem Boulevard kommt man fast nicht mehr durch! Die tun ja wie die Türken bei Plewna.»

Bei Plewna hatte die verlustreiche Schlacht um die osmanische Festung südlich der Donau während des Unabhängigkeitskriegs 1877 stattgefunden. Bilder von wild anstürmenden osmanischen Soldaten kamen ihr in den Sinn, Szenen aus einem Film, den sie kürzlich gesehen hatte.

«Wie wir bei Plewna», sagte Stefan.

«*Pardon?*»

«Die Türken saßen in der Festung, wir und die Russen waren es, die wild auf sie zurannten. Historisch korrekt. Lass nur, die Übung wird dir guttun. Da kannst du lernen, wie man sich in dieser Stadt richtig durchkämpft. Wie beim Rugby!»

Raluca war noch nicht ganz angekommen; sie verstand beide Witze nicht. Zudem wusste sie nicht, wie viel Vertrautheit sie zulassen wollte.

«Hast du schon bestellt?», fragte sie. «Ich brauche etwas mit Schokolade, sonst fange ich an zu heulen.»

«So schlimm ist es? Du hast in dem Fall einen langen Weg hinter dir? Bist du zu Fuß gekommen?»

«Ja. Viel Schokolade und ein warmes Getränk.»

Stefan stand auf und ging bestellen. Seine Bewegungen wirkten weiträumig und zugleich behutsam.

Raluca sah sich um. Das Café war ungefähr sechsmal sechs Meter groß. Darin standen vier runde Tischchen, an einer Wand die Kühltheke und beim Eingang die Kasse. An den Tischen saß außer ihnen niemand. Bei der Kühltheke hingegen drängte sich eine Menschentraube. Der Raum war ungeheizt und hallte leer. Eine der zwei Neonröhren funktionierte und beleuchtete ihn sparsam und blaustichig. Die Kühltheke mit ihrem wärmeren Licht wirkte hell, sauber und einladend. Dort wählte man die Kuchen, stellte sich in die Schlange, bestellte und bekam einen Kassenbon. Damit stellte man sich an der Kasse an. Beim Bezahlen erhielt man einen Stempel auf dem Kassenbon. Mit dem gestempelten Bon ging man schließlich zurück, um das Gewünschte abzuholen.

Raluca sah, wie Stefan bereits zur Schlange derjenigen ging, die bestellten. Er kannte das Angebot offenbar. Kam er oft hierher? Mit anderen Frauen?

Raluca fand, dass man nirgends mehr über den Charakter eines Menschen erfahren konnte als beim Warten in einer Gruppe und im Umgang mit einer arroganten Bedienung. Im Vergleich zu Ilie fand sie Stefan enttäuschend zaghaft. Zwischen ihnen lagen Welten. Stefan ließ mindestens zwei Personen vor, die sich frech durchgedrängelt hatten. Vor allem Frauen und ältere Menschen hatten leichtes Spiel mit ihm. Ihre Enttäuschung fühlte sich aber nicht sauer an. Stefan war kein Mihnea Ionescu, im Gegenteil. Er schien wie dafür geschaffen – ausgestattet mit dieser Gelassenheit und Körpergröße –, den kleinen frustrierten Leuten für einmal ein Erfolgserlebnis zu gönnen.

Schließlich kam er mit den Kuchen zurück. Er strahlte, als trüge er auf dem kleinen Tablett ein wundersames Heilmittel.

«Danke, sieht lecker aus», sagte Raluca. «Sind eigentlich all deine Verwandten so groß?»

«Nein, mein Vater war relativ groß, ich weiß aber nicht, wie groß. Er machte sich aus dem Staub, als ich zwölf war. Meine Mutter ist ungefähr wie du. Ja, in der Schule war Großsein schon praktisch.»

«Kann ich mir vorstellen. Hatten die anderen Jungs alle Angst vor dir?»

«Vor mir?», lachte Stefan. «Nicht im mindesten. Aber ich durfte in der Klasse immer zuhinterst sitzen. Dort, wo etwas lief. Die geheimen Zettel, die Witze, die spannenden Sachen halt. Die Lehrer waren meistens mit den ersten drei oder vier Reihen beschäftigt. Dort saßen die kleinen Fleißigen.» Stefan zeigte mit dem Kinn auf Raluca.

«Ja, die braucht es auch, manchmal. Die bringen dich dann ins Krankenhaus, wenn du zu viel Spaß hattest.»

Stefan lachte. Raluca hatte noch nie einen erwachsenen Mann gesehen, der so herzhaft und selbstvergessen lachen konnte. Als er sich beruhigt hatte, schaute er ihr eine ganze Weile in die Augen. Sie nahm einen Biss von ihrem Kuchen, und als sie hochschaute, sah er sie immer noch an.

Es waren dieselben sanften grauen Augen, die ihr schon im Krankenhaus aufgefallen waren. Aber seine Ohren fand sie zu groß. Und überhaupt, sie wurde leicht wütend. «Anstarren ist unhöflich», sagte sie. «Erzähl lieber etwas. Was machst du genau für diese Zeitung? Du hattest doch Ärger dort, oder habe ich das falsch verstanden?»

Stefan sagte eine Weile nichts. Sie aß weiter.

«Stört es dich, wenn ich rauche?», fragte Stefan schließlich.

«Nein, nur zu. Ich dachte …», fing sie an, aber Stefan war aufgestanden. Er kam mit Streichhölzern zurück. Sein Kuchen lag noch unberührt auf dem Teller. Eine Weile saßen sie schweigend da.

«Hast du gewusst», fragte Stefan schließlich, «dass der Bürgermeister des Sektors 5 der Schwiegersohn von Emil Bobu ist?»

Von Emil Bobu, dem Minister, hatte sie natürlich gehört, aber sie wusste nicht, dass dieser einen Schwiegersohn hatte. «So direkt nicht, nein. Warum?»

«Ich dachte nur, bei euch oben würden sich alle kennen. Egal. Nun, die Scherereien fingen mit diesem Schwiegersohn an.» Er schüttelte kurz den Kopf. «Kennst du dieses Gefühl», fuhr er dann fort, «wenn du merkst, etwas Nebensächliches, das du beiläufig mal gestreift hast, wacht später unbemerkt auf und beginnt, die Grundlage deines Lebens zu bedrohen? Du merkst es zuerst nicht. Dann aber möchtest du es aufhalten. Du bemühst dich, gehst schmerzhafte Kompromisse ein. Aber diese Gefahr ist wie ein Holzwurm. Sie nimmt dich nicht zur Kenntnis. Sie knabbert einfach weiter. *Ronţ, ronţ.* In aller Ruhe. Eines Tages merkst du, du bist am Ende deiner Möglichkeiten. Du spürst keine Verzweiflung, die ist warm, ein Gefühl. Ich rede von einer rationalen Feststellung: Es gibt nichts, was du nicht schon versucht hättest. Und nichts hält den Wurm auf.»

«Du hast also diesen Schwiegersohn geärgert, und er lässt nicht mehr los, ist es das?», fragte Raluca. «Hat er letzten Sommer veranlasst, dass man dich … Du weißt schon.»

«Ja. Nein. Indirekt. Eigentlich ein anderer Mann, einer von den Jungs mit blauen Augen. Er versuchte, mir etwas anzuhängen. Wir sind aneinandergeraten. Irgendwann schaltete er Freunde ein. Sie haben mich in eine verlassene Fabrik gebracht und mehrere Tage lang dort festgehalten, ich weiß nicht, wie lange. Von dort stammten die Wunden, nach denen du mich gefragt hast. Bis zu dem Tag, an dem ich auf deiner Baustelle auftauchte. Sie hatten mich kurz vorher freigelassen.»

Raluca sah ihn sprachlos an. Was er so beiläufig erzählte, kam ihr vor wie aus einer anderen Welt. Konnte das überhaupt stimmen? Sie kannte Leute, die die Securitate fürchteten, aber war sie wirklich so schlimm?

Sie hatte sich eher so etwas wie Spionageabwehr und Bewachung von strategisch wichtigen Gebäuden vorgestellt. Ilie sagte zudem, dass es nur gut war, wenn die Schutzmacht der Partei einen gewissen Ruf hatte. Sie lebten ja in einer Diktatur des Proletariats, da war es normal, wenn dessen Feinde sich beobachtet fühlten. Was aber Stefan erzählte, war etwas anderes: Entführung und Folter. Sie hatte seine Wunden gesehen.

Sie sah auf Stefans Hände, die ab und zu den Teller mit dem unangetasteten Kuchen herumdrehten. Seine Hände wirkten zerbrechlich. Verglichen mit ihm fühlte sie sich selbstsicher und mächtig. «Hör zu, Stefan. Ich bin sicher, du bist ein anständiger Mensch. Ich war von Anfang an überrascht, als du mir erzähltest, mit wem du Ärger hattest. Du wirkst nämlich nicht gefährlich. Für mich ist das, was du erzählst, sehr neu … Nun, es tönt, als ob du wegen eines Missverständnisses einer ziemlich übertriebenen Verfolgung ausgesetzt wärst. Ich mache dir einen Vorschlag.» Die Idee war ihr soeben gekommen. Jetzt konnte sie noch etwas bewirken. Sollte sie sich von Ilie trennen, dann würde sie niemandem mehr mit ihrem Einfluss helfen können.

«Mein Mann ist vom Rang her kein Emil Bobu, aber er hat einen gewissen Einfluss. Ich weiß nicht, ob es etwas bringt, aber ich kann einige hochstehende Genossen erreichen. Über einige Ecken kennen wir uns.»

Der Gedanke fühlte sich gut an. Vielleicht könnte sie ja wirklich etwas für ihn tun. Das würde ihr Mut machen, gegen ihre eigene Unsicherheit anzukämpfen.

Sie sah, wie Stefan zögerte, sie hätte gerne gewusst, was in ihm vorging. War er zu stolz, um sich von ihr nochmals helfen zu lassen? Jedenfalls fühlte sie sich wie damals auf der Baustelle: Sie übernahm die Kontrolle, sie schuf einen Lösungsweg, wo es vorher keinen gab.

Stefan sah sie ungläubig an. «Kannst du das denn? Emil Bobu so anrufen, hallo, Kumpel …»

«Wie gesagt, ich will es versuchen. Ich muss mir natürlich einen Weg zu ihm bahnen, das geht nicht so schnell.»

«Raluca», sagte Stefan langsam, den Blick auf den Tisch gerichtet, «du hast mich bereits ins Krankenhaus gebracht, mich dort besucht, mir zugehört. Jetzt willst du mir wieder helfen …»

Raluca lächelte stolz, aufmunternd.

Er sah sie an: «Das ist schön von dir. Du brauchst dich aber nicht für mich verantwortlich zu fühlen. Ich will nicht, dass unsere Bekanntschaft diese Richtung nimmt. Der Grund, warum ich mich mit dir treffe … Ich habe etwas anderes vor, als deine soziale Stellung auszunutzen. Es ist mir wichtig, dass wir das beide von Anfang an wissen. Verstehst du?»

Raluca schaute ihn verdutzt an. Was sie ihm angeboten hatte, musste für ihn von unschätzbarem Wert sein. Warum nahm er es nicht an? «Nein, ich verstehe dich nicht. Das halbe Land ist auf der Suche nach *pile*, nach Kontakten, die einem irgendein Türchen öffnen. Ich kann sie dir vielleicht verschaffen, und du willst nicht?»

«Es ist sehr einfach. Nicht deine Kontakte interessieren mich. *Du* bist mir wichtig. Ich will ab jetzt ohne deine Hilfe auskommen.»

«Was hast du dagegen? Du nutzt mich nicht aus, ich habe dir die Hilfe angeboten. Sie auszuschlagen wäre leichtsinnig.»

«Ja, genau. Jugendlicher Leichtsinn ist, was ich fühle. Ich will in deiner Nähe sein, ich fühle mich zu dir hingezogen. Es fühlt sich herrlich an. Hör zu: Warum sind wir nicht ehrlich zueinander? Brauchst du diese Fiktion, dass du mir helfen musst? Wozu? Ich habe Scheingründe bis hier oben.»

Überraschend kam das nicht. Aber Raluca hatte solche Worte seit langem nicht gehört. Sie hatte auch verlernt, ungezwungen über Gefühle zu sprechen.

«Wie meinst du das mit ‹in meiner Nähe sein wollen›?» Sie räusperte sich. «Gefalle ich dir?»

«Und wie», sagte Stefan. «Alles an dir ist schön, auf eine kraftvolle, auch naive Art, die enorm … ergreifend ist. Du nimmst alles, was du tust, so ernst. Ich fühle mich wohl mit dir. Du verstehst mich. Und du hast etwas Besonderes.»

«Etwas Besonderes? Ich?», lachte Raluca. «Was soll das bedeuten?»

«Weißt du es wirklich nicht? Du bist gleichzeitig eigensinnig und unvorsichtig. Bei meiner Rettung hat es dich nicht gekümmert, was jeder dort von dir erwartete. Auch wenn man geschützt ist, mit so was bietet man immer Angriffsflächen. Du hast aber keinen Moment gezögert. Das war schon recht seltsam und … eben etwas Besonderes.»

Raluca schwieg nachdenklich. Es war schön zu hören, dass sie damals so selbst- und zielsicher gewirkt hatte. Sie war da in diesem Mann, in seinem Kopf: als ein wenig gefährliche, aber gerechte und fähige Frau. Dieses Bild von ihr gab es sonst nirgends auf der Welt.

Zwei ältere Frauen gingen an ihrem Tisch vorbei. Sie sprachen über einen Streit unter Nachbarinnen. In ihren Stimmen klangen Hass und Schadenfreude.

Nirgends auf der Welt. Außer vielleicht noch für eine Weile in Florins Augen. Überall sonst stand sie bloß im Weg, enttäuschte andere oder war nützlich, aber nicht mehr.

«Du bist so ernst», sagte Stefan, und seine Stimme wurde dabei wärmer und leiser. «Ich sehe, du hast ein wenig Mühe, bewundert zu werden. Merk dir: Es ist in Ordnung, du darfst das. Und jetzt lass mich nicht mehr schmoren. Wann kann ich dich wiedersehen? Wie kann ich dich überzeugen, mich wiederzutreffen?»

Raluca lehnte sich in ihrem Stuhl zurück. «Hm …», sagte sie nachdenklich, «du verwirrst mich ein wenig. Ich hatte dich ganz anders eingeschätzt. Du bist ja mal ahnungslos in einen Mob wütender Arbeiter hineingelaufen. Aber was mich betrifft, hast du nicht unrecht: Ich bin es nicht mehr gewohnt, bewundert zu werden. Ich bin kein junges Mädchen mehr. Willst du mich wirklich wiedersehen?»

Stefan nickte lächelnd. Seine Augen funkelten. Das wirkte frech und entzückend, sie hätte ihn gern geknufft. Dann erschrak sie, als sie merkte, wie nahe sie schon am Rande des Abgrunds stand. «In den Kreisen, in denen ich verkehre, haben Journalisten keinen besonders guten Ruf, Stefan. Männliche ungebundene Journalisten vor allem. Sie gelten als unzuverlässig und oberflächlich.»

Das war ihr einfach herausgerutscht. Eigentlich wollte sie nur sagen, dass sie noch Zeit brauche, bis sie ihm vertrauen konnte.

Aber bevor sie etwas hinzufügen konnte, antwortete er: «Ja, ich kenne das Bild. Aber ich verstehe nicht, woher dieses Misstrauen kommt. Viele von uns sind Parteimitglieder, wir halten uns alle brav an die Vorschriften. Kommt es daher, dass wir keine Arbeiter oder Bauern sind? Ist es bei euch Architekten auch so?»

«Nein, Gebäude sind anders. Sie stehen, sie müssen nicht verstanden werden. Obwohl … Ja. Doch, mein Mann misstraut Akademikern generell. Ich weiß auch, wieso. Wir sind eine Partei des Proletariats. Man kommt nach oben, wenn man wenig Schulbildung hat und aus einer möglichst einfachen, ungeschulten Familie stammt.»

«Ich kenne das. Und du? Hast du vor, mir zu misstrauen, weil dein Mann es tut? Oder willst du wissen, ob ich es mit dir ehrlich meine?»

Du kannst es mit mir nicht ernst meinen, dachte sie. Und wenn du es ernst meinst, dann will ich es nicht hier gesagt bekommen. Ich will es spüren. Und wenn es so weit ist, brauche ich Zeit, um herauszufinden, was ich will.

«Ich misstraue dir nicht», sagte sie. «Aber ich bin vorsichtig, und … ich weiß noch sehr wenig über dich. Damit musst du halt leben … Don Juan! Willst du deinen Kuchen nicht?»

«Nein danke. Ich werde nachher zu Hause essen», sagte Stefan und schob den Teller ein Stück in ihre Richtung.

Während sie kaute, sah sie ihn ein paarmal prüfend an. Der Kuchen schmeckte nach nichts. Sie legte die Dessertgabel weg.

Je länger keiner von ihnen etwas sagte, desto verlegener wurde Raluca. Sie berührte mit ihrer Hand seinen Unterarm. «Das ist ein wenig viel auf einmal für mich. Aber danke.» Sie ließ ihre Hand noch einen Augenblick liegen, dann fing sie an, ihre Sachen zu packen. «Ich muss gehen.» Sie sah Stefan an. Warum war er so ruhig geworden? «Rufst du mich an?»

Stefan lächelte. «Ich sehe nicht, was imstande wäre, mich davon abzuhalten.»

Sie nickte. Sie wusste nicht, wie sich eine Frau in einer solchen Situation verabschiedete. Sie stand auf. «Auf Wiedersehen», sagte sie. Dann drehte sie sich um und ging zum Ausgang.

«Bis bald», sagte Stefan.

Raluca hörte das Lächeln in seiner Stimme, den Ruf.

29. LE REPOS DU GUERRIER

An diesem Abend wollte Ilie Stancu endlich mehr Klarheit.

Es waren bereits zwei Monate seit dem Fest bei Găinușă vergangen, es war nun Mitte Dezember. Die letzte größere Parteisitzung des Jahres war soeben zu Ende gegangen: der letzte offizielle Anlass, an dem er Mitică traf. Im Januar würde es endgültig zu spät sein. Er musste ihn jetzt zur Rede stellen.

Wie stand es nun mit ihm und Gavrilă Ceaușescu? Hatte Ilie bei ihm wirklich etwas zugute? Oder hatte Ralucas … Anfall, oder was das halt gewesen war, den Neffen des Generalsekretärs geärgert? Hatte er etwas zu befürchten? Ilie wusste nicht so recht, wie er das Thema anschneiden sollte, ohne auf seinen Beschützer, der angeblich alles unter Kontrolle hatte, verängstigt zu wirken.

Nach der Parteisitzung, es war schon zehn Uhr abends, fuhren sie in die Bar des Hotels Dorobanți. Ilie suchte eifrig nach einem sanften Einstieg. Mitică wirkte aber ungewöhnlich grimmig. Die laute Musik, die grellen Lichter, die lustlosen Mädchen auf der Bühne: Irgendetwas ruinierte seine Laune. Ortswechsel war also angesagt, aber wo sollte er Mitică hinbringen? Zu sich nach Hause konnte er ihn nicht einladen. Und die guten Bars waren entweder schon zu oder würden bald schließen.

Mitică schien seine Gedanken zu lesen: «Weißt du was? Komm, lassen wir diese *fufe*, diese Tussis. Gehen wir woanders hin.»

Ilie nickte. «Bin dabei!»

«Ich kenne da was», sagte Mitică geheimnisvoll. «Ich wollte schon lange mal mit dir hin. Ich mache einen Anruf, dann gehen wir.»

Sie nahmen Miticăs Wagen. Dessen Chauffeur fuhr so schnell, wie es auf holperiger Fahrbahn und bei abgeschalteter Straßenbeleuchtung möglich war. Die Dunkelheit war Folge eines Befehls von oben, Energiesparmaßnahme. Ilie stellte Befehle von oben nie in Frage. Persönlich konnte er auch nicht klagen, er hatte seinen Wagen und Radu.

Hie und da sahen sie nun erschrockene Fußgänger mit Kerzen oder, seltener, mit Taschenlampen. Sie sahen kläglich und irgendwie unsozialistisch aus. Ilie ärgerte sich. Was hatten diese Leute nachts auf der Straße zu suchen? Was würde ein Besucher aus dem Ausland denken, wenn er sie sähe? Sieht so ein sozialistisches Musterland aus? Diese Deppen untergruben den Ruf des Vaterlandes!

Nach einer Viertelstunde hielten sie an. Mitică befahl dem Fahrer zu warten. Ilie verstand: Hier würden sie nur einen Zwischenstopp machen und gleich weiterfahren. Er sah sich um: eine kleine Straße mit unscheinbaren Gebäuden. Wohin brachte ihn wohl Mitică? Vielleicht in eine geheime Luxusbar für den inneren Machtzirkel. Er stellte sich etwas Kleines vor, mit einer richtig guten Volksmusikgruppe in einer Ecke, wenigen Tischen und westlichem Schnaps. Oder eine konspirative Wohnung, wie in einem Agentenfilm? Mitică betrat ein nahegelegenes Haus, Ilie folgte ihm auf den Fersen. Er fand das alles klasse. Es fehlten nur noch der böse imperialistische Spion und unsere hübsche Agentin in Schwierigkeiten. Nur das Treppensteigen machte Ilie zu schaffen. Zwei Stockwerke nur, aber in Miticăs Tempo.

Die Frau, die ihnen öffnete, war weder in Schwierigkeiten, noch wirkte sie wie eine Agentin der rumänischen Spionageabwehr. Gut, Letzteres konnte Ilie nicht so gut beurteilen. Es war Miticăs blonde Begleitung vom Fest. Das war ausgezeichnet, so würde sich Mitică entspannen, und vielleicht könnte Ilie seine Frage später mit ihm klären.

«Guten Abend, kommt rein, kommt rein!» Die junge Frau gab sich übertrieben fröhlich.

«Den Ilie hier hast du schon kennengelernt», stellte Mitică klar und ließ sich einen Kuss auf die Wange geben.

«Natürlich, sehr angenehm», antwortete sie. Sie sprach mit einem wunderbar weichen moldawischen Akzent.

Ilie nickte verlegen.

«Ich heiße Olga», fügte sie schnell hinzu, als sie merkte, dass Ilie ihren Namen vergessen hatte.

So einen Raum hatte Ilie noch nie gesehen. Kein Esstisch – Stolz und Mittelpunkt jedes rumänischen Heims –, kein Bücherregal, kein schöner Vitrinenschrank mit Nippes, kein Fernseher. Drei seltsame, identische

Stehlampen tauchten den L-förmigen Raum in ein orangefarbenes Licht. Mehrere merkwürdig niedrige und breite Sofas standen an den Wänden, dazwischen türkische Tischchen. Auch die leise Musik wirkte orientalisch. Sie kam aus einem modernsten Tonbandgerät, das zwischen zwei stattlichen Lautsprechern stand. An den Wänden hingen große Ölbilder mit erotischen Motiven.

Zwischen all den Möbeln blieb nur ein enger Pfad. Er führte auf der linken Seite zu einer Küche, rechts lag der Rest des Zimmers im Halbdunkel. Dort standen keine Möbel, dafür war der Boden mit Sand bedeckt, in dessen Mitte seltsame Steine standen. Zwei Glastüren führten auf einen Balkon.

Ilie konnte den Ort nicht einordnen. Er sah weder nach einer Luxusbar aus noch so, wie sich Ilie ein konspiratives Haus vorstellte. Ihm wurde ein wenig mulmig. Gegen kleine Abweichungen von der proletarischen Moral hatte er nichts. Die war eh fürs Fußvolk. Über Gavriläs kleine Narreteien konnte er lachen. Das hier aber war zu lasziv, zu dunkel und fremdländisch.

Olga lachte: «Mitică, ich glaube, deinem Freund gefällt mein Zen-Garten.»

«Ilie ist ein gebildeter Mensch. Natürlich gefällt ihm alles Schöne. Er hat einen feinen Geschmack.»

Olga kicherte.

Ilie dachte zuerst, Mitică mache sich lustig über seinen Bildungsstand. Er drehte sich und sah ihn überrascht an. Mitică hielt Olga um die Taille und schaute bewundernd an ihr hinab. Ilie sah ebenfalls hin und tatsächlich, was er sah, missfiel ihm nicht.

Olga trug ein enges Kleid aus schwarzem Samt. Sie war barfuß, ihre Zehennägel waren rot lackiert. Ilie riss seinen Blick mit einiger Anstrengung los. Er hatte plötzlich einen trockenen Hals.

«Zen-Garten, aha», sagte er und hörte selbst, wie angestrengt seine Stimme klang. «Du scheinst also die Welt zu kennen, nicht wahr? Wo gibt's denn solche Gärten, in Indien?»

Der Raum lauerte betörend und giftig um ihn, und Ilie wünschte sich, sie würden endlich von hier verschwinden und zu einem normaleren Ort hinfahren.

«Olga, was ist?», sagte Mitică lächelnd, bevor die Frau antworten konnte. «Hörst du nicht, dass Ilie Durst hat? Wir kommen nämlich von der Arbeit, wir.»

Das war natürlich ein Witz, wenn auch kein neuer. Hier war man unter sich, man konnte darüber lachen. Das tat Olga auch pflichtbewusst auf ihrem Weg in die Küche.

Ilie sinnierte gerade über die wichtige Eigenschaft einer guten Frau, über die Witze des Mannes zu lachen, auch wenn sie nicht lustig waren, als er auf einmal hinter sich eine Frauenstimme hörte: «Von der untersten Arbeit, ja?»

Der Spott war unüberhörbar. Ilie drehte sich überrascht um. Wer wagte es, sich über Mitică lustig zu machen? Hinter einer größeren Pflanze, in einer Nische, sah er einen riesigen Sessel. Darin saß die schwarzhaarige Schönheit, die Gavrilă Ceaușescu auf das Fest begleitet hatte. Sie hatte nun kurze Haare und trug weniger auffällige Kleidung, aber ihre hellen Augen und der schöngezeichnete Mund waren unverwechselbar. Ilie hatte sich damals nur wenig mit ihr unterhalten, während Raluca tanzte. Ein kalter Schauer lief ihm über den Rücken. War denn auch Gavrilă hier irgendwo versteckt? Oder würde er jeden Augenblick kommen? Ilie fing sich rasch. Gavrilăs Anwesenheit wäre eigentlich gar nicht schlecht. Dann könnte er direkt überprüfen, wie dieser zu ihm stand. Und wenn das hier unter Gavrilăs Patronat stand, dann würde die Parteiaufsicht Ilie später auch nicht belangen können. Die süßen Gifte wären geheilt.

«Die Welt ist aber klein», sagte er in aller Freundlichkeit. «Mimi, das Mädchen in Weiß!»

Sie stand auf und gab ihm einen Kuss auf die Wange. Dann hüpfte sie weg und gab auch Mitică einen. Ilie schaute ihr nach. Auch ungeschminkt und alltäglich gekleidet war sie eine schöne Frau, gut gebaut und anmutig, blieb aber doch ein wenig hinter Olga zurück.

Mimi ging zu Olga in die Küche. Ilie hörte die Frauen tuscheln, während Mitică mit geschlossenen Augen auf einem Sofa lag.

Ilie setzte sich ihm gegenüber. Bruder, wann gehen wir? Fast hätte er laut gefragt. Im letzten Augenblick begriff er: Mitică tat nichts weniger, als ihrer Freundschaft ein neues Zeichen zu setzen. Er nahm Ilie in einen Kreis auf, in den er bislang nicht hineingehörte. Das war die Hauptsache.

Was Gavrilă Ceauşescu betraf: Mitică wäre nicht hier mit ihm, wenn Ilie bei jenem in Ungnade gefallen wäre.

Olga brachte ein Tablett mit Getränken. Mimi schlenderte hinter ihr her und zog sich wortlos in ihren Sessel zurück.

Wer Gavrilăs Freundin ist, sagte sich Ilie, kann sich Freundlichkeit offenbar sparen. Er sah sie noch nachdenklich an, als er Olga hörte: «Was möchtest du?» Sie stand neben ihm und zeigte auf die Getränke.

Ilie erkannte keine der Flaschenetiketten. «Ein Bier.»

«Bring ich dir gleich», sagte Olga leicht enttäuscht. Ilie hatte ein feines Ohr. Dann halt! Er war neu hier, er kannte sich nicht aus.

Das Bier war einheimisch und kalt. «Prost, Matrosen!», sagte er zufrieden.

Man antwortete halbherzig. Hatte er etwas Falsches gesagt? Irgendwie war die Stimmung gekippt. Er stellte gerade eine kleine Dankesrede an Mitică zusammen, als dieser aufstand.

Es war also Zeit zum Gehen. Ilie war es recht. Es war schon spät, und er hatte die Antwort, die er gewünscht hatte. Er stellte sein Bierglas ab und kämpfte sich aus dem tiefen Sofa. Als er stand, sah er aber, wie Mitică schon an der Tür war und Olga in den Mantel half.

«Fröhliche Festtage!», sagte Mitică mit einem schelmischen Lächeln.

Ilie machte den Mund auf, blieb aber stumm. Angst packte ihn. Wenn Mitică wollte, dass er blieb, und Olga mitnahm, dann konnte Ilie auf keinen Fall mitgehen wollen. Aber wer war diese Mimi wirklich, mit der er hier an unbekannter Adresse allein gelassen wurde? Wenn sie Gavrilăs Freundin war, dann konnte er unmöglich mit ihr allein bleiben, oder er begab sich in tödliche Gefahr! Das konnte er Mitică jedoch nicht direkt fragen, ohne sich lächerlich zu machen und ihn zu beleidigen.

Mitică winkte noch einmal, dann war er weg.

Ilie versuchte sich zu beruhigen. Das war bestimmt keine Falle. Mitică hatte so etwas nicht nötig. Es gab bestimmt ein Dutzend einfachere Wege, wie er Ilie zugrunde richten konnte. War das vielleicht mit Gavrilă sogar abgesprochen? Als eine Art … Wiedergutmachung für die … hm, sagen wir: Verärgerung der Ehefrau? Dann war Mimi gar nicht Gavrilăs Geliebte, sondern nur ein austauschbares Partymädchen, das zu Gavrilăs oder Mitićăs Infrastruktur gehörte.

Er lockerte die Krawatte. Na, dann wollen wir mal, dachte er. Mitică wollte später bestimmt nicht hören, dass sein neuer enger Vertrauter ein Waschlappen war.

Er merkte aber gleich, dass er sich zu früh gefreut hatte. Die stöhnende orientalische Musik hörte mit einem Schlag auf. Er drehte sich nach Mimi um. Sie entfernte sich gerade von der Musikanlage und drehte an einem großen Knopf an der Wand. Die drei Stehlampen wurden plötzlich heller. Der Zauber verflüchtigte sich und hinterließ ein bloß etwas ungewöhnlich möbliertes Zimmer.

Mimi setzte sich mit Glas und Aschenbecher wieder in den Sessel und schwieg.

Ilie näherte sich verdutzt und ließ sich auf ein Sofa fallen. Mimi lachte. Ilie konnte ihr Lachen nicht deuten.

«Schaut den mal an!», kicherte Mimi. «Wie ein Schüler, der gerade eine ungenügende Note bekommen hat.» Ihr Blick war böse, die Stimme barsch.

Ilie unterdrückte seinen Ärger und konzentrierte sich auf sein Glas. Es war leer. Er schnappte sich die erstbeste Flasche und füllte es nach. Wollen wir mal sehen, wie lange sie weiterlacht, mit einem schweigenden Bezirksparteisekretär auf dem Sofa um Mitternacht.

Unvermittelt fing Mimi leise an zu weinen. Sie schüttelte sich kurz, dann flossen ihre Tränen über die Wangen, während sie rauchte. «Was starrst du mich so an?», sagte sie mit zitternder Stimme. «Hast du noch nie eine Frau weinen sehen, hä?»

Ilie schwieg.

Mimi redete leise weiter. «Keine Bange, es geht nicht um dich. Das hat nichts mit dir zu tun. Du und ich hätten uns heute sehr gut amüsieren können. Es hätte dir gefallen, ich weiß es. Aber ich kann heute nicht … es ist so ein Abend … ein etwas beschissener Abend … für mich.»

Ilie verstand nicht. Hatte Mitică den Abend so organisiert oder nicht? War Mimi freiwillig hier oder nur, weil Mitică es befahl? Erwartete sie etwas von Ilie? Er nahm noch einen Schluck. «Sag mal, wo ist eigentlich Gavrilă?»

«Hast du nicht zugehört? Woher soll ich das wissen? Der treibt sich irgendwo rum, wo er mehr Spaß hat.»

Gut, das war also geregelt. Ilie entspannte sich. Der Alkohol zog ihn sanft über die Schwelle des Rauschs. Er genoss den Augenblick, ließ den Gedanken, dieser Mimi an die Wäsche zu gehen, kommen und gehen. Zu anstrengend, zu riskant.

Mimi schniefte in ihrem Sessel vor sich hin. Sie schwiegen einige Minuten.

«Warum hast du das Bandgerät abgestellt?», fragte er, ohne zu wissen, warum.

Mimi zuckte mit den Schultern. Sie prüfte den Lack auf ihren Nägeln. Der sah auch für Ilies ungeübten Blick nicht mehr gut aus.

«Olga sagt, das sei eine sinnliche Musik», erklärte Mimi schließlich, als Ilie keine Antwort mehr erwartete, «dieses türkische Zeug. Mich lässt es kalt. Zum Teufel, du siehst ja, wie sinnlich ich mich gerade fühle.» Ihr Gesicht verzerrte sich zu einer abschätzigen Grimasse.

Weibertheater, dachte Ilie. Da er nun mal hier war, konnte er genauso gut ein paar Sachen klären. Es konnte nicht schaden, dem lieben Mitică ein wenig in die Karten zu schauen.

«Wer wohnt hier, nur ihr zwei?», fragte er.

Mimi sah ihn mit einer Mischung aus Zorn und Verwunderung an. Ilie verstand. Dumme Frage. Es wohnte niemand hier. Es war bloß Miticăs oder Gavriläs geheime Lusthöhle. So sah richtige Macht aus. Die nächste Stufe.

«Ilie.»

«Ja?»

«Weißt du, was mir an dir gefällt?»

«Klar», sagte er und grinste selbstbewusst.

«Du bist kein gemeiner Mensch. Verstehst du? Du bist nicht jemand, der absichtlich Böses tut. Du hast ein edles Herz.»

Das klang selbst für den angeheiterten Ilie albern. Er unterdrückte einen Lachanfall und hob die Brauen. Was hatte der Mist zu bedeuten? Er nahm an, dass Mimi den Boden bereitete, um ihn sanft heimzuschicken, und war etwas enttäuscht. «Wenn du es sagst», meinte er kühl.

«Ich weiß nicht, warum Mitică so jemanden wie dich als Freund auswählt. Üblicherweise sind seine Freunde etwas … anders.»

«Wie anders?»

«Aber das bleibt unter uns, ja?»

«Klar», sagte Ilie. Mimi ging ihm langsam auf den Geist. Er hatte gar keine Lust auf sentimentalen Kram. Er sah zu den ausländischen Flaschen. Noch ein Gläschen für den Heimweg? Gegen die Winterkälte?

«Hinterlistig, grausam. Sie beschäftigen sich ständig mit irgendeiner … Schweinerei. Sie kennen keinen Frieden, verstehst du, in ihren Seelen.»

Mimi legte zur Verdeutlichung ihre Hand auf ihren Busen.

«Hast du sie denn alle ausprobiert?», schmunzelte Ilie.

Mimi verdrehte die Augen. «Ilie, du verwechselst mich. Merk dir, was ich dir jetzt sage. Weder Olga noch ich sind Prostituierte. Wir sind eine Art Schauspielerinnen. Luxusschauspielerinnen, für ein sehr kleines Publikum … Unser Stück heißt *Die ganz gewöhnliche Geliebte des Kerls, der jedes beliebige Weib in diesem Land ficken kann.* Verstehst du, was ich sage?»

«Nein. Willst du, dass ich gehe?»

«Wieso? Du gehst, wann du willst.»

Sie schwiegen wieder eine Weile. Ilie stand auf und nahm eine der Flaschen. «Was ist das, Cognac?»

«Vom teuersten. Solchen gibt's nicht mal in den Spezialläden für Fremdwährung», sagte Mimi und stand auf. Sie holte ein frisches Glas, gab es Ilie und schenkte ihm ein. «Setz dich», sagte sie. «Vom Trinken im Stehen bekommst du Wasser in den Knien.»

Sie stellte die Flasche vor Ilie ab, dann setzte sie sich neben ihn aufs Sofa. Sie putzte sich die Nase.

«Ilie, heute Abend bin ich für nichts gut», sagte sie mit überraschend sanfter Stimme. Sie sah ihn nicht an, was Ilie gefiel. «Es tut mir leid, denn auf deine Art bist du sicher ein anständiger Mann, und meine Probleme haben nichts mit dir zu tun. Deshalb, damit du nicht leidest. Ich besorge es dir schnell, und dann gehst du. Komm ein anderes Mal, wann immer du willst. Mitică gibt dir meine Telefonnummer.»

Sie begann sich auszuziehen.

Das war ein wenig zu schnell für Ilie. Natürlich hatte er sich genau dies gewünscht, aber er lag auf einem Sofa in einem grell erleuchteten fremden Zimmer und war halb betrunken. Als ihr Oberkörper nackt war, machte sie sich an seiner Hose zu schaffen. Ihre Bewegungen waren langsam und präzis. Die Nähe ihres weichen Körpers beruhigte Ilie. Er spürte die angenehme Steifheit seines Glieds. Er ließ sich fallen. Er war zweiunddreißig Jahre alt, und zum ersten Mal in seinem Leben befriedigte ihn eine Frau mit ihrem Mund. Eine Frau, die offenbar wusste, wie das ging. Raluca ahnte wohl nicht mal, dass es so etwas gab.

Wenig später lagen sie auf dem Sofa. Ilie döste auf einer Seite, Mimi lag von hinten an ihn geschmiegt.

«Hat es dir gefallen?»

Ilie fuhr zusammen. So etwas hatte ihn noch keine Frau gefragt. Er sagte nichts.

«Redest du mit deiner Frau nie übers Liebemachen?»

Das war eine unerhört freche Frage. Ein richtiger Mann tat doch, was ihm Spaß machte, was gab's da zu fragen? Mimis Stimme war jedoch weich wie Schlagrahm.

«In letzter Zeit sehen wir uns fast nicht», sagte Ilie. «Wir arbeiten beide, wir haben ein Kind, Sorgen, wie alle anderen auch … Was kann man tun?»

«Ilie, entspann dich, ich urteile nicht, und ich gebe keine Ratschläge.»

«Selbst wenn wir uns sehen, reden wir nicht viel.»

«Seid ihr schon lange verheiratet?»

«Dreizehn Jahre.»

«Dreizehn Jahre! Vor dreizehn Jahren war ich noch in der Volksschule», kicherte Mimi. «Und wie kommt es, dass ihr nicht miteinander redet? Du kommst heim, und sie sagt nichts? Fragt sie dich nicht, wie dein Tag war, ob du Hunger hast?»

«Es ist nicht so einfach», seufzte Ilie. «Früher … war sie anders. Ich war damals ein kleiner Fisch, niemand beachtete mich, nur sie. Jetzt nicht mehr, jetzt geht's ihr am Arsch vorbei. Alles ist ihr egal: das Heim, die Partei, ich. Nur ihr Beruf interessiert sie, die dumme Gans!»

Mimi streichelte seine Schulter. «Ich dachte, jede Frau, die einen Mann wie dich erwischt hat, einen guten Mann, der ihr ein Leben in Wohlstand bietet, müsste ihren Mann unterstützen, nicht? Schließlich arbeitet der auch für sie. So denke ich.»

Ilie schwieg, noch mit seiner Empörung beschäftigt.

«Findest du nicht?», fragte Mimi wieder. «Ein Mann braucht Unterstützung, ein gutes Wort, mal verwöhnt zu werden, nicht? Was soll das heißen, sie redet nicht mit dir, was hast du ihr denn getan?»

«Sie ist aus der Stadt, weißt du, mit Uniabschluss, Einzelkind … Ich bin vom Land, bei uns gibt es noch so einen natürlichen Anstand in der Familie, auch wenn wir mittlerweile alle angesehene Parteimitglieder sind. So ist es, wenn man nahe bei der Erde lebt. Meiner Frau hat alles … die Uni beigebracht. Flausen, das hat sie ihr beigebracht. Wo bist du her?»

«Aus der Dobrogea, aus der Gegend um Constanța. Weißt du, wo Valu lui Traian liegt?»

«Siehst du? Ich habe sofort gespürt, dass du ein bodenständiges Mädchen bist.»

Mimi küsste seine Schulter. «Eh, nicht bodenständig genug. Sonst wäre ich nicht hier mit einem gebrochenen Herzen. Ich hätte einen guten Mann, der mich respektiert und versteht. Den ich geliebt und unterstützt hätte. Für eine Frau ist ihr Mann doch das Wichtigste im Leben.»

Ilie seufzte vor Bewunderung und setzte sich auf. «Du wirst es noch weit bringen, Mädchen, hör auf mich. Du hast Anstand von der Mutter Natur. Das ist unser jahrhundertealter rumänischer Anstand. Weißt du was? Wenn du mal ein Problem hast, komm zu mir. Du weißt, wer ich bin. Komm zu mir, und ich werde dir helfen. Du wirst sehen, du wirst es noch sehr weit bringen.»

Mimi schien von dieser Prophezeiung erfreut, aber wenig überrascht.

30. ROTE MÜTZE, GRAUBLAUER SEE

BUKAREST, JANUAR 1981 Über diesen Jahreswechsel freute sich Stefan. Das alte Jahr hatte eine Katastrophe an die andere gereiht. Nun hatte er sein Leben wieder im Griff, er lebte vorsichtig, hatte mit allen Frieden geschlossen.

Und er hatte Raluca gefunden.

In der Redaktion ging es hektisch zu. In der Neujahrsnacht hatte der Generalsekretär seine übliche etwa einstündige Rede an das arbeitende Volk gerichtet. Sie gehörte nun gebührend gewürdigt und kommentiert, das war erste Pflicht. Auch wenn sie nur aus absurden Aufrufen an die Massen bestand, die nichts von ihm erwarteten, außer dass er bald starb. Die Menschen wollten nicht die immer gleichen Zukunftsvisionen, sondern endlich wieder mehr als sechzehn Grad in der Wohnung.

Stefan war unverschämt genug, um das Redaktionstelefon für private Gespräche zu benutzen, also um Raluca im Institut anzurufen. Man durfte das Gebäude während der Arbeitszeit sowieso nicht ohne wichtigen Grund verlassen.

«Mit Genossin Stancu, bitte.»

«Wer sind Sie?», antwortete eine unbekannte Stimme.

«Rusu, vom Bezirksgeschichtsmuseum Hunedoara.»

Er wiederholte diesen Namen, als erRalucas Stimme hörte. «Kannst du sprechen?», fragte er dann.

«Ja. Reden Sie.»

«Ich will dich treffen. Gehen wir in eine Ausstellung.»

«Welche Ausstellung?»

«Die in der Sala Dalles.»

«Was wird dort gezeigt?»

«Keine Ahnung, ist auch egal, solange ich dich sehen kann.»

Sie überlegte. «Vielleicht, ich weiß nicht.»

«Ist das ein Ja?»

«Es ist sicher eine spannende Initiative, Genosse Rusu, aber ich habe keine Zeit jetzt. Wir haben hier sehr viel zu tun. Mein aktuelles Projekt hätte vor Weihnachten schon fertig sein müssen.»

Stefan hatte sich noch nie für eine verheiratete Frau interessiert. Er hatte aber nichts dagegen. Ralucas Mann gehörte zur Parteiführung, war also niemand, dem Stefan besonders viel Mitgefühl oder Achtung entgegenbrachte. Es war ihm aber bewusst, dass es für Raluca schwierig war, sich mit ihm zu treffen. Wenigstens vorerst. Er war überzeugt, dass sie früher oder später sein Interesse erwidern würde. Dann würde sie sich scheiden lassen und ihn heiraten. Und der Ehemann würde ein wenig herumtoben. Na ja.

Weil er die Hürden verstand, die Raluca überwinden musste, blieb er hartnäckig dran. Er hatte es nicht eilig. Er erwartete sogar, dass sie sich extra ein wenig zurückhaltend geben würde, um sich seiner Absichten zu versichern. Irgendwann würde er sie aber wiedersehen.

Drei Tage später rief er erneut an: «Hallo, ich bin's. Heute bin ich Vizedirektor Stoian von der Sportanlage Floreasca. Kannst du sprechen?»

«Nein.»

«Raluca, lass uns mal Schlittschuhlaufen gehen.»

«Ich weiß nicht. Ich war schon seit Ewigkeiten nicht mehr.»

«Du wirst dich sofort wieder erinnern. Wie wär's mit Floreasca? Wo ich doch hier Vizedirektor bin.»

«Aber … es ist eine vielbesuchte Eisbahn, Genosse Stoian. Würden wir mit einer Inspektion nicht den Betrieb stören?»

«Das stimmt, es kommen viele Leute. Komm doch mit einer Freundin, ich kreuze zufällig auf, die Eisbahn hat den ganzen Tag geöffnet, es wimmelt nur so von Menschen. Keiner wird dich erkennen.»

«Dann müsste es am Abend sein.»

«Und?»

«Ich würde gerne kommen, aber ich habe ein Kind zu Hause, das auf mich wartet.»

Wieder nichts, aber Stefan blieb keine Muße, von Raluca zu träumen. Die Warteschlangen für Lebensmittel wurden in diesem Winter länger und länger. Schon nachts um drei, vier Uhr, bei klirrender Kälte, stellten sich die Ersten vor den Läden auf. Nach wenigen Stunden lösten die Familienmitglieder einander ab. Der Laden würde um acht Uhr öffnen.

Frau Stela, Stefans Kontakt in der *Alimentara*, ließ ihn im Stich. So mussten er und Ecaterina anstehen wie die meisten, sofern sie sich nicht ausschließlich mit Pasta, Senf und bulgarischen Essiggurken ernähren wollten, die es überall gab. Das frühe Aufstehen fiel ihm nicht schwer. Er schlief ohnehin nicht gut. In der Wohnung wurde es nachts kalt. Das Kissen fühlte sich bei jeder Bewegung eisig an.

Er ließ sich davon nicht die Stimmung verderben und rief bald wieder an. «Ich bin's, Stefan. Lass mich bitte nicht mehr warten. Gleich haben wir Februar.»

«Es ist nicht einfach, Genosse», antwortete Raluca vorsichtig.

«Raluca, musst du nicht irgendwo eine Baustelle besuchen? Ich verkleide mich als Obdachloser und lasse mich wieder verprügeln.»

«Ich weiß nicht, was eine weitere Inspektion bringen würde.»

«Du rettest mich dann und bringst mich notfallmäßig ins nächste, ähm, Kaffeehaus.»

Was über die Leitung kam, klang wie eine Mischung aus Hust- und Lachanfall. Geschah ihr recht.

«Diese Erkältung hört nicht mehr auf», sagte sie heiser. Dann flüsterte sie. «Gut, aber wir müssen aufpassen, die Stadt hat viele Augen und Ohren. Ich kann mir einfach nicht leisten, dass man schlecht über mich redet.»

Die proletarische Moral war Stefan geläufig. Ihre Gebote waren nirgends aufgeschrieben, aber eine Vorstellung davon hatte jeder. Die Partei wusste, wie gute Untertanen zu leben hatten. Scheidungen wurden erschwert, Seitensprünge als Schande angesehen. Das Leben für die Sache erfordert Geradlinigkeit im Privaten.

Sie trafen sich am Vereinigungstag, dem 24. Januar, im Herăstrău-Park. Für Januar war das Wetter mild, und eine tapfere Sonne tat ihr Mögliches gegen die milchige Wolkendecke. Ralucas Gesicht war von Kälte gerötet, was ihr etwas Mädchenhaftes gab, zumal sie eine rote Strickmütze und passende Handschuhe trug.

«Hey, Rotkäppchen», sagte Stefan. Er zeigte auf die paar kümmerlichen Pappeln und Birken, die verstreut aus einer weißen Wiese ragten. «Dieser Wald ist aber gefährlich, was machst du hier allein?»

«Ach, lass den Quatsch», lachte Raluca. «Alle witzeln über meine

Mütze, dabei bin ich fast so alt, dass ich Rotkäppchens Großmutter spielen könnte!»

«Ich muss alberne Witze reißen, egal worüber. Sonst merkst du noch, wie sehr ich mich freue, dich zu sehen.»

«Ach, Stefan! Sag nicht solche Sachen. Übrigens, jetzt solltest du in die Berge gehen. Dort gibt's mehr Schnee.»

«Ich kann noch ein wenig warten, vielleicht fahren wir zusammen. Es wäre doch toll. Natürlich würde ich separat reisen und wohnen, aber wir hätten so viel Zeit. Und dein Sohn ist zu klein, der verpetzt dich schon nicht bei Stancu senior. Wie alt ist er noch mal? Kann er schon sprechen?»

«Ein bisschen. Ein Jahr und drei Monate. Was würdest du denn mit uns unternehmen wollen? Schneebälle werfen? Wie lange würdest du es mit einem Kleinkind aushalten?»

«Ewig», lachte Stefan, «solange du dabei bist. Komm, versteck dich nicht hinter deinem Sohn. Ich kann das schon lernen.» Stefan legte seine Hand sanft auf Ralucas Oberarm. «Ich brauche nur etwas Zeit mit dir. Mach einfach mit, so gut du kannst.»

Sie schwieg.

Er spürte ihre Zurückhaltung und hätte ihr gern geholfen, sie zu überwinden. Die diffusen Vorstellungen, wie man zu leben hatte. Er konnte ihr diesen Kampf nicht abnehmen. Dafür kannte er sie zu wenig. Er manövrierte im Trüben. War er zu schnell? Zu drängend?

«Kannst du dir vorstellen», fragte sie, «was passiert, wenn einer von Ilies Bekannten uns hier so sieht? Besonders, wenn ich es nicht mitbekomme? Ilie ist ein einfacher und sehr ehrgeiziger Mann. Er hätte überhaupt kein Verständnis.»

«Natürlich kann ich das. Aber wir sind erwachsene Menschen. Wir können nicht nur nach den Erwartungen anderer leben. Manchmal muss man sich die Eigenständigkeit erkämpfen. Aber was willst du sonst machen? Es ist dein Leben. Dein einziges. Willst du dich wie … ein Haushaltsgerät behandeln lassen? Aber genug davon. Ich möchte dich irgendwo treffen, wo dich keiner eurer Bekannten sehen kann. Und wo es ein paar Grad wärmer ist als hier.»

«Wo denn?»

«Ich weiß nicht. Bei mir vielleicht.»

«Was?»

«Warum nicht? Menschen besuchen einander.»

Für Ecaterina musste er noch eine Lösung finden. Das sagte er aber nicht laut.

Raluca schwieg, und Stefan merkte, dass er fürs Erste genug verlangt hatte. Er lenkte das Gespräch auf andere Themen. Raluca erzählte von ihren ersten Jahren in Bukarest. Vorsichtig prüfte er ihre Ansichten. Es gab wenig Menschen, die sich auch im Privaten zum vorgeschriebenen Dogma bekannten. Es war ein Zeichen von Misstrauen oder von echtem Fanatismus. Beides hätte er abgelehnt. Aber sie war nie politisch engagiert gewesen. Sie lebte in einer anderen Umgebung als er, das war nicht neu. Ihre Denkweise war aufrichtig. Das beruhigte ihn. Was sie sagte, ergab einen Sinn.

Eine unbändige Freude erfüllte ihn. Sie war es, er hatte sie gefunden. Die Zeit schwoll an, wurde groß und wichtig. Er wurde wichtig, spürte sich, seinen Körper. Seine Bewegungen ergaben sich von selbst und waren bedeutsam und richtig.

Als es anfing zu dämmern, gingen sie auf den Ausgang zu. Sie redeten über Filme und Schauspieler. Über Kirk Douglas, den Stefan bewunderte. «Das kann Kirk ausgezeichnet», sagte er. «Im Film wenigstens.»

«Ja, im Film kann er alles.» Raluca drehte sich zu Stefan und blieb stehen. «Aber du bist hier mit mir.»

Stefan blieb ebenfalls stehen. Er hörte auf zu lächeln und küsste sie leicht.

Von dort, wo sie in jenem Augenblick standen, sah man durch die Bäume den See. Er hatte eine unwirkliche, matt graublaue Farbe. Es war kalt, und die Dämmerung schien nur noch auf sie beide zu warten, um den Park zu verschlingen.

Nach zwei weiteren Treffen mit Raluca, es war inzwischen Mitte Februar, merkte Stefan, dass er mehr Nähe brauchte, mehr Schutz vor fremden Blicken. Es war Zeit, sich mit Raluca irgendwohin zurückzuziehen. Sie gab zu, dass sie auch diesen Wunsch verspürte.

Viele Möglichkeiten hatten sie nicht, das war Stefan klar. Hotels vermieteten Zimmer grundsätzlich nur an verheiratete Paare – nach Prüfung der Ausweise. Er konnte auch keine andere Wohnung für sie zwei finden. Für eine der wenigen Mietwohnungen hätte er viel Einfluss gebraucht, und für eine Eigentumswohnung betrug die Wartezeit zwei Jahre. So blieb ihm nichts anderes übrig, als mit Ecaterina zu reden.

31. BELUGA

Ein neuer Securitate-Beamter begann in der Redaktion. Er hieß Emanoil Todea und war ein großer, übergewichtiger Mann mit einer gewölbten Stirn und einem seltsam abwesenden Blick. Seine zurückhaltende Art kontrastierte mit der penetranten Energie seines Vorgängers.

Eines Abends Ende Februar, als Stefan gerade die Redaktion verließ, trat Todea aus seinem kleinen Büro heraus und sagte: «Genosse Irimescu, kommen Sie doch mit, ich bin auch gerade am Gehen. Wir wechseln bloß ein paar Sätze, und dann lasse ich Sie nach Hause gehen.»

«Natürlich. Ist etwas passiert?», fragte Stefan. Er hatte Mühe, seinen Herzschlag zu beruhigen. *Kommen Sie mit* – dieselbe Aufforderung wie damals, als er verhaftet wurde.

«Nein, was soll passiert sein?», seufzte Todea beiläufig zurück, als sie den Aufzug betraten.

Todea hatte eine unangenehm hohe, immer besorgt klingende Stimme. Zusammen mit seiner natürlichen Hässlichkeit vermittelte sie das diffuse Gefühl, dass mit diesem Mann gesundheitlich etwas nicht stimmte, wie ein versteckter genetischer Defekt.

Eine halbe Stunde später betraten sie ein Büro in einem dieser zahlreichen Bürogebäude, an deren Eingang kein Schild stand, dafür eine bewaffnete Wache. Der Raum war kahl, ein Tisch und zwei Stühle. Ein Bild des Generalsekretärs hing an einer Wand, darunter eine Landeskarte.

«Ich möchte meine Mutter anrufen», sagte Stefan, als Todea die Tür schließen wollte, «damit sie Bescheid weiß, dass ich mich verspäte. Sie ist alt und erschrickt leicht.»

Todea nickte verständnisvoll, schloss trotzdem die Tür und sagte: «Sie können von hier aus nicht anrufen. Wir dürfen die Leitungen nicht mit persönlichen Gesprächen besetzen. Aber ich halte Sie nicht lange auf. Übrigens halte ich Sie nur auf, nicht fest. Wir sind sehr bald fertig, glauben Sie mir. Hätte Ihr Bus eine Panne, würden Sie sich schließlich auch verspäten.»

Stefan setzte sich. Etwas sagte ihm, dass Todea ihn absichtlich schikanierte. Verdammt, ärgerte er sich, wenn ich so einem Dreckskerl nur einmal meine ehrliche Meinung sagen könnte!

Todea ging schwerfällig zum anderen Stuhl und ließ sich mit einem Seufzer darauffallen. «Vermissen Sie nicht meinen Vorgänger?»

Stefan schwieg.

«Er arbeitet hier, im Büro nebenan. Wenn Sie möchten, rufe ich ihn.»

«Ist das eine Drohung?», fragte Stefan. Er schluckte leer, konnte nicht anders. Er ärgerte sich, seine Angst nicht besser verstecken zu können.

Todeas Fischaugen traten noch mehr hervor als sonst. «Ojemine, überhaupt nicht», sagte er ernst. «Glauben Sie etwa, dass ich Sie hierhergebracht habe, um Sie einzuschüchtern?» Dann nickte er, wie einlenkend: «Ich verstehe, dass Ihre … Kontakte mit ihm auf einer rein persönlichen Ebene nicht so …»

«Fragen Sie mich nach meiner Meinung, oder ist das eine Behauptung?», fragte Stefan. Jetzt gefiel ihm sein Ton besser.

«Vielleicht möchten Sie mit Ihrer Version ergänzen. Ich dachte, ich gebe Ihnen diese Möglichkeit. Vielleicht bin ich kein Freund von vorgefassten Meinungen. Ja?»

«Danke, aber für mich ist die Sache abgeschlossen.»

«Abgeschlossen?»

«Ja. Beendet. Geschichte», sagte Stefan und machte eine entsprechende Geste.

«Na, dann sind Sie wohl zufrieden», folgerte Todea seelenruhig, «nun mit mir zusammenzuarbeiten.»

Stefan schluckte. Der Mann spielte rhetorisch in einer anderen Liga als Dobre.

Stefan wollte weder mit Todea noch mit der ganzen verhassten Institution «zusammenarbeiten». Das konnte er Todea natürlich nicht sagen. Er hätte diesem bloß ein zusätzliches Druckmittel in die Hand gegeben. Er wollte dem Satz aber auch nicht zustimmen. Er merkte, dass er schwitzte.

«Ich habe diesbezüglich keine Vorliebe», sagte Stefan eilig. «Legen Sie los, was … wollten Sie von mir?»

Todea nickte und machte wieder ein besorgtes Gesicht. Er zeigte mit beiden Händen auf die eigene Brust, dann mit ausgestreckten Armen auf

Stefan. «Ich will Ihnen helfen, Genosse Irimescu. Sie hatten einige … bedauerliche … Momente mit Genosse Dobre. Das macht mir Sorgen, weil ich es schade fände, wenn ein wichtiger Meinungsmacher, ein bekannter Journalist wie Sie … ähm, eine ungünstige Meinung behielte von einer Institution, die im Großen und Ganzen betrachtet eine sehr löbliche Tätigkeit entfaltet. Verstehen Sie, was ich sage?»

«Bis jetzt verstehe ich, was Sie sagen, ja. Aber ich bin nicht …»

«Sehr gut, das beruhigt mich. Wir sehen zwar auch weniger beruhigende Zeichen. Es scheint nämlich so zu sein, dass Sie in eine üble Geschichte verwickelt waren – Diebstahl von Baumaterial von einer strategischen Baustelle. Nun, wenn unsereiner einen Diebstahl sieht, dann fragen wir uns immer: Handelt es sich hier vielleicht um Sabotage?»

Stefan erstarrte. Woher wusste er? Der Oberarzt? Raluca? Ihr Chauffeur? Unwichtig, er musste sich auf das Gespräch konzentrieren. «Es war ein Zufall. Ich war unterwegs nach Hause und ging an dieser Baustelle vorbei. Ich habe um etwas Wasser gebeten, und die Arbeiter griffen mich plötzlich an. Wohl eine Verwechslung. Erst später habe ich gehört, dass dort ein Diebstahl vorgefallen war.»

Todea nickte wieder. «Warum haben Sie keine Anzeige erstattet, Genosse Irimescu?»

«Eine Anzeige?»

«Bei der Miliz. Sie wurden ja krankenhausreif geprügelt … Man würde doch zur Miliz gehen und Anzeige erstatten, nicht?»

«Mit welchen Zeugen? Sie haben mich rasch in einen Keller gezerrt, es hat uns niemand gesehen.»

Todea nickte und machte große Augen, als hätte er eine wichtige Erkenntnis gewonnen.

«Dann würde Ihr Wort gegen das der Arbeiter stehen. Ich verstehe. Sehen Sie, es ist doch gut, dass wir solche Probleme klären. Das hilft uns beiden. Ich verstehe, ja. Es ist nicht mein Ziel, Sie zu begraben. Vielleicht hat mein eifriger Vorgänger diesen Eindruck hinterlassen», sagte Todea und stand auf. Er streckte sich. Dann ging er zum Fenster, schaute kurz hinaus, bückte sich und nahm eine Aktentasche. «Aber ich bin nicht so. Dieses Hickhack hilft doch keinem. Vertrauen ist doch viel wichtiger.»

Todea setzte sich und holte eine Mappe aus der Tasche. Seine Bewegungen waren langsam und überlegt. «Und die Grundlage des Vertrauens ist ja Ehrlichkeit. Mit offenen Karten spielen. Natürlich.» Er öffnete die Mappe und entnahm ihr einige Papiere, die er zu Stefan schob. «Schauen wir nun, wie es bei Ihnen mit der Ehrlichkeit steht. Ich lege meine Karten offen auf den Tisch und zeige Ihnen, was ich habe und was ich nicht verstehe.»

Stefan schaute die Papiere an. Es waren Briefe. Leserbriefe. Einen erkannte er wieder. Hatte er sie nicht entsorgt? War ihm einer entgangen? Er hatte zu wenig darauf geachtet. Bloß jetzt nicht lange überlegen.

«Gut, und?», fragte Stefan.

«Gut würde ich das nicht nennen», antwortete Todea wie zu einem etwas langsamen Schüler. «Sie wissen das vielleicht nicht – übrigens: Unwissen würde Sie bei einem Prozess nicht schützen – laut Gesetz werden Dokumente, die unsere Mitarbeiter beschlagnahmen, automatisch relevant für die Staatssicherheit. Sie haben solche Dokumente unterschlagen, und wir können das beweisen. Für den Moment stört mich das nicht sonderlich. Sie sind nicht mehr in der Situation, unserem Land auf diese Art zu schaden. Aber dieser dunkle Flecken bleibt natürlich in Ihrer Akte. Das haben Sie sich selbst eingebrockt. Da kann ich auch nichts machen, außer Ihnen zeigen, woran Sie sind.»

Stefan wusste nicht, was er antworten sollte. Er hatte keine Ausrede bereit.

«Wir sind keine Bestien, Genosse Irimescu», sagte Todea, leicht vornübergeneigt. «Wir handeln nicht in blinder Wut. Wenn etwas keine Gefahr mehr fürs Vaterland darstellt, können wir es gut sein lassen. Wir haben auch so mehr als genug Arbeit. Übrigens: Wer hat Ihnen damals geholfen?»

Stefan brauchte einige Augenblicke, bis er die Frage verstand. Jetzt bloß nicht «Niemand» sagen, dachte er. Nur nicht plump verneinen.

«Geholfen wobei?»

Todea nickte traurig, enttäuscht. Er seufzte. «Ich wollte nur, dass Sie im Bild sind. Wir hätten noch ein paar Sachen über Sie, aber die sind nicht so wichtig – zum jetzigen Zeitpunkt. Sie können gehen.»

«Pardon?»

«Ich wollte Ihnen nur zeigen, was wir für Informationen haben. Ehrlichkeit, Vertrauen. Den Teil unserer Erkenntnisse, den ich Ihnen zeigen darf, habe ich Ihnen nun gezeigt. Sie müssen mir nicht danken. Es kann sein, dass auch wir mal Ihre Meinung brauchen, oder gewisse Beobachtungen, die Sie machen. Aber nicht jetzt. Jetzt sage ich Ihnen, Sie können gehen, ich bin fertig. Außer, Ihnen ist noch irgendetwas unklar.»

Stefan überlegte fieberhaft. Wenn er darauf nichts antwortete, dann konnte man es so deuten, dass er sich darüber im Klaren sei, welche «Beobachtungen» die Securitate später von ihm verlangen würde, und damit halb einverstanden sei. Das wollte er aber gleich ausschließen.

«Was Sie mir zu sagen hatten, ist mir klar. Was diese … Beobachtungen betrifft, ist es besser, wenn Sie von mir nichts erwarten.»

Todea nickte wieder besorgt, als sei Stefan sein kleiner, leichtsinniger Sohn. Er erhob sich, ging zur Tür, öffnete sie auf seine umständliche Art.

Stefan erhob sich ebenfalls. Er konnte es kaum erwarten, wieder auf der Straße zu stehen und fliehen zu können, weit weg von Todea und diesem Gebäude.

«Beeilen Sie sich nicht», sagte Todea beim Hinausgehen. Er begleitete Stefan bis auf die Straße. «Gehen Sie heim, überlegen Sie es sich in aller Ruhe. Einige Ihrer Kollegen sind nicht so … verschlossen. Auf Wiedersehen.»

32. DER LIEBHABER

Raluca Stancu war nicht jemand, der langfristig plante und der sich besonders um die Einheitlichkeit ihres Handelns sorgte. Darum stellte sie sich in dieser Zeit – der ersten Hälfte 1981 – nie die Frage, warum sie sich auf eine Liebesbeziehung mit Stefan einließ, obwohl sie verheiratet war, und dies noch mit einem mächtigen und vielleicht rachsüchtigen Mann. Oder wenn dies doch ihre Aufmerksamkeit streifte, dann nur nebenbei, etwa auf dem Weg heim oder nachdem sie Florin schlafen gelegt hatte. Raluca war ein Mensch des Augenblicks, den sie durchaus klug und leidenschaftlich zu leben wusste. Sie musste in ihrem Beruf oft planen und war dazu ohne Zweifel auch fähig, aber im Privaten gehörte es einfach nicht zu ihr.

Sie traf sich mit Stefan meistens für Spaziergänge in schneebedeckten, beinahe menschenleeren Parks. Sie ließ sich von ihm berühren und küssen, weil er es wollte und weil sie sein Begehren brauchte. Sie war nicht überrascht, und sie fragte sich nicht, wohin das führen würde.

Zu ihrem Geburtstag Ende Februar schenkte Stefan ihr die Lettern ihres Namens. Er hatte sie aus der Druckerei organisiert. Drucktypen wurden streng bewacht, wie alles, was Privatpersonen ermöglichen würde, Texte zu vervielfältigen. Raluca verstand: Es war ein Beweis des Muts, aber vor allem des blinden Vertrauens. Sie hätte ihn denunzieren können. Sie war gerührt. Ihr Kuss kam diesmal von Herzen.

Er lud sie wieder ein, sich bei ihm zu treffen. Aber eine laute Stimme fing an, in ihrem Kopf zu toben. Ein Techtelmechtel mit ihm, den sie noch kaum kannte, in seiner Wohnung? Während ihr Kind zu Hause wartete?

«Ich kann das noch nicht, Stefan.»

«Kein Problem. Reden wir ein andermal darüber. Es wäre einfach schön, wir könnten zusammen sein, ohne uns ständig umzuschauen. Ich will nicht, dass wir uns immer schuldig vorkommen. Es gibt keinen

Grund dafür. Ich weiß, was ich für dich empfinde, Raluca. Und du weißt es auch.»

Zwei weitere Wochen lang wehrte Raluca ab, bis das Abwehren sich nicht mehr richtig anfühlte. Zu ihrer Beruhigung versuchte Stefan es immer wieder, am Telefon und während ihrer Treffen.

Eines Tages sagte sie zu.

Als sie vor Stefans Haus stand, konnte sie nicht glauben, dass sie es wirklich tat. Sie blieb kurz stehen. Ihr Herz pochte. Sie konzentrierte sich auf das Gebäude. Die Fassade hätte dringend einer Renovierung bedurft. Die Fensterrahmen waren einmal weiß gewesen. Von der Straße führte ein schmaler Gang an verbeulten Abfallkübeln vorbei in einen kleinen Innenhof, wo sich der Eingang befand.

Sie hatte … *das* noch nie gemacht. Aber es war gut so, ihr Recht. Sie hatte es sich verdient. Es gab auch für sie einen Mann, für den sie die Traumfrau war. Sie durfte ihn nicht noch länger schmachten lassen. Und sie wollte ja mit ihm sein.

Sie stieg die drei Stockwerke hoch, fand die Klingel. Stefan öffnete ihr sofort. Sie hatte sich überlegt, was sie in diesem Augenblick tun würde, sie wollte keine peinliche Unsicherheiten: Sie fiel ihm in die Arme. Er küsste sie leidenschaftlich. Dann sah sie ihn an. Sein Gesicht wirkte heute anders, sein Blick war intensiver. Sie setzten sich aufs Sofa. Und redeten – an dem Abend redeten sie nur, bis es Zeit war zu gehen.

Eine Woche später regnete es in Strömen. Sie erkannte das Gebäude wie einen vertrauten Gegner. Das Wasser tropfte von ihrem Mantel und Regenschirm auf die abgenutzten Stufen der Holztreppe. Es roch nach Bohnerwachs. Sie stieg hinauf, diesmal ohne Eile.

Sie klingelte. Stefans Hemd wurde von der Umarmung nass. Er bot ihr einen Tee an. Er erzählte und machte Witze, sie hörte ihm halb zu. Die Luft war abgestanden und kühl. Man sollte die Isolation erneuern oder eine bessere Heizung montieren, dachte sie. Dass ihr Liebhaber schon lange in diesem eisigen, miefigen Loch leben musste, machte sie traurig. Gleichzeitig fand sie das alte Gebäude irgendwie romantisch. Ihr verfolgter Prinz in seinem verfallenen Schloss.

Stefan kniete sich vor sie hin. Sie zog ihm das nasse Hemd aus. Er fror.

Sie zog ihn an sich und küsste eilig seine Schultern, seinen Hals, seinen Mund. Sie liebten sich linkisch, überstürzt. Raluca merkte erst später, auf dem Heimweg durch die leeren, regennassen Straßen, dass sie es eigentlich nicht wirklich genossen hatte. Es war unwichtig. Stefan gehörte nun ihr, sie waren verbunden.

Beim nächsten Besuch öffnete ihr Stefan mit einer theatralischen Verbeugung. Er schaute sie bewundernd und hungrig an, während sie ihren Mantel ablegte. Sie öffnete ihre Tasche. «Ich habe dir etwas mitgebracht», sagte sie und lächelte. Sie stellte eine Flasche Wein auf den Tisch und legte eine Salami dazu. «Mein Schwiegervater versorgt mich aus der Parteikantine.»

Stefan holte zwei Gläser und machte die Flasche auf. Der Wein tat Raluca gut, wärmte sie. Sie würde mit einer Fahne heimkommen. So weit war sie nun, dachte sie. Ilie würde es aber nicht merken. Er hatte Vorstandssitzung am Parteihauptsitz. Mit seiner Alkoholfahne würde er ihre nicht bemerken.

Sie fühlte sich unverschämt und glücklich. Sie weinte. Stefan erzählte aus seiner Kindheit und hielt sie umarmt. Sie vergaßen die Zeit. Raluca erschrak, als sie Ecaterina eintreten hörte. Ausgerechnet an diesem Abend, als sie Wein getrunken hatte!

«Du brauchst dich nicht zu verstecken, Raluca», sagte Stefan.

Er stellte sie einander vor. «Das ist Raluca, wir haben die Zeit vergessen …»

«Ja, ich bin die beschwipste Geliebte», lachte Raluca.

Ecaterina lachte ein wenig mit, Raluca hörte die Vorsicht darin.

Sie hatte nicht vorgehabt, Stefans Mutter jetzt schon kennenzulernen. Sie hatte wohl keinen guten ersten Eindruck gemacht. Die alte Frau zeigte sich aber freundlich, und Raluca war ihr dankbar dafür.

Eine Woche später brachte Raluca wieder Wein und Essen mit. Sie wollte Stefan und Ecaterina ein wenig helfen, nur symbolisch. Stefan dachte anders: Er sagte, er wisse, dass sie es gut meinte. Aber seine Mutter stand zwei oder drei Stunden an und bekam fast nichts. Ralucas Mitbringsel würden sie beschämen. Raluca verstand.

Sie hatte auch Kerzen mitgebracht. Sie zündete sie an, löschte das Licht. Trotz des Frühlings war es in der Wohnung noch kühl. Sie stieß

Stefan zum Sofa und setzte sich auf seine Knie. Er umarmte sie und fing wieder an zu erzählen.

Raluca hatte etwas anderes vor. Sie legte ihm einfach eine Hand, mitten im Satz, auf den Mund. Er schien verdutzt, verstand offenbar nicht, was sie wollte. Sie nahm seine Hand und steckte sie sich in den Ausschnitt. Das zeigte Wirkung.

Stefan war so anders. Mit Ilie war Sex stets beinahe wortlos verlaufen. Sie überließ ihm die Kontrolle. Als sie ein junges Mädchen war, fühlte sich das nicht schlecht an, aber es war wie bei der Achterbahn auf dem Volksfest: Es gab Schienen, die die Richtung vorgaben, und die Richtung war immer gleich. Nach einer genauen Anzahl Umdrehungen war Schluss.

Sie brauchte eine Weile, bis sie sich an Stefans Art zu lieben gewöhnte. Er war langsamer, sanfter. Er verwöhnte sie – etwas, was sie zum ersten Mal erlebte und sie ein wenig verwirrte. Er sorgte für sie wie ein Genießer, der mit einer Genießerin zu tun hat. Er wusste, was er wollte. Er redete darüber, was er tat. Er verlangte und bot an.

Es gefiel ihr mit Stefan. Sie wollte diesen Mann besitzen.

33. DAS ENDE

Eigenartig, dachte Ilie, die schlimmsten Nachrichten schneien an einem beliebigen, unscheinbaren Tag herein, wie zum Beispiel an diesem 24. April 1981.

Mitică Lungu hatte ihn zu sich ins Büro geladen. Der Raum war spartanisch eingerichtet, die Büromöbel von einer tristen Zeitlosigkeit. Sie hatten sich auf ein dunkelgrünes Kunstledersofa an der Wand gesetzt. Sobald Mitică seine Sekretärin angewiesen hatte, sie nicht zu stören, hatte er Ilie eine Hand auf die Schulter gelegt und ihn eindringlich angeschaut. Der war vor Überraschung verstummt.

«Ilie, der Augenblick ist gekommen, wo du stark sein musst. Wir kennen uns schon lange, ja?», fragte Mitică, und sein Lächeln wirkte diesmal ein wenig traurig.

«Natürlich, Mitică», antwortete Ilie mit fragendem Blick. «Sag, was du von mir willst, und ich gebe dir mein Ehrenwort …»

«Du bist ein Mann wie die Tanne, Ilie, du musst stark sein. Ein Mann, auf den Verlass ist, vom Lande, wie die Bauernsoldaten Stefans des Großen. Ilie, ich habe eine schlechte Nachricht. Du wirst wanken, aber du wirst nicht brechen.»

Mitică machte wieder eine Pause und schaute Ilie lächelnd in die Augen. Ilie fühlte sich immer unwohler. War das eine Prüfung? Hatte er sich etwas zuschulden kommen lassen? Dann hätte er durch seine anderen Kanäle davon erfahren müssen.

«Es geht um deine Frau Raluca. Ich sage es dir mit dem ganzen Respekt für dich als Parteikollege, als unerschütterlicher Freund, als Bruder. Ilie, wir haben Gründe zu glauben, dass sie fremdgeht.»

Ilie stockte der Atem. Er konnte nicht denken, weil jeder Gedanke in der Mitte abbrach. Er machte mehrmals den Mund auf, um etwas zu sagen, schaffte es aber nicht.

Das war das Ende. Das Ende von allem. Von allem, was er in seinem Leben aufgebaut hatte. Die Schande. Vor seiner Großfamilie. Er war deren Hoffnung. Er hatte Schande über seine Eltern gebracht. Alles in Trümmern. Sein Name. In der Partei. Der Spott all seiner Freunde und Genossen. Ausgerechnet Raluca. Was hatte er nicht alles für sie getan. Trotz ihrer Herkunft. Jetzt setzte sie ihm Hörner auf. Wie dem letzten armseligen … Trottel. Sein Vater, seine Onkel. Der einzige Sohn, der Lieblingsneffe hat Hörner auf. Beschmutzt. Seinen Namen beschmutzt hat sie. Alle haben ihn gewarnt. Uni-Schlampe. Intellektuellen-Schlampe. Mutter seines Sohnes, ha! Dekadentes, schamloses Luder. Doppelzüngiges. Alles hat er ihr gegeben. Hat es frühe Zeichen gegeben? Hat er etwas übersehen? Wie erkennt man den faulen Kern im knackigen Apfel?

Ilie nahm das Wasserglas, das ihm Mitică reichte. Im Nebenraum ratterte eine Schreibmaschine.

«Was mache ich jetzt?», fragte er. «Wer ist das Rindvieh? Sag mir, wer dieses Tier ist, und ich reiße ihn in Stücke. Mitică, du weißt ja alles. Bitte, finde mir seinen Namen und seine Adresse heraus. Nur darum bitte ich dich.»

Mitică schüttelte langsam den Kopf. «Ilie, soll er leiden, oder sollst du leiden, was willst du?»

Ilie verstand nicht.

«Ich kann nicht nur seine Adresse herausfinden, sondern was der Typ für Noten in der Grundschule hatte. Und was machst du dann? Gehst du mit dem Messer zu ihm? Um ihn aufzuschlitzen, wie ein Zigeuner? Und dann? Wohin schickt dich die Partei, als Vorbestraften, was meinst du? Die WCs am Nordbahnhof putzen, dorthin schickt sie dich.»

Mitică hatte recht, das verstand Ilie, aber … «Ich erwürge den Sauhund, ich tilge ihn vom Angesicht der Erde!»

Ilie spürte, wie Mitică an seiner Schulter rüttelte. Er spürte seinen Blick. Er wagte nur kurz, ihn zu erwidern, zu heftig war seine Wut. Sie saßen schweigend da, wie ein angeschlagener Boxer und sein Trainer.

«Also», sagte Mitică. «Was machst du? In dieser Situation, in der du nun bist.»

«Ja», sagte Ilie, ohne genau zu wissen, was Mitică gerade gesagt hatte.

«Was hast du vor? Ich werde dir etwas sagen.»

«Ich höre dir zu, Mitică», seufzte Ilie. «Sag's.»

Mitică schaute kurz um sich.

«Du tust jetzt niemandem etwas. Wenn du willst, scheiß deine Frau nur zusammen, sehr gut. Aber du rührst sie nicht an. Und pass auf mit der Flasche. Wir verstehen uns. Was den Kerl betrifft, um den kümmere ich mich, ja? Hast du das verstanden?»

«Ja», murmelte Ilie. Er hätte so gern die Sache selbst in die Hand genommen.

«Wenn es dir nicht gefällt, wie ich ihn zurechtmache, brauchst du mich nicht mehr Mitică zu nennen. Wenn du vernünftig bist, dann organisieren wir vielleicht etwas, damit du zuschauen kannst. Aber ich verspreche dir nichts. Wir kennen den Kerl bereits: ein richtiger Unruhestifter, ein Typ mit feindseliger Einstellung. Wir haben ihn in der Hand. Wir werden ihn jetzt schnappen. Und schauen, was er zu sagen hat.»

Ilie nickte. Langsam fand er Gefallen an Mitićas Worten.

«Und ich halte dich auf dem Laufenden, was ich mit ihm anstelle.»

«Ja, Mitică, ich will wissen, wie er …»

«Ich habe es dir versprochen. Fertig. Bei uns vertrauen wir Freunden blind. Darum helfe ich dir, verstehst du?»

«Aber, Mitică, kann er nicht … nachher für länger wegbleiben? Zehn, fünfzehn Jahre?»

«Hm, möglicherweise. Obwohl … In Ordnung, ich lasse abklären, was wir gegen ihn haben, ob es für die sechste Abteilung reicht.»

Ilie verstand. Die sechste Abteilung der Securitate befasste sich mit schweren Verbrechen gegen die Staatssicherheit, mit Aufwiegelung, Komplott, Sabotage der nationalen Wirtschaft und desgleichen. Nutzte man die dafür vorgesehenen Strafen aus, dann würde der Kerl nicht unter zehn, eher zwanzig Jahre bekommen.

«Mitică», sagte Ilie, «ich werde dir das nie, nie vergessen. Ich werde mein Leben für dich geben.»

«Das wird nicht nötig sein. Beruhige dich. Es stimmt zwar, für einen anderen würde ich es nicht tun. Weißt du, warum ich es für dich tue? Weil ich dich hier an meiner Seite brauche. Ich will dich nicht aus der Mannschaft verlieren. Wir sind eine starke Mannschaft, ich habe Großes vor, ich kann dir jetzt nicht mehr dazu sagen, aber wir setzen uns langsam in Bewegung. Wenn wir alle mit Köpfchen agieren, dann wird uns diese Geschichte auch noch nützen. Gut. Dann haben wir uns verstanden, Ilie, ja?», sagte Mitică und hob den Zeigefinger.

«Ja, sicher. Mannschaft.»

«Achtung, diese Sache ist größer als eine Bettgeschichte. Und wir können dieses Spiel gewinnen.»

Ilie bedankte sich mehrmals. Er verabschiedete sich und fuhr wieder in die Parteizentrale, um eine Sitzung zu den bevorstehenden 1.-Mai-Feiern zu leiten – Routineangelegenheit. Dann fuhr er heim, um Raluca zur Rede zu stellen. Um fünf Uhr war er schon zu Hause. Frühlingsdüfte stiegen aus dem Garten des Generals im Erdgeschoss auf, folgten ihm in die Wohnung, Düfte des feuchten Neuanfangs, betörend und beschämend.

«Du bist heute früher zu Hause!», bemerkte Raluca heiter, als sie ihn sah.

«Schau mal an. Solche Freude bei dir!»

«*Pardon?*»

«Du platzt vor Freude, dass du mich siehst, ja? Wieso plötzlich? Hast du mich schon lange nicht gesehen, oder was?!»

«Ilie, was ist in dich gefahren? Warum redest du so mit mir?»

«‹Warum redest du so mit mir›», äffte er sie nach. «Wo du ja … wie ein Frühlingsblümchen. Nur reine Liebe im Herzen, ja? Wie ein Turteltäubchen. Du verstehst nicht? Ich habe lange Zeit auch nicht verstanden! Ich habe zwar etwas geahnt, mal schläfst du bei Florin im Zimmer, mal schickst du mich ins Wohnzimmer schlafen. Aber so ist es nun halt im Leben, man versteht …»

«Fertig damit, Ilie!», rief Raluca wütend. «Wenn du mit mir reden willst …»

«Was, Weib! Seit wann, *Mutter deiner Mutter*, schreist du mich in meinem Haus an, he?»

Er machte einen Schritt auf sie zu. Das wirkte.

Raluca schwieg verdutzt. «Ilie, ich gehe jetzt in die Küche», sagte sie leise, aber bestimmt. «Wenn du willst, dass wir anständig miteinander reden …»

«Anständig miteinander reden? So von Hure zu Gehörntem? Gut, lass uns die Situation ganz kühl abwägen, Raluca. Lass uns nachdenken.

Seit wann hintergeht mich die große Architektin mit dem letzten Penner?»

Raluca schloss die Augen. Er wusste es. Ein Teil von ihr suchte panisch nach einem Ausweg, aber ein anderer Teil brannte mit einer Wut, die zunehmend stärker wurde. Wie hatte er sie genannt? War sie eine von Mitică Lungus Party-Tussis? Oder war sie die Frau, die genau diesen Ilie aufgebaut hatte?

«Plötzlich interessiert dich mein Gefühlsleben, ja?», zischte sie. «Auf einmal ist es wichtig, wie ich mich fühle, weil *du* verletzt bist. Aber dir, Ilie, hat niemand an den Hintern gefasst, während ich seelenruhig herumstand und mich mit einem anderen Mann unterhielt. Weil es damals nicht wichtig war, was ich …»

«Wechsle nicht das Thema!», brüllte Ilie. «Hörst du? Ich bin nicht dein Idiot, bei dem du das Thema wechselst und Vorwürfe vom letzten Jahr servierst! Jetzt will ich wissen, jetzt: warum du deinen Hintern in der ganzen Stadt anbietest! Wo hast du diesen Hallodri denn aufgegabelt? Beim Nordbahnhof? Am Stadtrand im Gebüsch? Unverschämte Schlampe!»

«Was? *Ich* eine unverschämte Schlampe? Schwöre *du* mir, dass du nie mit anderen Frauen geschlafen hast, seit wir verheiratet sind. Schwöre *du* mir, dass du noch nie mit deinen Vertrauensgenossen in … gewissen Bars warst, um irgendwelchen kaputten Weibern auf die halbnackten Hintern zu starren, bis euch die Augen herausfielen. Es ist einfach, bei anderen den Heiligen zu spielen. Ich wenigstens habe einen Menschen getroffen, der mir ehrlich gefällt. Einen. In fünfzehn Jahren …»

«Oh, der gefällt dir *ehrlich*, entschuldige, wenn das so ist …»

«Hör auf, mich zu unterbrechen! Und ich habe ihn getroffen, *nachdem* du mir jahrelang erklärt hast, wie du dich für mich schämst, *nachdem* ich fast vor deinen Augen vergewaltigt wurde von deinem Zukunft-des-Vaterlandes-Bubi, und *nachdem* du alles unternommen hast, damit ich meinen Beruf, den ich liebe, aufgebe! So, und *nachdem* ich mich dir sozusagen auf einem Silbertablett angeboten habe, weißt du noch in Sinaia? Ich habe es versucht, aber du warst zu beschäftigt, dich mit polnischen Sportlern zu prügeln. So viel bedeute ich dir nämlich, Ilie!»

«Bist du jetzt fertig?», fragte Ilie mit einer gelangweilten Miene.

«Ich bin fertig, wann ich es so will! Ist das deine größte Sorge im Moment? Ob ich fertig bin?»

«Es hat keinen Zweck, mit dir zu reden. Du bist in deinem kleinen Film gefangen, in dem mit … verletzten Intellektuellen … mit dem engstirnigen Ilie, mit der unschuldigen Raluca … Ganz ehrlich, ich habe nicht mal mehr Lust, mit dir zu streiten, mit einer wie dir. Du hast keine Scham, nicht die blasseste Vorstellung davon, was Familienleben bedeutet, Verantwortung … Noch nie habe ich solche … Immoralität erlebt, du bist wie die Frau aus dem Dschungel, von Affen aufgezogen. Ich habe keine Kraft mehr, mich mit dir zu streiten, es ist mir nicht mehr wichtig, das ist es, ich habe nicht mehr das Gefühl, eine Frau zu haben. Ich komme heim, da lebt ein Kind, ein Kindermädchen und noch eine … ich weiß nicht. Eine alternde ewige Studentin, eine …»

«Ich hab's verstanden, Ilie, danke. Elegante Ausdrucksweise, macht dir alle Ehre, aber ich hab's begriffen.»

Sie schwiegen eine Weile.

«Wie lange schon?», fragte schließlich Ilie.

«Ungefähr zwei Monate. Aber ich habe ihn nur zwei- oder dreimal getroffen.»

«Ach, ‹nur›. Danke, ich schätze das sehr.»

Nach einer Pause fragte Raluca: «Und jetzt, was machen wir?»

34. BAALS SCHATTEN

Ein Tag danach fuhr Raluca nach der Arbeit so rasch es ging zu Stefans baufälligem Schloss. Sie rannte die Treppe hinauf und fiel in seine Arme, sobald er die Tür aufmachte. Er hielt sie fest, bis sie wieder zu Atem kam, dann wischte er ihr sanft den kalten Aprilregen aus dem Gesicht.

«Ich bin so froh, dass du da bist», sagte Stefan. Raluca machte sich los und ging ins Wohnzimmer. Sie blieb beim Esstisch stehen, ließ ihre Tasche auf den Boden fallen und wartete, mit dem Rücken zu ihm. Er folgte ihr, drehte sie zu sich und küsste sie.

«Was machst du mit mir?», fragte Raluca mit gespielter Empörung.

«Das weiß ich schon lange nicht mehr. Du hast meinen Verstand geraubt!»

Raluca lachte, dann sagte sie: «Stefan, wir müssen ernsthaft reden.»

Sie nahm seine Hand, und sie setzten sich an den Esstisch. Sie behielt ihren Mantel an, die Wohnung war wieder unangenehm kühl. Stefan trug einen dicken Pullover.

«Ist etwas passiert?», fragte er.

«Passiert sind mehrere Sachen. Aber lass mich der Reihe nach erzählen.»

Stefan nickte.

«Mein Mann Ilie weiß über uns Bescheid. Ich glaube zu wissen, woher. Ilie kennt sehr einflussreiche Leute. Manche auch von der Securitate. Dass du überwacht wirst, hast du ja selber gesagt. Denen wird aufgefallen sein, dass du Frauenbesuch bekommst … Egal. *Una la mînă*, erstens. Zweitens …»

Raluca schaute auf ihre Hände, seufzte. Bisher war es erstaunlich leicht gewesen. Nun wusste sie nicht, wie sie das nächste Thema anpacken sollte. «Ich weiß nicht, wie ich es sagen soll. Ilie will mich seit längerer Zeit nicht mehr und ich ihn auch nicht. Wir müssen uns früher oder später trennen. Für Florin wäre es sonst keine schöne Zeit, unsere täglichen Streitereien zu erleben.»

Nach einer Pause fuhr sie fort: «Was ich wissen will … was für mich wichtig sein wird … Wir kennen uns erst seit ein paar Wochen, ich erwarte auch keine Versprechen für die Ewigkeit. Aber es wird für mich ein großer Unterschied sein, ob nach der Trennung von Ilie, ob du und ich … irgendwelche Pläne haben. Oder nicht. Warte, ich habe einen letzten Punkt: Deine Mutter war bisher wundervoll und hat uns immer wieder Zeit miteinander ermöglicht. Das ist aber keine Lösung. Sie ist hier auch zu Hause. Wir müssen uns etwas anderes einfallen lassen, einen anderen Ort.»

Raluca schaute auf. Sie wartete gespannt und ein wenig ängstlich.

Stefan lächelte. Er nahm ihre Hand, beugte sich vor, küsste deren Rücken, die Innenseite, dann küsste er ihren Mund, langsam und bestimmt. Dann stand er auf, hob sie vom Stuhl – sie spürte seine Anstrengung, sie war kein kleines Mädchen – und legte sie aufs Sofa.

«Dann sind wir uns einig mit den gemeinsamen Zukunftsplänen», sagte Stefan später, als sie nackt und erschöpft nebeneinanderlagen. «War das Punkt zwei oder drei?»

Ralucas Rücken lag geschmiegt an seine warme Brust oder seinen Bauch, sie konnte es nicht genau sagen. Er war zu lang. Sie lachte kurz, drehte dabei den Kopf halb zu ihm.

«Fürs andere», fuhr er fort, «lass mich noch ein wenig überlegen. Hast du keine andere Wohnung? Ihr da, aus der *high society*, ihr habt doch überall … Oder als Architektin, vielleicht hörst du von einem neuen Block, bevor alle Wohnungen verkauft sind? Dann könnten wir dort eine für uns drei kaufen.»

«Aber würdest du Florin akzeptieren? Ein Kleinkind kannst du nicht irgendwo hinstellen, und es bleibt dort und schweigt zufrieden. Vielleicht wäre es besser, wenn ich zuerst allein mit ihm irgendwohin ziehen würde, so hättest du Zeit, dich an uns zu gewöhnen. Es wäre nicht so ein Schock für dich, du Kleines.»

«Ich Kleines?», lachte Stefan. «Ausgerechnet von dir!»

«Das spielt keine Rolle», grinste Raluca. «Ihr Männer seid verletzliche Geschöpfe, auch wenn ihr groß seid. Wir müssen euch beschützen, wir Frauen.»

«Im Augenblick», sagte Stefan, «fühle ich mich sehr beschützt, musst du wissen. Du machst deine Arbeit ausgezeichnet. Und mit Florin wird es gut sein. Die Idee gefällt mir, ein Kind im Haus zu haben. Aber wird Ilie mit der Scheidung einverstanden sein?»

Raluca zuckte mit den Schultern. Diese Frage hatte sie sich noch gar nicht gestellt. Würde Ilie sich rächen, indem er die Scheidung blockierte? Sie hielt es für wenig wahrscheinlich. Ilie langweilte sich doch bloß mit ihr. Warum sollte er gegen die Scheidung sein?

«Mit der Zeit», sagte sie, «ja. Sobald er realisiert, wie wenig er davon hätte, sich zu weigern.»

Sie schwiegen eine Weile.

«Raluca, du musst etwas wissen», sagte dann Stefan mit ernster Stimme. Er erzählte ihr von einem Gespräch mit einem Securitate-Offizier, einem gewissen Todea. Sie wussten Dinge von ihm, die strafrechtlich gegen ihn verwendet werden konnten. Sie übten Druck auf ihn aus, damit er ihnen als Spitzel diente.

Plötzlich brach es mit Macht in Ralucas Bewusstsein, dass etwas nicht stimmte: ihre Gewissheit, dass das alles – Land, Partei, die Zukunft – irgendwie durchdacht war, irgendwie funktionierte und alles seine Berechtigung hatte, sogar die Securitate. Zum ersten Mal war ein Mensch gefährdet, den sie anfassen konnte, der ihr nahestand. Der von dieser Bedrohung, die sie nicht ganz begriff, nicht loskam. Sie hatte angenommen, Stefans Probleme mit der Securitate seien auf diese einmalige Rauferei im letzten Sommer beschränkt. Die lag jedoch fast ein Jahr zurück.

Sie verstand es nicht: Wer kam auf die Idee, die Redaktion einer der linientreuesten Tageszeitungen des Landes nicht nur durch den zuständigen Securitate-Beamten zu überwachen, was üblich war, sondern zusätzlich durch Redaktionsmitarbeiter wie Stefan zu bespitzeln. Das unterschied sich grundlegend von ihrer Vorstellung, wie sich ein Staat vernünftig schützte. Etwas funktionierte offenbar nicht mehr richtig.

Sie hatte Lust, ob es Stefan nun gefiel oder nicht, über Ilies Kontakte Ordnung in diese Sache zu bringen. Leider konnte sie auf diesem Weg nichts mehr erreichen. Ihre eigenen Kontakte reichten nicht hin. Verdammt, ausgerechnet jetzt, wo sie nach vorne schauen wollte! Konnten die nicht richtige westliche Spione jagen und anständige Leute in Ruhe lassen?

Stefan hatte aufgehört zu erzählen.

«Verdammte Scheiße!», rief Raluca plötzlich, warf die Decke weg, griff nach ihren Kleidern und ging ins Badezimmer.

Als sie zurückkam, war sie wieder ruhig. «Hör zu», sagte sie. «Warum spielst du nicht ein Stück weit mit? Sprich doch mit deinem Chef. Dann trittst du der Partei bei und lässt dich schön nach oben treiben, bis die Nieten, die dich jetzt plagen, nicht mehr an dich rankommen. Inzwischen erzählst du Todea Belanglosigkeiten. Was hältst du davon?» Sie fand die Idee großartig.

Stefan sah sie an, als hätte er sie nicht recht verstanden.

«Ich weiß», sagte Raluca. «Es ist ein dreckiges Spiel. Aber in zwei, drei Jahren bist du Parteisekretär der ganzen Zeitung, und dann können sie dich mal.»

Stefan kam ihr plötzlich traurig vor, wie er so dasaß, in seine Decke gewickelt. War er immer so dünn gewesen? Sie sah ein, dass er es nicht schaffen würde, er war nicht die Sorte Mann, der solche Tricks durchziehen konnte.

Er begann sich anzuziehen. «Ich weiß nicht, was sie als Nächstes tun werden. Ich werde meine Arbeitskollegen jedenfalls nicht bespitzeln, Raluca. Es ist nicht mal eine Frage der Moral, sondern der Nützlichkeit. Wenn ich sie bespitzle, dann werden sie geschnappt, ausgefragt, sie erzählen über mich, dann schnappen sie wieder mich, der Kreis schließt sich. Mit der Zeit erzählt jeder über jeden. Mehr noch, mit der Zeit wird der eine oder andere auch noch Vergehen erfinden, damit sie ihn für einen wichtigeren Informanten halten als die anderen. Und in die Partei würden sie mich nicht aufnehmen. Weißt du, was meine Eltern vor vierundvierzig waren? Ich will dir keine Märchen erzählen. Es sieht nicht gut aus. Ich kann nirgends hin. Wenn sie wollen, dann stecken sie mich morgen wieder in eine Zelle und spielen mit mir. Ich kann sie nicht davon abhalten. Ich will dich nicht mitziehen. Aber ich will mit dir zusammen sein, Raluca. Ich liebe dich. Ich will mit dir leben, mit dir Ferien verbringen, über die Farbe der Vorhänge streiten … Wenn du aber Angst hast, für dich und für Florin, und lieber gehst, dann werde ich das akzeptieren.»

Raluca sah Stefan lange an. Die Warnung machte ihr keinen Eindruck. Es musste viel passieren, bis ihr, der Exfrau eines Bezirksparteisekretärs, eine Gefahr daraus erwachsen würde, dass sie mit Stefan lebte. Nein, sie musste nichts befürchten. Er konnte sie nicht entmutigen. Etwas anderes wog schwerer. Es wurde ihr erst jetzt bewusst: Irgendwann im Lauf des Nachmittags, sie wusste nicht mehr genau, wann, hatte Stefan ihr ein Versprechen gegeben. Es war ihm ernst mit ihr. Er würde sich selbst aufgeben, wenn ihr Wohl es verlangte.

Kurz nach Mitternacht, als Raluca gegangen war und Ecaterina schlief, öffnete Stefan das Fenster. Die Luft war kühl, die Stadt lärmte unermüdlich und finster. Vereinzelt waren schwach erleuchtete Fenster und Straßenlampen zu sehen. Das Klappern einer Straßenbahn überdeckte zeitweilig das unaufhörliche Gebell der streunenden Hunde. Stefan zündete sich eine Zigarette an.

Je mehr Gedanken er sich machte, desto ohnmächtiger fühlte er sich. Wann würde Todea wieder – und diesmal sicher entschlossener – versuchen, ihn zu erpressen? Der konnte sich Zeit lassen. In Rumänien würden sie Stefan überall finden. Eine Flucht weit weg war für einen wie ihn praktisch unmöglich: keine Beziehungen, keine Verwandte draußen, keinen Beruf mit Auslandseinsätzen.

Er erinnerte sich an die Zeit, als er zahme Spielchen mit der Zensur spielte, vor Dobre und Todea. Das Leben war harmlos gewesen. Jetzt fühlte er, wie er immer rascher in eine unentrinnbare Falle rutschte. Das Regime würde endlos weiterbestehen. Es konnte jederzeit seine Wachhunde nach ihm schicken. Kein Gericht würde ihn vor Leuten wie Todea schützen, niemand, der ihm beistehen würde.

Hatte Raluca vielleicht recht? Hatte er eine Chance, wenn er sich nach außen hin als Musterknabe gab, als glühender Anhänger? Er bezweifelte es. Dafür war es zu spät. Die Maschinerie hatte seine Fährte bereits aufgenommen. Sie mahlte, die gesamte Bevölkerung war ihr Korn. Sie zermalmte unaufhörlich einen kleinen Anteil davon. Damit der Rest sich kleinmachte. Rollte man einmal nach unten, konnte man sich nicht mehr halten. Das Räderwerk war blind. Niemand, nicht einmal der oberste Securitate-Chef glaubte, dass seine Opfer wirklich Staatsfeinde waren. Das Mahlwerk hatte einen Plan zu erfüllen, wie jede Produktionseinheit. Was sie lieferte, war ein unaufhörlicher Nachschub an Opfern.

Es war wie ein Opferkult, dachte Stefan, bei den Inkas oder bei den Sumerern oder wie sie alle hießen. Irre. Im zwanzigsten Jahrhundert! Andere Leute fliegen zum Mond, und ich warte, dass sich Baal meine Eier holt. Und jeden Tag zerbreche ich mir den Kopf, wie ich vermeiden kann, seine Anhänger zu provozieren.

Es wäre so schön gewesen, hätte er Raluca eine Zukunft bieten können, eine kleine Wohnung nahe einem Wald, ein noch so karger Alltag, aber ohne Angst. Aber er konnte es nicht. Er gefährdete sie. Er hatte sie gewarnt, ihr alles erzählt. Er wollte ihr den Entscheid nicht abnehmen. Er konnte es nicht: Sie war seine einzige Freude.

Am nächsten Morgen wachte Stefan auf, als er Ecaterina in der Küche hantieren hörte. Es duftete nach echtem Kaffee.

«Bin ich schon wach, oder träume ich wieder von Kaffee?»

Ecaterina kam zur Küchentür und lächelte ihn an. Kaffee war selbst auf dem Schwarzmarkt selten geworden. Der Preis war derart gestiegen, dass er zu einer Ersatzwährung wurde, wie Zigaretten von ‹Kent›.

«Hopp, ein neuer Frühlingstag wartet auf uns. Und auf dich ein richtiges Frühstück.»

«Woher hast du den Kaffee?»

«Keine Ahnung, Wichtelmännchen, Außerirdische, eine gute Fee?»

Er hatte nicht gemerkt, wann Raluca den Kaffee hingestellt hatte. Er stand eilig auf.

«Ich gehe heute zum Arzt», sagte Ecaterina. «Seit einigen Wochen habe ich manchmal so … Gleichgewichtsstörungen oder Schwächeanfälle.»

«Schade, dass wir hier keinen Aufzug haben, nicht?»

«Im Gegenteil!», antwortete Ecaterina entschieden. «Denk mal an die Stromunterbrüche, da bleibt man nur drin stecken. Und noch bin ich keine Greisin.»

«Nein, das bist du sicher nicht. Aber vielleicht wird sich das Problem bald lösen, Raluca und ich wollen zusammenziehen. Sie trennt sich von ihrem Mann. Sie wollte sowieso nicht, dass du uns noch lange ausweichen musst. Vielleicht wohnst du in einem Jahr im Erdgeschoss.»

«Weißt du, Stefan, das Ausweichen macht mir nichts aus, ich muss ohnehin einkaufen gehen. Mit den Schlangen, die es im Moment gibt, könnte ich gar nicht früher heimkehren, auch wenn ich es wollte. Aber es ist eine gute Idee, die ihr da habt. Frau Szabo vom Erdgeschoss meinte, dass Dumitrașcu, der Securitate-Verantwortliche für unsere Straße, neulich Fragen stellte. Er wollte wissen, wer die Frau sei, die dich immer wieder besucht, ob sie mit uns verwandt sei.»

Stefan ließ Ecaterina seine plötzliche Wut nicht merken. «Soll der doch fragen, bis ihm schlecht wird. Wir tun nichts Illegales. Es gibt keinen Artikel in der Verfassung, der Ehebruch verbietet. Nicht bei uns in Rumänien, stell dir vor, das wär noch lustig. Wenn ich ihn das nächste Mal sehe, rede ich mit ihm. Dem ist wohl langweilig. Zu wenig amerikanische Spione hier auf unserer Straße zurzeit.»

«Sei still, du, wir bekommen noch Ärger wegen deines losen Mundwerks», lachte Ecaterina.

Anfang Mai 1981 beschloss Mitică Lungu, die Zeit sei gekommen, sein Versprechen einzulösen. Ein Mann, ein Wort. Er setzte die nötigen Hebel in Bewegung.

Eine Woche später holte Borza Stefan in sein Büro und teilte ihm betreten mit, dass er sich aufgrund des Drucks von verschiedener Seite gezwungen sah, Stefan auf eine Stelle in der Dokumentationsabteilung zu versetzen.

Die Nachricht war ein Schock für Stefan. Eine solche Zurückstufung war noch nie vorgekommen. Und nun? Würde er neben Lehrlingen sitzen und Fleißarbeit für seine ehemaligen Kollegen verrichten dürfen?

Stefan verstand seine neue Lage nach und nach in den folgenden Tagen. Die Redakteure, mit Ausnahme von Horia und Marina, mieden ihn nun. Sie befürchteten wohl, Todea würde sie sonst der Solidarität mit einem Subversiven verdächtigen. Auf Horia aber war Verlass. Mit ihm konnte Stefan nach der Arbeit noch ein Bier trinken gehen.

Eins war ihm klar: Hinter seiner Versetzung konnte nicht Todea stecken. Sie war ein zu grober, zu lauter Schlag. Derart öffentlich abgestraft eignete er sich gar nicht mehr als Spitzel. Aber wer war es dann? Doch nicht Emil Bobu, der hatte ihn bestimmt schon vergessen. Borza hatte ihm keinen Namen nennen können, Befehl von ganz oben. Ganz oben kannte er aber niemanden.

Raluca! Er könnte Raluca fragen. Sie konnte bestimmt wenigstens den Kreis derer einengen, die in Frage kamen.

Dann erinnerte er sich. Sie hatte ihm ja gesagt, dass ihr Mann von ihnen erfahren hatte. Aber wie konnte Ilie Stancu wissen, wo er arbeitete? Sie hatte ihm doch hoffentlich nicht seine Identität verraten. Nein, dafür war sie zu klug, und sie hätte Stefan gewarnt.

Als sie sich erneut trafen, bestätigte sie seine Überlegungen. Ilie war der wahrscheinliche Urheber, aber er hatte keinen direkten Einfluss auf einzelne Redaktionen. Raluca hielt es auch nicht für wahrscheinlich, dass er sich so weit erniedrigen würde, mächtigere Genossen um Hilfe zu bitten, um Rache an einem Nebenbuhler zu nehmen. Damit hätte Ilie seiner Glaubwürdigkeit und seiner Karriere geschadet. Wie er Stefans Versetzung erreicht hatte, blieb ihnen ein Rätsel.

Ihn direkt fragen konnte sie nicht mehr. Sie hatte am Vortag die Scheidung verlangt.

35. DAS WOHNBLOCKKOMITEE

BUKAREST, JUNI 1981   Stefan stieg in den Bus nach Hause. Die Stoßzeit war bald vorbei. Die Busse waren noch voll, aber es fuhr niemand auf dem Trittbrett, es wurde nicht mehr um jeden Platz gekämpft.

Er hatte sich mit seiner Versetzung abgefunden. Er sagte sich manchmal, dass er dennoch Teil einer Mannschaft blieb, die zum Besten gehörte, was der rumänische Journalismus zu bieten hatte. Aber es war nicht mehr wie früher. Zu Hause zeigte seine Post Spuren, dass sie bereits geöffnet und danach zugekleistert worden war. Am Telefon hörte er seltsame Geräusche, und wenn er selbst wählte, war manchmal statt des Freizeichens ein leises Gespräch zu vernehmen. Deutliche Zeichen, aber was sie ankündigten, das wusste er nicht.

Er ließ sich vom Schaukeln des Fahrzeugs und von den eigenen Gedanken tragen. Auf einmal bremste der Bus scharf ab, und jemand stieß ihn mit etwas Spitzem in den Rücken.

«Verdammt noch mal, passen Sie doch auf!», rief Stefan und drehte sich im Gedränge um. Ein kleiner Mann schaute durch ungewöhnlich dicke Brillengläser zu ihm hoch. Er hielt ein Holzbrett neben sich, das Stefan fast bis zur Schulter reichte.

«Ja, 'tschuldigung», murmelte der zierliche Mann. Es klang nicht sehr überzeugt.

Stefan drehte sich weg. Ruhig bleiben, der Kerl war sein kleinstes Problem. Damit, dass Ralucas Mann mächtig genug war, um über Borzas und Todeas Kopf hinweg in der Redaktion Personalentscheide durchzusetzen, hatte Stefan nicht gerechnet. Was hatten er und Raluca als Paar für eine Zukunft, wenn dieser Stancu so rabiat vorging? Mehr als die Versetzung bedrückte ihn der Gedanke, dass er weder sich noch die Menschen, die er liebte, beschützen konnte. Das tat weh. Er fühlte sich als Mann erniedrigt. Was mit ihnen geschah, wurde in irgendeinem Büro entschieden.

Je mehr Stefan, gefangen im kollektiven Schaukeln des fahrenden

Busses, an seine Ohnmacht dachte, desto mehr ärgerte er sich über den Mann mit dem Brett und über all die schwitzenden, müden, hässlichen Mitreisenden. Die weißglühende Wut, die ihn vor einem Jahr Dobre angreifen ließ, war wieder da. Verdammt, er konnte nicht zulassen, dass man ihn bis in sein Liebesleben bedrängte. Er war kein Tier, über dessen Paarung der Bauer nach seinen Berechnungen bestimmte. Es gab eine Linie, und über die konnte auch ein Stancu ihn nicht zurückstoßen. Nicht lebendig.

Der Bus erreichte Stefans Haltestelle. Er stieg aus und atmete tief durch. Die dunklen Gedanken wollte er nicht mit nach Hause nehmen. Er würde sie hier draußen ausatmen. Er blieb stehen, sah sich um.

Dort, neben dem Zeitungskiosk: der Mann in Zivil sah dermaßen nach Securitate aus, dass es beinahe lustig war. Breit gebaut, plumpes Gesicht, kurzer Hals. Er erinnerte Stefan an die Männer, die ihn vor einem Jahr gefoltert hatten. Der hier blickte verstohlen zu ihm über den Rand der neuesten Ausgabe von *Wissenschaft und Technik*. Aber sicher. Stefan schmunzelte und hob die Augenbrauen in einem Ausdruck grenzenloser Bewunderung. Der Agent antwortete mit einem kalten Mörderblick.

Sie erhöhten also den Druck. Warum? Stancu kämpfte nicht mehr um seine Frau, das war doch vorbei, die Scheidung beschlossene Sache. Der hatte sie ja selbst aus seinem Leben vertrieben. Und nun liebte Stefan diese Frau und wurde von ihr geliebt. Musste er dafür bestraft werden?

An der Haustür angelangt, war er in der perfekten Stimmung, um diesen Dumitraşcu aufzusuchen. Er beschaffte sich schon mal die Adresse von der Frau Szabo, der alten Nachbarin, die jeden im Viertel kannte.

Ecaterina begrüßte ihn mit einem ironischen Lächeln. Sie reichte ihm einen Briefumschlag.

«Du hast Post, Stefan.»

Stefan betrachtete den Umschlag.

«Spannende Post», fuhr Ecaterina fort. «Der Brief lag geöffnet in unserem Kasten, als ich vom Einkaufen zurückkam.»

Im Umschlag lag ein kleines Blatt Papier. Die Handschrift war ihm unbekannt.

Das Wohnblockkomitee
Straße … Nr …
Sektor 3, Bukarest

Verehrter Genosse Irimescu

Wir, Ihre Nachbarn, haben uns an der letzten Versammlung vom
29. Mai des laufenden Jahres – der Sie unentschuldigt ferngeblieben
sind – auch mit der Frage der Besuche befasst, die Sie in letzter
Zeit wiederholt durch eine unbekannte verheiratete Frau erhalten
haben.
Uns ist aufgefallen, dass Sie seit Anfang des Jahres alle paar Tage
– jeweils mehrere Stunden allein in der Wohnung mit besagter
Genossin verbringen
– die nicht in unserem Wohnblock wohnhaft ist
– und das als Junggeselle
Genosse Dumitrașcu, dessen Funktion Sie ja kennen, hat uns zudem
informiert, dass Ihr Besuch in keinem verwandtschaftlichen Verhältnis
zu Ihnen oder zu Ihrer Mutter Genossin Irimescu steht.
Dies erfüllt uns mit Sorge. Wie der Genosse Generalsekretär der
Partei immer wieder betont hat, ist proletarische Moral – nebst dem
Arbeitselan und dem glühenden Patriotismus – die Garantie für den
Fortschritt unserer sozialistischen, vielseitig entwickelten Gesellschaft.
Es ist die Pflicht eines jeden von uns, auch im Kleinen, in unserem
Wohnblock jedes Anzeichen von bourgeoisem Sittenverfall zu
bekämpfen.
Genosse! Wir laden Sie ein, an unserer nächsten Sitzung am 25. Juli
teilzunehmen, um auf unsere berechtigte Besorgnis zu antworten.

Für das Wohnblockkomitee
Med. dent. Ionel S. Niculescu.

Niculescu – der Zahnarzt im ersten Stock. Stefan grinste verächtlich.
Siehe da, sogar die Anweisungen des Generalsekretärs soll er missachtet
haben!
    «Nun?», fragte Ecaterina.

237

«Klarer Fall. Jemand hat das Wohnkomitee oder Niculescu persönlich veranlasst, diesen Brief zu schreiben. Diese Empörung ist hohl und lächerlich! Es gibt doch kein Gesetz, das zwei Erwachsene daran hindert, einander zu besuchen!»

Ecaterina hob besorgt die Augenbrauen, sagte aber nichts.

Stefan überlegte. Stancu war offenbar zu allem entschlossen. Er hatte unzählige Helfer. Die Versetzung, Dumitraşcu, die Überwachung auf dem Heimweg, nun dieser lächerliche Brief. Was würden sie als Nächstes tun? Er durfte nicht daran denken. Dieser Kampf, das war ihm klar, wurde auch in den Köpfen geführt. Seine Gegner waren mächtig. Aber sich alle ihre möglichen nächsten Schritte vorzustellen würde ihn nur beängstigen und lähmen. Genau das, was ihnen diente. Er musste sich darauf konzentrieren, was er vorhatte.

Diese Gedanken gaben Stefan wieder Kraft.

Ecaterina stand immer noch vor ihm, wirkte ratlos und zerbrechlich.

«Du hast recht», sagte Stefan. «Ich werde mit diesen Leuten reden. Mach dir keine Sorgen. Ich gehe zuerst zu diesem Dumitraşcu, und auf dem Rückweg werde ich bei Niculescu klingeln. Der glaubt doch selber nicht, was er schreibt. In zwei Stunden bin ich zurück, und der ganze Spuk ist vorbei.»

Stefan machte sich auf den Weg. Auf der Straße blieb er stehen, atmete tief, sah sich um. Es war kurz nach fünf, und das Licht wurde langsam orange. Die Straßen waren gefüllt mit sorglosen Menschen. Man plauderte, spielte, erzählte einander von Schnäppchen, verglich Dinamo mit Steaua. Am Straßenrand waren die Dacias geparkt, bei jedem zweiten machten sich Männer in Unterhemden unter den Motorhauben zu schaffen. Stefan ließ sich halbwegs friedlich stimmen.

Bald fand er das Haus, in dem Dumitraşcu wohnte: ein grauer, fünfstöckiger Wohnblock. Zwei alte, schäbig gekleidete Frauen saßen stolz auf einer improvisierten Sitzbank vor dem Eingang. Sie unterhielten sich mit einer jüngeren Frau, die einen Säugling trug. Als sich Stefan näherte, schwiegen sie und starrten ihn misstrauisch an. Er erkundigte sich nach Dumitraşcu. Der wohne im zweiten Stock, sei aber zurzeit nicht zu Hause. Seine Frau aber schon und die Tochter auch.

Stefan ging trotzdem hinein. Es konnte auch nützlich sein, mit der

Frau zu reden. Er stieg in den zweiten Stock und klingelte. Nach einer Weile öffnete sich die Tür eine Handbreit, und eine dunkelhaarige Frau Mitte vierzig schaute schweigend heraus. Drei Lockenwickler hingen in ihren schütteren Haaren.

«Guten Abend», sagte Stefan, «ich suche Genosse Dumitrașcu.»

«Nicht da», antwortete die Frau mürrisch. Dann schwieg sie wieder und starrte Stefan feindselig an.

«Wann kommt er heim?»

«Und wer sind Sie?»

«Irimescu ist mein Name», sagte er in entschlossenem Ton. «Genossin Dumitrașcu, es ist sehr wichtig, bitte richten Sie ihm aus, dass …»

«Sicher nicht», fand die Frau.

«*Pardon?*»

«Du hast es gehört. Was bin ich denn, deine Zentralpost? Ha! Ruf ihn doch an, komm halt noch mal.»

Die Frau war längst nicht so alt, dass Stefan sich das Duzen gefallen lassen musste. «Kennen wir uns? Habe ich Ihnen erlaubt, mich zu duzen?»

«Hör mal, weißt du was? Du kreuzt hier plötzlich auf, uneingeladen, kein ‹Guten Tag› …»

«Doch, ich habe Sie begrüßt, allerdings haben Sie mich nicht …»

«… aber mit einer frechen Schnauze! Das ist mir einer! Scher dich zum Teufel!»

Sie knallte die Tür zu.

Stefan war sprachlos. Jetzt ließ er sich noch von der unverschämten Frau eines drittklassigen Handlangers der Macht demütigen. Er sah sich um. Drei weitere Wohnungstüren, jede auf ihre Art schief und zerkratzt. Durch die Gucklöcher schielten sie bestimmt auf ihn und genossen seine Demütigung. Für einen Augenblick fand er sich selber lächerlich. Der ganze schäbige Block kam ihm feindselig vor.

Plötzlich schlug er seine Faust hart auf Dumitrașcus Tür und schrie wie ein Besessener: «*Bă*, ich erwische euch schon noch, ihr Abschaum, und dann mach ich Kleinholz aus euch! Ich zertrete euch wie Würmer! Glaubt ihr, ich habe Angst vor euch? Ich habe vor euch keine Angst und vor der Miliz auch nicht! Bis die Miliz da ist, habe ich euch alle aufgeschlitzt und bin verschwunden. Wir sehen uns noch, Drecksbande!»

Aus der Wohnung kam kein Ton. Stefan fühlte sich erleichtert. Seine Wut war raus und schwebte im Treppenhaus. Er verließ das Gebäude.

Kaum war er auf der Straße, staunte er über die eigenen Worte. Woher kamen ihm diese Drohungen?

Er verschob seinen Besuch bei Niculescu. Er war nicht mehr in Stimmung.

Später am Abend stand er am offenen Fenster, genoss die abendliche Kühle und lauschte der Stimme der Stadt. Er hatte wenigstens etwas gegen Dumitraşcu unternommen. Irgendwann würde er den Kerl schon finden.

Wie konnte es sein, dass so viele Menschen wie Dumitraşcu und Niculescu – einfache Leute, die keine Securitate-Beamte waren, sondern sich bestimmt auch vor ihr fürchteten – sich für diese Hetze hergaben? Sein Privatleben ging sie doch nichts an! Er war angewidert und traurig. Die Bedrohung war nicht neu für ihn, aber die jetzige Entwicklung fühlte sich dreckig an, diese angebliche Sorge der halben Nachbarschaft für sein Liebesleben.

Nun, er konnte es nicht ändern. Für den nächsten Abend war er aber mit Raluca verabredet. Das allein machte all diese Enttäuschungen wieder wett.

36. GELIEBT UND BEWUNDERT

Ende Juni war Raluca immer mit Ilie ans Meer oder nach Poiana gefahren. Bukarest in der Sommerhitze tat sich niemand freiwillig an. Nun war sie in der halbverlassenen Stadt geblieben, wegen der Scheidung und überhaupt, wegen ihr selbst, weil so viel Neues auf sie zukam.

Der Nachmittag schwebte honigfarben zwischen den alten Häuserwänden. Sie saß im Ioanid-Garten und genoss den Schatten und den Lindenduft. Ja, die Zeit der blühenden Linden, der Gartenwirtschaften und der kurzärmligen Kleider war das Beste, was Bukarest zu bieten hatte. Sie schloss die Augen und ließ ihren Kopf auf Stefans Arm ruhen. Er saß schweigend neben ihr. Etwas beschäftigte ihn.

Irgendwie tat er ihr leid, sein Schweigen irritierte sie aber. Er hatte ihr einen üppigen Strauß Rosen mitgebracht. Dannach kann man die Dame doch nicht anschweigen!

«Ich liebe es hier», sagte Raluca, «diese geschwungenen Alleen und die hohen Hausmauern auf allen Seiten. Ich fühle mich geschützt. Versteckt. Bringst du oft deine Frauenbekanntschaften hierher?»

Sie öffnete ein Auge ein wenig, sah Stefan lächeln. Dann schloss sie es wieder.

«Früher schon», gab Stefan zu. «In meiner Studienzeit und kurz danach. Aber weniger hier als in Cişmigiu. Cişmigiu war nicht besonders originell, aber praktisch. Jedes Mädchen verstand, was eine Einladung in Cişmigiu bedeutete. Ioanid war eher ein Geheimtipp.»

«Geheimtipps sind keine gute Idee bei Mädchen», schmunzelte Raluca. «Nach dem Treffen mit dem Kerl wird nämlich alles den zehn besten Freundinnen erzählt. Wie peinlich, wenn alle anderen in den Cişmigiu waren, nur du in so einem … Geheimtipp.» Sie wusste, dass Stefan die Andeutung, er wisse nicht, was Mädchen gefällt, nicht auf sich ruhen lassen würde.

«Bei uns Jungs», erwiderte er tatsächlich, «war die Rangordnung der Parks genau umgekehrt. Anfänger luden ihre Mädels in Cişmigiu und

Herăstrău ein. Anfänger und die Jungs vom Lande, die sich in Bukarest nicht auskannten. Richtige Kenner schlichen sich in halböffentliche Gärten, die gar keine richtigen Namen hatten. Die so richtig verwunschen und halb verwildert waren. Wo man sich verstecken konnte …»

Das konnte sie sich vorstellen. Sie hatte dieses Vergnügen aber verpasst, damals, als sie gerade mit Ilie ausging. Bukarest war beiden fremd, und darum war sie mehr bei Ilie auf dem Land, wo er seine Parteiarbeit hatte. Aber sie konnte sich durchaus vorstellen, wie es hier in der Stadt ablief.

Stefan war wieder verstummt. Was war heute los mit ihm? Es war doch schön hier. Sie wollte zurück zum Blumenstrauß. Sie wollte sich geliebt und bewundert fühlen. Sie öffnete die Augen. Die Rosen waren in der Hitze etwas eingenickt.

«Sie riechen wundervoll», sagte sie, nachdem sie daran geschnuppert hatte, «aber du hättest keine Rosen kaufen sollen. Die halten diese Hitze nicht aus. Rosen sind gut zum Mitbringen und gleich ins Wasser Stellen.»

Sie sah zu Stefan hoch. Er hörte ihr nicht zu. Sie knuffte ihn leicht in die Brust.

«Was ist?», fragte Stefan überrascht.

«Wer gewinnt gerade, Kant oder Hegel?», sagte sie und zeigte auf seinen Kopf. «Du hörst nicht zu, du sagst nichts. Wozu gehst du denn mit Frauen in Parks? He?»

Stefan lachte nicht. Das war das Problem mit ihm. Es passierten ihm lauter Sachen, die sie aus eigener Erfahrung nicht kannte. Das machte ihn so niedergeschlagen und unzugänglich. «Du hast wieder Ärger, nicht?», sagte sie.

Stefan nickte. «Ich spüre», sagte er, «wie die Sache schrittweise heftiger wird. Man folgt mir auf der Straße, die Nachbarn werden ermuntert, mich zu plagen … Stell dir vor, seit kurzem interessieren sich meine Nachbarn für dich.»

«Das ist nicht neu. Ich habe dir schon gesagt, was ich vermute. Man hat mich wohl auf dem Weg zu dir gesehen. Das Getratsche ist ärgerlich, stimmt, aber auch wieder nichts, was ich mir zu Herzen nehmen würde.»

«Raluca, was jetzt abläuft, ist ziemlich beängstigend. Es kann sein, dass … sie mich wieder … Ich weiß es nicht, aber ich will, dass du gewarnt bist. Es kann sein, dass wir uns eine Zeitlang nicht mehr sehen werden.»

«Was? Du hast aber nichts getan!»

«Aber sie denken nicht so. Es geht hier nicht um Schuld. Sie brauchen keinen Grund. Ich habe viel darüber nachgedacht. Ich weiß nicht einmal, ob dein Mann das noch steuert. Vielleicht hat er nur einen Stein ins Rollen gebracht, und jetzt liegt es an irgendwelchen Offizieren, ob sie sich mit meiner Verfolgung profilieren wollen.»

Raluca sah ihn an. Geschah so etwas wirklich? War es denkbar, dass Stefan jahrelang in einem Gefängnis verschwand? Ihr Stefan, dieser zärtliche, humorvolle Mann, den sie liebte, in einer kalten Zelle, abgemagert, abgelöscht. Es schnürte ihr den Hals zu. Sie musste ihn trösten, retten, etwas unternehmen. Sie würde Ilie zur Rede stellen, ihm die Absurdität vor Augen führen, ihn an seine früheren Ideale erinnern.

Stefan drehte sich zu ihr. «Was ich dir jetzt sage, ist mir wirklich ernst. Falls ich verhaftet werde, mach dir keine Gedanken. Vergiss mich und lebe dein Leben. Ich werde dir deswegen bestimmt nicht böse sein.»

Das durfte er nicht sagen. «Stefan, liebst du mich wirklich?», platzte es aus ihr heraus. Dieser verdammte Knoten im Hals.

Seine Miene erhellte sich. Er nahm ihre Hand. «Mehr als ich sollte, wenn mir dein Wohl am Herzen liegt. Du … änderst alles … du füllst alles aus.»

«Dann ist alles gut, was mich betrifft. Mach dir meinetwegen keine Sorgen. Ich hoffe ganz fest, dass dir nichts passiert. Aber was mich betrifft, ist alles gut. Ich werde bei dir bleiben.» Sie sah zu ihm hoch. Ihre Blicke trafen sich. Stefan wirkte überrascht und dankbar. Er drückte sie an sich.

Ein Teil von ihm wurde zu einem Teil von ihr.

37. DIE SECHSTE ABTEILUNG

BUKAREST, ANFANG JULI 1981   Mitică Lungu ließ das graue Telefon einige Male klingeln. Er pflegte nur das schwarze Telefon sofort zu beantworten, dort konnte es sich um ein Mitglied des Politischen Exekutivbüros handeln, oder um einen der Ceaușescus.

Schließlich nahm er ab.

«Genosse Leca von der sechsten Abteilung», verkündete die vertraute Stimme seiner Sekretärin.

«Herein.»

Langsam wurde es auch Zeit, Ilies lästiges Problem aus der Welt zu schaffen. Er hatte noch anderes zu tun.

Major Ion Tudose Leca trat ein, schlich bis vor Mitică Lungus Arbeitstisch und fühlte sich sichtlich unwohl. Lungu befand sich einige Stufen auf der Leiter über Lecas direktem Vorgesetzten.

«Nun, Leca», fragte Lungu ruhig, «wie sieht es aus mit unserem Zielobjekt?»

«Genosse General, mit Verlaub, das wird wohl nicht klappen …», sagte Leca zögerlich.

«Erklärung!»

«Damit die sechste Abteilung den Fall übernimmt, müssen klare Hinweise auf eine staatsgefährdende Tätigkeit vorliegen. Das muss irgendwie auf die Artikel hundertfünfundfünfzig und folgende des Strafgesetzbuchs passen. Das Zielobjekt hat nicht viel getan, abgesehen von der Geschichte mit den Briefen. Das war lästig, aber kaum staatsgefährdend … Man könnte …»

«Leca, ich habe keine Zeit», schnitt ihn Lungu irritiert ab. «Ich will ein Ergebnis, und zwar schnell. Der Mann ist ein eingefleischter Volksfeind, er hat seine hinterlistigen, subversiven Absichten wiederholt gezeigt! Er hat einen unserer Männer angegriffen! Wir haben ihn damals gewarnt, er hat aber keine Vernunft angenommen. Jetzt reicht's. Noch Fragen?»

«Genosse General, danke für die Klarstellung. Nur noch eine ganz kleine Frage, wenn Sie erlauben. Wie lange soll …?»

«Je länger, desto besser. Nicht unter fünf Jahren. Und ich will einen sauberen Prozess ohne Überraschungen. Ein klares Geständnis. Hat das Zielobjekt Verbindungen ins Ausland? Leute, die sich für ihn einsetzen würden?»

«Nach unserem Kenntnisstand nicht.»

«Prächtig. Dann will ich nichts mehr hören. Du hast deine Befehle. Wegtreten.»

Stefan Irimescu wurde am gleichen Nachmittag auf dem Heimweg verhaftet und ins Untersuchungsgefängnis an der Rahovei-Straße gebracht.

38. RISSE

Der Sonnenuntergang färbte das bräunliche, verwitterte Gebäude auf der anderen Straßenseite orange. Die Julihitze loderte so stark, dass man sie fast riechen konnte. Das Licht sprang über die Straße durchs offene Fenster und verteilte sich über die Wände.

Die zwei Frauen saßen am Esstisch in Ecaterinas Wohnzimmer. Raluca war, wie mit Stefan abgemacht, nach der Arbeit zu ihm gekommen. Sie hatte aber Ecaterina vorgefunden – allein. Eine Stunde später gab es von Stefan noch kein Lebenszeichen.

«Wie meinen Sie das, sie haben ihn wieder genommen?», fragte Raluca leise, obwohl sie die Wahrheit schon ahnte.

Sie war dankbar, dass Ecaterina gewartet hatte. Sie hatte ja keinen Schlüssel. Es war erst das zweite Mal, dass sie Ecaterina traf, und das erste Mal, dass sie sich an einem Tisch gegenübersaßen.

Raluca fuhr sich langsam mit den Händen durch die Haare. Sie hatten Stefan geholt. Es war unfassbar. Ecaterina antwortete nichts, sah sie bloß an und nickte ein paarmal.

«Sind Sie sicher? Vielleicht hat er den Bus verpasst. Er konnte vielleicht nicht mehr einsteigen, Sie wissen, wie das ist, wenn der Bus schon voll ankommt. Vielleicht hat er versucht anzurufen, die Hälfte der Telefonkabinen …»

Sie konnte es nicht ungeschehen machen.

«… funktioniert ja nicht.»

«Das erste Mal, als er verhaftet wurde», erzählte Ecaterina langsam, «habe ich mich zuerst an alle Erklärungen geklammert: Unfall, Überfall, Sitzung, im Aufzug stecken geblieben. Alles, außer dem. Wissen Sie, auch sein Vater hatte diese Angst, als er noch lebte, vor neunzehnvierundfünfzig. Damals verschwanden Leute viel häufiger, Zehntausende wurden verhaftet. Es … Man hörte immer wieder, dass sie den Nachbarn geholt hatten, dass der nun im Straflager am Donau-Schwarzmeer-Kanal sei. Das war erschreckend. Viele kamen nie zurück. Wie lange ist das her?

Fünfundzwanzig Jahre? Auch wenn es nicht mehr so oft passiert, leben wir immer noch in Angst. Denn wir wissen: Alles ist noch da, die Gefängnisse, die Spitzel … alles. Sie warten nur, hüllen sich in dieses Geheimnis. Aber du kennst das alles nicht, oder?»

Raluca wusste nicht, was sie antworten sollte. Sie verstand die Andeutung. Sie war mit einem Spitzenkader der Partei verheiratet gewesen. Sie wusste, dass Ilies Vater in den fünfziger Jahren aktiv daran beteiligt war, Menschen in Gefängnisse und Lager zu stecken. Man kam nicht so weit wie Tudor Stancu, ohne sich die Hände schmutzig zu machen. Ilie hatte es anders formuliert. Sein Vater habe getan, was in jener schwierigen Zeit, als sich die Volksdemokratie gegen die reaktionären Kräfte zu festigen versuchte, nötig war.

Raluca sah sich für einen Augenblick durch die Augen der älteren Frau. Sie verkrampfte sich. Sie selbst hatte nichts getan. Ilies Vater war der letzte Mensch, für dessen Vergehen sie sich mitverantwortlich fühlte. Was wollte Ecaterina von ihr? Und war das der richtige Zeitpunkt für moralische Grundsatzdebatten? Was hatte Ecaterina in jenen Jahren denn so Tolles geleistet?

Ihre Blicke trafen sich. Raluca sah in Ecaterinas Augen keine Feindseligkeit. Nur Neugier. Hatte sie die Anspielung falsch verstanden?

«Politik interessiert mich nicht», sagte Raluca hart, dann in milderem Ton: «Haben Sie Angst um Stefan? Er hat doch nichts getan. Er kommt bestimmt bald frei. Reine Schikane.»

Ecaterina überlegte. Sie nickte. «Das ist in Gottes Hand. Ich hoffe, es sind nicht die alten Probleme bei der Arbeit? Ob er wieder etwas Gewagtes geschrieben hat? Wir sprechen selten über seine Arbeit, er mag das nicht. Und dir? Hat er dir etwas erzählt? Nenne mich bitte Ecaterina.»

Die ältere Frau legte eine Hand auf den Tisch. Raluca fiel auf, wie sie trotz der sommerlichen Hitze und ihres Alters aufrecht saß. Wie ein grauhaariges Schulmädchen, so kam sie ihr vor. Jemand hatte in den vierziger Jahren diese brave Schülerin in eine Eisenbahn gesetzt, mit einer Einzelfahrkarte. Sie war in einer fremden, feindlichen, unberechenbaren Welt ausgestiegen. Nach all dieser Zeit saß sie immer noch artig neben ihrem Köfferchen und wartete, dass sie zurückkehren durfte. Dass jemand kam und sie abholte.

«Du und Stefan», fragte Ecaterina, «was habt ihr nun vor? Du hast einen Sohn, nicht wahr?»

«Ja, ich habe einen Sohn», sagte Raluca langsam, vom Themenwechsel überrascht. «Er wird im Herbst zwei. Florin heißt er. Ich hoffe, ich kann ihn nach der Scheidung behalten. Ilie will, dass der Junge bei ihm aufwächst, aber das scheint mir schwierig.»

«Ein alleinstehender Mann kann doch kein Kleinkind aufziehen.»

«Genau», sagte Raluca seufzend. «Du hast nach mir und Stefan gefragt. Wie er das sieht, weißt du sicher. Wenn es nach mir ginge ... Ich möchte mit ihm zusammenleben, und ich denke, er will das auch. Ich liebe ihn.»

Ecaterina zuckte leicht.

Das war wohl ein wenig zu viel für sie, dachte Raluca.

Eine fühlbare Stille trennte die zwei Frauen.

Nach einer Weile fuhr Raluca fort: «Wir wollten nach meiner Scheidung zusammenziehen. Aber das war gestern. Jetzt ... kommt es darauf an. Wann er herauskommt, wie er herauskommt ...»

Ihre Stimme zitterte. Sie stellte sich Stefan vor, in einer Zelle gekauert, ängstlich um sich blickend. Sie schaute auf sein Bett. Letzte Nacht hatte er noch hier geschlafen. Jetzt war er weg. Sie konnte ihn nicht beschützen. Sie konnte nicht mal diese verdammten Tränen zurückhalten.

«Ich mache uns einen Tee», sagte Ecaterina leise und stand auf. Sie wankte und hielt sich schließlich am Tischrand fest.

Raluca sprang auf und stützte sie. «Ist dir schlecht?»

«Nein, es geht schon. Bin nur zu schnell aufgestanden. Mein Blutdruck mag das nicht», lächelte Ecaterina. Sie ließ sich zu ihrem Stuhl zurückführen. Eine Weile lang saßen sie da.

Die Teetassen waren verschieden, Ecaterinas hatte einen feinen Riss. Sie schwiegen. Die Hitze hatte etwas nachgelassen.

«Ich hoffe, er kommt bald frei», sagte Raluca. Ihr Atem war wieder ruhig. Sie wollte Ecaterina trösten, wusste aber nicht recht, wie. «Ich bin dabei, eine Wohnung für uns zu suchen. Man hat mir Verschiedenes versprochen. Ich habe ja mit dem Bau zu tun, ich kenne die Leute, die die Käuferlisten zusammenstellen, in welcher Reihenfolge man Wohnungen kaufen darf.»

«Ihr werdet sicher etwas Schönes aufbauen. Ihr seid praktische Menschen, mit beiden Beinen auf dem Boden. Ich wünsche euch, dass eure Liebe lange hält.» Ecaterina lächelte.

«Ich weiß nicht, was ich dir antworten soll», sagte Raluca. «Ich habe nicht viel Erfahrung mit Männern. Ilie war mein erster Mann, in jeder Hinsicht. Ich war achtzehn, als ich ihn kennenlernte. Ich weiß nicht, ob es mit Stefan und mir klappen wird, als Familie. Aber es ist das, was ich mir wünsche. Er hat mich gewarnt, dass es passieren könnte. Ich habe mich gefragt, wie das wird, falls sie ihn erst in zehn oder fünfzehn Jahren freilassen. Werde ich vor einem Gefängnistor stehen, neunzehnsechsundneunzig, und auf einen Mann warten … Wie alt wird er dann sein? Fünfzig? Fünfundfünfzig? Mit der Gesundheit eines Siebzigjährigen und ohne Aussicht auf eine Stelle?»

«Du schaust aber ganz schön weit in die Zukunft?», sagte Ecaterina.

«Ja, vielleicht», seufzte Raluca. Das Leben erschien ihr auf einmal von endloser Trostlosigkeit.

«Wir können so wenig beeinflussen, Raluca. Die Zukunft erscheint fast hoffnungslos, aber sie ist es nicht, denn das Leben biegt auch viele Sachen wieder zurecht. Einfach nicht so, wie wir es geplant haben. Streng dich also nicht zu sehr an. Nimm nicht zu viel Last auf dich.» Ihre Stimme war weicher geworden.

Sie schwiegen eine Weile. Es dämmerte. Stefan würde nicht kommen, das sah Raluca ein. Länger zu bleiben brachte nichts.

«Wenn du etwas brauchst, ruf mich an», sagte Raluca. «Und danke für den Ratschlag, ich werde ihn mir zu Herzen nehmen.»

Als sie zu Hause ankam, war es kurz vor acht Uhr. Ilie war bereits da. Als sie das Wohnzimmer betrat, bemerkte sie, dass er nicht allein war. Auf dem Sofa saß neben ihm eine junge Frau, die Raluca zuerst nicht erkannte.

Ilie hatte ihr keinen Besuch angekündigt. Wäre Stefan nicht an jenem Abend verschwunden, hätte Raluca wohl anders reagiert. So war sie bloß etwas erstaunt. Sie war innerlich nur halb anwesend.

Ilie begrüßte sie beiläufig, als wäre alles normal.

Die fremde Frau hatte schulterlange schwarze Haare und trug ein kurzes rotes Kleid und eine rosa Bluse. Ilie stellte sie nicht vor. Die Frau begrüßte Raluca nicht, sie saß bloß schweigend da, irgendwie lauernd.

Raluca schaute die beiden an, dann erinnerte sie sich plötzlich und verstand. Beim Fest des Bürgermeisters Găinuşă waren ihre Haare hochgesteckt, und sie war anders geschminkt gewesen, aber es war zweifellos dieselbe Frau. Jetzt wollte Raluca sie gar nicht kennenlernen. Sie versuchte sich einzureden, dass diese Frau ihr nichts wegnahm, dass sie selbst die Scheidung wollte. Aber das nützte nichts gegen die Bitterkeit, die sie spürte.

«Bleibt sie noch lange?», fragte sie laut, die Hände in die Hüften gestemmt.

Ilie versuchte etwas zu sagen. Da stand die schwarzhaarige Frau auf. Sie war groß, beinahe so groß wie Ilie, aber schlank.

Raluca grinste. Eine jüngere, langgestreckte Version ihrer selbst.

Ilie fand seine Stimme wieder: «Mimi ist eine …», fing er an und zeigte ungeschickt mit der Hand auf seinen Gast, «äh, eine Kollegin von der Parteizelle, sie …» Er drehte sich mit einem fragenden Blick zu dieser Mimi. «Sie bleibt noch … eine Weile. Nicht?»

Mimi warf Raluca einen abschätzigen Blick zu. Er mag ein Schleimsack sein, schien sie zu sagen, aber er und alles hier gehört jetzt mir.

«Ich glaube nicht», sagte Raluca durch die Zähne.

Ilie seufzte besiegt. Er begleitete Mimi hinaus. Er kam erst eine Stunde später zurück.

39. VOR DEM STRENGEN
AUGE DER PARTEI

Ilie folgte Miticǎ Lungu ins Büro des Chefs der Kadersektion des ZK der RKP, Grigore Pricop. Zum ersten Mal seit langer Zeit spürte Ilie wieder diesen Druck von unten auf seinen Lungen. Anspannung. Angst, das Falsche zu tun.

Die Kadersektion der ZK war eine interne Polizei. Für sie war Ilie einfach nur ein ZK-Kandidat unter Hunderten. Von sich aus hätte er nicht mal gewusst, dass es Zeit war, bei Grigore Pricop vorzusprechen. Und wenn er es gewusst hätte, wäre er kaum empfangen worden.

Miticǎ hatte seine schüchtern-traurige Miene aufgesetzt. Wie so oft, wenn die Lage sich nicht genau einschätzen ließ. Ilie bewunderte ihn. So wirkte Miticǎ harmlos, unterwürfig und zuvorkommend. Ilie wusste es besser: Ohne die Miene zu ändern, war Miticǎ jederzeit zu einem überraschenden Gegenangriff fähig.

Das Büro, in das sie eintraten, war geräumig und karg eingerichtet. Genosse Pricop saß an einem massigen Schreibtisch mit dem Rücken zu den Fenstern, die Tür im Blick. Als sie eintraten, standen sie etwa fünf Meter vom Tisch entfernt. Ein langer Teppich unterstrich die Tiefenwirkung. Ilie folgte Miticǎ mit bedächtigen Schritten.

Grigore Pricop war ein gedrungener Mann mit Schnurrbart und zu engem Hemdkragen. Hinter ihm hing an der Wand natürlich ein Bildnis des Generalsekretärs: der Genosse als Präsident der Republik. Es war aber ein besonders großes, ein gemaltes Bild, keine der herkömmlichen Fotografien. Ilies Selbstvertrauen sank noch um ein paar Grad.

«Genosse Pricop, welche Freude!», deklamierte Miticǎ mit süßlichem Singsang während der letzten vier oder fünf Schritte. «Wie geht es Ihnen? Wie fühlt sich Ihre Frau?»

Die letzte Frage ließ Ilie aufhorchen. Miticǎ musste für die Genossin Pricop eine besondere Behandlung, vielleicht im Westen, ermöglicht haben. Er gab Pricop zu verstehen, dass er nun mit dessen Dankbarkeit rechnete. Ilie fühlte sich schon besser. Mitică hatte immer ein Ass im Ärmel.

Die angepeilte Gegenleistung war die günstige Darstellung von Ilies Scheidung in seiner Kaderakte. Die Kaderakte enthielt alles über Ilie, bis zurück in seine Kindheit, sie hielt sogar noch die berufliche Tätigkeit und die Gesinnung seiner Eltern fest. Ilie hatte seine Kaderakte freilich noch nie einsehen dürfen. Dank einiger mächtiger Beschützer hatte er jedoch eine ungefähre Vorstellung von dem Inhalt. Das war äußerst wichtig. Nur wenn er wusste, welche Schwächen und Fehler dort festgehalten waren, konnte er an deren Berichtigung arbeiten.

«Guten Tag, guten Tag», sagte Pricop und stand auf. «Kommen Sie herein, Genossen, und nehmen Sie Platz.» Er schüttelte über den Arbeitstisch hinweg Miticăs Hand energisch. Ilie beachtete er nicht.

Mitică glättete die wenigen Haare wieder zurecht, die er über die Glatze gekämmt trug, und wies auf Ilie. «Genosse Stancu, von der Leitung des Bezirksparteikomitees Ilfov. Ich habe Ihnen von seiner Situation erzählt.»

Pricop starrte Ilie an.

Auf dem Organigramm waren Pricop und Mitică in etwa gleich mächtig, schätzte Ilie. Als Vorsitzender der Kaderabteilung war Pricop für die Securitate grundsätzlich unantastbar. Er hatte jedoch keine Befehlsgewalt über sie.

Was Grigore Pricop seinerseits nur ungefähr ahnen konnte, war die inoffizielle Macht Miticăs. Diese beruhte nur in zweiter Linie auf seiner Position als Nummer zwei oder drei der Securitate, sondern vor allem auf seinen direkten Kontakten zur Familie des Generalsekretärs.

«Genosse Pricop», sagte Ilie, «ich finde keine Worte, um meine Dankbarkeit für Ihre wertvolle Zeit auszudrücken. Ich verlange nur, der Partei dienen zu dürfen. Dass die Partei da ist und mir zuhört, wenn mir das Leben übel zuspielt und ich in meinen kleinen Schwierigkeiten stecke, das überwältigt mich.»

«Die Partei ist Ihre Familie, Genosse, das ist selbstverständlich», sagte Pricop mit gelangweilter Miene und setzte sich. Mitică und Ilie setzten sich auch.

Mitică übernahm das Gespräch. «Das ist sozialistischer Humanismus,

Genosse Pricop. Wenn sich nur alle an Ihnen ein Beispiel nehmen würden! Die Lage habe ich Ihnen bereits angedeutet. Genosse Stancu ist gezwungen, sich scheiden zu lassen.»

«Hm, ja. Das ist nicht üblich bei uns.»

Ilie schluckte leer: die proletarische Moral. Es gab so gut wie keine Scheidungen im obersten Parteikader. Vor allem die Genossin war anscheinend besonders streng dagegen.

«Genau das sage ich auch immer», antwortete Mitică und drehte sich kurz zu Ilie, wie um ihn zu belehren – ein Trick, den dieser sofort durchschaute. «Die Familie ist der Kern, das Fundament unserer sozialistischen Gesellschaft. Das hat uns der Genosse Generalsekretär immer wieder aufgezeigt. Wie soll die Gesellschaft sonst wachsen, sich erneuern, nicht wahr? Sie sehen das bestimmt auch so. Wie soll unser Land im Jahre zweitausend eine Bevölkerung von dreißig Millionen erreichen, wenn die Werktätigen immer mal wieder heiraten und sich scheiden lassen, wie die Imperialisten in Amerika?»

Pricop nickte nachdenklich. Es war offensichtlich, dass er sich langweilte. Ilie hätte nie gewagt, jemandem, der so hochgestellt war, die Zeit mit biederster Parteipropaganda zu vergeuden. Aber Mitică tat genau das. Weil er es sich erlauben konnte. Bei Worten des Generalsekretärs konnte selbst Pricop nicht allzu deutlich bremsen.

«Das ist glasklar», stellte Mitică fest. «Genosse Stancu hier ist sich genauso bewusst wie wir, dass wir alle ein Beispiel geben müssen. Die Werktätigen, das ganze Volk schaut zu uns auf!»

Mitică fuhr eine Weile in reinster Parteisprache fort. Ilie hörte nur halb zu. Es ging ja nicht um den Inhalt, sondern um die verbindende Wirkung. Sie ließen Mitićas Vortrag in seiner ganzen öden Länge über sich ergehen, weil sie kleine Teile im gleichen wunderbaren Mechanismus waren, der sie ernährte und den sie liebten.

«… die leuchtenden Anleitungen des Genossen Generalsekretär hören und umsetzen.»

«Und was für ein Beispiel gibt er selbst?», eiferte sich plötzlich Pricop. Er meinte Ilie.

«Sie haben so recht», antwortete Mitică unbeirrt, machte eine noch leidgeplagtere Miene und beugte sich vor. «Schauen Sie, Genosse. Ich habe das Problem mit Genosse Stancu so lange besprochen – wie lange, Ilie? Schon drei, vier Monate?»

«Mindestens. Eher fünf oder sechs, ich weiß nicht …»

Miticǎs Stimme zitterte ein wenig. «Es hat diesen Mann, diesen unermüdlichen Soldaten der Partei fast gebrochen. Seine Gesundheit hat gelitten. So solide, wie Sie ihn hier sehen – seine Gesundheit ist zermürbt. Die Verantwortung gegenüber der Partei ließ ihn nicht mehr schlafen. Aber eine Ehefrau, die ihn nicht nur betrügt, sondern die ihn auch noch verspottet, die ihn gegenüber den arbeitenden Massen lächerlich macht? Er hatte Tränen in den Augen, Genosse Pricop. Er hat mir mit Tränen in den Augen gesagt: ‹Genosse Lungu, meine Partei-Aufgabe! Ich kann meine Partei-Aufgaben nicht mehr erfüllen! Die Leute nehmen mir nichts mehr ab! Was soll ich tun?› Das hast du doch gesagt, nicht, Ilie? ‹Wie kann ich der Partei dienen, wenn mich die Mutter meines Sohnes zum Kasper macht? Ich bitte die Partei demütig um Rat, um Anleitung›, hat er gesagt. Ich habe diese ungewöhnliche Situation mit verschiedenen Genossen besprochen. Ich habe gesagt: ‹Diese Frau stellt sich unserem wertvollen, treuen Mann entgegen, sabotiert seine Arbeit, richtet ihn zugrunde. Wir verlieren diesen Mann. Wir verlieren diesen Spitzenmann!›»

Ilie blickte traurig auf die Tischplatte. Innerlich applaudierte er. Dieser Miticǎ war gut, er war unglaublich! Der Schutz dieses Mannes war unbezahlbar. Ilie bemühte sich, ganz erschöpft und verzweifelt auszusehen.

Pricop schien nicht überzeugt. «Hat er diese Frau denn nicht überprüft, als er sie geheiratet hat? Was ist denn das für eine, die so was tut?»

Miticǎ nickte traurig und warf Ilie einen langen, vorwurfsvollen Blick zu. Bloß fürs Publikum, das war Ilie klar. Wie hätte er Raluca vor vierzehn Jahren daraufhin überprüfen können, ob sie ihm später mal die unabhängige Architektin servieren und dazu noch Hörner aufsetzen würde.

«Genosse Pricop, ich war nicht mal zwanzig», sagte Ilie mit reuevoller Stimme. «Damals war sie wie ein Lamm. Sie hat stundenlang zugehört, als ich ihr von der Partei erzählt habe, vom Sozialismus. Menschen ändern sich. Frauen ändern sich noch mehr. Plötzlich steht jemand da, den Sie … ich meine: den ich so nicht kannte. Da leidet man wie ein Hund, aber man muss sich entscheiden. Die Partei …»

«Verstehe», schnitt ihn Pricop nüchtern ab und wandte sich an Mitică.

Dieser hatte schon die «Sie sehen doch die Not dieses Mannes, bitte helfen Sie»-Miene aufgesetzt. «Es ist noch schlimmer», gab er zu bedenken. «Sie trifft sich mit einem Mann, den wir schon lange wegen seiner feindseligen Einstellung beobachten!»

Das saß. Intime Kontakte mit dem Klassenfeind.

«Verstehe», sagte Pricop wieder, diesmal nachdenklich. Dann stand er bedächtig auf. «Sie müssen mich jetzt entschuldigen. Ich habe mir ein Bild gemacht. Ich denke, eine Ausnahme wäre in diesem Fall denkbar. In dieser schweren Lage Ihnen, Genosse Stancu, die Hand hinzustrecken. Ihr Formulierungsvorschlag für die Beurteilung wird von den zuständigen Stellen aufmerksam und unvoreingenommen geprüft werden, Genosse Lungu.»

Nachdem sie das Büro verlassen hatten, auf dem Gang, schaute Ilie Mitică an. Dieser warf ihm einen amüsiert-schuldbewussten Blick zu. Das war aber nicht nett von uns, oder?, schien der Blick zu sagen. Den großen bösen Pricop so um den Finger zu wickeln.

Ilie liebte diesen Mann.

40. BAALS WERKSTATT

Noch als Stefan die ersten paar Stunden in der Zelle saß, verließ ihn schon der ganze Mut. Grauen sammelte sich unter seiner Haut.

Mehrmals hörte er die Schritte des Wärters auf dem Korridor näher kommen, die Sichtklappe wurde geöffnet. Nach dem zweiten Mal übergab er sich in den stinkenden Eimer, der in einer Ecke stand.

Als sie ihn tatsächlich holten, zitterte er heftig. Beim Knirschen des Schlosses sprang er an die hintere Zellenwand, obwohl er genau wusste, dass es dort keine Flucht- oder Versteckmöglichkeit gab, sondern nur den Eimer und die nackte Wand.

Der Wärter setzte ihm eine undurchsichtige Brille auf und legte ihm Handschellen an. Der Weg führte durch hallende Korridore und über Treppen. Immer wieder bekam er Stöße in den Rücken, wenn er stolperte, Schläge.

Irgendwann kamen sie an.

«Bleib hier in der Ecke stehen», hörte er. «Denk nicht mal dran, dich zu bewegen.»

Das Warten zog sich in die Länge. Nach einer Weile wagte er, den Kopf leicht nach vorn zu neigen. Seine Stirn berührte die Wand. Er stand tatsächlich in einer Ecke.

Plötzlich hörte er aus einem Nebenraum einen Mann schreien. Er schrie und schrie. Andere redeten undeutlich miteinander. Die Schreie klangen ab. Dann bellte eine tiefe, hasserfüllte Stimme. Sie tönte krank, besessen. Der Mann fing wieder an zu schreien. Stefan konnte vor Zittern kaum noch stehen. Das Schreien hörte schlagartig auf. Eine entfernte Tür wurde wuchtig aufgestoßen. Die hässliche tiefe Stimme kam näher. «He, was treibt ihr denn da? Räumt mir endlich diesen Abfallhaufen weg! Das Dreckschwein ist wieder ohnmächtig. Zum Teufel mit all diesen Waschlappen von Banditen, die taugen zu nichts … *Haide*, schlepp mir das raus hier, ich hab zu tun, wir machen einfach mit dem Nächsten weiter.»

Während er das letzte Wort sagte, stieß der Mann eine weitere Tür auf, diesmal ganz nah. Er stand im selben Raum. Stefan verlor die Beherrschung. Er kauerte sich in die Ecke und benutzte seine Knie, um die undurchsichtige Brille hochzuschieben. «Nein! Nein!», schrie er und spähte umher nach einem Fluchtweg. Es gab keinen.

Der Schläger sah aus wie ein durchgeknallter Fleischer mit den Körpermassen eines Silberrückens. Verzerrt grinsend packte er Stefans Oberarm, seine Hand fühlte sich an wie eine Zange. Stefan schrie.

Der Mann zerrte ihn in einen niedrigen dunklen Gang und in einen weiteren Raum. Er sah aus wie der Waschraum der Kaserne während Stefans Militärdienst, nur kleiner und fensterlos, und mit Blutspritzern am Boden.

Der Mann fing an, mit einer unwirklichen Heftigkeit auf Stefan einzuschlagen und ihn zu beschimpfen. Er steigerte sich grundlos in eine blinde Wut, traktierte Stefan mit Faustschlägen und Tritten, bis dieser stöhnend am Boden lag.

Stefan hatte die Übersicht über die schmerzenden Stellen verloren. Sein Körper brannte überall, fühlte sich an wie aufgeplatzt. Es kam ihm vor, als ob das Leben anfing, aus ihm herauszufließen. In den kurzen Zeitspannen zwischen den Schlägen, bevor der nächste Schmerz seine Gedanken in den Hintergrund schob, sah er ein, dass es gar nichts gab, was er tun könnte, um ein qualvolles Ende abzuwenden. Sein Körper war nur noch ein Spielzeug dieses Irren.

Ein heftiger Schlag traf ihn unter den Rippen. Alles wurde undeutlich und fern. Als er wieder zu sich kam, war sein Kopf nass, er lag in einer Pfütze kalten Wassers. Der Schläger war immer noch da, er knallte einen leeren Eimer auf den Boden, drehte sich dann zu Stefan. «Ich dachte, du willst mich verlassen», brummte der Mann. «Ausgerechnet, wenn das Fest am schönsten ist. Guck mal, bepisst hast du dich auch noch. Was ist denn mit euch los? Wie wählen sie euch aus? Wählen sie die mit den weichsten Eiern? Ist es so? Bist du ein Weichei?», brüllte der Mann und trat Stefan nochmals erneut mit Wucht in den Unterleib. Es war Stefan nicht bewusst, dass eine Steigerung noch möglich war, aber dieser Schmerz schoss durch alle anderen hindurch und explodierte in seinem Hirn. Er konnte nicht mehr.

Der Schläger rauchte eine Zigarette. Dann verpasste er Stefan noch einen Tritt in die Nieren und dröhnte: «*Haide*, wecki wecki! Wir haben noch Arbeit vor uns!» Stefan versuchte sich zu erheben, aber sein Körper gehorchte ihm nicht. Der Schläger kam mit einem langen Gummiknüppel in der Hand und fing sofort an, mit der gleichen Hingabe auf Stefan einzudreschen.

Stefan war außerstande, einen klaren Gedanken zu fassen, er bestand nur noch aus dem Impuls zur Flucht, dem kein funktionierender Körper mehr zur Verfügung stand. Ein paar Schläge später ging die Tür auf, und ein weiterer Mann trat ein.

«Was machst du denn wieder?», schalt der neue Mann den Schläger wie ein unfolgsames Kind. «Hab ich nicht gesagt, du sollst auf mich warten?»

Stefan kroch panikartig zu einer Wand und blieb dort liegen. Er schloss die Augen und ließ den Schmerz abklingen.

«Was kann ich tun, Genosse Major?», klagte der Schläger. «Der Vorherige hat mich wütend gemacht! Ist mir abgesackt, bevor ich ihn richtig befragen konnte. Bitte um Entschuldigung, es tut mir leid. Ich wollte mit dem hier schon auf Sie warten, aber ich wurde wütend. Da hab ich gedacht, ich weiche ihn nur ein. Ein wenig, bis Sie kommen.»

«Gut, ist nicht schlimm. Dieser bewegt sich wenigstens noch. Lass mich jetzt», sagte der Major.

Stefan drehte vorsichtig den Kopf und schaute den Mann an. Er war älter als sein Kollege, kräftig gebaut, aber nicht so groß. Anders als dieser strahlte er etwas Beherrschtes, Routiniertes aus. Er hatte sich im Griff. Er hatte seinen Anzug und seine Krawatte im Griff. Er würde vielleicht zuhören. Vielleicht konnte man ihn erweichen.

«Geht's wieder?», fragte er Stefan, als der Schläger die Tür hinter sich geschlossen hatte. Er nahm ihm die Handschellen ab. «Kannst du trinken?»

Er streckte Stefan eine Blechtasse mit Wasser hin. Stefan versuchte sich aufzusetzen, aber die Schmerzen waren zu heftig. Der Mann stellte die Tasse auf den Boden. Auf einen Ellbogen gestützt trank Stefan gierig.

«Zigarette?»

Stefan nahm sie an mit einer Dankbarkeit, die ihn selber erschreckte.

«Ich bin Major Leca», sagte der Mann ruhig.

Wenn er nur weiterredet, dachte Stefan, wenn die Zigarette nur ewig dauert.

«Du wirst mir alles erzählen. Alles, was ich wissen will. Wenn ich sehe, dass du dich ehrlich bemühst, geht's folgendermaßen weiter: Du wirst Erklärungen schreiben, in denen du deine Taten erzählst. Dann kommt der Prozess, du bekommst dein Urteil, und dann sitzt du. Hast du bis hier verstanden?»

Stefan nickte.

Leca fuhr fort, ein wenig lauter:

«‹Jawohl, Genosse Major!›, heißt das. Wie heißt es?»

«Jawohl, Genosse Major», stöhnte Stefan.

«Gut so, du lernst schnell. Ich habe deine Akte gesehen. Wenn du brav bist und alles schön erzählst, dann kassierst du vermutlich nur ein paar Monate, fast nichts. Wenn du den Schlauen spielst, dann sorgen wir dafür, dass du deine Mutter verfluchst, dich geboren zu haben. Aber ich glaub's nicht. Niemand tut das hier, weißt du, warum?»

«Nein, Genosse Major», murmelte Stefan.

«Weil es sich nicht lohnt. Niemand sieht deinen erbärmlichen Widerstand. Niemand außer Kollege Popovici» – Leca deutete mit dem Kopf zur Tür –, «der seine Arbeit liebt und jede Menge Tricks auf Lager hat. Kommt hinzu, dass wir schon alles wissen, wir haben mit allen geredet. Kollegen, Nachbarn. Aber wir wollen eine unterschriebene Erklärung von dir. Wer dich rekrutiert hat, wer dich ausgebildet hat, was deine Ziele waren, wer dir in der Redaktion geholfen hat. Alle Details. Nochmals: Versuch nicht, den Schlaumeier …»

Die Tür ging plötzlich auf. Leca drehte sich wütend herum, und für einen Moment bemerkte Stefan an ihm den gleichen irren Blick wie zuvor bei Popovici.

Diesmal kamen zwei Männer in Anzügen herein. Der eine war groß, schlank, die schütteren schwarzen Haare trug er über die Glatze gekämmt. Der andere war kleiner, klobig, hatte ein aufgedunsenes Gesicht mit kleinen Augen, die böse funkelten.

Leca begrüßte die zwei Männer unterwürfig. Dann gingen alle drei hinaus und schlossen die schwere Eisentür hinter sich. Stefan versuchte sich aufzurichten. Jede Bewegung war eine Qual. Wie würden sie ihn wieder in seine Zelle bringen? Über den Boden schleifen? Er hatte sich gerade auf alle viere gehievt, als die drei wieder in den Raum kamen.

Stefan ließ sich erschrocken auf die Seite fallen und krümmte sich winselnd zusammen. Der Mann mit dem aufgedunsenen Gesicht kam allein näher.

«Na, was sagst du, Ilie, habe ich gelogen?», fragte der Schwarzhaarige.

Der Aufgedunsene antwortete nicht. Er beugte sich über Stefan und betrachtete ihn.

Stefan konnte sein Gesicht nicht sehen, es befand sich im Gegenlicht vor der Deckenlampe, er spürte jedoch den Blick. Der Mann schaute ihn hasserfüllt an. Stefan war unfähig, Gedanken in Worte zu fassen, aber das angsterfüllte Tier in ihm erriet, welcher Ilie das war. Sein Körper versuchte, eilig wegzukriechen.

Ilie hatte den langen Gummiknüppel in der Hand und holte aus.

«So, das hätten wir geregelt, nicht wahr?», fragte Mitică am nächsten Nachmittag strahlend. Er saß in seinem Büro am Schreibtisch, Ilie auf dem dunkelgrünen Kunstledersofa.

«Du bist wie ein Bruder, Mitică», sagte Ilie gerührt. Dieser Mann hatte tief in sein Herz geblickt und seinen Schmerz und seine Wut verstanden. Niemand sonst hätte ihm dieses ungewöhnliche Privileg einer persönlichen Abrechnung ermöglichen können.

«Du klingst irgendwie nachdenklich», sagte Mitică erstaunt. «Hör zu. Ich will diese Sache restlos klären zwischen uns. Jetzt. Ich will später nichts mehr hören.»

Neben Ilie wartete auf einem Serviertisch ein Glas mit der feinsten Pflaumen-țuică, die man bekommen konnte.

«Ich weiß, was du dir überlegst. Ich könnte den Köter sofort beseitigen lassen. Das macht sich aber nicht gut. Man würde munkeln, dass der Kerl mitten in der Untersuchung abgekratzt ist. Pricop würde erfahren, dass du dir in deiner Laufbahn neben der Scheidung eine solche Abrechnung geleistet hast. Das würde nicht gut aussehen. Es würde eher zu den weniger netten Jungs passen, die für mich gewisse Probleme lösen. Du musst jetzt einen Schlussstrich ziehen, Ilie. Ich brauche dich mit einer tadellosen Vorgeschichte.»

Stefan erlebte zehn Wochen lang einen Höllenritt. Bald hatte er jedes Zeitgefühl verloren. Sie ließen ihn nur kurz und unregelmäßig schlafen, hungerten ihn aus, drohten, ihn zu töten, seine Mutter zu foltern, verwirrten ihn mit belastenden Aussagen von Menschen, die er kannte. Erst später, nach der Verurteilung, erschloss sich ihm nach und nach, was ihm in der Zeit vom Juli bis August 1981 genau widerfahren war. Die Untersuchungshaft hatte ihre eigene, seltsame Logik, die Stefan erst im Lauf der Verhöre verstand.

Es ging nicht darum, etwas von ihm zu erfahren.

Seine Peiniger hatten vorher beschlossen, wessen er sich schuldig gemacht hatte. Das teilten sie ihm aber nicht mit. Stefan, so ihre Logik, kannte seine Schuld und sollte sie bloß noch zugeben. Er musste sich also während der Verhöre stückweise an das herantasten, was er zu gestehen hatte. Seine Zögerlichkeit werteten sie wiederum als Widerstand und List, die sie von einem Volksfeind ohnehin erwarteten. Stefans Flehen, sie sollten ihm doch bitte endlich sagen, was er gestehen müsse, damit seine Qualen ein Ende finden konnten, war in ihren Augen ein weiterer billiger Trick. Daraufhin versuchte er, Straftaten zu erfinden, aber er stellte fest, dass seine Peiniger an seinen Ideen kein Interesse hatten. Er sollte ihre Ideen erraten. Und weil sie detailversessen waren – sie wollten Namen, Orte, Zeiten –, dauerte das Ganze eine Ewigkeit.

Stefan schrieb und schrieb, ein erfundenes Geständnis nach dem anderen. Die Geschichte hatte so zu lauten: Angestachelt durch Radiosendungen aus dem Westen hatte er eine asoziale, das Land und die sozialistische Gesellschaftsordnung hassende Einstellung entwickelt. Er hatte deshalb erstens versucht, durch perfide Artikel das Vertrauen der Bevölkerung in die Partei zu untergraben. Zweitens hatte er einen Mitarbeiter des Innenministeriums bei der Arbeit behindert, indem er vorsätzlich und wiederholt Beweismittel und Dokumente unterschlug. Drittens hatte Stefan einen Mordversuch an diesem Mitarbeiter unternommen. Stefan versuchte, niemanden zu belasten. Die Vorstellung, später damit leben zu müssen, einen anderen Menschen in diese Hölle gestürzt zu haben, erschien ihm unerträglicher als seine jetzigen Qualen. Er erfand Personen, die es gar nicht gab. Leca durchschaute es, tat enttäuscht und überließ ihn erneut Popovici. Das Spiel ging weiter. Schließlich gab man ihm zu verstehen, wen er noch belasten musste. Es war ein Zeitungsmitarbeiter aus der Logistik, den Stefan nicht kannte.

Das Ende der Untersuchung kam wie eine unerwartete Gnade, als Stefan keinen Stolz, kein Gefühl für sich als Person mehr übrig hatte. Er fühlte sich nur noch als eine leere Hülle in einer finsteren Welt, leblos, bedeutungslos. Es ekelte ihn vor seinem eigenen Körper, der sich bei allem Leiden beharrlich weigerte, ihn ins Nichtsein zu entlassen.

Stefans Prozess fand Mitte September statt. Er wurde gemäß Artikel 169 des Strafgesetzbuchs für die «Unterschlagung und den Besitz außerhalb der beruflichen Tätigkeit von geheimen Dokumenten, die eine Gefährdung der Staatssicherheit darstellen können», sowie für den Mordversuch an einem Beamten für schuldig befunden und zu sieben Jahren Gefängnis verurteilt. Sein Anwalt gab ihm zu verstehen, dass er damit gut weggekommen war und noch Glück hatte. Der ganze Prozess dauerte zwanzig Minuten.

Kurz danach erhielt Ecaterina die offizielle Benachrichtigung. So erfuhr sie endlich, was die letzten drei Monate mit ihrem Sohn geschehen war.

Sie hatten ihn nicht umgebracht. Er atmete, irgendwo in dieser Stadt, in einer Zelle. Sie würde ihn bald sehen, denn sie wurde aufgefordert, innerhalb von achtundvierzig Stunden seine persönlichen Gegenstände abzuholen. Danach würde sie ihn alle paar Monate besuchen dürfen.

Als Ecaterina den Brief zu Ende gelesen hatte, breitete sich in ihr eine endlose Leere aus. Nur knappe Gedankenfetzen kamen und verschwanden wie Schneeflocken. Sie sah eine Biene durch das halboffene Fenster in die Wohnung fliegen und sinnlos herumsummen. Was sie wohl suchte?

Sieben Jahre, wovon Stefan ein Vierteljahr schon abgesessen hatte, waren eigentlich nicht viel. Sie waren nicht so endgültig wie die Strafen damals in den fünfziger und sechziger Jahren. Stefan war ein besonnener Junge. Mit ein wenig Glück würde er früher freikommen. Es war keine Ewigkeit.

Nachdem sie sich das genau überlegt hatte, ließ sie innerlich los. Die Tränen kamen zuerst, sie zogen das Weinen aus ihr heraus. Zum Glück war niemand da. Eine weinende alte Frau, das kann aufs Gemüt schlagen.

Nein, es war wirklich keine Ewigkeit. Nur hatte sie auch keine Ewigkeit mehr zur Verfügung.

41. DER WEG NACH COLENTINA

BUKAREST, NOVEMBER 1981 Dank Ilies Einfluss ging die Scheidung beim Standesamt rasch über die Bühne. Raluca unterschrieb nach Ilie. Die Urkunde hielt fest, was sie abgemacht hatten. Dass die Schuld bei ihr lag, war Raluca einerlei. Ilie hatte dafür eingewilligt, ihr Florin zu überlassen. Ohne seine Einwilligung hätte sie das Sorgerecht nie bekommen. Kein Richter hätte gegen Ilies Willen entschieden.

Sie wusste, warum Ilie die Schuldfreiheit wichtig war. Als ahnungsloses Opfer blieben seine Aufstiegschancen intakt. Seine anfängliche Wut hatte sich wie erwartet bald erschöpft. Vielleicht war er einsichtig geworden, dass er dadurch bald eine neue Frau würde heiraten können, diese Mimi oder eine andere.

Zum Schluss übergab Ilie mit leicht angewiderter Miene dem Beamten eine Tragetasche. Raluca konnte sich vorstellen, was sie enthielt: Lebensmittel, Kaffee, Zigaretten. Der Empfänger bedankte sich unterwürfig und – angesichts der ernsten Verantwortung – mit einem Hauch gekünstelten Bedauerns.

Am darauffolgenden Sonntag zog sie aus.

Es war schon Mittag, als Ilie gähnend und sich streckend aus dem Schlafzimmer kam, einen kurzen strengen Blick auf das Chaos warf und wieder verschwand.

Raluca ließ gerade die letzten Kisten und Taschen in den Lieferwagen bringen. Sie war überrascht, wie viele Leute ihr heute beistanden: Onkel Ovidiu, Mihnea Ionescu mit seiner Frau, ihre beste Freundin Laura und zwei Kollegen aus dem Institut. Ihre kleine Armee. Radu half auch mit, wobei er sich betont distanziert gab. Seine Loyalität galt nicht ihr.

Nur Stefan fehlt, dachte sie. Wie wäre es wohl ausgegangen, wenn sie sich heute getroffen hätten? Ilie mit seiner klobigen Grimmigkeit, Stefan mit seiner Neigung zu unbesonnenem Schalk. Vielleicht war es besser so. Mit etwas Glück würden sich die beiden nie über den Weg laufen.

Raluca ging nochmals durch die Wohnung und prüfte, ob sie nichts vergessen hatte. In der Küche fand sie Ilie, der verschlafen am Tisch saß und darauf wartete, dass sein Kaffee kochte.

«Ich bin fertig hier», sagte Raluca. Sie hatte einen Knoten im Hals. Das war es also. Ihre letzten Minuten in dieser Wohnung, in dieser Küche, mit diesem Mann. Ilie saß in seinem Morgenmantel, die Ellbogen auf den Tisch gestützt, und knabberte an einem Keks.

«Den Schlüssel bekommst du, wenn ich Florin abgeholt habe», sagte sie.

Sie sah ihn von der Seite an, er wirkte alt und erbärmlich – ein ausgestopfter Bär in einem naturhistorischen Museum, verstaubt und fremd. Ein Teil von ihr wollte eine nette Abschiedsrede halten, ein anderer heulend aus der Wohnung rennen.

«Ilie, für all die Jahre, die wir zusammen verbracht haben …», sagte Raluca, wusste aber nicht, wie weiter. Sollte sie sich bedanken?

Ilie drehte den Kopf zu ihr. Sein Gesicht war leer.

«Es ist besser so für alle», sagte sie schließlich und merkte sogleich, wie falsch das tönte.

«Sagt wer?», brummte Ilie säuerlich.

Das hätte nicht mehr weh tun sollen, aber es traf sie mit überraschender Heftigkeit. Raluca atmete ein, dann langsam wieder aus. So war es auch gut. «Alles Gute, Ilie.» Sie drehte sich um, ohne seine Antwort abzuwarten. Ihre Absätze klopften auf die Fliesen im Vorraum, entschlossen wie Hammerschläge.

«Wir fahren los!», rief Raluca. Ihre Stimme klang wieder bestimmt.

Sie stiegen in die zwei Dacias und den Lieferwagen. Die Straßen waren frei. Das Benzin war rationiert. Der Novembersonntag war so dunkel, dass Raluca auf die Uhr schaute. Es war kurz vor Mittag.

Sie erreichten bald Ralucas Wohnung im Colentina-Quartier. Ihre neue Adresse, ihre Schlüssel, ihr Briefkasten. Ihr neues Leben.

Der Wohnblock roch nach feuchtem Mörtel und Farben. Die Lifte funktionierten. Eine Stunde später hatten sie alles in den fünften Stock getragen. Radu fuhr mit dem Lieferwagen weg. In der Wohnung verteilte Raluca Brötchen, Tomaten und Cico-Limonade. Dann setzten die Männer die größeren Möbel wieder zusammen.

Spät am Abend, nachdem sich ihre Freunde verabschiedet hatten, schaute Raluca stolz und erschöpft um sich. Es gab noch viel zu tun. Zuerst würde sie mit Florin im selben Zimmer schlafen, um ihm das Einleben in die neue Umgebung zu erleichtern. Dann würde sie sich um sein Kinderzimmer kümmern. Für Stefan plante sie vorerst nichts.

Raluca holte als Letztes Florin ab und brachte ihn zu Ecaterina. Sie übernachteten dort, auf dem Sofa im Wohnzimmer, wo sie vor wenigen Monaten noch in Stefans Armen gelegen hatte.

42. **AIUD**

Anfang Februar 1982 erhielt Stefan Häftlingskleidung und wurde zusammen mit zwei Dutzend Gefangenen nach Aiud verlegt, in Siebenbürgen, vierhundert Kilometer nordwestlich von Bukarest.

Der Transport dorthin dauerte achtzehn Stunden. Stefan war froh, das Untersuchungsgefängnis zu verlassen. Zuerst fuhren sie in einem geschlossenen Lastwagen. Sie waren zusammengedrängt und hatten zu wenig Luft. Nach etwa zwei Stunden stiegen sie bei einem kleinen, verlassenen Bahnhof aus. Die Weiterfahrt im Güterzug war bedeutend unangenehmer. Die Häftlingskleidung schützte wenig vor dem eisigen Durchzug. Nach einer Ewigkeit kamen sie an.

Das Gefängnis bestand aus einem T-förmigen vierstöckigen Bau, der das Zentrum des kleinen Städtchens dominierte. Massig und von eintönigem Aussehen, verströmte das Gebäude die bedrohliche Ruhe eines riesigen Schiffs. Dieses Schiff war dazu da, Lebensreisen abzubrechen und die Reisenden aus der Welt zu nehmen.

Das Aufnahmeritual bestand aus Brutalität. Im Untersuchungsgefängnis in Bukarest war Stefan unter kürzlich Verhafteten gewesen, die noch vor Wochen oder Monaten ein normales Leben geführt hatten. Hier in Aiud saßen hingegen Männer, die bereits vor langer Zeit gebrochen und auf das Niveau von sprechenden Nagetieren reduziert worden waren. Die Brutalität der Wachen erwies sich jedoch, sobald die ersten Beispiele statuiert waren, als berechenbar. Mit etwas Erfahrung konnte man ihr meistens aus dem Weg gehen.

Stefan teilte sich die Zelle mit sieben anderen Häftlingen. Der Zellenchef war ein stämmiger, älterer Bauer, der zwanzig Jahre wegen Totschlags absaß. Seine Autorität war unmittelbar und unbestritten. Schwierigkeiten hatte Stefan nur mit einem jungen sportlichen Mann aus der Bukowina. Auch dieser verbüßte eine langjährige Strafe, war aber im Gegensatz zum Zellenchef jähzornig und labil. Er ertrug die Demütigungen des Häftlingslebens nur schwer. Er wälzte sie auf die schwächeren Zellengenossen ab. Mit ihm geriet Stefan in ein kurzes Handgemenge. Der Bukowiner war schneller und kräftiger, Stefan zog den Kürzeren. Wie er aber danach feststellte, fanden die anderen Insassen seine Leistung respektabel.

Die Wärter bekamen nichts mit. Das war auch besser so. Weder Stefan noch sein Gegner hatte Lust, in die Strafzelle zu kommen, die «die Schwarze» genannt wurde. Der Boden bestand aus einem Metallgitter, das von eiskaltem Wasser bedeckt war. Der Gefangene wurde in dieser Zelle nackt angekettet, so dass er die ganze Zeit stehen musste. Die Zelle hatte keine Beleuchtung, daher der Name. Essen gab es nur die halbe Ration.

Stefan hatte nun einen akzeptablen Platz in der Hackordnung. Er nahm an, das sei schon mal ein guter Anfang. Er stellte sich aufs Warten ein, konzentrierte sich auf den streng geregelten Alltag.

43. MILCH, ZUCKER, EIN GUTER PLATZ IN DER SCHLANGE

BUKAREST, FEBRUAR 1982   Es war klirrend kalt. In Ralucas neuer Wohnung funktionierte die Heizung nicht. Sie fragte die Nachbarn. Der ganze Block war noch nicht an die Fernwärme angeschlossen. Anscheinend – eine Benachrichtigung hatte es nicht gegeben – hatte irgendein Amt die Einschaltung der Heizung verzögert, solange die letzten Wohnungen nicht belegt waren. Sie versuchte das Amt herauszufinden, fing auf gut Glück mit dem OCLPP an, mit dem sie den Kaufvertrag abgeschlossen hatte. Dort fühlte man sich nicht zuständig. Die Stadtbehörden verwiesen auf die Sektorbehörden, diese auf die Immobilienverwaltungsanstalt ICRAL und die Anstalt auf das städtische Parteikomitee.

Nach drei Wochen gab Raluca auf. Bei den Nachbarn fand sie keine Unterstützung, sondern wachsende Gereiztheit und Ablehnung. Man legte sich doch nicht ständig mit den Behörden an! Nicht wegen einer Maßnahme, die den Richtlinien des Genossen entsprach. Raluca war enttäuscht, aber sie hatte auch keine Lust, zum schwarzen Schaf des ganzen Blocks zu werden.

Sie lebte jetzt unter den Menschen ohne Macht. Sie hatte ein anderes Bild von ihnen gehabt. Aber sie wollte sich anpassen, sie war bereit zu lernen.

Sie verschob ihren Einzug und blieb noch einige Wochen in Ecaterinas zwei Zimmern. Viele Menschen, erinnerte sie sich, lebten seit Jahrzehnten so. Sie musste sich in Bescheidenheit üben. Es war der Preis dafür, dass sie zurückkehren durfte unter die Normalsterblichen und von ihnen angenommen wurde. Manchmal fühlte sie sich jedoch bei Ecaterina so eingeengt, dass sie schier verzweifelte.

Inzwischen hatte sich herausgestellt, dass Ecaterina an Parkinson litt. Auch dies war für Raluca neu: auf einen älteren, langsamen, unsicheren Menschen Rücksicht zu nehmen. Sie profitierte allerdings von Ecaterinas Erfahrung im Alltag, der ihr noch oft befremdend vorkam.

Ecaterina besaß eine alte russische Waschmaschine. Sie brauchte sie selten, und darum stand das schwere Ding im Vorraum. Raluca war wegen Florin darauf angewiesen. Doch das Schieben der Maschine ins Badezimmer war ein Kraftakt, den sie sich nicht täglich zumuten wollte. Sie fand durch eine Arbeitskollegin einen Mann, der nebenher als Handwerker arbeitete. Diesen bestellte sie, um Rädchen unter die Waschmaschine zu montieren.

Als Raluca an jenem Tag von der Arbeit heimkehrte, war er gerade damit fertig. Ecaterina hatte ihm ein Bier und selbstgebackene Käsehäppchen gebracht. Raluca überließ ihr den Kontakt mit dem Handwerker und wandte sich Florin zu, aber sie beobachtete das Geschehen neugierig.

Ecaterina behandelte den Handwerker mehr als freundlich, fast wie einen alten Bekannten. In Ilies Umfeld wäre das undenkbar gewesen. Dort war zwar immer wieder von der glorreichen Arbeiterklasse die Rede. Man wusste jedoch, wo man in der Parteihierarchie stand. Es kam nicht in Frage, dass sich ein Bezirksparteisekretär bei einem einfachen Arbeiter auch nur bedankte. Es musste ja für diesen schon eine Ehre sein, einem hohen Vertreter dieser glorreichen Arbeiterklasse die Waschmaschine zu reparieren.

Dieser Handwerker genoss es aber sichtlich, sich wie ein Gast behandeln zu lassen. Als erweise er ihnen schon mit seiner Anwesenheit eine Gunst.

Als er gegangen war, fragte Raluca Ecaterina aus.

«Och, das war doch nichts», antwortete diese zuerst. «Die Häppchen hätte ich ohnehin für uns gebacken, so habe ich einfach ein paar mehr gemacht. Und jetzt haben wir auch eine warme Wohnung!»

Raluca lächelte, ließ aber nicht locker. «Nur so als Gedanke: Was passiert, wenn du ihm nur sein Geld gibst? Ich meine: Hundertzwanzig Lei sind nicht wenig. Für ein paar Rädchen, die er irgendwo gestohlen hat, und für eine halbe Stunde Arbeit.»

Ecaterina antwortete zögerlich. «Man weiß nie, wann man einen Handwerker braucht. Wo gehe ich sonst hin? In einen staatlichen Laden? Auch dort müsste ich etwas versprechen, damit sie jemanden vorbeischicken. Und ich habe nichts Besonderes, was ich versprechen kann. Nur mit viel Freundlichkeit habe ich eine Chance. So bekommt man einen guten Platz in der Schlange, wenn wieder mal irgendwo Öl oder Zucker in den Verkauf kommen.»

Raluca fragte mit sanfter Stimme: «Findest du das nicht … erniedrigend?»

Ecaterina lachte, dann sah sie Raluca aufmerksam an. «Du wirst sehen. Irgendwann spürst du die Erniedrigung nicht mehr. Du tust, was von dir erwartet wird. Es freut dich, wenn du etwas dafür bekommst.»

Raluca verstand nicht, warum das so lief, aber sie sah ein, dass sie es akzeptieren musste. Das waren die Spielregeln. Auch Ecaterina hatte ihren Stolz. Es fiel ihr bestimmt nicht leicht, sich gegenüber diesen Menschen unterwürfig zu verhalten. Da würde auch sie, Raluca, durchmüssen.

Sie stand auf und ging in die Küche, um den Brei für Florin zu bereiten. «Woher hast du übrigens den Käse für die leckeren Happen her?»

«Aha!», lachte Ecaterina. «So fragt eine erfahrene Hausfrau! Ich war auf meiner üblichen Tour, als ich in der Piața Amzei vor dem Milchwarenladen eine Schlange sah. Es waren nur so sechzig, siebzig Leute, aber es wurde auch noch nichts verkauft. Du weißt, wie das ist, ein Gerücht, manchmal kommt tatsächlich etwas, manchmal nicht, manchmal nur sehr wenig. In der Schlange sah ich plötzlich eine Nachbarin. Sie hat mir Platz gemacht. Ein paar Leute hinter uns haben natürlich geschimpft, aber sie ist ziemlich schlagfertig, die Nachbarin. Zu mir sagte sie, es würde bald Käse geliefert. Ich konnte es nicht glauben. Da stellte sich heraus, dass der Käse von einem Arbeitsbesuch von Ceaușescu stammte. Das läuft so: Er besucht eine *Alimentara* nach der anderen. Danach fährt ein Lastwagen die Esswaren eilig zum nächsten Laden, parallel zur offiziellen Wagenkolonne. Und so sieht er jedes Mal die gleichen Waren und lässt sich für die Tagesschau filmen. Nach dem letzten Besuch werden die Lebensmittel verteilt. Was das Personal nicht brauchen kann, wird verkauft.»

Raluca kamen Ilies Reden in den Sinn, über die Notwendigkeit, dass die Partei der Werktätigen die Macht ausübt und mit allen Mitteln sichert. Weil die Partei die Verkörperung des Willens aller Werktätigen sei. Sie konnte sich noch daran erinnern, als all dies auch für sie noch irgendwie glaubhaft klang.

44. ES MÜSSEN NICHT ALLE ÜBERLEBEN

AIUD, MÄRZ 1982 Eines eisigen Morgens kam ein Häftling auf Stefan zu.

«Na, Irimescu, geht's langsam wieder?», fragte der ältere Mann leise. Er hieß Gabriel Munteanu. Er sah abgemagert aus, unter den blauen, traurig blickenden Augen stach eine wuchtige Nase hervor. Stefan war bekannt, dass Munteanu eine langjährige politische Strafe absaß, aber Genaueres wusste er nicht.

«Hm. Besser als in Rahovei ist es auf jeden Fall», antwortete er kurz angebunden.

Freundlichkeit hatte er sich in den sieben Wochen, die er hier war, abgewöhnt. Das Eingesperrtsein in dieser engen stinkenden Zelle stimmte ihn nicht besonders wohlwollend.

«Das denke ich auch», sagte Munteanu. «Ich habe das nette Hotelpersonal dort auch erlebt, wissen Sie. Leca, Popovici, Ioniţă und die anderen.»

Gesiezt zu werden war angenehm. Die Wärter und die meisten Häftlinge duzten einen gleich.

«Warum sind Sie hier?», fragte Stefan.

Munteanu schien zuerst ein wenig überrumpelt. «Längere Geschichte. Ich habe versucht, eine unabhängige Gewerkschaft zu gründen.»

Keine gute Idee, das wusste Stefan. Gewerkschaften durften nur von der KP gegründet werden. Eine unabhängige Gewerkschaft hätte Auseinandersetzungen zwischen Arbeitern und der Partei der Arbeiter ermöglicht, da diese gleichzeitig der einzige Arbeitgeber im Land war. Und ein solcher Konflikt hätte den Grundsatz verletzt, dass die KP – und sie allein – alle Arbeiter, alle Bürger vertrat. Was der Doktrin nicht entsprach, wurde gnadenlos bekämpft.

«Ja, und da wir zu dritt waren, falle ich unter ‹Verschwörung gegen die sozialistische Staatsordnung› und nicht unter ‹Propaganda›. Propaganda ist für Einzelne, das gibt nur zehn Jahre. Verschwörung ist schlimmer, nicht unter zwanzig.»

Munteanus Stimme klang leise und bedächtig, als ob er etwas erzählte, was vor langer Zeit jemand anderem passiert war.

Plötzlich wurde heftig an die Tür geklopft. Sie reihten sich alle eilig an der Wand auf, Rücken zur Tür, Hände auf dem Rücken.

Die Tür und das Gitter davor wurden aufgesperrt.

«Poenaru zum Besuch!», bellte der Wärter.

Poenaru war der junge Mann, mit dem Stefan gekämpft hatte. Er verließ die Zelle mit einem stolzen Lächeln. Gitter und Tür wurden zugeschlagen und wieder verschlossen. Hier wurde nichts sanft behandelt.

Munteanu meinte leise zu Stefan: «Sie mussten sich ausgerechnet mit dem Spitzel der Gefängnisleitung anlegen!» Das klang nach Anerkennung.

«Er hat's gesucht», sagte Stefan beiläufig. «Irgendwas an mir hat ihn gestört. Ich erlebe das hin und wieder. Dass ich hier bin, kommt ebenfalls davon, dass ich jemandem unabsichtlich in die Quere gekommen bin.»

Munteanu sah ihn ernst an. «In die Quere gekommen? Sie sind doch ein Politischer, oder nicht?»

«Ja, auf dem Papier …», antwortete Stefan zögerlich. Wie weit wollte er darauf eingehen? War Munteanu ein Spitzel? Er schien recht neugierig. Aber was konnte Stefan noch passieren? Er saß ja seine Strafe ab.

Stefan erzählte ihm, wie es zu seiner Verurteilung gekommen war. Munteanu hörte aufmerksam zu. Er zeigte sich von Stefans Bericht weder empört noch überrascht.

«Sie haben also einfach Pech gehabt, nicht wahr?», fragte er, als Stefan fertig war. Der Zweifel in seiner Stimme war deutlich.

Pech? Stefan verstand die Frage nicht.

«Junger Freund», fuhr Munteanu fort, «erlauben Sie mir ein Geständnis. Ich habe mit verschiedenen politischen Häftlingen zu tun gehabt: mit aufrichtigen Menschen, mit manch einem eitlen Hahn, mit Wracks. Aber ich habe noch niemanden getroffen, der wirklich gedacht hätte, er hätte bloß Pech gehabt. Ich sage es Ihnen ehrlich. Ihre Naivität wirkt auf mich sehr sympathisch.»

Das klang etwas herablassend. «Ich verstehe nicht ganz», murrte Stefan. «Sie meinen, ich hätte mir das alles selbst eingebrockt?»

«Auf keinen Fall! Was ich naiv finde, ist Ihr Konzept von Pech. Überlegen Sie sich doch. Zahlreiche Menschen haben an Ihrer Verurteilung gearbeitet. Sie haben Vorschriften eingehalten und Anweisungen umgesetzt. Wir sprechen hier nicht von einer kurzen Abrechnung auf einem Milizposten in der Provinz. Sondern von einer monatelangen Affäre. Nun lassen Sie mich Ihnen eine Frage stellen. Was ist das für eine Gesellschaftsordnung, in der ein Mann wie Sie – ohne Tadel, gemäß Ihren eigenen Worten nicht mal mit einer bewusst subversiven Einstellung – so behandelt wird?»

Stefan blieb keine Zeit zu antworten.

«Mit großem Aufwand wurde also für Sie ein Fall gebaut, der auf einen Artikel des Strafgesetzbuchs passte. Und was wird dort geahndet? Die Frage scheint Ihnen vielleicht absurd. Aber ein Strafgesetzbuch sollte nur die Bestrafung von Straftaten ermöglichen und diejenige von normalem Verhalten nicht. Ihre Verurteilung stützt sich auf einen Artikel, der so formuliert ist, dass er für ziemlich alles verwendet werden kann, was der Staatsanwalt will. Was genau ist Verschwörung, was ist Schädigung der nationalen Wirtschaft, was bedeutet ‹jede Handlung mit der Absicht, die Staatsform zu ändern›? Diese Formulierungen haben eine Funktion. Da frage ich Sie nochmals: Haben Sie bloß Pech gehabt? Oder sind Sie vielmehr dort hineingerutscht, wohin Sie ohnehin hätten rutschen *müssen*? Und mit Ihnen ein kleines, aber laufend erneuertes Kontingent angeblich aufsässiger Bürger?» Munteanu hob die Schultern und die Augenbrauen. «Nicht mir müssen Sie antworten. Aber ich bin gespannt, zu welchem Schluss Sie kommen werden.»

Wochen verstrichen. Die alten Mauern schützten nicht vor der feuchten Kälte, die aus diesem Tal anscheinend nie wich. Das Frieren fühlte sich an wie eine zweite Haut. Das einzige Fenster der Zelle war so gebaut, dass es immer einen Fingerbreit offen stand.

Nur langsam verstand Stefan, welcher Art von Gewalt er hier ausgesetzt war. Es war keine rabiate Brutalität wie während der Untersuchungshaft, sondern eine langsam zerstörende. Sie setzte sich zusammen aus der Kälte, der ungenügenden Nahrung, der fehlenden medizinischen Betreuung und den drakonischen Strafen, denen man selten, aber auch mal grundlos ausgesetzt war. Aiud war ein Hochsicherheitsgefängnis.

Das Gefängnispersonal machte keinen Hehl daraus, dass nicht alle Insassen ihre Haft unbeschadet überleben sollten.

Stefan verstand den Sinn dieser Gewalt nicht. Ging es um Rache? Um Abschreckung? Oder war es ein absurder Versuch, aus ihnen überzeugte Kommunisten zu machen? Er spürte, während er frierend in seiner Zelle oder in der Werkstatt saß, wie seine Wut wuchs. ‹Gefährdung der Staatssicherheit›? Warum sagte man ihm nicht einfach: Wir können dich einsperren und plagen, wie und so lange wir wollen? Warum die Fiktion seiner Schuld dem Volk gegenüber, als gefährlicher Verschwörer?

Ironie des Schicksals: Nun traf er sie wieder, die Vorstellung, die all das überragte – die Partei, die alles gut macht und der alle dankbar sind. Er selbst hatte in der Redaktion jahrelang daran mitgearbeitet. Diesmal waren er und seine Mitinsassen ihre Opfer.

Seine Mitschuld steigerte noch seinen Zorn. Manchmal dachte er daran, eine Wache anzugreifen und sich dabei töten zu lassen. So hätte er beides – seine Schuld getilgt und seine Wut gestillt. Er verbot sich jedoch, ihnen auf solch feige Art zu entkommen.

Die Wut machte Stefan härter. Ein Schatten breitete sich aus in ihm. Er würde zurückschlagen. Selbst wenn er erst in zehn Jahren herauskäme. In seinem Blick nisteten sich das Grauen und ein dunkler Überlebensdrang ein. Er würde nie mehr derselbe sein, heiter und unbesonnen. Diese Veränderung hieß er willkommen. Sie fühlte sich irgendwie rettend an, reinigend.

Die einzige Ablenkung von der Beschäftigung mit sich selbst und vom eintönigen Gefängnisalltag war der Kontakt zu Gabriel Munteanu. Durch den Ingenieur lernte er zahlreiche Gefangene kennen. Es war eine richtige kleine Anhängerschar, die auch außerhalb der Zelle bestand: lauter gut ausgebildete, belesene Städter, die meisten über sechzig. Alle saßen wegen politischer Vergehen. Sie wurden somit von der Parteispitze als besonders verdächtig betrachtet. Sie wurden seine Freunde, obwohl er einiges an ihnen – zum Beispiel ihren tiefen christlichen Glauben – nicht teilte.

Ecaterina durfte Stefan Anfang März das erste Mal besuchen. Stefan saß ihr gegenüber im Empfangsraum, zwischen anderen Häftlingen und Besuchern. Alle hörten alles mit, die beiden Wärter ohnehin.

Ecaterina, die Stefan zuletzt im vergangenen Juli gesehen hatte, kam ihm bleich und gealtert vor.

«Dein Vater wusste auch nicht», sagte sie, «wie er das Gespräch anfangen sollte, als wir uns zum ersten Mal trafen. Er war sehr schüchtern. Du hast abgenommen.»

Stefan wies mit den Augen auf den Wärter.

«Es geht mir gut. Danke für das Paket.» Seine Stimme wollte ihm nicht gehorchen, war gleichzeitig grob und zittrig. «Wie geht es denn allen draußen?»

»Raluca ist mitgekommen. Sie darf nicht rein, nur Verwandte.»

«Wo ist sie?», rief Stefan ungeduldig. Der Wärter räusperte sich.

«Vor dem Tor. Auf der anderen Straßenseite.»

Stefan sagte nichts. Es hatte keinen Sinn, jetzt weich zu werden.

«Herr Simionescu hat mich besucht», sagte Ecaterina.

«Wer?»

«Dein Kollege, ich meine, ehemaliger Kollege, von der Redaktion.»

Horia! Er besuchte die Mutter eines politisch Verurteilten? Als Parteimitglied und Ressortleiter? Er war wohl nicht bei Trost!

«Wer deine Kollegin Frau Schneider ist, das weißt du aber?», schmunzelte Ecaterina.

«Marina, ja.»

«Sie hat den Pass bekommen. Herr Simionescu meinte, sie würde Ende Mai ausreisen.»

Stefan nickte. Marina würde ihm fehlen, aber er verstand sie. Die Deutschstämmigen versuchten alle, in die BRD auszuwandern. Die Regierung ließ sie in kleiner Anzahl gehen, gegen viel Geld. Die Wartezeiten betrugen mehrere Jahre – während denen sie geplagt wurden, ihre Stellen verloren, enteignet wurden. Aber nachher waren sie frei.

«Hast du das Raluca erzählt?», fragte Stefan. «Erzähl's ihr. Marinas Wohnung wird frei.»

«Stefan, Raluca hat schon eine Wohnung gefunden. Ihr hättet ohnehin keine Chance, die Wohnung einer Aussiedlerin zu bekommen. Du weißt, wie das ist.» Sie schaute sich vorsichtig um. «Die richtigen Leute hätten sich schon bemüht.»

Natürlich, darauf hätte er selbst kommen können. Alle am komplizierten Ausreiseprozedere irgendwie beteiligten Beamten vom Passausstellungsamt, von dem Steueramt, der Polizei, Zoll, Miliz, Securitate, die Vorgesetzten am Arbeitsplatz, die dortige Parteiorganisation, die Gewerkschaft – alle hätten davon gewusst, sobald der Ausreiseantrag eingereicht wurde. Dann hatten sie ein bis drei Jahre Zeit, sich um das Hab und Gut des Opfers zu balgen.

«Der Straßenlärm fehlt mir manchmal», sagte Stefan. «Hier gibt es andere Geräusche, aber meistens ist es still. Wie geht es dir? Du siehst gut aus.»

«Danke, halt meinem Alter entsprechend. Mach dir keine Sorgen. Schreib mir, was ich im nächsten Paket schicken soll.»

Stefan merkte das leise Zittern, das feine ständige Nicken. Sie tat ihm leid. Auf ihre unauffällige Art war sie eine starke Frau. Sie hatte vieles im Leben gemeistert, aber der Zeit waren ihre Siege einerlei. Sie war nun bald dreiundsiebzig.

«Ist Raluca zufrieden mit der Wohnung?»

«Eine Minute noch!», rief ein Wärter.

«Ja», sagte Ecaterina. «Sie lernt langsam, sich durchzuschlagen. Sie ist bemerkenswert hartnäckig, sie gibt nicht auf. Die Umstellung tut ihr gut, glaube ich, stärkt ihr Selbstvertrauen.»

«Ihr Selbstvertrauen? Als wir uns begegneten, war sie die Arroganz in Person. Was mich damals sehr gefreut hat. Das hat meine Haut gerettet.»

«Ich weiß, was du meinst. Das ist aber anders. Sie fühlte sich damals stark, weil sie … du weißt schon. Nicht ihrer selbst wegen. Jetzt ist sie auf sich allein gestellt … Pass auf dich auf, mein Junge. Mach dir keine Sorgen um uns, wir helfen uns gegenseitig. Ich … Ich werde für dich beten, dass du gesund …»

«Aufstehen!», rief der Wärter.

«… bleibst. Ich weiß, dass dir das nichts bedeutet, aber ich tue es trotzdem. Und mach dir keine Sorgen. Mein starker Junge.»

Starker Junge? Lustig, dass sie so etwas sagt, dachte Stefan, als er wieder in der Zelle war. Ecaterina hatte ihn noch nie als «stark» bezeichnet. Bestimmt meinte sie, «sei stark». Hier, in dieser Situation. Er kannte seine Mutter zu gut. Sie hatte aus ihm eine bestimmte Art Mann machen wollen: feinfühlig, geistreich, zuvorkommend. Sie konnte nicht wissen, wie weit er jetzt von diesem Ideal entfernt war. Das war gut so: Ein solcher Mann hätte die Haft gar nicht überlebt. Stefan hingegen hatte eine schützende Härte entwickelt, die reinigende Wut gefunden.

Er fühlte sich frei. Eine letzte Lücke blieb in seiner Panzerung, ein einziger Weg zurück. Er vermisste Raluca bitter.

«Na, wie hat's unserem liebenswürdigen Pechvogel geschmeckt?», witzelte Gabriel Munteanu eines Tages, als sie fertiggegessen hatten. Er hatte es sich zur Angewohnheit gemacht, Stefan wegen dessen Naivität zu hänseln.

«Lach du nur, *nea* Gabriel», sagte Stefan, «aber siehst du, es ist nicht alles so leicht zu durchschauen. Du hast dir eine Gewerkschaft gebastelt. Freund Paul hier ist der Älteste von uns, er hat einen Protestbrief an Ceaușescu geschrieben.»

Paul Iorgulescu sah aus wie ein Greis, ausgemergelt und schweigsam. Er hatte viele Jahre in Gefängnissen verbracht, schon seit der Regierungszeit von Gheorghiu-Dej.

«Jeder von euch», fuhr Stefan fort, «hat Zeit gehabt, sich sein Vorgehen zu überlegen, die Risiken abzuwägen. Ich aber habe aus dem Moment heraus reagiert. Es war kein nobler, bewusster Entscheid.»

Munteanu lachte.

«Eigentlich weiß ich nicht», sagte Iorgulescu, «warum du lachst, Gabriel. Der Unterschied, den Stefan bemerkt hat, stimmt. Wir andere haben uns in eine … Ungehorsamkeitssituation begeben. Wir sind sozusagen in die Lichtkegel der Scheinwerfer gesprungen, und der Lastwagen hat nicht gebremst. Bei dir, Stefan, hat der Lastwagen aber die Straße verlassen. Er ist genau in jenen Busch hineingefahren, hinter dem du ahnungslos gegrast hast, um die Analogie weiterzuführen. Aus der Logik eines sich schützenden Systems hat dein Schicksal keinen Sinn. Und das sagt etwas Wichtiges aus über den jetzigen Zustand des Lastwagenfahrers.» Er machte eine vielsagende Geste an seiner Schläfe. «Auch unsere

Strafen könnte man nur innerhalb einer verzerrten Logik erklären. Aber dein Schicksal zeigt, dass das System nur noch kopflos um sich drischt.»

«Das sehe ich auch so», antwortete Stefan. «Der Lastwagenfahrer ist durchgedreht. Wohin wird das aber führen?»

Die älteren Männer sahen sich an. Sie schienen nicht zu verstehen, was Stefan meinte.

«Leute, es ist doch wie auf der *Bounty*. Ihr kennt die Geschichte. Wir sind in diesem Land wie auf einem Schiff, das leckt, und der Kapitän lässt jeden über Bord werfen, der darüber spricht. Entweder du ertrinkst, weil du sprichst, oder du ertrinkst ein wenig später, weil das Schiff untergeht. Manche gehen über Leichen, um die Letzten zu sein, aber … Das ändert das Problem nicht.»

45. DER PARTEIAUFTRAG

Als Raluca beschloss, Ecaterina nach Aiud zu begleiten, wusste sie, dass keine Chance bestand, Stefan zu sehen. Wenn er sie liebte, dann würde er ihre Nähe spüren, und vielleicht würde es ihm Kraft geben.

Sie kam noch aus einem weiteren Grund. Das Gefängnis, dieser Ort der Verdammnis, zog sie an. Seit sie wie einfache Menschen lebte, hatte sie viele Schwierigkeiten kennengelernt und gemeistert. Sie war angestanden, hatte gelernt, wie man sich gegen Drängler und Trickser wehrte, hatte eigenhändig gewaschen und gebügelt, geputzt und gekocht. Sie hatte herausgefunden, dass sie stark und geduldig war. Dieses Gefängnis war ein realer Ort, auch wenn Leute wie Ilie nie daran dachten, oder nur mit Ekel und Verachtung. Jetzt war sie stark genug, um davorzustehen, vor dem eisernen Tor. Hier dachte sie an ihren Geliebten. Es fühlte sich gleichzeitig erniedrigend und reinigend an.

Am nächsten Morgen ging sie arbeiten wie immer. Es war kalt im hohen, beinahe turmartigen Institutsgebäude. Die Richtlinien fürs Heizen waren offenbar strenger als ein Jahr zuvor. Raluca betrat ihr Büro. Die schon da waren, standen in dicken Pullovern oder Jacken herum und waren dabei, mit der Arbeit anzufangen. Sie behielt ihren Mantel ebenfalls an und beteiligte sich an der allgemeinen Unterhaltung. Ihre Kollegen sahen in ihr inzwischen nicht mehr die Ehefrau eines Parteibonzen, der die mangelhafte Beheizung und die anderen Schikanen vielleicht mit verordnet hatte. Sie wussten, dass Ralucas Alltag jetzt auch beschwerlich war, dass sie ihn mit Bescheidenheit annahm, trotz ihrer früheren Position. Sie spürte, dass sie dies respektierten. An jenem Morgen spürte sie, irgendwie angekommen zu sein.

Dass es auch eine Kehrseite gab, merkte sie, als Ion Cazimir Mihaiu – der Parteichef des Instituts – sie in sein Büro zitierte. Sie erinnerte sich, dass sie über seine Haltung im Konflikt mit dem Projektbewilligungsausschuss mit Ilie einmal gestritten hatte.

Raluca machte sich auf den Weg. Dass Mihaiu sie zu sich rief, war ungewöhnlich, denn sie sahen sich regelmäßig auf Parteisitzungen. Sie konnte diese Aufforderung nicht einordnen. Konnte das mit ihrem Besuch in Aiud zu tun haben? Sie rief sich in Erinnerung, was sie noch über Mihaiu wusste.

In seiner Doppelfunktion als Parteisekretär und Personalchef war er im Institut mächtig und gefürchtet. Anderseits blieb er, verglichen mit Ilie, ein kleiner Fisch. Ein Anruf hätte für jemanden wie Ilie gereicht, um Mihaiu ans andere Ende des Landes versetzen zu lassen. Sie war aber nicht mehr Ilies Frau.

Mihaius Büro lag drei Stockwerke weiter oben. Das schwachbeleuchtete Treppenhaus war eisig kalt. Hier und da standen Leute herum und rauchten. Draußen war es noch einige Grade kälter. Das Treppenhaus wurde deshalb als Pausenraum benutzt.

Als sie an Mihaius Bürotür ankam – eine unscheinbare braune Tür in einem hohen, engen Korridor –, hielt sie inne. Sie beschloss, Mihaiu nicht anders zu behandeln als bisher. Er konnte nicht wissen, wie Ilie nach der Scheidung zu ihr stand, wie viel Schutz sie noch genoss.

Sie klopfte und trat ein, ohne eine Einladung abzuwarten. Sie ging mit sicherem Schritt und einem mürrisch gelangweilten Gesichtsausdruck an Mihaius Sekretärin vorbei – ganz die wichtige Genossin, die sich mit Belanglosigkeiten abgeben muss. Die Tür zum inneren Büro stand halb offen. Raluca trat ein.

«Guten Tag, kommen Sie doch bitte herein, Genossin», sagte Mihaiu mit seinem groben Akzent. «Setzen Sie sich.»

Mihaiu saß an seinem Schreibtisch gegenüber der Tür. Rechts von ihm ließen staubige Fenster das fahle Licht des Morgens herein. Der Rest der Wand war von grauen Aktenschränken bedeckt. Raluca zählte langsam bis fünf, dann kam sie näher und setzte sich.

«Guten Tag, Genosse Mihaiu», sagte sie langsam und deutlich. Das Büro war schön warm. Raluca entdeckte in einer Ecke hinter Mihaiu einen elektrischen Heizstrahler. Eigentlich verboten, wegen der Energiesparpolitik. In der Praxis bedeutete das, dass sie nur Parteifunktionäre von einem gewissen Rang verwenden durften. An der Wand lächelte der Generalsekretär stark verjüngt aus einem Goldrahmen herunter.

«Möchten Sie einen Kaffee? Ein Glas Wasser?», fragte Mihaiu und streckte die Hand zur Gegensprechanlage.

«Wasser bitte, danke», sagte Raluca beiläufig, lehnte sich zurück und blickte zum Fenster hinaus.

Mihaiu gab die Bestellung durch, dann fragte er: «Fühlen Sie sich wohl, gibt's irgendwelche Probleme mit der Arbeit, mit den Kollegen?»

«Alles ausgezeichnet, Genosse Mihaiu.» Sie war angespannt, aber eher neugierig als ängstlich. Sie wusste sich Mihaiu intellektuell überlegen. Sie hatte vor, ihn korrekt, aber nicht zu freundlich zu behandeln, bis er seine Karten ausspielte.

Mihaiu fuhr sich mit der Hand über die schütteren Haare. Er schien nicht recht weiterzuwissen. Das passte Raluca ausgezeichnet. Aufgeblasener Tolpatsch!

«Danke», sagte sie nach einer kurzen Pause, um Mihaiu noch ein wenig zu verunsichern.

«Ähm, bitte», sagte Mihaiu und schwieg. Er strich mit Daumen und Zeigefinger über seinen Schnurrbart. Er runzelte die Stirn. «Sie haben sich scheiden lassen.»

«Ja, das stimmt.»

«Warum haben Sie es nicht gemeldet? So was müssen Sie mir melden.» Seine Stimme war plötzlich schroff.

«Ich habe es meinem Vorgesetzten gemeldet», sagte Raluca ruhig. «Alle wissen es: meine Kollegen, mein Vorgesetzter, die Miliz, das Standesamt, die Stadtverwaltung, die Parteizelle.»

«So? Wann haben Sie es denn Genosse Nedelcu gemeldet?»

Remus Nedelcu war ihr betrieblicher Vorgesetzter.

«Ende letzten Jahres. Mitte Dezember.»

Mihaiu seufzte. «Ich will offen mit Ihnen sein, Genossin. Die Angelegenheit bedrückt uns in der Partei. Sie wissen bestimmt, was unser Generalsekretär über den Schutz der Familie gesagt hat. Jede Familie, die auseinanderbricht, ist ein Rückschlag für unsere ganze Gesellschaft, für ihre sozialistische Entwicklung.»

Diesen väterlichen Ton brauchte sie nicht. Für wen hielt sich dieser Kerl? Der war doch nur deshalb Personalchef, weil sie keinen noch Beschränkteren gefunden hatten!

«Nein, das ist sie nicht», stellte sie deutlich und säuerlich fest.

Mihaiu starrte sie überrascht an.

Raluca fuhr nach einer kurzen Pause fort: «Wäre dies der Fall, dann hätte die Partei Scheidungen verboten und unter Strafe gestellt. Glauben Sie, der Partei ist ein Fehler unterlaufen?»

«Nein, äh … so meine ich das natürlich nicht, Genossin!» Mihaius Blick wanderte unruhig hin und her. «Es ist natürlich kein Verbrechen. Nur ein … Verlust. Und in Ihrem Fall, da bin ich natürlich besonders enttäuscht. Das war doch eine Ehre für unser Institut. Die Lebensgenossin eines so wichtigen und beliebten Genossen wie Ihr … äh … früherer Mann ist bei uns tätig! Ich habe Sie auch immer bewundert, wissen Sie? Dass Sie neben der schweren Verantwortung als Gattin eines so wichtigen Genossen gleichzeitig auch noch hier an vorderster Front zum Aufbau unseres Landes beigetragen haben!»

«Danke», sagte Raluca trocken. Mihaiu hatte einen Rückzieher gemacht. Sie wollte Milde walten lassen.

«Was ist denn da passiert?», fragte er.

Raluca blieb der Atem weg. «Das geht Sie nichts an», sagte sie, aber ihre Stimme tönte nicht so beherrscht wie beabsichtigt. Ihre Nachsicht war verflogen. «Ich schätze Ihre Fürsorge, aber mein Familienleben ist kein Problem des Instituts. Wenn Sie mich dann nicht mehr brauchen …»

«Wir sind noch nicht fertig, Genossin Stancu.»

Das kam sehr schnell, sehr trocken. War das Panik, oder stand Mihaiu selbstsicherer da, als er sie glauben ließ? Raluca wurde stutzig. Mihaiu fuhr sich wieder mit der Hand über die Haare, den Blick auf die Tischplatte geheftet. «Ich habe Ihren Fall mit den Genossen von der Parteizelle besprochen. Die sehen das wie ich. Die Genossen sind betrübt, dass Sie Ihre Probleme vor uns versteckt haben. Nun haben wir halt diese Situation, diesen Verlust.»

Raluca verstand: Da er sie als Personalchef nicht einschüchtern konnte, versuchte er nun einen zweiten Angriff über die Partei. Es schien ihm viel daran zu liegen, Druck aufzubauen, aber sie wusste nicht, was er damit bezweckte.

«Die Partei ist für Sie da», fuhr Mihaiu fort mit dem geduldigen Fleiß eines Bauern auf einem umfangreichen Acker. «Aber Sie haben sich gerade von einem ganz wichtigen Genossen scheiden lassen. Mancher fragt sich nun: Waren Sie vielleicht mit seinem Engagement nicht mehr einverstanden? Jemand wie Genosse Stancu opfert sich für die Partei, kämpft an vorderster Front. Das ist nicht immer einfach für die Gattin. Da kann sie schnell mal die Partei als Belastung empfinden. Nun?»

«Was, nun?»

«Haben Sie verstanden, was ich Ihnen gesagt habe?»

«Sie haben mir eine abstrakte Möglichkeit geschildert. Sie trifft auf mich nicht zu, und ich kenne niemanden, der so denkt», sagte Raluca in abschließendem Ton.

Der Vorwurf war so plump wie absurd. Wie oft musste sie ihm erklären, dass ihre Ehe keine Parteiaufgabe war?

Mihaiu lehnte sich zurück, ganz der gute Verlierer. Er zwang sich ein verständnisvolles Lächeln aufs Gesicht. Dies misslang ihm in einem Ausmaß, das irritierend war.

«Da bin ich aber froh», sagte er. Es klang wie eine halbe Entschuldigung. «Sie werden verstehen, dass wir immerzu wachsam sein müssen, denn der Feind schläft nicht. Wir erwarten von unseren Mitgliedern … Kurz, Sie müssen der Partei ein Zeichen geben, einen Beweis, dass es Ihnen ernst ist mit dem, was Sie gesagt haben. Es geht um den achten März, den Tag der Frau. Wir möchten eine Botschaft des Dankes an Genossin Elena Ceaușescu senden. Wir versuchen den Beitrag in einer großen Zeitung abzudrucken, in *Scînteia* oder in *Stimme des Sozialismus*. Das versuchen natürlich viele. Darum brauchen wir einen besonders guten Text. Das ist Ihre Aufgabe. Seitens der Frauen in unserem Institut werden Sie sich bei ihr für die ausgezeichneten Arbeits- und Lebensbedingungen bedanken, die Frauen in unserem sozialistischen Vaterland genießen. Wir brauchen den Text Ende September, damit er geprüft und genehmigt werden kann. Sie haben also reichlich Zeit.»

Jetzt ist die Katze aus dem Sack, dachte Raluca.

Dankbarkeit für die Frau des Generalsekretärs empfand sie natürlich keine. Schon früher nicht, als sie mit Ilie lebte. Jetzt aber, seit sie den frustrierenden Alltag einer durchschnittlichen Bürgerin lebte, sah sie erst recht keinen Grund, Ceaușescu oder seiner Frau dankbar zu sein.

Sie spürte keine Empörung darüber, dass sie gezwungen wurde, mit Gefühlen an die Öffentlichkeit zu treten, die ihr vorgegeben wurden. Sie war schon zu lange in diesem System. Dankbarkeit, Begeisterung, Treue – das waren entweder Floskeln oder Mittel, um sich Schutz und Einfluss zu erarbeiten. Es ging auch bloß um einen Artikel, wohl keinen besonders langen. Sie konnte sicher aus alten Zeitungen abschreiben. Solange alles nach Parteifloskeln klang und Lob und Dankbarkeit enthielt, würde es niemanden stören. Gesamtaufwand: vielleicht ein halber Tag.

Was sie aber stärker beunruhigte als die eigentliche Aufgabe, war die Frage, was Mihaiu damit bezweckte. War das eine einmalige Prüfung ihrer Ergebenheit oder nur die erste von vielen bevorstehenden Schikanen? Prüfte Mihaiu die ihr verbliebene Macht?

Der Parteisekretär sah sie an und wartete.

Sie konnte den Auftrag nicht verweigern. Sie musste einlenken. Aber sie durfte gleichzeitig keine Schwäche zeigen. Der Augenblick war gekommen für einen kleinen Trick, mit dem sie Mihaiu beweisen konnte, dass er weiterhin mit einer geschickten und erfahrenen Parteifrau rechnen musste.

«Genosse Mihaiu, das ist mir eigentlich egal», sagte sie mit entschlossener Stimme.

Mihaiu zuckte ein wenig zusammen. Er missverstand ihre Aussage. War das möglich, musste er wohl denken, dass Raluca aus Trotz einfach so ins offene Messer lief?

Sie ließ ihm Zeit, sich eine Antwort auf ihre vermeintliche Weigerung auszudenken, dann fuhr sie fort, laut und bestimmt: «Es ist mir vollkommen egal, aus welchem Anlass mir diese Möglichkeit gegeben wird! Es wird mir eine Ehre sein, diese Botschaft zu schreiben. Ich danke der Parteizelle für dieses Angebot, für die Chance, meine Dankbarkeit gegenüber der Genossin Ceaușescu ausdrücken zu dürfen. Ich hatte ja auch schon persönlich Kontakt mit ihr. Ich danke Ihnen und den Genossen aus dem Vorstand für dieses Zeichen des Vertrauens.»

Sie beobachtete Mihaius Gesicht, während er langsam begriff. Sie hatte seinen Druckversuch übernommen und zu ihrer Initiative gemacht. Nicht er würde seinen Einfluss zementieren, sondern sie ihren.

Beide wussten, dass Mihaiu verloren hatte. Sein Gesicht strahlte von gespielter Freundlichkeit.

«Genossin Stancu, dann haben wir uns verstanden. Ich habe mich nicht getäuscht. Ich wusste, dass Sie so reagieren würden, dass wir auf Sie zählen können.»

Aber sicher, dachte Raluca auf dem Weg zurück in ihr Büro. Elender Schleimer.

Sie war stolz auf sich, ihr Trick hatte sie vor Mihaius Vermutung bewahrt, sie sei schutzlos und erpressbar. Sie hatte gut pariert. Aber vor einem verachtenswerten Gegner. Mihaiu war eine rhetorische Niete, was auch seine unwichtige Stellung erklärte. Und sie hatte einlenken müssen. Das kratzte an ihrem Stolz. Vor nur einem Jahr …

Sie wachte aus ihren Gedanken erst auf, als sie wieder vor ihrem Reißbrett stand. Mehrere Kollegen starrten sie mit stiller Anteilnahme an. Sie lächelte in die Runde und wollte etwas Witziges sagen. Unbekümmertheit und Stärke zeigen. Verstecken, wie ausgeliefert sie sich trotz ihres kleinen Sieges fühlte, wie allein und verwundbar.

46. **VIER LETZTE SACHEN**

BUKAREST, MAI 1982   Schutz und Einfluss. Alles drehte sich darum. Raluca war des Taktierens überdrüssig. Wie wenig sie sich doch früher darum Gedanken gemacht hatte! Nach der Scheidung hatte sie sich allen Schwierigkeiten gestellt, denen Menschen ohne Schutz und Einfluss ausgesetzt waren. Hier war der Überlebenskampf um einiges härter als in Ilies Welt. Denn die Lebensgrundlage dieser Menschen wurde Jahr für Jahr dürftiger. Sich anbiedern und lügen wurde dadurch immer weniger eine Frage des Charakters, sondern ein unentbehrliches Mittel, um sich über Wasser zu halten.

Es war Sonntag. Raluca war in Ecaterinas Wohnung und traf die letzten Vorbereitungen, um endlich in die eigene Wohnung zu ziehen. Das Wetter war milde genug, um auch ohne Heizung zu leben.

Florin spielte friedlich auf dem Sofa. Ecaterina war auf Besuch in Aiud und musste bald zurückkehren. Raluca erinnerte sich, dass sie waschen wollte. Sie sah auf die Uhr. Bald Mittag. Es war eine gute Zeit zum Waschen, denn ab zwei Uhr wurde manchmal der Strom abgestellt. Auch das Wasser floss nicht mehr rund um die Uhr.

Raluca schob Ecaterinas Waschmaschine ins Badezimmer. Sie kam bis zur Schwelle. Da knickte das Rädchen hinten links plötzlich ab. Die Waschmaschine kippte leicht und versperrte den Eingang zum Badezimmer.

«Zum Teufel mit dieser Waschmaschine! Die bringt mich noch um den Verstand!», schrie Raluca.

Florin fing an zu weinen. Raluca fluchte leise und ging zu ihm ins Wohnzimmer. Er sah erschrocken zu ihr hoch. Sie lächelte ihn an und nahm ihn in die Arme.

Dieser Mechaniker! Er hatte viel Geld eingesteckt, Ecaterinas Käseplätzchen verschlungen und hatte gepfuscht. Wie lange hatten die Rädchen gehalten? Kein halbes Jahr.

Schutz und Einfluss. Bei Ilie zu Hause hätte der Kerl bestimmt nicht so stümperhaft gearbeitet.

Was konnte sie nun tun? Sie ließ die Wut abklingen. Sie hätte jetzt einen Kaffee gebraucht, aber es war nur Ersatzkaffee da.

Sie ging mit Florin im Arm zurück in den Vorraum. Raluca erklärte ihm, warum sie geschrien hatte. Der Junge sah die Waschmaschine, die ihm riesig vorkommen musste, aufmerksam an.

«Weißt du was?», sagte Raluca. «Die Waschmaschine ist müde. Sie muss jetzt schlafen.»

Sie kippte vorsichtig das schwere Gerät auf eine alte Decke und zog sie aus dem Weg. Florin hüpfte herum und lachte entzückt.

Sie wusch einen Teil der Wäsche von Hand. Später würde sie vielleicht ein Brett organisieren, das breit und solide genug war, um die Waschmaschine zu halten. Nach dem Waschen waren ihre Finger an einigen Stellen wund und brannten.

Ecaterina kam um fünf Uhr. Als Raluca sie sah, wusste sie, dass sie aus Aiud keine guten Nachrichten brachte. Abends, nachdem Florin eingeschlafen war, saßen sie im Wohnzimmer. Es gab bereits keinen Strom mehr, sie hatten ein paar Kerzen angezündet.

«Dass er abgemagert aussah, muss nichts heißen», sagte Raluca, nachdem sie eine Weile Ecaterina zugehört hatte, «vielleicht war er krank. Nach einer schweren Grippe sehe ich auch dünn und erschöpft aus.»

Ecaterina seufzte. «Es wird, wie es wird.»

Raluca schien es, Ecaterina suche etwas, die richtigen Worte, einen Vergleich, eine Erinnerung.

«Manchmal ist es schon wichtig», sagte die ältere Frau auf einmal, «dass wir einfach am Leben bleiben. Dass wir nicht wahnsinnig werden. Dass wir dableiben, um zu berichten, um Zeugnis abzulegen. Und dass wir das Leben weitergeben … Nein, das stimmt nicht. Das ist nebensächlich.»

«Wie soll es nebensächlich sein? Wir sind beide Mütter. Wie kommst du darauf?»

«Schau dir diese streunenden Hunde an, überall in der Stadt, abgemagert, krank, mit angestrengtem Blick, sie fressen aus den Abfällen, paaren sich wahllos, beißen einander …»

«Wir sind keine Hunde, Ecaterina.»

«Noch nicht. Aber sie nehmen uns langsam alles weg, Raluca. Jedes

Jahr ein wenig mehr. Vielleicht werden sie uns so weit bringen: hungrig, verroht, ohne Wasser, Heizung, Strom. Eingesperrt in diesem Land. Unmündig, darauf reduziert, zu schuften und uns fortzupflanzen. Das weiterzugeben hat keinen Wert. Das nackte Überleben reicht nicht. Es braucht noch eine gewisse menschliche Würde. Unter den heutigen Umständen wird nur schon das keine leichte Aufgabe.»

Raluca verstand nur langsam, worauf Ecaterina hinauswollte. Aber wie sie im Halbdunkel vor ihr saß und redete, die Augen ins Leere gerichtet, wirkte die ältere Frau unheimlich und faszinierend zugleich. Ihr Gedanke nahm langsam Form an: der allmähliche, unabwendbare Niedergang.

«Erwartest du, dass die Lage schlimmer wird?», fragte sie.

«Siehst du einen Grund, der dagegen spricht? Oder jemanden, der eine Verbesserung bringen könnte?» Sie flüsterte: «Ceauşescu», dann fuhr sie mit normaler Stimme fort: «ist alt. Er wird seinen Kurs kaum ändern. Er kann aber noch zehn Jahre bleiben. Wir wissen nicht, was nach ihm kommt. Jedes Jahr verschwinden Waren aus dem Handel, Strom und Heizung werden gekürzt, die Angst wächst. Wir fahren zurück in die Steinzeit. Mit dem Verbot, sich zu beklagen, und der ewigen Jubelmusik. Darum würde ich mir, wenn ich so jung wäre wie du, die Frage stellen über das Minimum, das du in den nächsten Jahren aufrechterhalten willst.»

«Was für ein Minimum?», fragte Raluca.

«Stell dir vor», sagte Ecaterina, «dass wir in ein paar Jahren wirklich hungern werden, alle. Dann würdest du alles tun, damit Florin überlebt. Das ist natürlich. Wirklich alles? Was, wenn du eine Freundin denunzieren musst, damit du Florin ernähren kannst? Darum brauchst du ein Minimum, eine Linie, die du nicht bereit bist zu überschreiten. Jeder von uns kann unter Druck beliebige Schandtaten begehen. Gott streckt uns nicht mit einem Blitz nieder. Aber wir verlieren irgendwann den Respekt vor uns selbst, unsere Menschlichkeit. Darum brauchen wir diese Linie, wo wir sagen: bis hierher und nicht weiter, um keinen Preis.»

Raluca sah sie mit weit geöffneten Augen an. Sie konnte nicht ganz folgen. Aber sie vermochte nicht, sich dem seltsamen Zauber dieser Worte zu entziehen. «Du meinst, falls die Lage immer schlimmer wird, nicht? Falls der Augenblick erreicht wird, wo wir, wie du sagtest, wie Straßenhunde leben.»

«Die Hunde waren nur ein Beispiel, Raluca. Psychische Gesundheit wird immer mehr ein rares Gut, je mehr die Leute gezwungen werden, ihren normalen Austausch durch Propaganda zu ersetzen, deren Inhalt der Wirklichkeit widerspricht. Ich würde sehr gerne eine Statistik der psychischen Erkrankungen in diesem Land sehen. Auch darum ist es wertlos, Kinder in eine solche Welt zu setzen, zumindest wenn wir ihnen keine Orientierung geben können, irgendwie.»

«Eine Orientierung?»

«Die Fähigkeit zu unterscheiden. Du weißt schon. Die dankbaren Massen sind eine Fiktion. Dass wir jetzt im Dunkeln sitzen, ist real. Einen gesunden Bezug zur Wirklichkeit.»

«Wie willst du das erreichen? Wenn ich Florin die Wirklichkeit erkläre, verplappert er sich in der Schule. Dann heißt es: Wer hat dir erzählt, dass die Menschen für Lebensmittel stundenlang anstehen müssen? Dann stehe ich als Subversive da!»

Ecaterina nickte: «Ja, und das stimmt auch. Sie führen einen stillen Krieg gegen uns. Sie versuchen aus uns endgültig die Nutztiere zu machen, für die sie uns ohnehin halten. Der minimale Widerstand ist deshalb, wir selbst zu bleiben. Und weil wir sterblich sind, besteht er daraus, das Leben und eine minimale seelische Gesundheit weiterzugeben. Solange wir das schaffen, haben sie nicht gesiegt. Aus ihrer Sicht ist das subversiv.»

So hatte Raluca es noch nie betrachtet. Es war erschreckend und betörend zugleich. Sie hatte Lust weiterzugehen. «Ich weiß nicht, ob das ausreicht. Denn auch ein Räuber kann zwischen Gut und Böse unterscheiden. Er weiß ja, dass es nicht in Ordnung ist, in eine Wohnung einzubrechen. Was ihm fehlt, ist der Respekt vor sich selbst. Dass seine Gier auf das Geld den Raub nicht rechtfertigt. Ohne Integrität ist die Fähigkeit, zwischen Gut und Böse zu unterscheiden, abstrakt und nutzlos.»

«Einverstanden», sagte Ecaterina. «Das sind dann drei Bedingungen: Leben, Urteilsfähigkeit und Integrität. Etwas fehlt noch. Ein Einzelner, der sich an diese Grundsätze hält, aber allen anderen misstraut, ist einsam in seinem Streben. Ich würde ihn bewundern. Aber eine Gruppe davon, ein Volk? Wenn der Druck und das Misstrauen weiter wachsen, dann wird auch die Fähigkeit zu vertrauen, einander zu glauben, zu helfen wichtiger. Wie sollen unsere Nachfahren überleben, wenn sie krankhaft misstrauisch sind?»

Raluca nickte, dann schwiegen sie eine Weile.

Ecaterina neigte sich vor und legte ihre Hand auf Ralucas Unterarm.

«Vier Dinge also. Wenn dieser Albtraum endet, werden sie ausreichen, um nicht als Mittäter, als *lichele*, als Niederträchtige dazustehen. Auch für uns Ängstliche, die ihre Stimme nicht erheben. Wenn wir diese letzten vier Dinge gegen jegliche Verbote hochhalten.»

TEIL IV

AUGUST 1983 – AUGUST 1984

47. DIE BEGNADIGUNG

AIUD, SOMMER 1983 Schon Wochen vor dem 23. August, dem Nationalfeiertag, ging im Gefängnis das Gerücht um, eine Amnestie würde
demnächst vom Staatschef erlassen. Andere meinten, er habe gar keinen Grund, ein Jahr vor dem runden Jubiläum – vierzig Jahre nach
1944 – Milde zu zeigen. Die Wirkung im kommenden Jahr würde nur
geschmälert.

Stefan ließ sich von dieser Aufregung erst nicht anstecken. Der Sommer war heiß, wenn es auch hier, im hügeligen und hochgelegenen
Transsylvanien, weniger zu spüren war als in der südrumänischen Tief-
ebene. Der Hunger war ohne Kälte einfacher zu ertragen. Mit dem, was
Ecaterina schickte, konnte er sich gerade so über Wasser halten. Er war
unterernährt, aber nicht kränklich.

Inzwischen ertrug er die eintönig versickernde Zeit, das Eingesperrtsein, die Erniedrigungen und die unterdrückte Wut besser. Er hatte gelernt, für die kleinen Freuden zu leben, etwa für den zehnminütigen
Spaziergang im kleinen Innenhof.

Eines Tages sagte ihm Gabriel Munteanu:

«Als du hier ankamst, warst du wie ein kleiner Junge. Du lebtest in
deiner Welt und verstandest nicht, was hier ablief. Ich musste dir alles
erklären. Und anderthalb Jahre später bist du verbissener als wir.»

«Wie meinst du das?», fragte Stefan überrascht. «Und warum wundert
es dich?»

Gabriel Munteanu wischte sich den Schweiß von der Stirn und
schaute sich vorsichtig in der Zelle um, wie immer, wenn er etwas Be-
deutsames sagen wollte.

«Ich und meine Freunde, wir sind alte Leute. Wir werden nicht oder
nur als Greise hier rauskommen. Wir haben mit der Welt abgeschlossen.
Wir leben, aber so wie die Rinde eines alten Baums: Sie ändert sich nicht
mehr, ist vom Zyklus nicht mehr betroffen. Du aber bist anders, und
nicht wegen des Alters. Ich kann es nicht genau sagen. Man sieht es nicht

sofort. Aber dort drin», sagte Gabriel und zeigte mit dem Finger auf Stefans Kopf, «schläft etwas, ein Samenkorn.»

Stefan sah ihm in die Augen und musste lächeln. Er hätte es auch nicht besser beschreiben können, was da lag und schlief. Es war in dem Schatten eingewickelt, der in den ersten Wochen auf ihn gefallen war, in der unterdrückten Wut. Es war zugemauert, konnte nicht raus, aber es war auch geschützt.

Die Begnadigungen wurden dennoch erlassen. Stefan kam in den Genuss davon, da er nun weniger als fünf Jahre Reststrafe hatte.

«Sei vorsichtig», sagte Gabriel zum Abschied. «Komm nicht hierher zurück. Und schick was Leckeres.»

Es war ein ungewöhnlich sonniger Septembertag, als Raluca Stefan wieder umarmen durfte. Gerade hatte es noch geregnet, das Sonnenlicht schien grell auf die nassen Autos und Hausdächer und hüpfte von dort durch offene Fenster an Zimmerdecken. Ein leichter Wind ließ Ralucas weiße Vorhänge umständlich wehen.

Sie hatte Ecaterina alleine nach Aiud fahren und ihn abholen lassen. Sie hatte auch nicht am Bahnhof gewartet. Im öffentlichen Raum einem wohl stark veränderten Stefan plötzlich gegenüberzustehen machte ihr Angst. Dem wollte sie sich lieber zu Hause stellen, inmitten vertrauter Gegenstände. All diese Wochen hatte sie sich unbändig gefreut, aber jetzt fürchtete sie sich.

Als Ecaterina und Stefan eintraten, umarmte Raluca ihn entschlossen, hastig, noch bevor sie ihn richtig sah. Sein Schweiß roch vertraut. Er war es tatsächlich, er war frei.

Sie schwiegen. Stefan lächelte am Anfang mit, dann immer weniger. Sein Gesicht war hart und abweisend geworden. Seine Schultern hingen. Der Hemdkragen war zu weit. Seine Ohren waren zu groß.

«Das ist also meine neue Wohnung. Willkommen!», sagte Raluca. Es tönte auch in ihren Ohren seltsam. Sie versuchte ihm in die Augen zu schauen, aber es war nicht einfach. Seine Augen waren ihr fremd. «Du siehst müde aus. Möchtest du dich ausruhen? Oder lieber später schlafen?»

Stefan antwortete nicht, er sah sich um. Raluca konnte nicht erkennen, was er dachte. Sein Blick fiel auf Florin, der sich halb hinter Raluca versteckt hielt. Stefan lächelte. Florin war nun fast vier Jahre alt.

«Das ist Florin», sagte Raluca. «Florin, das ist Stefan. Stefan ist … ein sehr guter Freund von Mami. Mamis Mann.»

«Er ist nicht mein Papa», sagte Florin.

«Nein, nur Papa ist dein Papa. Stefan ist jetzt sehr müde, aber später, wenn er ausgeschlafen hat, wird er vielleicht auch ein guter Freund von dir.»

«Ich werde noch ein wenig bleiben», sagte Stefan. «Aber ich werde bei mir schlafen. Heute. Wenn's dir recht ist.»

Raluca sah ihn, dann Ecaterina an. Diese blickte erstaunt zu Stefan.

«Mami, Stefan wird bei …»

«Ich weiß, Florin», sagte Raluca wütend. «Ich hab's gehört. Stefan ist der Sohn von Tante Tina, und er wird bei ihr schlafen.»

Wie konnte er nur? Wie konnte er sie nach zwei Jahren Trennung so verletzen? Sie atmete tief durch, dann sah sie ihn an. Gut, wie der Arme im Moment aussah, brauchte er wohl kaum … Was? Keine lebenshungrige Geliebte mit einem Kleinkind?

«Auch ich habe bei Tante Tina geschlafen», sagte Florin stolz zu Stefan.

Stefan machte eine ernste Miene: «Und? Wie ist es dort?»

«Schön», strahlte Florin. «Sie hat Kuchen.»

Stefan nickte. «Keine Angst», sagte er zu Florin, «ich werde nicht alle aufessen.»

«Nein, nicht alle essen.»

«Wie viele soll ich dir übrig lassen?»

Raluca entspannte sich etwas. Sie durfte gegenüber einem Mann, der gerade aus dem Gefängnis kam, keine zu hohen Erwartungen haben. Sie wusste nicht einmal, wie es ihm gesundheitlich ging.

Florin schaute seine Hand an, überlegte eine Weile und zeigte vier winzige Finger: «Vier.»

«Gut, ich …», sagte Stefan, dann fing er an zu husten.

Raluca erschrak, es tönte nicht gut.

Als sein Husten aufhörte, fragte er: «Kann ich irgendwo eine rauchen?»

297

«In der Küche oder auf dem Balkon», sagte sie sanft. Als er den Raum verlassen hatte, ging Raluca zu Ecaterina und umarmte sie. Sie hielt sie weiter umarmt, als sie spürte, wie die ältere Frau weinte.

«Er ist gesund, ich danke Gott!», sagte Ecaterina schließlich.

«Er sieht gut aus», sagte Raluca. «Die Haare werden ihm wachsen, und er wird zunehmen. In ein paar Wochen ist er wieder der Alte. Was haben sie gesagt …»

«Er ist frei. Er muss sich wöchentlich bei der Miliz melden. Ich kann's immer noch nicht fassen.»

Als Stefan zurückkam, sah er entspannter aus. «Das ist so unglaublich», sagte er lächelnd. «Rauchen dürfen, wann immer man will. Ganze Zigaretten für mich allein!»

Es war etwas von seinem alten Lächeln darin, fand Raluca, aber auch etwas Neues, oder vielleicht fehlte etwas: der gutmütige Junge, der sich von resoluten alten Damen in der Schlange überholen ließ. Er kam näher, nahm ihr Gesicht in seine Hände und sah ihr eine ganze Weile lang in die Augen. Raluca war mehr überrascht als gerührt. Sie konnte nicht spüren, ob er nahe oder weit weg war.

«Ich habe von deinem Gesicht geträumt», sagte er. «Immer wieder.»

Sie erinnerte sich an seine Augen, erkannte sie wieder. Sein Atem roch nach Rauch, das störte.

«Du bist immer noch eine Wucht, Raluca.» Seine Stimme klang rauh. Er strich ihr über die Haare.

Ecaterina stand auf und bot an, mit Florin auf den Spielplatz zu gehen. Raluca nahm dankbar an.

«Bin ich sehr verändert?», fragte Stefan, als sie allein waren. Sie saßen nebeneinander am Esstisch. Die Frage klang aufrichtig, seine Stimme freundlicher, sanfter.

«Ein wenig dünner», sagte Raluca. Und ein Rüpel bist du geworden, dachte sie, aber es war zu früh dafür. «Du redest anders, direkter. Haben sie dich … Du musst einen Bärenhunger haben. Soll ich dir etwas …»

«Lass nur. Ich habe keinen Hunger. Im Gegenteil. Ich muss wieder lernen, normal viel zu essen.»

Er klang wieder hart, fast militärisch. Er beantwortete Fragen direkt und klar.

«Neue Wohnung», sagte er und nickte ein paarmal anerkennend.

«Ja, es war eine lange Geschichte. Kredit, Bewilligung, Vorauszahlung, bis ich endlich auf die Liste kam. Die Überbauung sieht nach nichts aus, aber man ist in einer Viertelstunde in der Stadt. Neue Quartiere sind halt so, brauchen eine Anlaufzeit, bis sie richtig leben.»

«Und Ilie?»

Raluca lächelte bitter. «Ilie hat mir nicht geholfen, ich habe keinen Kontakt zu ihm. Aber ich bin immer noch Parteimitglied. Am Anfang funktionierte hier nichts, jetzt habe ich ziemlich alles, Kühlschrank, Waschmaschine. Es war nicht einfach. Ich habe viel gelernt. Wo einkaufen, wie man nützliche Beziehungen aufbaut.»

«Hm», sagte Stefan.

Es war unklar, ob er zustimmte oder sie nur ermunterte fortzufahren.

«Möchtest du etwas trinken?», fragte sie, obwohl sie nicht dachte, dass ihn das beschäftigte.

«Du lebst in einem Gefängnis, das ist es», sagte Stefan plötzlich. Seine Augen glühten seltsam. «Du bist vom Luxustrakt runter in den Kleinkriminellentrakt verlegt worden. Ändert nichts, du bist immer noch zwischen Mauern. Ich auch. Aiud ist nicht das schlimmste Gefängnis in diesem Land. Es gibt viel Schlimmeres. Aber das Schlimmste ist das Gefängnis hier oben.» Stefan zeigte mit dem Finger auf seine Schläfe. «Hier sitzt du lebenslang. Du verstehst das nicht, oder?»

Raluca zuckte mit den Schultern. Auf eine Philosophiestunde hatte sie überhaupt keine Lust.

«Gefällt es dir, wie ich hier eingerichtet habe?», fragte sie, ohne ihn anzusehen.

Stefan sah sich um, reflexartig.

«Komm, ich zeige dir die Wohnung», sagte sie und stand auf.

Er kam näher, und für einen kurzen Augenblick standen sie genau im selben Winkel wie damals auf dem Korridor des Krankenhauses, als sie zum ersten Mal miteinander gesprochen hatten, und selbst das Licht schien dieselbe Farbe zu haben. Er stand mit hängenden Schultern und sah sie von oben an. Raluca sah kurz zu ihm auf und merkte, dass er das Gleiche dachte. Ihr Herz schlug schneller.

«Wir betreten nun den linken Flügel», sagte sie, als sie in dem Gang standen. «Spätes zwanzigstes Jahrhundert, die Fensterfront öffnet sich auf Swimmingpool, Tennisplatz und den Privatstrand.»

«Drei Zimmer?», fragte Stefan.

«Genau.» Früher hätte er wenigstens gelächelt. «Muss dir ja riesig vorkommen, nicht wahr?»

«Eine schöne Wohnung», stellte Stefan fest.

Wieder wusste sie nicht, wie er das meinte. Es tönte nicht anerkennend. Ihr Blick sank zu Boden. In dem Augenblick spürte sie seine Hand auf der Schulter. Die Berührung hatte etwas Zaghaftes, aber Raluca ließ ihn gewähren, seine große Hand fühlte sich gut an. «Hier rechts ist Florins Zimmer», sagte sie schließlich.

Es war ihr Lieblingszimmer, sie hatte es als Letztes eingerichtet, als alles Nötige schon bereitstand und sie Muße hatte. Ein Teil der Möbel stammte aus der alten Wohnung. Den Teppich hatte sie direkt aus einer Fabrik organisiert, die eigentlich nur für den Export produzierte. Ihre erste Heldentat ohne Ilies Unterstützung. Das würde sie Stefan aber später erzählen.

Stefan sah kurz hinein, drehte sich um und ging nachdenklich zurück ins Wohnzimmer. Was hatte das zu bedeuten? Sie hatte ihm noch das Schlafzimmer zeigen wollen. War das normal für einen Mann, der endlich wieder allein mit seiner Geliebten ist? Sie seufzte und ging ihm mit langsamen Schritten nach.

Als sie das Wohnzimmer betrat, schaute er aus dem Fenster, in Gedanken versunken. Sie hatte das unbestimmte Gefühl, dass es keine heiteren waren. Sie wollte ihn fragen, aber sie zögerte. Als sie den Mund aufmachte, sagte Stefan:

«Ich … werde besser gehen. Sehe ich dich morgen?»

«Wenn du willst …», sagte Raluca. «Ich arbeite bis um drei, dann hole ich Florin vom Kindergarten. Wir werden so um vier, halb fünf hier sein. Aber sag mir, freust du dich gar nicht, dass du hier bist mit mir? Denn wenn nicht, dann musst du nicht kommen.»

Stefan schien kurz nachzudenken, dann nickte er.

«Weißt du», sagte Raluca, «ich kann einfach nichts anfangen mit deiner … Verschlossenheit. Ist es wegen mir? Habe ich etwas gesagt, dich verletzt?»

«Es tut mir leid. Es ist sehr viel für mich. Auf einmal. Du machst nichts falsch. Ich muss wieder lernen, wie ihr hier zu denken. Manches ergibt für mich einfach keinen Sinn, im Moment. Das ist nicht deine Schuld. Ich freue mich, mit dir zu sein, auch wenn wir nicht so … Dann bis morgen», sagte er und küsste Raluca auf die Wange.

Raluca blieb allein. Was hatten sie mit ihm gemacht? Kann man das Bedürfnis nach Nähe so gründlich austreiben? Aber konnte sie ihn dann allein lassen in seinem vielleicht verzweifelten Kampf, wieder aufzutauen?

Sie schloss die Augen und schob diese Gedanken beiseite. Jetzt, da Florin mit Ecaterina war, konnte sie doch an ihrem Artikel weiterarbeiten. Der war bald fällig, und sie hatte bisher nur Material gesammelt. Wenn ihre Dankesbotschaft an Elena Ceaușescu im vergangenen Jahr nur nicht solchen Erfolg bei der Parteiführung gehabt hätte! Wenn jemand Raluca doch gewarnt hätte! Jetzt hatte sie einen Ruf. Die Aufträge für verschiedene Texte rissen nicht mehr ab. Wenigstens hatte sie in der Basisorganisation und im Institut wieder eine sichere Stellung.

48. DIE ZÜNDHOLZSCHACHTEL

Stefan konnte nicht schlafen. Das Bettsofa im Wohnzimmer war er nicht mehr gewohnt, es war zu weich. Der Raum war zu dunkel. Im Gefängnis hatte das Licht während der ganzen Nacht gebrannt, damit die Wärter in die Zellen hineinsehen konnten. Er ließ das Licht an, der Strom wurde aber später abgestellt. Er wachte um Mitternacht plötzlich auf, erschrak und rief nach Ecaterina. Von da an legte er sich immer eine Kerze und Zündhölzer neben dem Bett bereit.

Vor der Begnadigung hatte Stefan nicht damit gerechnet, seine Stadt, seine Wohnung, so bald wiederzusehen. Nun sah er, dass sie sich stark verändert hatten. Das Leben war härter geworden. Die Warenknappheit, die Willkür, die Einsamkeit waren umfassender und intensiver. Und er stand nun als arbeitsloser Strafentlassener da.

Auch er war verändert: Er trug in sich die Wut, die er im Gefängnis aufgesammelt hatte. Er befand sich in einem stillen Krieg mit der rumänischen Regierung, mit der KP. Was er erlitten hatte, war eine unprovozierte Kriegserklärung dieses Systems an ihn. Er wollte mehr als nur überleben, mehr als nur in Angst darauf warten, dass *sie* sich an ihn erinnern.

Das Gefängnis hatte ihm gezeigt, dass er nicht das einzige Opfer war. Er fühlte sich nicht mehr, wie vor dem Prozess, als ein verängstigter Helfer des Systems, der sich ein wenig Ungehorsam erlaubt hatte. Er wusste sich als Teil einer Gruppe von Menschen, die sein Schicksal teilten, er kannte Namen und Gesichter. Manche hatten sogar mehr gewagt als er, hatten zielstrebiger gehandelt und aus tieferen Überzeugungen.

Stefan wusste allerdings noch nicht, wie er sich seinem Gegner entgegenstellen könnte. Das System war darauf eingestellt, den Widerstand Einzelner zu brechen. Unüberlegte Selbstopferung würde wirkungslos bleiben. Er musste etwas anderes finden.

Eins hatte er gelernt: mit Ohnmacht umzugehen. Totale Ohnmacht gibt es nicht. Auch wenn die gerade verfügbaren Möglichkeiten begrenzt sind. Selbst in einer Gefängniszelle lässt sich einiges anstellen. Man kann versuchen, sich zu verletzen. Man kann schnell oder langsam gehen, antworten, essen. Man kann in den Hungerstreik treten. Hier draußen hatte er tausendmal mehr Möglichkeiten.

Es war sein erster Morgen in der Freiheit. Er saß am Esstisch, darauf standen die Kerze und eine Schachtel Zündhölzer. Stefan nahm die Schachtel in die Hand. Er ließ sie auf den Tisch fallen. Er stellte sie auf der schmalen Seite auf, kippte sie. Er legte sie an die Tischkante, so dass ein kleiner Teil überstand. Er schnippte die Schachtel hoch, sie fiel auf den Tisch zurück. Dieses Spiel hatte er in der Schule oft gespielt. Auf der großen Fläche zu landen gab einen Punkt, auf der breiteren Kante drei Punkte, auf der schmalen neun. Je stärker der Schlag, desto geringer die Wahrscheinlichkeit, einen Neuner zu schaffen. Sanft musste der Schlag sein.

Es war seine Wahl, wie er die Schachtel handhabte. Er hatte Handlungsfreiheit. Solange er diese Freiheit hatte, war er nicht machtlos. Er konnte sich Zeit lassen. Er konnte sich vorbereiten, sich schrittweise Möglichkeiten erschaffen. Wenn es so weit war, würde er das Mahlwerk angreifen.

Vorher war es nötig, wieder zu Kräften zu kommen. Er ging zum Fenster und sah hinunter auf die Straße. Die gleiche ruhige Seitenstraße wie früher. Hausfrauen gingen langsam mit ihren Einkaufsnetzen durch die Hitze. Genau, dachte Stefan, die Straße.

Die wollte er als Erstes zurückgewinnen. Noch fiel es ihm schwer, alleine auf die Straße zu gehen. Die vielen Menschen, Hunde und Verkehrsmittel verwirrten ihn. Die Straße und dadurch die eigenen Sinne zurückerobern, den eigenen Körper. Er verließ die Wohnung. Er ging langsam, vorsichtig die Mauern und Zäune entlang, bis zur Ecke, wo seine Straße in die viel breitere Calea Dorobanților mündete. Hier getraute er sich zuerst nicht weiter. Er ließ die Geräusche und Bilder auf seine Sinne prallen. Nach mehreren Minuten zwang er sich, bis zur nächsten Überquerung zu gehen. Auf der anderen Seite lag der Dorobanți-Platz mit der kleinen Grünanlage in der Mitte. Dort setzte er sich auf eine Bank und schloss die Augen.

49. EIN BEITRAG DES RATS FÜR SOZIALISTISCHE KULTUR UND ERZIEHUNG

BUKAREST, SEPTEMBER 1983 Jeden Tag wagte sich Stefan ein Stück weiter. Eine Woche nach seinem kleinen Ausflug zum Dorobanți-Platz legte er die sechs Kilometer bis zu Ralucas Wohnung in Colentina zu Fuß zurück. Er brauchte zweieinhalb Stunden dafür. Inzwischen hatte er sich an den Straßenlärm und die Menschenmassen wieder gewöhnt. Er konnte sich beim Gehen wie früher entspannen.

Als er erschöpft bei Raluca auftauchte, lachte sie übers ganze Gesicht. «Stefan! Komm doch rein!»

Er sah, wie sich ihr Nasenrücken fein runzelte, auch wie früher. Florin kam angerannt und betrachtete ihn erwartungsvoll, wie ein neues Spielgerät.

Die Wohnung kam Stefan groß und leer vor. Er ließ sich mit einem Seufzer in einen Sessel fallen, schloss die Augen und genoss die Entspannung.

«Ruh dich erst mal aus», sagte Raluca. «Möchtest du nachher mit uns essen?»

«Ja, bitte, falls du genug …»

Plötzlich fuhr etwas, dessen Rasseln er vage registriert hatte, gegen seinen Knöchel.

Stefan fuhr hoch. Es war ein rundlicher Lastwagen aus Blech, mit einem Schlüssel, der auf der Seite herausragte. Hinter einem Sessel stand Florin und spähte zu ihm herüber. Stefan lachte, nahm das Spielzeug und wollte etwas Witziges sagen, kam aber nicht dazu.

«Geht eure Hände waschen, das Essen ist fertig», verkündete Raluca.

Das Abendessen war karg, was er gewöhnt war, aber einfacher, als er erwartet hatte. Vor drei Jahren hatten sie besser gegessen. Raluca konnte sich offenbar nicht mehr aus der Parteikantine versorgen. Er empfand Mitleid, Zuneigung und einen Stolz, den er zuvor nicht gekannt hatte. Was auf den Tellern lag, hatte sie erkämpft. Irgendwie bewältigte sie die schwierige Lage. Sie war eine starke, fähige Frau.

Nach dem Essen blieb er sitzen, während Raluca Florin ins Bett brachte.

«Möchtest du noch etwas essen?», fragte sie, als sie wieder in die Küche kam.

Er sah sie an und lächelte. «Ich kann mich nicht erinnern, dich schon mal in Hausschuhen gesehen zu haben.»

Raluca blieb stehen und schaute überrascht auf ihre Füße. «Ja … Ich … Wie kommst du darauf?»

«Keine Ahnung. Ist mir einfach aufgefallen. Und der hübsche Ring da an deiner Hand fällt mir jetzt auch auf. Abschiedsgeschenk von Ilie?»

«Bist du übergeschnappt?», prustete Raluca. «Abschiedsgeschenk! Nein, der Ring ist … Wobei, nein, ich werde dir die Sache nicht einfacher machen. Rate noch mal!»

«Hm. Ist es ein Familienerbstück, hinterlassen von einer Ururgroßtante, die Hofdame am Fürstenhof von Tîrgoviște war?»

Sie lachte, ihr Geburtsort war seit fast dreihundert Jahren kein Fürstensitz mehr.

«Oder das Geschenk eines jungen schönen Mannes, von dessen Existenz du mir schon die ganze Zeit erzählen wolltest?»

«Genau», lachte Raluca. «Ein junger schöner Mann. Jetzt bist du eifersüchtig. Geschieht dir recht! Nun erzähl schon, wie leid es dir tut um mich.»

Stefan stand auf und umarmte sie. Es gelang ihm also immer noch, sie zum Lachen zu bringen. Sie erwiderte seine Umarmung, aber ein wenig zögerlich.

«Das ist bloß ein billiger Ring, den ich die ganze Zeit getragen habe, weil er Männer abschreckt. Nach der Scheidung wollte ich nicht, dass sich sämtliche alleinstehenden Männer im Institut für mich interessieren.»

Sie setzten sich an den Küchentisch. Stefan nahm ihre Hand. Durch das Fenster wehten warme Luft und fernes Hundegebell herein, Radiotöne, Stimmengewirr und Straßenbahnlärm. Ihr gemeinsames Schweigen fühlte sich leicht an.

Raluca zog seine Hand näher zu sich. Sie öffnete sie und legte ihre Wange hinein. Sie schloss die Augen.

Stefan sah auf ihren Scheitel. Einzelne Haare hatten einen weißen Ansatz. Er streichelte mit der freien Hand ihren Kopf. An genau diesen Augenblick würde er sich später erinnern, das wusste er. Er stand auf und zog sie ins Schlafzimmer. Dort roch es nach neuen Möbeln und Lavendelseife. Sie lagen ineinander verschlungen, bis es über Bukarest dunkel wurde.

Irgendwann rollte sie sich auf die Seite und in sich zusammen und schlief ein. Er blieb neben ihr liegen. So zusammengerollt sah sie noch kleiner aus. Er wünschte, er könnte sich wie eine Decke um ihren kleinen Körper rollen.

Nach unruhigem Schlaf wachte er im Morgengrauen auf. Das Schlafzimmer kam ihm leicht fremd vor. Seine Blase drückte. Er stand auf und versuchte sich zu erinnern, wo die Toilette war.

Als er zurückkam, sah er im Flur einige Bilder hängen, die er noch nicht beachtet hatte. Es waren drei Fotografien, zwei neuere und eine ältere. Auf dem älteren Bild war ein Obstgarten zu sehen. Neben einem kleinen Baum mit weißgetünchtem Stamm stand eine improvisierte Wippe, darauf saßen zwei dunkelhaarige, etwa zehnjährige Mädchen. Die kleinere der beiden musste Raluca sein.

Erneut fühlte er sich fremd. Was suchte er im Leben der Frau, die früher dieses Mädchen war?

Er hatte heftigen Durst. Auf dem Weg in die Küche verhing sich sein Hemd in einem Papierstapel, der auf dem Rand der kleinen Anrichte stand, und zog ihn zu Boden. Stefan unterdrückte einen Fluch und sammelte die Blätter, Bücher und Hefte zusammen.

Florin rief mit dünner Stimme aus seinem Zimmer.

Die Blätter trugen Ralucas Handschrift. Die Bücher waren eine Sammlung von Nicolae Ceaușescus Reden und Aufsätzen und ein Band der Zeitschrift *Theater. Zeitschrift des Rats für Sozialistische Kultur und Erziehung.* Es schien ein Extraband zu sein, mit dem Titel «Huldigung dem Stifter eines neuen Landes, dem Helden unter den Helden des Volkes».

Florin rief erneut: «Mami!»

Darin steckten Dutzende von Zetteln. Raluca hatte offenbar eine Menge Arbeit investiert, sie sammelte Material für irgendetwas. Er richtete sich auf, den Stapel in der Hand.

Auf einmal war der Durst weg, überlagert von Ekel. In seiner Abwesenheit war der Ton der Lobpreisungen noch irrwitziger geworden. Und sie huldigten dem Mann, in dessen Namen er gequält worden war.

Florin kam aus seinem Zimmer, sah Stefan und blieb ratlos stehen. Um zu Mami ins Schlafzimmer zu gelangen, musste er an ihrem neuen Freund vorbei. Mit diesem war aber etwas nicht in Ordnung.

Stefan öffnete die Zeitschrift, sah ein halbbeschriebenes Blatt. Darauf hatte Raluca abgeschrieben: «Aus Genosse Nicolae Ceaușescus Bericht an die Nationale Konferenz der Partei habe ich, nebst der beeindruckenden Schilderung des heldenhaften rumänischen Aufbaus – in nur wenigen Jahrzehnten Sozialismus – auch die großartigen Perspektiven unserer zukünftigen Entwicklung entnommen, eine bebende …»

Florin huschte an Stefan vorbei und verschwand in Ralucas Schlafzimmer.

«… eine überwältigende Kraft des Aufrufs an die Menschen, an unser ganzes Volk, unter den sich immer ändernden, immer neuen Bedingungen des Aufbaus einer neuen Gesellschaft. Das großartige Werk unseres Führers, des Genossen Nicolae Ceaușescu, hat der Nation die vorbehaltlose Garantie ihrer zukünftigen sozialistischen Erfüllung gegeben. Die Partei, unter seiner weisen Leitung, mobilisiert alle schöpferischen Kräfte des Landes und bereichert damit die seelischen Schätze der Menschen, die auf diesem Boden leben, auf dass sich ihr Streben nach Wohlstand und Glück erfüllt.»

Stefan verstand den letzten Satz nicht. Er versuchte es nochmals. Er sah nicht zum ersten Mal diese seltsame Sprache. Er hatte sie selbst verwendet, aber nie so blumig und übertrieben. Hier, in Ralucas Handschrift, widerten ihn diese Sätze an. Das Atmen fiel ihm plötzlich schwer. Jetzt trug er seine Hafterfahrung mit sich, das jahrelange Leiden. Jetzt, nach Aiud, kamen ihm die absurden Zeilen so widerwärtig vor, dass sie ihn auf eine lähmende Art faszinierten. Und diese Stelle hatte Raluca, bei der er Geborgenheit und Hoffnung suchte, ausgewählt und abgeschrieben.

Der Beitrag schloss mit dem Satz: «Aus diesen Gründen, zum Geburtstag des Präsidenten des Landes, des Generalsekretärs der Partei, Genosse NICOLAE CEAUȘESCU, das strahlende Vorbild des rumänischen revolutionären Gewissens, bringe ich meine ganze Zustimmung für seine wundervollen Aufrufe und Pläne zum Ausdruck, die so harmonisch verschmolzen sind mit denjenigen des Vaterlandes und des gesamten Volkes, und ich wünsche ihm, aus tiefstem Herzen, ein langes Leben in Gesundheit und Glück!»

Stefan hob den Blick.

Aus dem Schlafzimmer tönte die müde Stimme Ralucas und das aufgeregte Gezwitscher Florins.

Stefan schaute wieder auf die Blätter in seiner Hand. Raluca hatte sich richtig bemüht. Er hatte sich ein Glas Wasser holen wollen, oder nicht? Bilder flimmerten in seinem Kopf wie ein alter Film: ein Mädchen auf der Wippe, Raluca als Frau, das Mädchen kritzelte auf einem Papierblatt.

Raluca, mit Florin im Saum des Nachthemds festgekrallt, kam gähnend aus dem Schlafzimmer. «Du bist auch schon wach. Warum könnt ihr Männer denn nicht ausschlafen?»

Stefan machte den Mund auf. Wie weiter? Wie fragt man seine Geliebte, warum sie bei der Verherrlichung eines Systems mithilft, das einen gequält hat? Er versuchte, sich zu konzentrieren, aber es fiel ihm schwer.

«Ach, lass den Kram liegen und komm frühstücken», murmelte Raluca, drehte sich um und ging mit Florin in Richtung Küche.

Er sah Gabriel Munteanu und seine Freunde, die keine Hoffnung mehr hatten, nur eine Nacht im eigenen Bett zu schlafen. Er erinnerte sich daran, wie Häftlinge aussahen, als sie aus der Strafzelle zurückgeschleppt wurden. Die Wut strömte aus ihm heraus. Alles, was sich angesammelt hatte. Die Sätze, die Raluca abgeschrieben hatte, diese Sätze, die nicht verstanden werden wollten. Die nur überdecken wollten, glatt, ein Grabstein über allem, was in diesem Land lebendig war und wahr und ehrlich, damit es nicht sprießt und sich entwickelt, eine luftdichte Platte, auf der die Massen im Gleichschritt marschieren können, mit Fahnen und Hunderten identischen Bildern des geliebten Helden unter den Helden des Volkes, ihre Schritte

Raluca sagte etwas aus der Küche

hämmern auf die Platte, sie strömen zu Tausenden, müde, mürrische Gestalten, überragt von einem riesigen Turm, an dem sie vorbeimarschieren, an ihm hängt

eine gewaltige rumänische Fahne, in deren Mitte das Wappen der Sozialistischen Republik Rumänien, größer als zwei Menschen übereinander, und

Raluca sagte wieder etwas, ihre Stimme klang ungeduldig

hoch oben über den Köpfen der gedemütigten Menschen stehen
zehn oder zwölf kleine Figuren, nur die Köpfe sind zu sehen über blu-
menbehängten Balkonbrüstungen, die Figur in der Mitte winkt wie ein
Roboter links-rechts-links-rechts. Es wird dunkler, wegen der aufzie-
henden Wolken, oder ist es schon Abend? Oder ist es seine angestaute
Wut? Und

plötzlich stand Raluca da vor ihm, barfuß, im Nachthemd und sagte:
«Lass doch endlich den verdammten Plunder liegen und …»

«*Raluca*», schrie er, «*warum schreibst du diese Schweinerei ab? Reicht es
nicht, dass sie hier gedruckt steht, was willst du damit?*»

Raluca starrte ihn sprachlos an.

«Mami?», fragte Florin erschrocken.

«Raluca, *antworte*! Das ist das Regime, das mir die Knochen gebrochen hat! Das andere Menschen in den Wahnsinn gefoltert hat! Das *mich*
und *dich* und dein *Kind* in Kälte, Angst und Dunkelheit hält! Und *du?*
schreibst hier mit *deiner* Hand ab …»

Raluca schien verwirrt, als würde sie seine Worte nicht verstehen. Wie
war das möglich?

Sie drehte sich zu Florin, nahm dessen Gesicht in ihre Hände: «Es ist
alles gut, mein Schatz, Stefan ist wütend, auch du bist manchmal wütend, Schatz, es ist alles gut, er tut dir nichts …»

Wie konnte sie das nicht verstehen? Wie tief im mentalen Sumpf
musste sie stecken, um nicht zu verstehen!

«Für wen? Wofür willst du … Was *ist* das, was hast du denn mit diesem
Dreck vor?! Liest du das auf einer Bühne vor, oder veröffentlichst du es
oder was … was …?»

Er wusste auf einmal nicht mehr, was er sie fragen sollte. Wenn sie nicht
verstand, was er sagte, dann hatte es keinen Sinn mehr, in dieser Wohnung
zu bleiben, dann war alles wertlos. Die Blätter fielen aus seiner Hand.

«Stefan, beruhige dich, ich werde es dir erklären, hör bitte auf, du er-
schreckst mein Kind! Bitte!»

Stefan drehte sich um. Er ging langsam ins Badezimmer, zog sich aus und stellte sich unter die Dusche. Er ließ das kalte Wasser über seine Wut fließen. Sein Körper sog die schneidende Kälte auf. Gab es keinen Ort, an den er zurückkehren und Ruhe finden konnte? Gab es keinen unbeschmutzten Ort mehr?

Er stellte das Wasser ab und wartete, bis das körperliche Elend seine Enttäuschung und Bitterkeit aufwog. Dann konnte er beides tragen.

«Entschuldige wegen vorhin», sagte er leise, als er in die Küche trat, ohne Raluca anzusehen. «Es …» Er zeigte mit einer Hand auf Florin.

«Ich verstehe es ja», sagte Raluca. «An deiner Stelle wäre ich auch fassungslos, Stefan. Ich wäre wütend, und ich würde dich anschreien. Lass uns darüber reden. Lass uns erzählen, was wir erlebt haben. Es war eine lange Zeit. Wir hatten es beide nicht leicht.»

50. EIN TAG FÜR UNS

Das durfte nicht so enden, Raluca war fest entschlossen, die Sache mit Stefan rasch zu klären. Zwei Tage später saß sie wieder mit ihm in der Wohnung, nur sie beide. Sie holte die Texte, die ihn in Rage gebracht hatten, und setzte sich ihm gegenüber.

Sie wartete einen Augenblick. War es an ihr, anzufangen? Sie sah auf ihre Hände hinab. Stefan wollte offenbar auch nicht anfangen.

«Stefan, wir kennen uns doch schon eine Weile.» Sie beugte sich vor und legte eine Hand auf die Papiere. «Jetzt mal ehrlich, du glaubst doch nicht, dass ich das hier freiwillig mache.»

«Du bist Architektin», sagte Stefan ruhig. «Es ist nicht dein Beruf. Niemand zwingt dich.»

«Indirekt schon. Alle machen Kompromisse. Manche leben gut damit. Ich schütze bloß mich und Florin. Und ob ich diesen Müll wiederkaue oder nicht, stört doch niemanden.»

«Ich kenne all diese Begründungen», sagte Stefan. «Ich habe sie mir selber serviert, schließlich habe ich lange Ähnliches verzapft. Aber eins habe ich immer gewusst: Wer sich unbedingt verweigern will, den können sie nicht zwingen. Du müsstest Nachteile in Kauf nehmen. Aber du kannst nein sagen.»

«Nachteile wie deine, Stefan? Du weißt doch genau, dass sie sich Weigerungen merken. Zuerst passiert nichts, aber mit jeder weiteren Weigerung rückst du mehr in den Fokus. Du hast mir doch selbst einmal von dem Mahlwerk erzählt, in dem die Menschen die Körnchen sind. In dem man möglichst nicht nach unten rutschen sollte.»

Stefan schüttelte den Kopf, sagte aber nichts.

«Ich versuche dir zu zeigen, aufrichtig und offen, dass ich diese Texte ohne irgendeine innere Beteiligung verfasse. Es gibt Gründe, warum ich denke, es tun zu müssen, und diese Gründe habe ich dir erklärt. Leuchten sie dir überhaupt nicht ein?»

«Entschuldige, Raluca. Siehst du …», fing Stefan an.

«Ich bin eine stolze Frau, Stefan. Dass ich diesen Text schreiben muss, ist … unangenehm. Ich schäme mich. Aber ich bin alleinerziehende Mutter. Ich brauche das Parteibüchlein, ich brauche diese Stelle. Ich will nicht am Fließband oder in einer chemischen Fabrik landen. Genau dort lande ich aber, wenn ich nicht gehorche. Denn ohne Parteibüchlein bin ich schutzlos. Und es gibt genug Neider, die mich wegen früher mit Freuden treten würden.»

«Raluca», sagte Stefan ungeduldig. Er richtete sich in seinem Sessel auf. «Ich glaube dir, dass du gute Gründe hast, solche Aufträge anzunehmen. Aber ich muss sicher sein, auf welcher Seite du stehst. Du hast nun mal über zehn Jahre mit Ilie gelebt. Du hast in diesen Kreisen verkehrt. Das sind jetzt meine Feinde. Wo stehst du? Das ist der springende Punkt.»

Raluca seufzte. Es fiel ihr schwer, ruhig zu bleiben. «Wo denkst du, dass ich stehe?»

Stefan schwieg. Sie konnte sein Schweigen nicht deuten. Was brauchte er noch für einen Beweis? Was verstand er nicht?

«Hör zu. Als ich Ilie kennenlernte, war ich achtzehn und hatte vom Leben keine Ahnung. Aus seinem Mund klang vieles glaubwürdig. Ich gebe zu, dass ich nicht alles genau geprüft habe wie du. Vieles habe ich nicht gewusst. Ich musste nicht Schlange stehen, ich habe nicht gefroren, das Licht wurde mir nicht abgedreht. Das habe ich erst nach der Scheidung erfahren. Analysieren, wieso und warum und wie schlimm es ist, auf welcher Seite ich stehe, und ob das die Seite der Guten ist – da durchzusteigen ist nicht meine Stärke. Verstehst du?»

«Du musst doch irgendwie Richtig und Falsch unterscheiden. Über deine Vergangenheit will ich nicht urteilen. Es reicht mir, wenn ich weiß, wo du heute stehst. Wo ziehst du die Linie? Wann würdest du nein sagen?»

«Ich …», fing Raluca an. «Ich kann's nicht so genau sagen. Ich liebe dich. Wieso muss ich auf einer Seite sein? Ja, ich bin Parteimitglied, warst du es früher nicht auch? Für mich war es nicht wirklich eine Wahl. In der Partei kannst du dein Engagement jedenfalls nicht von dir aus reduzieren. Das macht sich schlecht. Die Parteizelle im Institut hat sich über meine Scheidung aufgeregt. Man hat mir abstruse Gründe unterstellt.

Ich hätte mich, wohlgemerkt als Intellektuelle, von einem Anführer der Arbeiterschaft getrennt, weil mich seine Parteiarbeit störte. So denken sie tatsächlich. Du müsstest das doch kennen. Ich war also gezwungen, einen Gegenbeweis zu erbringen. Sie sind zu mir gekommen und haben mir klargemacht: Wenn du diesen Text schreibst, dann lassen wir dich in Ruhe. Hätte ich nein sagen können?»

Mehr gab es nicht zu erklären. Sie fühlte sich leer und entspannt. Sie lehnte sich zurück. Ihre Wangen brannten. Jetzt würde es sich zeigen. Entweder er vertraute ihr, oder es war wohl aus.

Stefan schien in Gedanken versunken. Nach einer Weile zeigte er auf den Papierstapel: «Und was musst du jetzt damit tun?» Seine Stimme klang versöhnlich.

«Einen Text schreiben. Für die Zeitschrift des Architektenverbands», erklärte Raluca. «Stefan, sag doch selbst: Ist mein Aufsatz so verschieden von dem, was du bis vor drei Jahren geschrieben hast?»

Stefans Miene wurde traurig und weich. Sie sah diesen Ausdruck zum ersten Mal. Er nickte: «Was ich früher geschrieben habe, ist natürlich genauso leer und verwerflich. Das habe ich erst nach und nach begriffen. Ich bereue es. Das Gefängnis hat mir die Scheuklappen genommen. Ich weiß, dass wir nicht anders können, du, ich, alle anderen. Wir müssen uns unterwerfen. Aber ich lasse jetzt die Reue zu. Ich rede darüber. Ich sage: Ich schäme mich. Es tut mir weh.»

«Du quälst dich umsonst. Was willst du damit erreichen?»

«Es fühlt sich richtig an … Verstehst du?»

«Nicht wirklich.»

«Es ist nötig zu trennen: Das bin ich, mit meinen Überzeugungen, und auf der anderen Seite sind sie, mit ihren Lügen und ihrer Macht. Sie können mich zwingen, aber ich weiß genau, was ich unter Zwang und was ich aus eigenem Antrieb getan habe. Ich brauche das, sonst kann ich nicht frei sein. Ich dachte, ich würde hier bei dir Zuflucht finden. Einen Ort, an dem man sagt, was man denkt. Und was finde ich?» Stefan zeigte auf die Papiere.

«Ich verstehe dich, Stefan. Das ist nur eine lästige Pflicht. Ich bin keine Kommunistin geworden.»

«Ich sehe ihre Gesichter. Ich sehe mich am Boden. Ist Ilie Stancu ein dicker Mann mit kleinen Augen, dickem Hals und kurzen braunen Haaren?»

Raluca verstand sofort, was seine Worte bedeuteten. Sie schluckte leer. Sie waren sich also begegnet. Ilie hatte ihn natürlich sehen wollen. Ilie gehörte zu den Männern, die in solchen Fällen Rache wollten. Gute alte blutige Rache. Sie kannte ihn. Raluca nickte.

Stefan nickte ebenfalls.

Sie hatte ein Kind mit diesem Schwein. Sie konnte an nichts anderes denken.

Irgendwann musste Stefan aufgestanden und an sie herangetreten sein. Er kauerte vor ihr, seine knochige Hand lag auf ihrer. Sie sahen sich eine Weile schweigend an.

Stefan lächelte und sagte: «Ohne dich hätte ich nicht überlebt.» Nach einer kurzen Pause: «Ich werde mich nicht entschuldigen wegen der Fragen, die ich stelle. Wir müssen solche Fragen stellen. Ich stelle sie dir nur, weil du mir wichtig bist. Ich bin nicht mehr wie früher. Ich weiß nicht, ob du mich so noch willst.»

Raluca sah ihn verwirrt an.

«Sag das nicht, Stefan», flüsterte sie. «Natürlich will ich dich.»

Stefan sah sie an, den Kopf leicht zur Seite geneigt.

«Verzeihst du mir?»

Ralucas Augen wurden feucht. Er liebte sie wirklich. Sie zog Stefan an sich. Eine ganze Weile standen sie umschlungen da. Raluca erzählte leise, was sie alles während seiner Haft erlebt hatte. «Einmal war ich nahe dran, Florin zu meinem Onkel zu bringen und dann Schluss zu machen. Aber ich habe an dich gedacht. Ecaterina war auch da. Später habe ich mir überlegt, dir einen Heiratsantrag zu machen, im Gefängnis. Ich habe gedacht, dass du vielleicht schneller rauskommst, als verheirateter Mann, der Familie zuliebe. Nicht dass ich dich nicht auch so heiraten würde. Aber dann habe ich befürchtet, dass ich uns in eine Lage bringen würde, in der wir leichter erpressbar wären.»

«Ich habe nicht gewusst, was du alles durchgemacht hast. Aber den Tag heute haben wir für uns. Wir sind endlich beide da.»

Sie blieben eine Weile lang schweigend eng umschlungen stehen, bis es ihnen wieder erträglich schien, einander loszulassen.

51. EWIGER LENIN

Stefan besuchte ein letztes Mal die Redaktion. Ihm war klar, dass er dort keine Aussicht auf eine Stelle hatte. Aber ein Abschied war ihm wichtig.

«Damit das gleich klar ist», sagte Borza. «Ich habe keine Arbeit für dich. Selbst wenn ich welche hätte, könnte ich niemanden mit deinem Leumund anstellen. Du gehst also in die Verwaltung und holst deine Unterlagen und dein Entlassungsschreiben ab. Fragen?»

«Ich hatte nicht die Absicht, Sie um eine Gunst zu bitten. Ich bleibe nicht lange. Ich wollte mich nur von meinem ehemaligen Chef verabschieden.»

«Stefan, wir sehen uns zum letzten Mal. Versuche nicht mehr, mich zu kontaktieren. Ich brauche keinen Ärger. Einen Rat noch: In Bukarest wirst du nichts mehr finden. Such dir etwas in der Provinz. Eine Abwechslung tut dir sicher gut.»

«Die Menschen sind überall gleich», antwortete Stefan.

«Unsinn. Du kennst Adina vom Personal. Geh am Montag zu ihr. Ich werde jemanden anrufen. Was du daraus machst, ist deine Sache. Jetzt entschuldige mich.»

Stefan wusste nicht, ob er Mitleid mit diesem alten Mann haben sollte, der eine wichtige Figur des rumänischen Journalismus war und der trotzdem nicht glaubte, sich einen anständigen Abschied von einem langjährigen Mitarbeiter leisten zu können, oder Wut auf einen Vorgesetzten, der ihn so abspeiste?

Stefan verließ die Redaktion, ohne sich umzudrehen. Er stieg die Treppen hinunter, trat aus der Casa Scînteii, zum letzten Mal. Der massige Bau erhob sich über ihm und dem endlos weiten Platz. In dessen Mitte ragte Lenin in Bronze sieben Meter in die Höhe. Der Oktoberhimmel war flach und grau. Es war ungewöhnlich still.

52. HELLE BLUME

Als Stefan Anfang November 1983 bei Raluca einzog, wusste sie, dass es ein Sieg war, wenn auch ein hart erkämpfter. Er war frei, und sie wohnten zusammen.

Manchmal fiel es ihr dennoch schwer, sich glücklich zu fühlen. Es war ein Sieg, der spät kam und dessen Folgen kompliziert waren. Stefan, das war nicht zu übersehen, musste sich an das normale Leben erst noch gewöhnen. Er kämpfte auch mit sich selbst. Sie hatte ihn gelassener und souveräner in Erinnerung. Jetzt schien er oft Hilfe zu brauchen, konnte sie aber nicht immer annehmen.

Vielleicht lag es auch an ihr, wenn sie ihn so wahrnahm. Stellte sie zu hohe Erwartungen an ihn? Wäre sie durch den alltäglichen Kampf nicht so gefordert, hätte sie Stefan gegenüber vielleicht mehr Verständnis.

Es gab auch ermutigende Zeichen. Sie hatten den Streit gut bewältigt. Für ihn blieben ihre Parteiaufträge ein widerliches Thema. Er sah jedoch ein, dass es ihre Entscheidung war. Stefan liebte sie, sie bedeutete ihm viel, das spürte sie. Er bemühte sich auch, Florins Vertrauen wiederzugewinnen. Sein Kern hatte sich nicht verändert.

Raluca fand eine Anstellung für ihn, eine simple Arbeit, aber immerhin in einem Büro, in einer Arzneimittelfabrik. Sie war stolz darauf. Die Fabrik lag am südöstlichen Rand Bukarests, ihre Wohnung im Norden. Stefans Arbeitsweg dauerte drei Stunden. Mühselig, aber sie konnten das Geld gut brauchen. Noch wichtiger war das Signal gegenüber den Behörden, in der Bewährungszeit. Sie hoffte, dass die ihn weniger plagen würden, wenn er wieder im Arbeitsalltag integriert war. Sie konnte sich die Kontrollsitzungen nicht vorstellen, aber sie merkte, wie sie Stefan zusetzten. Er war danach jedes Mal wieder in Kampfstimmung, in seinen Widerstandsphantasien.

Als Stefan sich eines Abends Ende November verspätete, wunderte sich Raluca zuerst nicht. Zwei Stunden später war er jedoch immer noch nicht zu Hause. Sie brachte Florin ins Bett und blieb bei ihm sitzen, nachdem er eingeschlafen war. War es wieder passiert? Würde sie am nächsten Tag, nach einer schlaflosen Nacht, nach Stefan suchen?

Um halb neun kochte sie einen Tee, bevor das Gas abgestellt wurde. Um halb elf würde der Strom folgen. Was würden sie diesmal mit ihm anstellen?

Selbst im Sessel, zusammengekauert mit einer Decke über den Knien, war die Kälte unangenehm. Sie nahm den Tee und ging ins Schlafzimmer. Die Laken fühlten sich eisig an. Sie hatte noch nie ein Verhörzimmer gesehen und versuchte es sich nicht vorzustellen.

Um Viertel nach neun hörte sie Stefan eintreten. Sie sprang auf und lief zu ihm. Er sah sie lächelnd an. Sie war barfuß und im Nachthemd.

«Ich musste länger bleiben», sagte Stefan leise. «Nachher habe ich vierzig Minuten auf den Bus gewartet. Er kam nicht. Ich bin zu Fuß gekommen, vom Obor-Platz.»

Sein Gesicht war klamm unter ihrer Hand, seine Kleider waren nass und kalt.

«Falls du Hunger hast …», fing Raluca an.

«Ja, ja, ich finde mich schon zurecht», sagte Stefan. «Geh jetzt ins Bett, bevor du dich noch erkältest.»

Raluca lächelte ihm zu und wollte zurück ins Schlafzimmer. In der Tür merkte sie, dass sie ihn gar nicht allein lassen wollte. Sie drehte sich um. Er stand immer noch da und sah ihr gierig nach.

Auf einmal durchflutete sie eine schuldige Wärme. «Lass das Duschen. Das Wasser ist kalt.»

Stefan ging trotzdem und duschte kalt.

Im Schlafzimmer schaltete Raluca den Heizstrahler ein. Er leuchtete schwach rötlich. Sie legte die letzten zwei Kerzen bereit, falls der Strom plötzlich abgestellt würde. Dann legte sie sich unter die Decke und wartete. Bald stand er da, nackt und langgliedrig. Für einen Moment blieb er auf der Schwelle stehen. Sie stellte sich vor, dass er die Schlafzimmerluft einatmete, diesen blumigen, auch körperlichen, ihren Duft. Er fror, aber die Spitze seines Glieds glänzte.

«Komm jetzt, worauf wartest du?»

Stefan kletterte unter die Decke. Er zog sie an sich. Sie war froh um den dünnen Stoff ihres Nachthemds zwischen ihnen, so kalt war seine Haut. Bald wärmte er sich auf.

Sie spürte seine Hand zwischen ihren Beinen. Seine Liebkosungen waren ihr aber zu langsam. Wenn sie nicht bald das Heft in die Hand nahm, würde sie explodieren. Sie drehte Stefan auf den Rücken und setzte sich rittlings auf ihn. Zuerst wollte sie ihn gleich in sich aufnehmen, sie war mehr als bereit. Aber etwas Wildes hielt sie davon ab. Sie warf die Decke weg, kniete sich neben seinen Körper und küsste seine Brust. Sein Herz pochte. Stefan versuchte sie zu küssen, aber sie wich ihm aus.

Sie ließ ihre Hand auf seinen Bauch hinuntergleiten. Sie bückte sich und nahm sein Glied in den Mund, so tief es ging, drückte ein wenig mit der Zunge, zog ihn wieder heraus. Stefan stöhnte. Raluca sagte leise «Schsch». Stefans Körper lag vor ihr, ausgestreckt wie eine große, helle Blume im Halbdunkel. Mit ihr würde er nie mehr kalt haben.

Raluca schwirrte der Kopf. Eine kleinere Blume in der Mitte ihres Körpers flatterte. Sie liebkoste Stefans Glied ein letztes Mal, kniete rittlings über ihn, nahm ihn in sich auf. Sie stöhnte. Sie wartete fast regungslos, um den Bewegungen seines Glieds in ihrem Körper zu lauschen. Sie spürte seine Ungeduld.

Dann, ganz langsam und sanft zunächst, hob sie ihr Becken ein wenig hoch und legte los.

Einige Wochen später verbrachte sie eines Abends länger als sonst an Florins Bett. Bald hatte er Geburtstag. Sie erklärte ihm, dass sie Ilie besuchen und dort feiern würden. Der Junge war nicht begeistert. Vielleicht war es gut, dachte sie, dass sie sich so früh von Ilie getrennt hatte. Was ihr Junge vermisste, war nicht Ilie, sondern einen Vater. Jemand, der ihn und seine Mutter lieben würde. Diesen Platz würde mit der Zeit Stefan einnehmen.

Als sie zurück ins Wohnzimmer ging, saß Stefan neben seinem neuen Radiogerät. Es lief so leise, dass Raluca nur Bruchstücke verstand. Es war ihr recht, sie brauchte eine kurze Pause. Sie legte sich auf das Sofa und schloss die Augen. Sobald Stefan genug von seiner Sendung hatte, konnten sie zusammen etwas unternehmen.

Bald wurde sie neugierig.

«Was ist das für eine Sendung?»

Stefan lächelte ihr zu und führte einen Zeigefinger an die Lippen.

Raluca stand auf, schloss die Tür zum Kinderzimmer und kam zurück.

«Mach lauter.» Sie setzte sich neben Stefan. «Nur ein wenig. Ich will auch hören.»

Stefan stellte ein wenig lauter und flüsterte: «Freies Europa.»

Einfach so. Wie wenn er «Sport am Sonntag» gesagt hätte. Raluca blieb die Luft weg. Sie starrte ihn sprachlos an.

Eine bedächtige Radiostimme sagte: «Es ist für niemanden ein Geheimnis, dass der Herr Präsident in einer Phantasiewelt lebt, einer Welt der Zerrspiegel, in der die Wirklichkeit überhaupt nicht zu den Wörtern passt.»

«Bist du jetzt völlig durchgedreht?», flüsterte Raluca.

Stefan lächelte sie erstaunt an.

Realisierte er wirklich nicht, was er gerade tat? «Stell das ab, Stefan, ich bitte dich!» Ralucas Herz schlug heftig, ihre Hände wurden feucht.

«Herr Präsident hat das Land in die Zeiten der Öllampe und der Pferdekutsche zurückversetzt. Herr Präsident hat das Land zurück in die Steinzeit gebracht.»

Raluca fing an, Stefan immer heftiger zu schütteln, wie nie zuvor.

Stefan schaltete das Radio ab. «Was ist los mit dir?», fragte er und legte eine Hand auf ihre Schulter.

«Denkst du denn nie, nie daran, was du tust? Was, wenn sie uns abhören? Hast du dir überlegt, was uns dann passiert? Warum gefährdest du uns?»

Stefan schwieg, aber sie merkte, dass sie ihn nicht erreichte. Sie wurde wütend. Sie redete weiter leise, um Florin nicht zu wecken, auch wegen der Nachbarn, aber am liebsten hätte sie Stefan angeschrien.

«Du bist erst seit drei Monaten wieder frei, willst du zurück ins Gefängnis? Was wir hier haben, unser Leben zusammen, ist dir das nichts wert? Willst du auch mich ins Gefängnis bringen? Du bist hier bei mir zu Hause, Stefan, hörst du? Du hast mich zu fragen, bevor du so einen … Schwachsinn anstellst!»

Sie wollte eigentlich nicht so toben. Sie hatte ihn aus ganzem Herzen hier aufgenommen. Sie wollte, dass er da war, aber …

«Raluca, wir haben Ende neunzehnhundertdreiundachtzig», sagte Stefan sanft, aber entschlossen. «Wach auf. Das halbe Land hört Freies Europa. Die Securitate selbst hört Freies Europa.»

Raluca sah ihn entsetzt an. Stefan realisierte tatsächlich nicht, was er tat. Freies Europa zu hören war verboten, eine Straftat. Es mangelte diesem Mann am elementarsten Schutzinstinkt.

«Nein! Nein, Stefan, du liegst falsch. Das ist gefährlich, was du tust, verstehst du? Du bist unter Beobachtung, du hast Kontrollsitzungen. Welche Wohnungen, denkst du, werden in erster Linie abgehört? Warum muss ich dir das erklären? Warum kannst du nicht wie alle den Kopf einstecken?»

«Ich weiß das, du musst es mir nicht erklären.»

Seine Stimme war von einer Gelassenheit, die beinahe schicksalsergeben wirkte. Raluca lief ein Schauer über den Rücken. Meine Güte, so war er auch, als ich ihn gefunden habe. Blutüberströmt und konnte nicht stehen, aber seelenruhig. Dieser Mann hat den Tod in den Knochen.

«Es ist Krieg, Raluca. Krieg ist gefährlich, es ist nicht eine Situation, in die du hineingehst, ein wenig schwitzt, eine Stunde später rauskommst, duschst und dann friedlich den Abend genießt. Du bist nonstop drin, deine Liebsten sind drin.»

«Verdammt, niemand zwingt dich, verbotene Radiosender bei uns zu Hause zu hören! Du bist auf Bewährung!»

«Das stimmt», sagte Stefan. «Aber es ist nur ein Detail. Ich kann das Radiohören auch lassen, du hast recht. Aber warum soll ich? Hier fängt es an. Warum soll ich diesen Sender nicht hören? Ganz leise, bei mir zu Hause. Wen gefährde ich dadurch? Den Staat? Wirklich?»

Raluca ließ den Kopf hängen. Was er sagte, ergab keinen Sinn. Wie glaubte er, mit einer solchen Einstellung in diesem Land leben zu können? Das Gefängnis hatte ihm die Lebenslust ausgetrieben. Jetzt hörte er auf niemanden mehr, sondern redete wie ein … Kamikazepilot. Vielleicht steckte er sie noch an. Schon begann sie, seine Argumente vernünftig zu finden.

«Raluca, du musst aus ihrem Spiel heraus denken. Sonst verstehst du nichts, du hast nur Angst. Es geht nicht um gefährliche Dissidenten. Die haben sie alle ausgemerzt. Die einzige Daseinsberechtigung dieser Organisation liegt nun darin, dass du und ich das Gefühl haben, an unserer Angst selbst schuld zu sein. Genau darum stört es dich, dass ich Freies Europa höre. Wenn sie sagen würden: ‹Egal was ihr tut, wir lassen jeden Dienstag zehn zufällig ausgewählte Leute verschwinden›, dann hättest du nicht mehr diesen besorgten Blick. Solange wir aber alle glauben, die Bedrohung abwenden zu können, passen wir schön aufeinander auf. Das ist ihr Spiel. Und damit das funktioniert, murksen sie wirklich ab und zu Leute ab. Denn …»

«Ich weiß, Stefan», unterbrach ihn Raluca. «Aber in fünfzig oder hundert Jahren, wenn wir nicht mehr da sind, werden die Leute leben, deren Vorfahren die heutige Epoche überlebt haben. Und es werden viele überleben. Überleg doch mal, bei zwanzig Millionen, wie viele können sie töten? Im schlimmsten Fall werden neunundneunzig Prozent überleben. Willst du nicht einer davon sein? Du hast doch Ideale, du weißt so vieles, willst du das nicht weitergeben?» Das musste Stefan doch zu denken geben! Sonst sah Raluca wirklich nicht mehr, wie sie diesen Mann davon abhalten könnte, sein Leben aufs Spiel zu setzen.

«Ich will nicht um jeden Preis überleben. Nicht in Schande. Diese herrlichen alten Begriffe. Schande. Schuld. Vergebung. Neulich hat meine Mutter gesagt, ich soll etwas in der Küche nicht mehr benutzen, es sei *spurcat*. Sie meinte dreckig, aber das ist viel stärker, unrein und verflucht. Das Kuschen bringt diese Unreinheit über uns. Es geht nicht darum, wie viele sie töten und wie viele überleben. Sie können nur sehr wenige töten. Aber sie zerstören alle zwanzig Millionen seelisch. Verstehst du? Mit ihren Spielchen. Sie wollen uns so, ängstlich und angewidert von uns selbst. ‹Wir sind doch alle gleich›, ist ihr Leitmotiv. ‹Wir brauchen doch alle eine Stelle und neue Schuhe und ein Arzneimittel für die Mutter. Das ist doch nicht schlimm, Menschen haben nun mal Schwächen.› Und wir machen mit. Wir stellen ängstlich das Radio ab. Wir lügen. Wir liefern Freunde ans Messer. Das macht aber jeden von uns kaputt. Es ist …»

«Stefan, hör bitte auf!», rief Raluca. Ihre Stimme zitterte, sie konnte es nicht mehr unterdrücken: Sie war dabei, auch diesen Mann zu verlieren. Auch er hörte ihr nicht zu, sie konnte ihn nicht beeinflussen. «Du hast recht. Auf deine Art. Aber ... Ich will dich nicht verlieren, rein oder unrein. Ich brauche dich. Ich bin auch nur ein Mensch. Ich kusche und lüge, wenn's nötig ist. Ich bin deswegen kein Monster. Ich baue Wohnungen für anständige Menschen. Ich habe einen Sohn. Morgen bringe ich ihn in den Kindergarten. Dann gehe ich arbeiten. Ich brauche keinen Krieg.»

53. DIE GEWERKSCHAFT IM WALD

BUKAREST, NOVEMBER 1983 Frauen wollen nie Krieg, sie verstehen seine Notwendigkeit nicht, sie wollen, dass Heim und Kinder sauber und zufrieden sind, das wusste Stefan, es war einfach so. Das war nicht unbedingt ein Makel. Kein Wunder, dass Raluca ihn nicht verstand.

Sorge bereitete ihm die neue Stelle in der Arzneimittelfabrik. Vier Wochen lang bemühte er sich. Aber bei aller Dankbarkeit Raluca gegenüber konnte sich Stefan nicht vorstellen, wie er das lange aushalten sollte. Er wusste auch nicht, wie er sich daraus befreien konnte. Bis er sich eines Morgens an die Telefonnummer erinnerte, die ihm Borza gegeben hatte. Er hatte sie ihm fast hingeworfen. Was konnte das schon für ein Kontakt sein? Wohl jemand, der dem Chefredakteur einen kleinen Gefallen schuldete. Keine richtige Stelle, vielleicht einen Job für einen Laufburschen.

Stefan konnte es sich aber nicht mehr leisten, wählerisch zu sein. Am späteren Vormittag ging er zu seiner Vorgesetzten und erschlich sich die Erlaubnis, das einzig verfügbare Telefon der Verpackungsabteilung zu benutzen. Er sprach mit einem Neacșu in Nehoiu, im Bezirk Buzău. Von der Ortschaft hatte Stefan noch nie gehört. Es ging um Aufbauarbeit im Kulturbereich, für eine Gewerkschaft. Stefan solle vorbeikommen, sich alles ansehen.

Einen Tag später meldete er sich krank und fuhr nach Nehoiu. Die Strecke bis Ploiești kannte er auswendig; sie verband Bukarest mit beinahe dem ganzen Rest des Landes. Weiter führte sie in nordöstliche Richtung. Ins Unbekannte.

In Buzău wechselte er den Zug. Nun ging es nach Norden, in die Karpaten. Der Zug fuhr langsam und beharrlich bergauf. Die Hänge rückten näher. Die Dörfer wurden seltener. Es fing an zu regnen. Im ungeheizten Zugabteil wickelte sich Stefan fester in seine Jacke. Er träumte von einem heißen Getränk in einer warmen und trockenen Stube.

Nach einer Biegung des Flusses glaubte Stefan, von fern Nehoiu zu sehen: kleine Bauernhöfe mit viel Umland in einem weiten trichterförmigen Becken. Auf einem breiten Hügel, die hintere Wand des Beckens, erhoben sich mehrstöckige Gebäude und eine Kirche. Stefan merkte bald, dass er sich geirrt hatte: Der Hauptteil von Nehoiu lag hinter diesem Hügel, auf einem weiteren, höher gelegenen Plateau. Dieser zweite Ortsteil hatte mit dem ersten kaum etwas gemein, und auch nicht mit der waldreichen, unberührten Umgebung. Hier oben sah der Ort wie eine reine Industriestadt aus. Neacşu hatte von einer großen Möbelfabrik gesprochen, erinnerte sich Stefan, als der Zug in einem winzigen, überraschend hübschen und gepflegten Bahnhof hielt. Er stieg aus. Die Luft war rein und kalt. Es roch nach Schnee und nach Sägemehl. Er fühlte sich in einem anderen Land.

Kurz darauf stand Stefan vor dem Hauptsitz der Gewerkschaft – ein nüchternes, überraschend großes Betongebäude. Er trat ein und ließ sich am Empfang anmelden.

Neacşu ließ ihn nicht lange warten. Er war ein kräftiggebauter, schwarzhaariger Mann in dunklem Anzug. Stefan schätzte ihn auf dreißig Jahre.

«Willkommen in Nehoiu», sagte Neacşu. «Erschrecken Sie nicht. Das alles hier sieht auf den ersten Blick nach einer Baustelle aus, eine Baustelle in Stadtformat, aber das lässt auch viel Raum für Improvisation und Kreativität. Mehr als Sie vermutlich gewohnt sind. Sie werden bald verstehen, was ich meine.»

«Darf ich fragen, was genau ist das für eine Stelle, die Sie mir anbieten?»

«Gute Frage. Wir sind uns nämlich nicht ganz einig. Die Parteiorganisation und die Holzverarbeitungsgewerkschaft. Wir, die Gewerkschaft, brauchen jemanden im Kulturhaus. Dort ist alles ein wenig unkoordiniert, und ich habe keine Zeit, mich darum zu kümmern. Die Parteiorganisation will gegenüber der Bezirkszentrale punkten, sie will die Propaganda hier verstärken, damit man das weiter oben wohlwollend zur Kenntnis nimmt.»

Stefan hörte gespannt zu. Erlaubte sich diese Gewerkschaft einen Konflikt mit der Parteiorganisation? Und das erzählte ihr Vorsteher einem Fremden beiläufig beim ersten Treffen?

«Wahrscheinlich», fuhr Neacşu fort, «werden Sie zunächst im Kulturhaus sitzen und von der Partei bezahlt werden und ein kleines Propagandablatt herausgeben. Mit der Zeit werden Sie machen, was *ich* Ihnen sage. Aber vorher ist es ganz wichtig, dass Sie die Leute hier kennenlernen.»

«Was ist das für eine Gewerkschaft?», fragte Stefan.

«Ach so: halt die Holzverarbeitungsgewerkschaft. Nehoiu lebt von der Möbelfabrik. Wir haben hier alles aufgebaut: Läden, Kulturhaus, Sportplätze.»

Stefan verbrachte noch zwei Stunden mit Dan Neacşu. Zuletzt besuchten sie die Fabrik. Dann brachte Neacşu ihn bis vor das Tor. «Jetzt lasse ich Sie heimgehen. Sie haben gerade keinen Zug. Sie können sich ein wenig umsehen oder in einem der Lokale an der Hauptstraße etwas trinken gehen. Ist für Sie vielleicht ein wenig kalt zum Herumflanieren, hehe. In … eineinhalb Stunden haben Sie einen Zug, der Bus nach Ploieşti fährt um die gleiche Zeit. Nun?»

«Herzlichen Dank», sagte Stefan, und er meinte es. «Ich will das Ganze noch mit meiner Frau bereden, aber für mich sieht es sehr gut aus. Genosse Neacşu, ich gebe Ihnen bis Ende der Woche Bescheid.»

Neacşu nickte und machte sich auf den Weg zurück zum Gewerkschaftsgebäude.

Es war drei Uhr nachmittags, und Neacşu hatte recht: Es war zu kalt für einen Spaziergang. Stefan setzte sich in die erstbeste Imbissstube. Er war der einzige Kunde. Nach einigen Verhandlungen servierte man ihm lustlos eine Gemüsesuppe.

Er war begeistert. Die Stelle bot ihm die Möglichkeit, unter dem Deckmantel der Propaganda etwas anderes zu schaffen. Die Menschen dieser isolierten Industriestadt waren vermutlich einfache Arbeiter, aber wenn er begann, ihre Denkweise zu verstehen, dann würde er ihren Geist aufstacheln, sie ermuntern, über ihre Lage nachzudenken. Und er konnte ihnen die Welt draußen vermitteln: Filme, Musik, Literatur. Eine einmalige Chance für ihn.

Anderseits hatte Stefan auch Grund zum Schwanken. Je länger er in der leeren Imbissstube saß, desto klarer wurde ihm, wie schwer es ihm fallen würde, hier Freundschaften zu schließen. Wie wenig gemeinsame

Themen er mit den Einheimischen wohl hatte. Eine kleine, verschlafene Ortschaft, vielleicht zwanzigtausend Einwohner. Weit weg waren all seine Freunde, Ecaterina, jeder Mensch, mit dem man über die neuesten Bände von Marin Sorescu und Mircea Nedelciu reden konnte. Er spürte Beklommenheit beim Gedanken, hier zu leben, in einer engen Wohnung, in einem dieser grauen Blöcke, mit Sicht auf die unausweichliche Möbelfabrik.

Als Stefan später am Bahnhof stand, war er froh, nicht in Nehoiu übernachten zu müssen. Es dämmerte, und die Kälte fühlte sich schneidend an. Die Dunkelheit hatte sich in den umliegenden Hügeln angesammelt und schloss sich langsam über ihn. Er spürte einen beinahe panischen Drang, hier wegzufahren.

Später jedoch, im Zug, schöpfte er wieder Mut. Das Abteil war voll mit Arbeitern aus Buzău. Sie waren müde, aber friedlich – die Plackerei war mal vorbei. Der Zug raste nach Süden, heraus aus der Umklammerung der Berge, heimwärts. Raluca. Sie würde ihn verstehen. Mit ihr an seiner Seite könnte er es in Nehoiu schaffen. Sie würden später ein Häuschen kaufen. Mit einem kleinen Obstgarten. Raluca würde es lieben, davon war Stefan überzeugt.

Am Abend erzählte er ihr von seiner Reise. «Ich weiß, dass es für dich überraschend kommt. Es war ein spontaner Entschluss hinzufahren. In der Arzneimittelfabrik gehe ich irgendwann zugrunde.»

Raluca nickte und wollte etwas sagen, hielt aber inne. Sie saßen in der Küche und hatten gerade gegessen.

«Ich räume hier auf», sagte Stefan. «Wir können nachher weiterreden.»

Er stapelte die leeren Teller und trug sie ab. Raluca brachte Florin ins Bett.

«Du willst doch nicht jeden Tag von Bukarest nach Nehoiu pendeln?», fragte Raluca später.

«Nein, natürlich nicht», sagte Stefan und lächelte. «Ich könnte am Samstagmittag heimfahren und am Montagmorgen wieder hin. Am Wochenende wäre ich immer hier bei euch.»

Raluca schwieg.

Stefan fragte sich, was in ihr vorging. Brauchte sie noch Zeit, um die Nachricht zu verdauen?

«Vielleicht ist das in Nehoiu», sagte sie schließlich, «wirklich eine bessere Lösung. Es ist auch wegen dieser Wut in dir wohl besser, wenn du eine Arbeit hast, die dich erfüllt. Dann brauchst du keine verbotenen Radiosender zu hören. Am Wochenende könnten wir dann eine friedliche Zeit verbringen.» Ihre Stimme klang resigniert.

«Bist du sicher?», fragte Stefan sanft. «Oder gibt es noch etwas?»

Raluca überlegte, dann sah sie ihn an: «Weißt du überhaupt, was du hier hast, Stefan?»

Stefan verstand die Frage nicht, aber er wartete ab.

«Wir sind deine Familie», fuhr sie fort. «Wir lieben und brauchen dich. Auch Florin, du bist mehr Vater für ihn als Ilie. Er fragt mich nach dir, wenn du nicht da bist, nie nach Ilie. Noch ein paar Jahre, dann geht ihr zusammen Fußball spielen.»

«Ich laufe bestimmt nicht weg von euch. Vielleicht kommt ihr mich mal dort besuchen. Im Frühling. Frische Luft, viel Platz für Florin zum Spielen, gutes Essen. Und vielleicht gefällt es dir dort auch. Oder nicht. Auf jeden Fall will ich, dass wir zusammenbleiben.»

Raluca rutschte näher an ihn heran. Ihr kurzer rundlicher Körper lag warm an seinen geschmiegt.

«Wie viele Menschen», sagte Raluca und klang überraschend ernst, «haben das heute noch, ein Zuhause, wo man erwartet wird und wo man sich über dein Kommen freut. Wärme und Vertrauen sind das seltenste Gut geworden. Ich liebe dich. Spürst du das wirklich?»

Ralucas Stimme zitterte.

«Ja, Raluca. Ich rechne mit dir. Ich träume davon, dass ihr mitkommt. Und von einem Häuschen nur für uns, mit einem großen wilden Garten.»

«Hör zu», sagte Raluca und sah ihn an. «Zu klein dürfte das Haus nicht sein. Es ist nämlich so … Bald brauchst du Platz für vier. Ich bin schwanger.»

54. DAS VERSTECK

Stefan zog im Februar aus dem Wohnheim der Gewerkschaft aus und mietete ein Zimmer bei einer alten Frau namens Rodica Tăbăcaru. Durch sie erfuhr er im Lauf des Winters viel Nützliches aus erster Hand. Tanti Rodica wusste, bei wem er frische Eier kaufen konnte und wer ein Spitzel war. Das Städtchen kam ihm wie eine große Truhe vor, mit unzähligen kleinen Schubladen, jede mit ihrem sonderbaren Inhalt.

Vieles hatte sich einige Jahre zuvor verändert, als ein Dammprojekt flussaufwärts, in Siriu, eröffnet wurde. Von Dan Neacșu erfuhr Stefan, dass das Projekt von Ion Dincă geleitet wurde. Von ihm hatte Stefan bereits gehört: General, erster Vize-Ministerpräsident, Nicolae Ceaușescu vertraute ihm besonders wichtige Projekte an. Denn Dincă hatte keinerlei Hemmungen. Er führte die Projekte wie militärische Unternehmungen aus. Manchmal ließ er dabei sogar hochrangige Parteichefs verhaften. Man nannte ihn deshalb «teleagă», was «Zweiradwagen» oder «der dich fesselt» bedeutet. Als Dincă sein Dammprojekt in Siriu startete, verstärkte er als Erstes die Ordnungskräfte entlang der Zufahrtsstraße, auch in Nehoiu.

Neacșu war, wie Stefan bald herausfand, ein umsichtiger Mann. In den nächsten Tagen stellte er Stefan dem Miliz-Leutnant Nicoară und dem örtlichen Securitate-Chef Iosif Ciolan vor.

«Nicoară leitet seit dreißig Jahren die hiesige Miliz», erklärte ihm Neacșu auf dem Weg zur Milizwache. «Das heißt, schon seit den Zeiten von Dej. Mit ihm werden Sie keine Probleme haben. Natürlich, wenn aufgeblasene Bukarester hierherkommen und denken, bloß weil sie dort jemand sind, können sie hier die Sau rauslassen, dann bekommen sie Ärger mit ihm. Sonst sitzt er in der Wärme und wartet, dass er pensioniert wird. Was nicht mehr lange dauern wird.»

«Ich habe gar nicht vor», sagte Stefan, «mit irgendjemandem Probleme zu haben. Sie kennen ja meine Situation.»

Neacșu schien seine Bemerkung zu überhören.

«Ciolan ist ein anderer Fall», fuhr er fort. «Mit dem werden Sie ein wenig vorsichtig sein müssen. Er ist Dincǎs Mann.»

Stefan verkrampfte sich. Er konnte die Vorstellung eines abgeschiedenen Verstecks, wo er keine Securitate-Präsenz zu befürchten hätte, wieder vergessen.

«Wie dem auch sei», sagte Neacşu weiter, und seine Stimme tönte zum ersten Mal zögerlich, «ich habe Ciolan über Sie informiert. Sie müssen …» Er blieb stehen und sah Stefan prüfend an. «Verstehen Sie mich nicht falsch. Es ist gut für Sie, wenn Ciolan Sie am Anfang nicht als sehr wichtig ansieht. Wenn ich Sie also als besserer Laufbursche vorstelle, dann müssen Sie das nicht für bare Münze nehmen.»

Die Vorstellung bei Ciolan schien für Neacşu so etwas wie eine Prüfung zu sein, die Stefan offenbar bestand. Denn einige Tage später bot Neacşu ihm an, sich gegenseitig zu duzen. Ab dann behandelte er Stefan wie das Mitglied einer eingeschworenen Mannschaft, der er, Neacşu, selbstverständlich vorstand.

In den Karpaten ist der Winter ein robuster Gegner. Die Einheimischen sind vertraut mit seiner Hartnäckigkeit, mit dem Schnee im März und den eisigen Winden im April, die die ersten Knospen abtöten.

Der Frühling kommt dann mit Wucht. Die Menschen begrüßen ihn stolz und ungeduldig. Mit dem Feiern ist man aber vorsichtig. Nur die älteren Menschen, die nichts mehr zu verlieren haben, pflegen die Bräuche, ohne sich zu verstecken. Zu Ostern holen sie kleine alte Bibeln aus den Verstecken und begrüßen einander mit «Christ ist auferstanden!» Die Parteisektion kann ihnen weder den Lohn kürzen, noch sie am Arbeitsplatz demütigen. Aber sonst gilt Ostern wie jede religiöse Handlung als «abergläubisch», und die Parteisektion bekämpft sie vorschriftsgemäß durch das Anordnen patriotischer Arbeitseinsätze am Ostersonntag. Die Teilnahme ist freiwillig, aber obligatorisch. Die Fabrik, das Krankenhaus, die Schule führen Buch darüber, wer kommt und wer fehlt. Die Einsätze fangen am Sonntagmorgen an. Zu tun gibt es nicht viel, man steht herum mit den Besen und Schaufeln in der Hand, mit denen man das Vaterland säubern soll. Bis zum Mittag. Dann gehen alle wieder heim, um zu feiern, wie es sich gehört. Auch die Parteimitglieder. Es geht ja nicht um Religion, sondern um die Familie. Und die ist schließlich heilig. Und überhaupt, man kennt sich. Stefan wusste inzwischen, wie das lief, die Welt des «Man kennt sich». Es gab keine Regeln, die sich nicht mit der nötigen Diskretion und etwas Augenmaß unterlaufen ließen. Das passte ihm ausgezeichnet. Fast ließ seine Wut auf das Regime ein wenig nach, als er merkte, wie unverschämt dessen eiserne Konsequenz zersetzt wurde.

Stefan lebte sich ein, knüpfte fleißig neue Kontakte. Seine Aufgabe im Kulturhaus sprach sich herum. Man sprach ihn spontan darauf an. Viele setzten offenbar große, teils widersprüchliche Hoffnungen darein. Er nahm alle Vorschläge freundlich auf. Das neue Wochenblatt, das er herausgab, schien gut anzukommen. Nach den ersten beiden streng linientreuen Ausgaben hatte er schrittweise wirklichkeitsnahe Beiträge eingebaut, auf die offizielle Sprache verzichtet. Das war riskant. Für die Zensur waren die Parteizentrale und Ciolan zuständig. Er wusste nicht, wie streng sie seine kleine Publikation prüften. Seine Schreibweise gewann jedenfalls Leser, was wiederum Dan freute. Er war zufrieden mit seinem Mann im Kulturhaus.

Stefan hatte vor, dies auszunutzen. Er konnte natürlich nichts Radikales anfangen, keinen Aufstand anzetteln, keine Widerstandsbewegung gründen. Ciolan würde prompt reagieren. Stefans Ziel war, die größtmögliche Wirkung zu erzielen, ohne sich eine Verfolgung einzuhandeln. Er hatte einen Plan. Die Arbeiter der Möbelfabrik, die Gewerkschaft hatten bereits ein Gemeinschaftsgefühl entwickelt, auf dem er sich abstützen konnte, um der offiziellen Vorstellung, die Partei sei die einzige Vertretung der Arbeiter, etwas entgegenzustellen. Offen hätte selbst Dan nicht gewagt, diesen Leitsatz in Frage zu stellen. Stefan wollte den Arbeitern ermöglichen, über sich und ihr Leben zu berichten, sich auszutauschen, ohne den obligaten Bezug zur Parteidoktrin. So konnte er ihnen die Distanz zur Partei spürbar machen. Eines Tages würde es anderswo zu einem Aufstand kommen. Dann würde Nehoiu sofort mitziehen. Andere Orte würden Hoffnung schöpfen und sich ebenfalls beteiligen. Sein Nehoiu würde einen lokalen Ausbruch zu einem landesweiten machen.

So reifte Anfang Juni in Stefan der Plan, die Menschen zusammenzubringen und sie über ihren Alltag berichten zu lassen. Er wollte dafür ein bewährtes und unauffälliges Format verwenden. Er schlug Dan einige Ideen vor.

Die Besprechung mit der Gewerkschaft fand bei einem Abendessen bei Dan zu Hause statt, und Stefan brauchte einige Zeit, bis er verstand, dass er eigentlich an einer Sitzung teilnahm. Es waren außer Aurelia, Dans Verlobten, ein halbes Dutzend Leute anwesend. Ihre Gesichter waren ihm vom Gewerkschaftssitz bekannt, ihre Funktion nicht. Er hatte nichts vorbereitet.

Mit der Idee, selber zu schreiben, mit einer Schreibwerkstatt, waren wohl die wenigsten in Nehoiu vertraut. Stefan stellte sein Projekt daher als ‹Literaturabend› vor. Solche fanden überall im Land statt und waren akzeptiert. Er erklärte den möglichen Ablauf, die Gäste, die man einladen könnte, Ausbaumöglichkeiten mit Musik oder Film.

Die Begeisterung hielt sich in Grenzen. Aurelia, die Rumänischlehrerin am örtlichen Gymnasium war, versuchte ihm zu helfen. Ihre Schüler hätten sie schon lange gefragt, warum man denn nicht so etwas organisierte, war doch Nehoiu die zweitgrößte Stadt im Bezirk.

«Ich weiß nicht, Aurelia», sagte ein Mann mit Schnurrbart. «Ich sage: Lasst uns vorsichtig sein. Nicht zu viel zu schnell.»

«Findest du einen Leseabend unvorsichtig?», fragte Dan. «Es gibt Hunderte davon, überall in Rumänien!»

Stefan hätte ihnen alles erklären wollen, seine eigentlichen Ziele, aber er beherrschte sich. Er vertraute nicht einmal Dan genug. Auch wer heute kein Spitzel war, konnte später kalte Füße bekommen.

«Ich weiß, Dan», antwortete der Mann mit dem Schnurrbart, «aber die machen bei Cîntarea României mit, bei den patriotischen Lyrikwettbewerben. Ist es das, was wir wollen? Ich sage nicht, wir sollen es nicht tun. Aber vorsichtig. Vielleicht laden wir zuerst einen Autor ein, der gut ankommt bei … ihr wisst schon, wem. Damit es gut aussieht. Vielleicht Păunescu oder Eugen Barbu …»

Stefan verkrampfte sich. Es gab Autoren, die einfach eine Verlängerung der Propagandamaschine waren. Sie wurden von der Macht belohnt, gefördert, gefeiert. Mit ihnen anzufangen würde dem Projekt eine vollkommen falsche Ausrichtung verleihen.

«Die zwei bestimmt nicht», sagte er. «Mir geht es nicht darum, mich bei irgendwelchen Stars einzuschleimen. Ich will Autoren, die über das wirkliche Leben schreiben. Lobeshymnen hören wir auch so genug.»

Ein wenig Klartext muss sein, sagte sich Stefan und sah neugierig in die Runde. Verunsicherte Blicke, schnell abgewendet. Das war etwas gewagt gewesen.

«Wenn ihr meint, wir müssten nach außen zeigen, dass wir brav sind, dann können wir das später auch tun. Aber zuerst sollten wir herausfinden, was *uns* passt.»

Schließlich einigten sie sich auf einen Versuch. Er musste Geduld haben. Sie würden schon noch verstehen, sobald sie die Veranstaltung besuchten und den Spaß daran entdeckten.

55. TOCHTER

Tanti Rodica hätte Stefan wie einen Sohn ins Herzen geschlossen. Wenn nur diese doppelte Schande – seine wilde Ehe mit einer geschiedenen Frau – nicht gewesen wäre. Stefan fand keinen Weg, ihr seine Beziehung mit Raluca näherzubringen. Er versuchte es auch nicht um jeden Preis, selbst Dan gegenüber nicht. Sein Liebesleben spielte sich in Bukarest ab. Es ging niemand in Nehoiu etwas an.

In Nehoiu ging er seiner Arbeit nach. Es war eine neue und betörende Erfahrung, in der täglichen Arbeit einen Sinn zu sehen. Das hatte er bei der *Stimme des Sozialismus* nie so empfunden. Er hatte sich damals mit wenig begnügt: der Anerkennung Borzas und der diebischen Freude am Versteckspiel mit der Zensur. Jetzt konnte er nur darüber lächeln. Er fühlte sich auf dem richtigen Weg.

Am Wochenende nahm er seine Begeisterung mit nach Bukarest. Raluca freute sich mit ihm, und er freute sich auf das Kind in ihrem Bauch. Er bat sie mehrmals, mit Florin nach Nehoiu zu kommen. Aber bis Mai war es zu kalt gewesen, das hatte er verstanden, und dass es mühsam war, einen Sonntag mit einem Kleinkind in einer kleinen Industriestadt zu verbringen. Stefan verstand ihre Einwände, und bald hatte er mit dem Literaturabend alle Hände voll zu tun. Es wurde Juni, dann Juli. Raluca war nun im achten Monat schwanger – der falsche Zeitpunkt für längere Reisen.

Irgendwann fühlte Stefan ein wenig Enttäuschung darüber, aber er sagte sich, sie würde schon kommen, wenn die Zeit reif war. Wenn sie sich nur einmal getraute mitzukommen, dann würde sie sehen, wie schön es in Nehoiu war. Wie konnte sie grundsätzlich dagegen sein, wenn sie ihn liebte? Auch für sie gab es Perspektiven. Projektierungsinstitute gab es auch in Buzău, Schulen und Kindergärten auch. Sie würde bestimmt kommen.

Je öfter er sich das aber sagte, desto unnötiger erschien ihm, Raluca zu fragen, und je länger er ein direktes Gespräch verschob, desto unsicherer wurde er. Vielleicht war sie doch imstande, sich querzustellen, ungeachtet seiner Argumente. Frauen waren manchmal so. Darum fand er, dass es das Beste sei, wenn er Raluca einen Heiratsantrag machte.

Er tat es gleich am folgenden Samstag, dem letzten im Juni. Als er heimkam, stellte er sein schweres Gepäck ab und umarmte sie und Florin. Merkte sie ihm die Aufregung an? Er kam nicht mit leeren Händen. Seine Taschen waren voller Delikatessen, die in Bukarest kaum noch zu finden waren: Schinken, Butter, Zucker, Käse, eine Flasche Wein.

«Jetzt bist du der Schmuggler», neckte ihn Raluca, und sie lachten beide. Es half ihm, dass sie seinen Beweis annahm, für sie alle sorgen zu können.

«Das ist noch wenig», sagte er heiter. «Ich kann nicht alles tragen. Dincă will offenbar keine Versorgungsprobleme in der Nähe seines Damms. Diesbezüglich glaubst du dich in Nehoiu in einem anderen Land.»

«Hör auf, dieses Kaff zu loben», schmunzelte Raluca. «Rede wieder wie ein Bukarester. Und hör auf, für Dincă zu schwärmen. Du bist nicht Ilie. Von dir tönt das komisch.»

Stefan lachte. «Du hast recht. Die Versorgung ist aber trotzdem besser als hier.»

Sie sahen sich an. Dann setzte sich Stefan neben Raluca aufs Sofa. Nun war der richtige Zeitpunkt gekommen. Er erinnerte sich, wie sie oft hier beieinandergesessen und über die Zukunft, über Nehoiu diskutiert hatten, manchmal heftig. Nun sagte er einfach: «Lass uns heiraten, Raluca.»

Zuerst sagte sie nichts. Sie schien in sich versunken. Ihre Augen wurden feucht. Bestimmt freut sie sich, dachte Stefan gerührt. Ihr Schweigen kam wohl daher, dass sie den Augenblick zuerst einmal genoss. Vielleicht suchte sie nach einer würdigen Antwort.

«Warum?», fragte Raluca. «Bist du dir sicher?»

Stefan erstarrte. Was bedeuteten diese Fragen?

«Du weißt, warum», sagte er. «Ich liebe dich, du bist seit Jahren meine Frau, du trägst unser Kind.»

Raluca streckte die Hand zu ihm, unsicher, zuerst zur Schulter, dann doch zu seiner Wange. «Danke, Stefan», sagte sie leise. Dann, nach einem

Räuspern: «Ich will es auch. Nach der Geburt, ja? Bald danach.» Ihre Hand strich an seinem Hals hinab, blieb auf seiner Brust liegen. Ihr Blick glitt weg.

«Fühlst du dich wohl? Hat dich das Baby getreten?», fragte er.

Raluca umfasste ihren Bauch mit beiden Händen. Wie eine Boje, so kam es ihm vor.

«Nein», flüsterte sie, «es schläft.»

An dem Wochenende sprachen sie nicht mehr davon. Erst später wurde ihm bewusst, dass er nicht sagen konnte, ob sie seinen Antrag angenommen hatte.

Zwei Wochen später kam sein Kind auf die Welt.

Stefan war in Nehoiu, als Ecaterina anrief. Er verabschiedete sich eilig von Dan, rannte aus dem Gewerkschaftshaus zum Bahnhof und stieg in den ersten Zug. Als er zwei Stunden später in Bukarest aus dem Nordbahnhof trat, fiel die Hitze auf ihn wie eine riesige Qualle. Wohin nun? In die Klinik zu fahren war sinnlos. Raluca hatte ihm erklärt, wie eine Geburtsklinik funktionierte. Väter wurden nicht eingelassen, sie warteten zu Hause, bis die Hebamme anrief.

Stefan sah auf seine Uhr. Das Kind konnte in zwei bis acht Stunden kommen.

Stefan entschied sich, an einem kühlen Plätzchen etwas zu trinken. Aber nicht allein. Er rief Horia von einer Telefonkabine an. Sie verabredeten sich bei Horia zu Hause in einer Stunde. Dann rief er bei Ecaterina an und hinterließ Horias Adresse und Telefonnummer, für den Fall, dass die Geburtsklinik anrufen würde.

Vom Nordbahnhof bis zu Horia am Boulevard Ștefan der Große war es ein Katzensprung. Stefan hatte es nicht eilig. Der Gedanke ließ ihm keine Ruhe, dass die Geburt schiefgehen könnte. Aber die Stadt buk teilnahmslos vor sich hin. Seine Unruhe war allen egal. In der ersten Gartenschenke, in der er Bier kaufen wollte, weigerte man sich schroff, ihm verschlossene Flaschen zu verkaufen. Er versuchte es in einem Lebensmittelladen, aber die anderen Kunden ließen ihn nicht hinein. Sie standen seit Stunden an für irgendwas und glaubten ihm nicht, dass er bloß Bier kaufen wollte. Bei der nächsten Imbissstube verlor er keine Zeit mehr:

Er steckte dem ersten Kellner, den er sah, eine Fünfundzwanzig-Lei-Note zu, ungefähr das Doppelte des eigentlichen Preises.

Eine Viertelstunde später traf er bei Horia ein. Die kleine Wohnung war gemütlich und kühl. Sie hatte einen winzigen Balkon, der Schatten bot. Er lag auf der Straßenseite, im dritten Stock. Der Lärm war gewaltig, dafür konnte man ihr Gespräch aus den Nachbarwohnungen nicht belauschen.

«Du, Stefan», sagte Horia, nachdem sie mit den Flaschen angestoßen hatten, «was ist denn in dich gefahren, in deinem Alter ein Kind zu machen!»

«Bin noch etwas jung dafür, nicht?», grinste Stefan.

Horia lachte. «Und unverheiratet. Was meint deine Mutter dazu?»

Stefan antwortete nicht. Sollte er Horia von seinem Antrag erzählen? Dass er noch auf eine Antwort wartete? Er nahm einen Schluck. Der Schatten und das kühle Bier linderten seine Unruhe. Wenn alles gutging, würde er in höchstens acht Stunden Vater sein. Aber er konnte auch alles verlieren, Raluca und das Kind. Er konnte sich beides nicht vorstellen.

Horia fing an, von seinen eigenen Kindern zu erzählen. Stefan interessierte das nicht. Er betrachtete Horia nachdenklich. Ein alter, übergewichtiger Mann in einem abgetragenen Hemd, lächerliche Hosenträger. Eine enge, laute Wohnung, die einen neuen Anstrich gebraucht hätte. Das blieb einem hervorragenden Journalisten, der sein ganzes Leben dem Beruf gewidmet hatte, der alles richtig gemacht hatte, der Jüngeren ein Vorbild war. Das System erlaubte ihm diese schäbige Existenz. Solange er nur das tat und sagte, was ihm ausdrücklich erlaubt war, durfte er in Ruhe alt werden. Stefan seufzte.

Horia brach seine Erzählung ab.

«Und, wie wird es heißen?», fragte er.

Stefan überlegte kurz.

«Wenn's ein Junge ist, dann Horia ...»

«Du verarschst mich? Unter meinem Dach!», fragte Horia mit gespielter Empörung.

«Nein, Ehrenwort! Und es wird ein Junge, ich spüre es. Wenn's ein Mädchen ist, Ilinca.»

«Das hingegen ist ein schöner Name! Und, was habt ihr vor? Willst du in Nehoiu alt werden? Wann kommst du zurück?»

«Nie, Horia», sagte Stefan bestimmt. «Bukarest ist kein Thema mehr für mich. Es gibt in dieser Stadt Leute, die es auf mich abgesehen haben! Mit meiner Akte bin ich für sie Freiwild. Ich habe jetzt ein Leben in Nehoiu. Ich kann dort etwas auf die Beine stellen. Die jungen Menschen sind neugierig, sie wollen alles erfahren, sie wollen etwas bewirken. Vielleicht bringe ich mit ihnen eine Jugendzeitschrift heraus, ich weiß nicht. Es herrscht dort nicht diese Bukarester Hinterfotzigkeit. Mein Leben ist dort, verstehst du?»

Horia schwieg verdutzt. «Aber Leute, die dich schätzen, gibt es auch hier. Alle, die dich in der Redaktion erlebt haben, selbst Borza. Ein bisschen Geduld, die Zeiten ändern sich.» Er flüsterte: «Ceaușescu soll Krebs haben.» Er lehnte sich zurück. «Man wird sich an dich erinnern, dir eine neue Chance geben. Wem, wenn nicht dir?»

«Horia, es geht mir nicht um Karriere und Anerkennung.»

«Aber natürlich geht es darum! Warum so zimperlich? Reich werden wir in diesem Beruf nicht. Hier in Bukarest arbeiten die besten Journalisten. Was willst du in Nehoiu? Natürlich bewundern dich dort alle Hirten und Holzfäller!»

Horia wartete seine Antwort nicht ab, er erhob sich langsam. «Ich hole uns Nachschub.» Er ging hinein.

Stefan schaute sich um. Er versuchte, nicht an die Geburt zu denken. Nicht daran, dass genau in diesem Moment die Ärzte vielleicht nach einem letzten Reanimationsversuch Raluca aufgaben.

Horia kam mit einer Wodkaflasche und zwei Gläsern. «*Puterea ursului*, Bärenkraft gibt uns das», verkündete er stolz. Sie stießen an.

«Wir haben uns wie lange nicht mehr gesehen?», fragte Stefan. «Vielleicht ist es meine Schuld. Ich hätte dir mehr erzählen sollen. Nehoiu ist für mich kein Zeitvertreib, keine Notlösung, um nicht als Parasit zu gelten. Es ist ein kleines Rettungsboot. Denn dieses Schiff hier sinkt langsam.»

Stefan breitete seine langen dünnen Arme aus, und Horia verstand. Er zischte sofort: «Sprich leiser, oder setzen wir uns sonst hinein!»

Stefan fuhr leiser fort: «Jedes Jahr weniger Essen in den Läden, weniger Heizung. Ich höre ständig von neuen irrwitzigen Maßnahmen. Anscheinend werden bald alle Frauen am Arbeitsplatz monatlich Schwangerschaftskontrollen erdulden müssen. Damit sie nicht abtreiben. Das glorreiche rumänische Volk soll auf Befehl des Generalsekretärs möglichst zahlreich werden.»

«Was regst du dich auf, Stefan? In seinen Augen sind wir bloß Nutztiere, das ist nichts Neues. Aber hast du von der ‹systematischen Entwicklung› der Dörfer gehört? Sie wollen ganze Dörfer schleifen und die Bauern in Hochhäuser umsiedeln. Und das Haus des Volkes: ein titanischer Monumentalbau, während wir von Brot und Wasser leben. Und dafür wird ein Fünftel von Bukarest abgerissen. Das alte Bukarest, Kirchen aus dem siebzehnten Jahrhundert. Die braucht das Proletariat nicht mehr.»

«Ein hermetisch abriegelbares Zentrum der Macht. Verstehst du, Horia? Er bereitet sich auf einen Krieg gegen uns vor.»

«Und? Was hast du nun vor, bei all den Spitzeln? Jeder Nachbar, der unser Gespräch mitbekommt, kann uns denunzieren und wird belohnt. Du kannst nichts gegen sie.»

«Du hast recht», sagte Stefan. «Ich hege nicht die Illusion, ein Held zu sein, der die Massen aufrütteln und du-weißt-wen verjagen kann. Auch wenn eine solche Tat möglich wäre, ohne dass man gleich auffliegt und verhaftet wird, hätte ich weder den Ehrgeiz noch die nötigen Fähigkeiten. Aber ich habe einen Traum, dass, wenn ich in zwanzig, dreißig Jahren, so wie heute, auf einem Balkon sitzen werde, etwa mit meinem Sohn, und die Situation sich längst geändert hat …» Stefan überlegte kurz. «Und wenn ich ihm über die heutige Zeit erzähle, dass ich mich nicht … schämen muss. Sondern dass ich mich ein klein wenig stolz fühle. Weil ich damals, also heute, mich ins Zeug gelegt habe, so wie ich es halt konnte, meinetwegen naiv, ungeschickt, aber ich habe etwas getan. Ich war auf dem Spielfeld, habe dort etwas bewegt, in der Mitte, weißt du, wo die Typen rennen, die nie ein Tor schießen. Sie rennen hin und her und geben dann den Ball weiter. Oder sie bekommen nicht mal den Ball, aber sie stören ein wenig die Gegner. Fünf oder zehn Sekunden lang, stören den gegnerischen Angriff, bis sich die eigene Mannschaft wieder aufgestellt hat. So will ich dann von mir denken. Ein einfacher Kerl, der sein Bestes gibt, ein guter Mann im Mittelfeld. Damit ich in dreißig Jahren meinem Kind in die Augen schauen kann. Und das kann ich nur in Nehoiu tun.»

Horia stand plötzlich auf und eilte in die Wohnung. Stefan verstand nicht, warum, aber er konnte nicht gerade jetzt aufhören. Er redete einfach weiter durch die offene Balkontür.

«Dort kann alles anfangen. Und darum ist meine Arbeit dort nicht einfach eine Stelle, und darum will ich nicht wieder zurück nach Bukarest, egal, wer alles …»

«Du, deine Mutter am Telefon», hörte er Horia rufen. Er sprang auf.

56. BUKAREST, AUGUST 1984

Sechs Wochen nach Ilincas Geburt und vier Tage vor dem Nationalfeiertag lernte Raluca den Securitate-Mitarbeiter Zaharia Iordache kennen. Es war im Institut, kurz vor Feierabend. Als sie zu Mihaiu, dem Vorsitzenden der Parteiorganisation, gerufen wurde, erwartete sie bloß einen weiteren Auftrag.

Als sie in Mihaius Büro trat, stand neben ihm ein junger, fahlblonder Mann. Mihaiu stellte ihn Raluca vor. Der Name Iordache sagte ihr zunächst nichts.

«Genosse Iordache möchte mit Ihnen gewisse Aspekte der beruflichen Tätigkeit eines gewissen …» Er drehte sich zu Iordache: «Ereme … Irimescu?» Dann wieder zu Raluca: «Irimescu, Stefan erörtern. Ich verstehe, dass Sie mit diesem gut befreundet sind. Genosse Iordache kennt den Genossen Irimescu und will nur sein Bestes.» Er wandte sich an Iordache. «Lassen Sie sich Zeit, ich bin solange in einer Besprechung.»

Iordache nickte.

Raluca kombinierte schnell: Er kannte Stefan und war offenbar von der Securitate. Sie erinnerte sich: Stefan hatte ihr von seinem Bewährungsoffizier erzählt, der so hieß. Wie mächtig war Iordache wirklich? Es war ihr nicht entgangen, wie bereitwillig Mihaiu sein Büro zur Verfügung gestellt hatte.

Als Mihaiu den Raum verlassen hatte, setzten sie sich, Iordache hinter Mihaius Arbeitstisch, Raluca auf einem Besucherstuhl.

Iordache kam sofort zur Sache. Er wusste, dass Stefan bei ihr wohnte, obwohl er dort nicht gemeldet war. Auf diese Art zusammenzuleben, ohne Heirat, das musste er Raluca nicht erklären, war für ein Parteimitglied unvorteilhaft. Es warf leider kein gutes Licht auf sie.

Raluca verstand: Iordache bereitete das Terrain, um von ihr etwas zu verlangen. Das beunruhigte sie nicht. Seine Druckmöglichkeiten durften bescheiden sein. Über sie hatten sie nichts in der Hand. Das Zusammenleben ohne Heirat war ein schwaches Argument: Sie war weder mit einem anderen Mann verheiratet, noch bewarb sie sich um eine höhere Position in der Partei. Sie wartete neugierig ab.

«Sie werden es mir hoffentlich nicht übelnehmen», sagte Iordache, «wenn ich jetzt sehr offen gesprochen habe. Wir sind schließlich beide Parteimitglieder. Und wir haben noch etwas gemeinsam: Wir wollen beide Genosse Irimescu helfen. Habe ich recht?»

Sie fragte sich, wie viel Erfahrung dieser Mann mit Mitgliedern der Parteispitze hatte. Wohl wenig, seiner Rhetorik nach.

«Von welcher Institution kommen Sie noch mal?», fragte sie ruhig.

Iordache sah sie prüfend an und schwieg. Nach zehn Sekunden senkte er den Blick. «Wirtschaftliche Spionageabwehr.»

Sie hob eine Augenbraue.

Iordache räusperte sich. «Genossin Stancu, ich muss nur gewisse Abklärungen durchführen. Reine Routinearbeit, verstehen Sie? Wir sprechen nicht über konkrete Verdachtsmomente. Sie kennen Genosse Irimescu. Er hat zu Beginn des Jahres eine Stelle in Nehoiu angenommen. Hat er Ihnen gegenüber jemals erwähnt, warum ausgerechnet dort?»

«Nein», sagte Raluca und seufzte gelangweilt.

«Bestimmt ein Zufall», fuhr Iordache fort. «Es gibt allerdings Meinungen … die Genosse Irimescus Anwesenheit in Nehoiu mit dem Siriu-Damm in Verbindung bringen. Aufgrund seiner neuen Tätigkeit für die lokale Gewerkschaft hätte er die Möglichkeit, mit jedem Projektmitarbeiter zu sprechen. Es wäre eine geradezu optimale Position, um den einen oder anderen Ingenieur über technische oder wirtschaftliche Geheimnisse auszufragen. Folgen Sie mir?»

«Nein», sagte Raluca. «Ich habe Mühe, Ihnen zu folgen. Ich weiß nichts über Sie, aber ich habe eine technische Ausbildung. In meinem Beruf gibt es keinen Platz für ‹könnte› und ‹wäre›, sonst fallen die Häuser zusammen. Was genau hat Genosse Irimescu wen gefragt?»

Iordache lächelte. «Wir sollten uns öfters unterhalten, Genossin Stancu. Es ist sehr spannend, wie Menschen aus unterschiedlichen Berufen denken. Wir können sicher viel voneinander lernen. Haben Sie gewusst, dass Genosse Irimescu unter den Arbeitern der Möbelfabrik seltsame Ideen verbreitet, die man auch als reaktionär bezeichnen könnte? Aber ich weiß, es warten zwei Kleinkinder auf Sie. Ich will Sie nicht länger aufhalten. Wenn Sie es vorziehen, können wir uns auch bei Ihnen zu Hause über Genosse Irimescus Ansichten unterhalten. Bestimmen Sie, wann ich in der kommenden Woche mit einem oder zwei Kollegen vorbeikommen darf. Wir bleiben höchstens eine Stunde.»

Für den Marsch am Nationalfeiertag hatte man um acht Uhr morgens zu erscheinen. Raluca traf kurz vor neun Uhr am Versammlungsort am Rosetti-Platz ein. Sie begrüßte ihre Kollegen, sah, dass einige noch fehlten. Die Zeit drängte aber nicht: Niemand wusste, wann der Zug sich endlich in Bewegung setzen würde. Die Menschen standen einfach auf dem Platz herum, der heute für den Verkehr gesperrt war und dadurch lauschig wirkte, auf eine beunruhigende Art.

Die Teilnahme war streng obligatorisch. Raluca war es nicht gelungen, es einzurichten, dem mühsamen und erschöpfenden Ereignis fernbleiben zu dürfen. Die Geburt Ilincas war schon zu lange her. Und von einem Parteimitglied wie sie wurde begeisterte Teilnahme erwartet, zumal am vierzigsten Jubiläum des ‹23. August 1944›.

Um halb elf setzte sich die Menge in Bewegung. Die Angestellten verschiedener Staatsbetriebe schritten langsam Richtung Universitätsplatz. Höhere Parteiaktivisten tauchten wiederholt auf und ärgerten sich lautstark darüber, dass man noch nicht anderswo weiter vorn war – obwohl niemand wusste, wo das sein sollte. Sie drohten mit Konsequenzen und verschwanden in aller Eile wieder. Die Straße war voll gelangweilter, missmutiger Menschen, die seit Stunden warteten. Am Straßenrand begleiteten sie unauffällig gekleidete, aber erkennbare Securitate-Männer, die dafür sorgten, dass niemand sich davonstahl. Ihre Gesichter zeigten die leicht gereizte Wachsamkeit von Hirten, die nicht ganz berechenbare Tiere hüten müssen. Um ein Uhr hielt der Generalsekretär eine zweistündige Rede, die aus den gleichen bombastischen Aufrufen bestand wie immer. Davor und danach wurden an seiner Tribüne Menschenströme vorbeigeführt, denen er aus der Ferne mechanisch zuwinkte. Die vorbeiziehenden Menschen trugen Hunderte identischer Bilder von ihm und skandierten lustlos vorgegebene Losungen. Dazwischen standen mehrere Reihen schwerbewaffneter Soldaten, Milizionäre und Securitate-Truppen.

Als Raluca kurz vor siebzehn Uhr erschöpft nach Hause kam, war Stefan schon da. In Ortschaften wie Nehoiu gab es keine Festmärsche. Wenigstens ihm war die sinnlose Schinderei erspart geblieben. Sie fühlte sich verschwitzt und gealtert.

«Küss mich nicht, ich stinke», sagte sie. Stefan kam trotzdem näher, schien nicht verstehen zu können, wie es ihr ging, und umarmte sie. Er hatte geduscht. Stefan konnte dies, kalt duschen, sie nicht. Warmwasser würde es jedoch erst in einigen Stunden geben, vielleicht. Sie stieß ihn sanft zurück und streifte sich die Schuhe von den schmerzenden Füßen.

«Wie geht es den Kindern? Ist Ecaterina noch hier?», fragte sie ohne Neugier.

«Florin ist mit Ecaterina im Park. Ilinca schläft, ich habe ihr vorhin das Fläschchen gegeben.»

Sie nahm seine Worte kaum zur Kenntnis, hörte aber den Stolz in seiner Stimme. Sie fand ihn verletzend, ohne zu wissen, warum.

Während des heutigen Tages hatte sie viel Zeit gehabt nachzudenken, sie konnte sich nicht mehr an alles erinnern, aber es musste reichen.

Sie ging ins Wohnzimmer. Stefan fing an, ihr etwas über seine tolle Arbeit in Nehoiu zu erzählen. Sie konnte sich nichts darunter vorstellen. Sie nickte ein paarmal, stand dann irgendwann auf.

«Ich habe Hunger, ich mache mir etwas Suppe warm», sagte sie. Stefan folgte ihr in die Küche. An seiner Stelle hätte sie gesagt, bleib doch liegen, Liebling, ich mach das für dich. Er aber erzählte weiter. Er wickelte sie ein in eine Hülle aus Anekdoten über dieses furchtbare Städtchen. Wie konnte er so herzlos sein? Nicht eine einzige Frage. Sie war schon seit einer halben Stunde in der Wohnung, und er hatte ihr noch keine einzige Frage gestellt! Aber vielleicht war das gut so, das würde es leichter machen. Sie brauchte ihm nicht mal von Iordache zu erzählen.

Es fiel ihr trotzdem nicht leicht.

«Weinst du?», fragte Stefan bestürzt.

Sie weinte. Ja, dann weinte sie halt. Sie ging aus der Küche, Stefan folgte ihr. Sie drehte sich um, blieb vor ihm stehen.

«Stefan, es ist nicht deine Schuld und … Ich glaube, man kann nicht von Schuld reden. Auch wenn es weh tut. Hör zu, ich will nicht, dass wir so weitermachen. Diese Art Beziehung, die wir im Moment haben. Auf eine Art liebe ich dich wie immer, aber ... anderseits ist es zu wenig und zu spät. Ich habe es in letzter Zeit schwer gehabt, auch wenn es sehr schöne Momente gegeben hat. Ich hoffe, wir können Freunde bleiben. Es ist nicht etwa wegen eines anderen Mannes. Im Gegenteil, ich habe im Moment gar keine Lust auf Männer, generell. Ich habe keine Lust, mit Männern zu leben, von ihnen abhängig zu sein. Ich weiß noch nicht, wie ich es mit den Kindern einrichten werde, falls du Ecaterina nach Nehoiu mitnimmst. Aber ich werde eine Lösung finden.

Weißt du, was das Problem mit uns ist? Du bist ein guter Mann, aber du lebst in einer anderen Welt als ich. Ich verstehe deine Ideale. Aber ich will am ganzen Rest nicht teilhaben: deine ganzen Überlegungen um die Zukunft und das System und den Widerstand. Ich will nur überleben, ich will, dass meine Kinder einigermaßen gut aufwachsen, in einer zivilisierten Stadt, wo es gute Schulen gibt, nicht irgendwo in den Bergen. Du kannst nicht anders, und ich mache dir keinen Vorwurf. Ich spüre viel Zuneigung für dich. Du bist als Gast immer willkommen und als Vater Ilincas sowieso. Weißt du, Stefan, auf eine gewisse Art bist du Ilie sehr ähnlich.»

Stefan schien wie unter Schock.

«Nochmals langsam», sagte er. «Vergleichst du mich mit diesem Drecksack?»

«Nein. Natürlich hat er einen miesen Charakter, und du nicht. Was ich meine ... eure einzige Gemeinsamkeit ist, dass ihr so vollkommen mit euren Leben und euren Plänen beschäftigt seid. So sehr, dass für andere Menschen kein Platz mehr bleibt. Ihr seid Ein-Mann-Sekten, ihr braucht Anhänger, nicht eine Frau. Und ich bin es leid, wie ein Anhänger behandelt zu werden. Ich habe einen Beruf und zwei Kinder, Stefan. Mein Leben ist schwer, ich muss manchmal Kompromisse eingehen, über die ich mich schäme. Ich habe Angst und fühle mich ohnmächtig und gedemütigt. Aber ich kämpfe mich durch, so gut ich kann. Das ist mein Leben. Nicht deine Ideale und nicht Ilies Intrigen. Deine Ideale sind mir tausendmal lieber als seine Verlogenheit. Aber beide sind nicht mein Ding. Ich will nicht mehr dafür bluten.

Das wollte ich dir sagen. Blieben wir zusammen, so hätte ich ständig Angst. Früher oder später wirst du deine Ideen in die Tat umsetzen, wirst irgendwelche Fehler machen, und das wird Folgen haben. Ich will nicht, dass meine Kinder wegen deines Widerstands leiden.»

Stefan sagte einen Augenblick lang nichts. Sie sah ihn an und versuchte zu verstehen, was in ihm vorging. Sein Gesicht zeigte keine Wut, nur Traurigkeit und Überraschung.

«Du … hast gerade unsere Beziehung beendet, verstehe ich das richtig?»

«Ja, Stefan. Glaub mir, jetzt tut es höllisch weh, auch mir, aber für dein und mein Leben ist es … die beste Lösung.»

«Ich habe dich geliebt. Jahrelang. Ich liebe dich jetzt noch. Verstehst du?»

«Ich weiß. Ich kann es aber nicht ändern. Wir können nicht zusammenbleiben und beide glücklich sein. Du wirst schon einen Weg finden. Du wirst so leben können, wie du willst, ohne mich und die Kinder in Gefahr zu bringen. Und ich werde … Wir leben in bitteren Zeiten, Stefan, und die Liebe … sie ist nur eine Droge, die all das vergessen lässt. Dieses Land, diese Situation, wie sie ausgehen wird, weiß niemand. Ich muss für mich und die Kinder entscheiden können. Ich kann das nicht tun, wenn du neben mir ein Leben als Held führen willst.»

Als Raluca mit ihm brach, war Stefan zu erschüttert, um etwas zu empfinden. In der Frau, mit der er trotz aller Widrigkeiten seit beinahe fünf Jahren zusammen war und die auf ihn gewartet hatte, steckte eine andere, die er wenig gekannt und verstanden hatte. Sie war glücklich, dann unglücklich gewesen, ohne dass er den Wechsel gespürt oder seine Ursachen verstanden hatte. Erst später machte er sich eine Vorstellung davon, warum Raluca ihn verließ.

Der Bruch kam für Stefan so überraschend, dass er nicht mal dagegen ankämpfte. Er brachte die Kraft für einen glaubwürdigen Versuch, sie umzustimmen, nicht auf. So wie er sie kannte, hätte er damit eh keine Erfolgsaussichten gehabt. Sie war keine launische oder leicht beeinflussbare Frau.

Er fuhr noch eine Zeitlang an Wochenenden nach Bukarest, wo er bei Ecaterina übernachtete, und besuchte Raluca und die Kinder. Diese Besuche waren schmerzhafter als das erneute Alleinsein oder das Fehlen der

Frau, die er liebte. Er, den weder Untersuchungshaft noch Gefängnisaufenthalt gebrochen hatten, weinte nun, sobald ihn niemand sah.

Eines Tages merkte er, dass er diese Trauer nicht mehr lange aushalten würde. Die Rückfahrten nach Nehoiu waren die schlimmste Zeit. Man konnte innerlich sterben und doch als leere Hülle weiterleben, das spürte er jetzt. Er sah den Selbstmord seines Vaters in einem neuen Licht: Vielleicht hatte dieser nicht gewollt, dass sein Sohn mit dem aufwachsen musste, was die Nachkriegsjahre aus ihm gemacht hatten.

An jenem Tag beschloss Stefan, eine Zeitlang nicht mehr nach Bukarest zu fahren. Er blieb in Nehoiu.

Er ließ sich auf Bekanntschaften ein, hörte den Menschen zu. Seine Arbeit traf den Geschmack der Einheimischen, und ihre Anerkennung gab ihm den Halt, den er seit seiner Zeit bei *Stimme des Sozialismus* vermisst hatte. Er machte die neue Erfahrung, einer Gemeinschaft anzugehören, und empfand dies als angenehm, sogar heilend. Auch diese Gemeinschaft kannte Eifersucht und Engstirnigkeit, ihre Wirkung auf Stefan kam nicht von der Großartigkeit ihrer Mitglieder, sondern von der Möglichkeit, ein kleiner, nicht immer beliebter, aber irgendwie passender Teil von ihr zu sein.

Nach und nach fand Stefan heraus, dass in der Gegend um Nehoiu eine Handvoll Schriftsteller und Musiker lebte. Einige waren verbannt worden, weil ihre Bücher der Parteileitung oder mächtigen Konkurrenten missfallen hatten. Andere hatten sich freiwillig hierher zurückgezogen, um den Intrigen der Bukarester Szene zu entfliehen. Er lud sie ein zu seinen kulturellen Veranstaltungen. Es bildete sich eine ganze Gruppe, die sich immer wieder in Nehoiu traf.

Später fuhr Stefan wieder alle zwei Wochen nach Bukarest, um seine Tochter zu sehen. Als Ilinca älter wurde, nahm er sie in den Ferien mit nach Nehoiu. Er fragte sich manchmal, was das Städchen für sie bedeutete. Wohl das exotische Königreich eines fernen Vaters.

Der Autor möchte folgenden Personen und Institutionen danken: Petre Mihai Băcanu, Mihai Burcea vom Institute for the Investigation of Communist Crimes in Romania, Ioana Boca und Fundaţia Academia Civică – Bukarest, Wiebke van Daake, Valentin Herzog, Livia Hofer, Irina Mihailescu, Paul Mihailescu, Irinel Stan und Virgil Croitoru von der Casa de Cultura Nehoiu, Dirk Vaihinger.

Miek Zwamborn
Wir sehen uns am Ende der Welt
320 Seiten, gebunden. Mit vielen Abbildungen.
ISBN 978-3-312-00665-6

Der Wandergefährte und Freund der Erzählerin ist spurlos verschwunden. Ein Rätsel, niemand weiß etwas. Sie sucht seine Lieblingsorte auf und stößt dabei auf die Arbeiten des bedeutenden Schweizer Alpengeologen Albert Heim (1879–1937). Seinen Anspruch, aus den Gesteinsschichten der Berge die Geschichte der Menschheit herauszulesen, nimmt sie auf, um Spuren vom Verbleib ihres Freundes freizulegen. Bilder, Fundstücke und vor allem die Methoden des Alpenforschers fließen in ihre Betrachtungen ein, die sie auch zu ihrer eigenen, verschütteten Sehnsucht führen.

«Es fühlt sich beim Lesen an, als laufe man die Hänge des Tödis hoch über Steine, Felskanten, Senken und Geröllhalden, Schneefelder, den Wind im Gesicht und im Rücken, dem Wettertreiben ganz ausgesetzt, und treffe dabei auf Sätze und Bilder schön wie Kristalle, die uns für einen kurzen Augenblick vergessen lassen, wie endlich unser Dasein hier ist, bevor der nächste Schnee unsere Spuren wieder verwischt.»
Arno Camenisch

Nagel & Kimche

Giorgio Fontana
Tod eines glücklichen Menschen
Roman. 256 Seiten, gebunden.

ISBN 978-3-312-00670-0

1981 herrscht in Mailand Angst vor linksextremen Terroristen. Ein Politiker wird umgebracht, Staatsanwalt Colnaghi soll die Mörder jagen. Er ist von seinem Auftrag moralisch tief überzeugt – bis er irritiert feststellt, dass er darin den Attentätern gleicht.

Im Krieg leistete Colnaghis Vater Widerstand gegen die Nazis. Er starb wenig heldenhaft und ließ seine junge Familie im Stich; Colnaghi hat Angst, genauso zu enden.

Fontanas hochspannender und kluger Roman beleuchtet mit großer Ernsthaftigkeit die Ambivalenz des Strebens nach Gerechtigkeit. Und es geht um das heutige Italien; Fontana ist einer der jungen Schriftsteller, die den moralischen Verfall nicht hinnehmen.

Tod eines glücklichen Menschen wurde 2014 mit dem renommiertesten Literaturpreis Italiens ausgezeichnet, dem Premio Campiello.

«Mit Fontana meldet sich ein junges, modernes Italien zu Wort, das bis in die klare Sprache hinein alles Provinzielle meidet.»

Henning Klüver, *Süddeutsche Zeitung*

Nagel & Kimche